JN013627

Jenny Erpenbeck

行く、行った、行ってしまった

ジェニー・エルペンベック

浅井晶子［訳］

白水社
ExLibris

行く、行った、行ってしまった

GO, WENT, GONE
Copyright © 2015, Albrecht Knaus Verlag,
a division of Verlagsgruppe Random House GmbH, München, Germany

Copyright © 2015, Jenny Erpenbeck
All rights reserved

ヴォルフガングに
フランツに
友人たちに

神は体積を、悪魔は表面を創った。

ヴォルフガング・パウリ

私は虫が大嫌いだが、それでも、殺すには大きなためらいを乗り越えなければならない。それが同情なのかどうかはわからない。いや、同情ではないと思う。単にこの世界には我々人間のそれとは別のさまざまな因果関係があるという考え方に対する慣れであり、既存の因果関係のなかに自身の居場所を見つける試み、すなわち因果関係の承認なのではないか。

ハイナー・ミュラー

我々が最後に思い出すのは、敵どもの言葉ではなく、友人たちの沈黙である。

マーティン・ルーサー・キング

装 丁
緒方修一

カバー写真
Edward R/Shutterstock.com

1

未来はこれからまだ何年も続くのかもしれないし、ほんの数年しか続かないのかもしれない。いずれにせよ、たったいまからリヒャルトはもう、毎朝大学に出勤するために時間どおりに起きる必要はない。これからは、ただ時間があるばかりだ。旅行する時間、と言う人もいる。本を読む時間。プルースト、ドストエフスキー。音楽を聴く時間。時間があることに慣れるのに、どれくらいかかるかはわからない。いずれにせよ、リヒャルトの頭はこれまでどおりまだ働いている。この頭を使って、これからなにをすればいい？　頭のなかで生まれ続けるさまざまな思考を使って。成功は手に入れた。でも、これからは？　成功と呼ばれるもの。著書が出版された。学会に招待された。講義には最後まで大勢の学生が詰めかけた。学生たちはリヒャルトの著書を読み、下線を引いて、試験のために暗記した。あの学生たちは、いまどこにいるのだろう？　大学で助手の仕事を得た者もいるし、いまでは教授になっている者も数人いる。その他の学生たちからは、長いあいだ音沙汰がない。友情にも似た関係を続けている元学生がひとり、たまに連絡してくる者が二、三人。

さて。

リヒャルトの書き物机からは、湖が見える。


リヒャルトはコーヒーを淹れる。

カップを手に、庭に出て、もぐらが新しい土の山を作ってはいないか、見渡してみる。

湖は目の前に静かに広がっている。この夏はずっとそうだ。

リヒャルトは待つ。だが、なにを待っているのかはわからない。時間はいまや、まったく違う種類のものになった。突然のように。リヒャルトはそう考える。それから、自分はもちろん思考するのをやめることはできないと考える。思考することは、すなわちリヒャルトそのものだ。そして同時に、リヒャルトを支配する機械でもある。自分の頭の声に耳を傾けるのが自分ひとりになったからといって、思考するのをやめることができないのは当然のことだ。たとえ、リヒャルトの思考を求めて鳴く雄鶏など一羽もいなくても（「誰も関心がない」という意味の慣用句）、と、彼は考える。

一瞬、一羽の雄鶏が、リヒャルトの論文「ルクレティウスの著作における世界の概念」のページをくちばしでめくる光景が頭に浮かぶ。

リヒャルトは家のなかに戻る。

上着を着るには暖かすぎるだろうかと考える。そもそも、ひとりで家のなかをうろうろするだけなのに、上着を着る必要があるだろうか？


何年も前、ほんの偶然から、愛人が自分を裏切っていると知ったとき、失望を乗り越える助けとなったのは、その失望を仕事へと昇華させることだけだった。何か月にもわたって、リヒャルトは彼女の態度を研究対象とした。そして、ほぼ百ページにわたって研究結果を書きつけ、この若い女を裏切りへと導いたのはなにか、彼女が裏切りをどう実行に移したかといったあらゆる事柄を突き止めようとした。その作業は、ふたりの関係という観点から見れば、特になんの成果ももたらさなかった。というのも、愛人はそれからまもなく、リヒャルトとの関係を完全に終わらせ、去っていったからだ。それでも、この作業を通じてリヒャルトは、愛人の裏切りを知って心底みじめな気持ちを味わった最初の数か月をなんとかやり過ごすことができた。オウィディウスもすでに看破していたとおり、愛を癒す最良の薬は仕事である。

だが、いまリヒャルトを苦しめているのは、役にも立たない愛に満たされた時間ではなく、時間そのものだ。時は過ぎ去るべきものだが、同時に過ぎ去ってほしくはない。一瞬リヒャルトは、くちばしとかぎ爪で『待つことについての試論』と題した本を引き裂く、けばけばしい色をした怒れる雄鶏の姿を想像する。

もしかしたら、カーディガンのほうが、上着よりもいまの状況にふさわしいかもしれない。少なくとも、着心地はそちらのほうがいい。それに、毎日人に会うわけではないのだから、毎朝のように髭をそる必要も、もうない。伸びたいものは、伸びるにまかせればいい。とにかくもう抵抗するのはやめよう。あるいは、それこそがすでに死の始まりなのだろうか？　伸びることが死の始まり？　いや、それでは理屈に合わない、とリヒャルトは考える。

湖底に沈んでいる男は、まだ見つかっていない。自殺ではなく、泳いでいて溺れたのだ。六月のその日以来、湖は静まり返っている。来る日も来る日も。六月も静か。七月も静か。そしていま、もうすぐ秋になろうとするいまも静かなままだ。手漕ぎボートもなく、歓声を上げる子供たちも、釣り人もいない。この夏、湖水浴場の桟橋から湖に飛び込む人間がいるとすれば、それは事故のことを知らないよそ者に違いない。そのよそ者も、体を拭いているときに、ちょうど犬を散歩させているか、自転車で通りかかった地元の事情通に話しかけられるかもしれない。ご存知ないんですか？　リヒャルト自身は、なにも知らない人に事故の話をしたことはない。どうしてそんなことをする必要があるだろう。楽しく過ごしたいと思っているだけの人の一日を、わざわざ台無しにしなくてもよさそうなものだ。リヒャルトの家の生垣に沿って、行楽客たちは、来たときと同じように、帰りも楽しそうに歩いていく。

だがリヒャルトは、書き物机の前に座れば、湖を目にせざるを得ない。

その事故があった日、リヒャルトは中心街にいた。日曜日だったが、大学に。そのときはまだマスターキーを持っていた。いまはもう返却済みだ。あのころは、週末ごとに研究室を少しずつ片付けようとしていた。引き出し、棚。午後一時四十五分ごろ、リヒャルトはちょうど、棚、床、ソファ、肘掛け椅子、小机などに積まれた本を、段ボール箱に詰めているところだった。どの段ボール箱にも、底に二十冊から二十五冊の本、そして上に軽いものを詰める。原稿、手紙、クリップ、ファイル、古い新聞の切り抜き。鉛筆、ボールペン、消しゴム、レタースケール。二隻の手漕ぎボートが近くにいたという。だが、ボートに乗っていた人は誰も、目の前で事故が起こりつつあるとは気づかなかった。男が手を振るのを見て、冗談だと思った。そして男から遠ざかりさえした。リヒャルトはそう聞いた。だが、ボートに乗っていたのが誰だったかを知る者はいない。若い男たちだったという話だ。それどころか、逞しい若者たちで、きっと溺れる男を助けることもできたはずだと。だが、彼らが正確にはどこの誰だったのかを知る者はいない。もしかしたら彼らは、溺れる男に引っ張られて自分たちも湖に沈むのではないかと恐れたのかもしれないが、真相は誰にもわからない。

秘書が荷造りを手伝おうと申し出てくれた。ありがとう、でも大丈夫。どういうわけか、誰もが――リヒャルトに好感を抱いている者たちでさえ、いや、まさにそんな者たちこそが——リヒャルトをできるだけ早く自分たちの視界の外に追いやろうとしているかのような気がした。そんなわけでリヒャルトは、土曜と日曜、大学が静まり返っているときに、ひとりで荷造りするほうを選んだ。なかにはもう何年も目に触れないまま棚の奥や引き出しに眠っていたものを引っ張り出して、ゴミ用の青いポリ袋に入れるか、自宅に持ち帰る段ボール箱に入れるかを決める作業には、ずいぶん時間がかかることにリヒャルトは気づいた。思わず、原稿のどれかをめくり始め、研究室のなかに突っ立ったまま、十五分、三十分と読みふけることもあった。『オデュッセイア』第十一歌についての、ある男子学生の学期末レポート。「オウィディウスの『変身』における意味の次元」についての、ある女子学生のレポート。この学生には、かつて少しだけ恋心を抱いていた。

そして八月初旬のある日、リヒャルトの定年退官を祝う会が催され、飲み物が振る舞われ、何人かがスピーチをした。秘書も、同僚の何人かも、そしてリヒャルト自身までも目に涙を浮かべたが、本当に泣いた者は、リヒャルトも含めてひとりもいなかった。誰もがいつかは歳を取る。気づけば歳を取っている。それまでは、送別のスピーチをする役目は、よくリヒャルトに回ってきたものだった。カナッペをどれくらい用意するか、飲み物はワインにするか、シャンパンにするか、オレンジジュースか、炭酸水か、と秘書と打ち合わせする役目も、リヒャルトが担うことが多かった。だが今回は、別の誰かが手配してくれた。なにもかも、リヒャルトなしでも回っていくのだ。それもまた、リヒャルトの功績だった。最後の数か月はしょっちゅう、リヒャルトの後任がどれほどそのポストにふさわしい人物か、リヒャルト自身も関わった人選がどれほど素晴らしいかを聞かされた。リヒャルトもまた、その話になると、選ばれた若者を褒めたたえたものだった。まるで、待ち望まれているのがまだリヒャルト自身であるかのように、まもなくリヒャルトの名前の代わりに研究室の手紙のレターヘッドに印刷されることになる名前を、なんのためらいもなく口にした。秋からは、その後任がリヒャルトの講義を引き継ぎ、そのときにはすでに名誉教授となっているリヒャルトが、自分がいなくなった後も研究室がうまく回っていくよう退官直前に作成した講義計画に沿って、仕事を進めていくことになるだろう。
　去っていく者自身が、去っていく準備をしなければならない――世の習いだが、それが実際になにを意味するか、それまでまったく理解していなかったことを、リヒャルトはそのときになって初めて悟った。そして、いまもまだ理解していないことを。やはり理解できずにいるのは、ほかの者たちにとってはリヒャルトとの別れは日常の一部であるのに対し、リヒャルト本人にとってのみ、別れは本当に終わりを意味するということだ。最後の数か月間、もうすぐ退官なさるなんて、なんと悲しい、なんと残念な、想像がつきません、と誰かに言われるたびに、リヒャルトは相手の期待どおりの感動を見せるのに苦労した。リヒャルトの退官に表向きは打ちのめされている者の嘆きは、つまるところ、悲しく想像がつかないリヒャルトの退官を――本当に残念でたまりませんよ！――そう言う本人がとうに動かしがたい事実として認めていることを示しているにすぎないからだ。

　リヒャルトの退官を祝って研究室の皆が用意した冷製オードブルで、お開きの後にも残ったのは、飾りのパセリを除けば、サーモンの燻製を載せたパンがほんの数切れだった。おそらく、ひどく暑い日だったから、用心して魚には手を出さない者が多かったせいだろう。いま、リヒャルトの目の前で静かに輝いている湖は、これまでもずっと、思考することが仕事であるリヒャルトよりも多くのことを知っていた――そんな気がする。いや、思考することが仕事だった、だろうか？　湖にとっては、そのなかで朽ちていくのが魚だろうが人間だろうが、同じことだ。

退官祝いの翌日、大学の夏休みが始まった。皆があちこちへの旅行の計画を立てていた。ただリヒャルトだけは、旅の予定はなかった。何年ものあいだにもので溢れかえった研究室を空にする仕事が、最終段階に差しかかるところだったからだ。

二週間後、本棚の仕切り板は紐でまとめて壁に立てかけられ、荷造りの終わった段ボール箱がドアの後ろに積み上げられ、自宅に運ばせるつもりのいくつかの家具は、部屋の中央にかさばる小山となった。そこには穂先の部分がひしゃげた箒が立てかけてあり、窓際には埃をかぶった封筒とはさみが置かれている。四リットル半サイズのゴミ袋がいくつも部屋の隅にあり、ガムテープが一巻き、床に転がっていた。壁に打ち付けられたいくつかの釘はそのままだったが、絵はもう外された。リヒャルトはようやく、研究室の鍵を返却した。

今度は、自宅に運んできた家具の置き場所を決め、段ボール箱を開けて、中身をすべて私的な住空間になじませなければならない。**骨は骨に、血は血に、膠で付けたように付け**。まるでメルゼブルクの呪文（九世紀または十世紀に書かれたゲルマン民族の呪文）だ。人が教養と呼ぶもの、備えている知識、学んできたこと、そのすべてが、これからは私的な所有物にすぎなくなる。昨日以来、あらゆるものが地下室で待っている。だが、荷ほどきを始めるのにふさわしい日というのは、どんな日なのだろう？　今日のような日でないことだけは確かだ。では明日？　いや、もっと先だろうか？　ほかになにもすることがない日。そもそも荷ほどきする意味があるかどうかも疑わしい。いまさら荷ほどきする意味が。もし子供がいれば。少なくとも甥や姪がいれば。だが現状では、かつて妻がいつも「がらくた」と呼んでいたものは、リヒャルト個人の楽しみのための存在にすぎない。だから、リヒャルトがいつかいなくなった後は、誰の楽しみのための存在でもなくなる。もちろん、どこかの古書店が蔵書を引き取ってはくれるだろう。それに、初版本やサイン入りの本のなかには、新たな愛書家の手に渡るものもあるかもしれない。リヒャルトのような人間、生きているあいだにまだ「がらくた」を集めることが許される人間の手に。そんなふうにして循環は続いていく。だがその他のものは？　リヒャルトの周りでひとつの体系を形作るもの、リヒャルトがそれらのあいだを歩き、それらをつかみ、あれこれ思い出すかぎりにおいて意味を持つもの——そういったものはなにもかも、ひとたびリヒャルトがいなくなれば、ばらばらになって失われてしまうだろう。このことについては、いつか書いてみてもいいかもしれない。命なきものを命あるものと結びつけ、ひとつの世界を創り出す重力について。すると、リヒャルト自身は太陽ということか？　これから一日中誰とも話さずひとりで過ごすとなったら、正気を失わないよう気をつけなければ。

それでもやはり。

飾り縁がひとつ欠けている農家風の戸棚は、リヒャルトの死後はもう、午後になるといつもトルココーヒーを淹れて飲むときのカップと、同じ家庭で使われることはないだろう。テレビを見るときに座る肘掛け椅子の位置を毎晩のように変える手は、書き物机の引き出しを開ける手とは別人のものになるだろう。電話機は、いつもタマネギを切るときに使うナイフとも、電気シェーバーとも、同じ持ち主のもとに引き取られることはないだろう。リヒャルトが大切にしているものの多く、まだ使えるもの、または古くても愛着を感じているものの多くが、捨てられることになるだろう。すると、たとえば、古い目覚まし時計が行き着く先のゴミ集積所と、タマネギ柄の食器を買うゆとりのある家庭とのあいだには、目に見えないつながりが存在することになる。どちらもかつてはリヒャルトのものだったというつながりが。もちろん、リヒャルトがもはや生きていないのなら、このつながりを知る者は誰ひとりいない。それとも、つながりとは永久に続くものなのだろうか？　いわば客観的に？　もしそうなら、そのつながりはどんな物差しで測るものなのだろう？　仮に家財道具のすべてを、歯ブラシから壁に掛けられたゴシック様式の十字架に至るまで、すべてひっくるめてひとつの宇宙に変えてしまうのが、本当にリヒャルトの存在によってもたらされた意味だとすれば、即座に次の根本的な問いが生じる。すなわち、意味は質量を持つのか？

正気を失わないよう、本気で気をつけなければ。あの死体がようやく見つかれば、気分もましになるかもしれない。溺れた不運な男は、ダイビング用マスクをつけていたという。馬鹿馬鹿しい話だが、この夏にそれを聞いて笑っている人を、リヒャルトはひとりも見ていない。つい最近、例の事故にもかかわらずやはり催された村祭りで――とはいえ、ダンスはなしだった――釣り同好会の会長が、何度も繰り返しこう言うのを耳にはした。ダイビング用マスクとはな！　ダイビング用マスクとはな！　まるで、その遊泳者の死にまつわるすべてのなかで、このダイビング用マスクという些細な点が、最も耐えがたい事実であるかのように。実際、ビールのグラスを手にそこに立っていたほかの男たちも皆、長いあいだなんとも答えず、黙ってグラスのなかの泡を見つめたまま、うなずくばかりだった。

リヒャルトもまた、最後まで自分が楽しいと思えることをし続けるだろう。墓までの道のりはずっと、頭のなかの欲望にしたがう。思索。読書。そして、いつか頭が働かなくなったときは、その頭は、もはや人生になにが欠けているかを知ることもない。死体が湖面に浮かんでくるまでには時間がかかるだろうと言われている。すでに三か月近くたっている。このまま浮かんでこないかもしれないとも言われている。藻が絡みついているか、湖底に何メートルも堆積しているらしい泥のなかに永久に沈んでしまったか。湖は深い。水深十八メートルある。湖面だけ見れば愛らしい湖だが、真の姿は深淵だ。あれ以来、地元住民は、リヒャルトも含めて皆、葦を見ても、風のない日に鏡のように凪いだ湖面を見てもある種のためらいを感じる。リヒャルトの書き物机からは、湖が見える。例年の夏と変わらず、湖は美しい。だが今年の夏はそれだけではない。死体が見つからず、引き上げられずにいるかぎり、湖は死者のものだ。もうひと夏ずっと。そしてまもなく秋になる。そのあいだ湖はずっと、死者のものだ。

2

八月下旬のある木曜日、十人の男がベルリンの赤の市庁舎前に集まる。男たちは、これからもうなにも食べないと決意したという。そして三日後には、これからは飲み物さえ口にしないと決めた。男たちの肌の色は黒い。英語、フランス語、イタリア語のほか、この国では誰ひとり理解できない言語も話す。男たちの要求はなにか? 働きたい。そして働いて得た金で生活したい。ドイツに残りたい。君たちは何者なんだと、通報を受けて駆けつけた警察官とベルリン州政府の職員から、男たちは質問される。それは言わない、と男たちは答える。言ってもらわなくては困る、と相手が言う。でないと、君たちが法の保護の対象でこの国に留まって働くことが許されるのかどうか、わからないじゃないか、と。俺たちが何者かは言わない、と男たちは言う。もし君たちが我々の立場だったら、何者かわからない客を受け入れようと思うか、と相手が言う。男たちは黙っている。君たちが本当に助けを必要としているかどうか、調べてみなくては、と相手が言う。男たちは黙っている。ひょっとすると君たちは犯罪者かもしれないじゃないか、だから調べてみなくては、と相手が言う。男たちは黙っている。ただの寄生虫でしかない可能性だってあるからな。男たちは黙っている。我々だって余裕があるわけじゃないんだ、と相手が言う。この国には規則ってものがある、残りたいなら、それは必ず守ってもらわないと。そして最後にこう言う。我々を脅迫しようったって無駄だぞ。だが、黒い肌の男たちは、自分たちが何者であるかを言わない。食べることも飲むこともせず、自分たちが何者であるかを言わない。ただそこにいるだけだ。自分が何者かを言うくらいなら死んだほうがましだという男たちの沈黙が、あれこれの問いに対する答えを待つ者たちの沈黙と溶け合い、ベルリンのアレクサンダー広場の中央に、大いなる静寂が広がる。行き交う車の騒音と、新しい地下鉄駅の建設の騒音とで、広場は常にやかましいが、この静寂が際立っているのはそのせいではない。

その静寂が、その日の午後、広場に立ったり座ったりしている黒い人々と白い人々の横を通りかかったリヒャルトにはなぜ聞こえないのだろう？

リヒャルトはジェシュフのことを考えている。

考古学者である友人が、アレクサンダー広場で行われた掘削工事の際に発掘されたものについて教えてくれて、地下を見学しないかと誘ってくれた。リヒャルトには、いまでは時間がある。それに、どうせ湖で泳ぐことはできない。溺れた男がいるからだ。かつて、市庁舎をぐるりと取り囲む広い地下街があったとその友人は教えてくれた。中世には市場だったという地下壕。昔の人は、公判や通達や判決の時間を待つあいだに、買い物をしたというわけだ。おおむね現代と変わらない。魚、チーズ、ワインなど、冷蔵したほうがいいものはすべて、このカタコンベで商われていた。

ジェシュフのように。

一九六〇年代、大学生だったリヒャルトは、講義の合間に空き時間があると、よくネプチューンの噴水の縁に腰かけて過ごしたものだった。ズボンの裾をまくって、足を水に浸し、膝に本を載せて。当時すでに、地下にはこの空洞があったのだ。足元の地面からほんの数メートル下に。だが、リヒャルトは知らなかった。

数年前、妻がまだ生きていたころ、休暇にふたりでポーランドの小都市ジェシュフを訪ねたことがある。

中世には、町全体に地下トンネルが張り巡らされていた。まるで一見しただけではわからない第二の町のように、この地下の迷宮は地上の建物の鏡像として発達していった。市民の暮らす家にはどれも地下室に出入口があり、そこから松明にのみ照らされた公共の広場に続いていた。そして、地上で戦争が起きると、この小さな町の住民たちは地下に潜った。のちにファシズムの時代が来ると、ユダヤ人たちがここに隠れた。通路に煙を送り込むという案をナチスが思いつくまで。

ジェシュフ。

だが、市庁舎の地下に埋もれていた壕のことは、ナチスでさえ知らなかった。世界大戦の最後の日々、ナチスが水を流し込んだ場所は、ベルリンの地下鉄トンネルのみだった。おそらく、連合軍の爆撃から逃れて地下に避難していた自国民を溺れ死にさせるためだろう。**敵の手に渡すくらいなら、破壊してしまえ。**

もう倒れた人はいますか？　手にマイクを持ったひとりの若い女がそう尋ねる。女の後ろには、肩にカメラをかついだ大男が立っている。いません、と警官のひとりが答える。むりやり食べさせたりはしていますか？　いまのところはまだ、と警官が答える。見ればわかるでしょう。病院に運ばれた人は？　昨日ひとりいたはずです、と別の警官が答える。ただ当番の前だったので、よくわかりませんが。どの病院に運ばれたのか、教えてもらえますか？　いえ、言ってはいけないことになっているので。でも、それじゃあ記事が書けないんですけど。そう言われても、と最初の警官が言う。申し訳ないが、力にはなれないね。ご存知のように、と若い女が言う。なにか特別なことが起きないと、ストーリー性のある記事が書けないんですよ。ええ、もちろんわかります。それじゃあ、どこの社も掲載してくれません。すると相手が言う――今日中になにかあるかもしれない、夜とか。若い女が言う――せいぜいあと一時間しかないんです。編集の時間を考えると。締め切りがあるんですよ。なるほど、と警官が言って、にやりと笑う。

二時間後、駅に戻るときにも、リヒャルトは市庁舎のほうには目もくれない。左手にある噴水に目をやり、テレビ塔の台座まで階段状に並ぶ水盤を眺める。社会主義時代に造られ、夏が来るたびに水を噴き上げる噴水を横切る小さな橋をバランスを取りながら渡るのは、幸せな子供たちにとって冒険だ。そんな我が子を誇らしげに眺めながら笑い声を上げる親たちが、周りを取り囲んでいる。ときどき、子供も親も、テレビ塔の上方の銀色の球体を見上げ、眩暈の感覚を楽しむ——落ちてきそう！　頭の上に落ちてきそう！　塔の先端まで三百六十五メートル。一年の日数をメートルに置き換えたんだ、と父親が言う。ううん、落ちてなんかこないわよ、そう見えるだけ、と水を滴らせる子供たちに母親が言う。父親が建設作業員の話をして聞かせる。もっとも、子供たちが聞きたがればの話だが。塔のてっぺんを建設している最中に、上から落ちてしまった作業員がいたんだ。でも、見てのとおりものすごく高いところだったから、落ちてくるのにも時間がかかって、周りに住んでいた人たちが急いでマットレスを集めることができた。ものすごくたくさんのマットレスを、どんどん、どんどん作業員が落ちてくるあいだに積み上げた。長い長い落下の後、作業員がついに地面に激突しかけたその瞬間、マットレスの山がちょうど完成した。作業員は、その上にふんわりと着地したんだ——おとぎ話の、えんどう豆の上に寝たお姫様みたいにね！——そして、かすり傷ひとつなく起き上がった。この奇跡の作業員救出物語に子供たちは大喜びだが、話を聞いた後は、遊びに戻りたがる。ベルリンのアレクサンダー広場の噴水では、夏が来るたびに、人類はとても幸せで満足そうに見えた。総じて未来にやってくると約束されていた時代に、すでに到達しているかのように。いつの日かすべての人間が享受できるはずの、共産主義と呼ばれる遠い未来の完璧に幸せな時代。階段状に進歩を積み重ね、百年後か、二百年後か、遅くとも三百年後にはついに、勢いよく、信じがたいほどの高みへと飛翔する。

ところが意外なことに、この噴水を造らせた者、つまり人民の国家は、わずか四十年後、突然姿を消した。国家とともに、その国家の未来も消えた。ただ階段状の噴水だけが、水を噴き上げ続けてきた。いまでも夏が来るたびに、水は勢いよく、信じがたいほどの高みへと噴き上がり、怖いもの知らずの幸せな子供たちは、笑い声を上げる誇らしげな親たちに見守られながら、いまでもバランスを取りつつ水盤を横切る。いまや物語を失ったこの光景は、いったいなにを物語るのだろう？　この幸せな人間たちの姿は、今日ではなにを訴えかけるのだろう？　歴史は最終地点に到達したのだろうか？　これ以上望むべきものが、まだ残されているのだろうか？

自分たちが何者であるかを告げるくらいなら死んだほうがましだという男たちに、共感する者が現れた。ある若い娘は、黒い肌の男のひとりの隣に胡坐をかいて座り、小声で言葉を交わしながらときどき頷き、煙草を巻いている。ある青年は警官たちと口論している。この人たちはここに住んでなんかいませんよ、と青年は言う。すると警官が、ここに住もうったってそんなこと許されてないからな、と答える。ほら、だから住んでないんですって、と青年が言う。黒い肌の男たちは、床にしゃがんだり寝そべったりしている。寝袋を敷いている者、毛布を敷いている者、なにも敷いていない者。キャンプ用テーブルを支えにして、プラカードが立てかけてある。それは白く塗られた大きな段ボールで、そこに黒い字でこう書いてある。**We become visible.** その下に、誰かが緑色のフェルトペンを使って、小さめの文字でドイツ語の翻訳を書き入れていた。**我々は目に見える存在になる。**例の青年か、若い娘が書いたのかもしれない。ちょうどそこを通りかかったリヒャルトの行く手に黒い肌の男たちが目を向けていたとしたら、駅に向かって脇目もふらずに歩いていく背中が見えたはずだ。暑い日にもかかわらず、上着姿で、ちょうど人混みにまぎれていく。周りには、目的地へと急いで向かう者もいるが、地図を手にぶらぶらしているだけの者もいる。

「アレックス」（アレクサンダー広場の愛称）を見物しに来た人たちだ。長いあいだ「ロシア区域」と呼ばれていた界隈の中心地を。いまでも冗談でここを「東区域」と呼ぶ人は多い。もし口を閉ざす男たちがそのとき目を上げ、人混みの向こう、建物で言えば二階にあたる高さに目を向けていたら、テレビ塔の台座の真横、突飛なひだの寄ったひさしの下にあるフィットネスセンターの窓も見えたはずだ。窓の奥には、自転車を漕いだり走ったりしている人たち。何時間も、あの巨大な窓に向かって自転車を漕いだり走ったりしている人たち。まるで全速力でこちらへ、市庁舎のほうへ、黒い肌の男たちのほうへ向かってくるかのようだ。あるいは、警官たちのほうへ、かもしれない。いずれかの陣営に連帯の意を表明するために。しかも、必要ならば窓を割って、最後の距離は、飛ぶか跳ねるかして駆けつける覚悟もあるように見える。だが、自転車もランニングマシンも床に固定されていて、運動している人たちは同じ場所で動いているだけで、前に進んではいないことくらい、誰にでもわかる。ただ、トレーニング中の人たちもまた、アレクサンダー広場の前で起きていることを目にしている可能性は大いにあるが、たとえばプラカードに書かれている文字を読むには、距離がありすぎる。

3

夕食に、チーズとハムを載せたパンを用意する。それにサラダ。チーズは今日、東ドイツ時代には「購買ホール」と呼ばれていたスーパーマーケットで特価になっていた。賞味期限が迫っていたからだ。リヒャルトは節約する必要はない。年金の額はじゅうぶんだ。それでも、必要以上の金を払ういわれがどこにあろう。サラダに入れるタマネギを切る。これまでの人生でずっとタマネギを切ってきたが、最近になって初めて、料理本で、ナイフの下でタマネギがすべらないようにするにはどのように手を添えればいいかを読んだ。なにごとにも理想の形式がある。日常生活のありきたりな事柄から、仕事や芸術にいたるまで、元来、人の一生というのはこの形式に到達するための試みにすぎないのではないかとリヒャルトは考える。そして、いくつかの分野でついにその形式に到達したかと思うと、あっという間に土に呑み込まれるのだ。リヒャルトは少なくとも、もうしばらく前から、自分が身につけたことを他人に披露してなにかを証明したいという欲望からは自由だ。そもそも他人がいないのだから。妻はもう見てはくれない。そして愛人は、タマネギの切り方にはつゆほどの興味も持たなかっただろう。なにかを身につけたりなにかを理解したとき、それを喜ぶのは、いまやリヒャルト本人のみだ。リヒャルトは喜ぶ。だがその喜びにはもはや目的がない。それがひとり暮らしの第一の利点だ。あらゆる虚栄心は重荷であると明らかになること。ふたつめの利点は、家のなかの秩序をもう誰にも乱されずに済むことだ。固くなった古いパンは角切りにして炒め、サラダ用のクルトンにする。ポットからティーバッグを取り出したら、糸をきつく巻き付けてぎゅっと絞る。茎の長いバラは、冬には下向きに曲げて、土で覆う――等々。すべてが正しい場所にあり、なにひとつなくならず、すべてが正しい方法で使われ、無駄遣いされることもない、そういったことへの喜びや、ほかのなにかが成功するのを邪魔することなくなにかに成功する喜びは、リヒャルトの意見では、実のところ秩序に対する喜びだ。その秩序は、作り出すべきものではなく、ただ見出すべきものにすぎない。それはリヒャルトの外にある秩序で、まさにそれゆえに、育つもの、飛ぶもの、這うものとリヒャルトとを結びつける。そのために、ある特定の人々からは遠ざかることになるが、リヒャルトにとってそれはどうでもいいことだ。

かつて、愛人がリヒャルトのことをあざ笑い始め、リヒャルトの忠告に頻繁に腹を立てるようになったころ、リヒャルトはそれでも、自分にとって絶対的に正しいと思える物事のやり方にこだわることをやめられなかった。妻とは、少なくともこの点に関しては、ほとんど常に意見の一致を見ていた。妻自身、戦争末期の幼いころに、ロシア軍の戦車から逃げる途中、低空飛行していたドイツ軍の戦闘機に足を撃たれた経験があった。そのとき兄が通りの外に引っ張ってくれなければ、生き延びることはできなかっただろう。見通しのきかない状況は、すべて死につながる――妻は三歳ですでにそれを学んだのだった。リヒャルトのほうは、家族がシュレジエン地方からドイツへと移住したとき、まだ赤ん坊だったが、出発の慌ただしさのなかで、危うく母と引き離されそうになった。もしもそのとき、人で溢れかえったプラットホームで、ひとりのロシア兵が多くの引揚者の頭越しに、すでに列車に乗り込んでいた母にリヒャルトを手渡してくれなければ、生き別れになっていただろう。この話は、母からあまりに頻繁に聞かされたため、いまでは自分自身の記憶だと思えるほどだ。「戦争のごたごた」と母は呼んでいた。リヒャルトの父もまた、ノルウェーとロシアの前線で戦った兵士として、おそらく戦争のごたごたを生み出したひとりだった。当時、まだ当人も子供と大差ない年齢だった父は、かの地でどれだけの子供を両親から引き離したのだろう？　それとも、最後の瞬間に、子供たちを両親の手に返したのだろうか？　戦争が終わって二年後にようやく帰郷した父は、すでにベルリンに移住していた家族と再会し、初めて息子の顔を見た。それから数年たっても、ラジオでは赤十字による行方不明者に関する報道が続いたが、そのころ父はもうとうに母と並んで、蜂の一刺しトルテ（生地のあいだにクリームを挟み、キャラメリゼしたアーモンドを載せたドイツの定番ケーキ）と本物の豆で淹れたコーヒーを前に、ソファに座っていた。そして、危うく引き離されるところだった赤ん坊も、とうに小学生になっていた。その子供は、父には決して戦争のことを尋ねることができなかった。やめときなさい、と母は言った。首を振り、追い払うように手を振って。お父さんをそっとしておいてあげなさい。父はただ黙っていた。もしも列車が二分早く動き出していたら、あの赤ん坊はどうなっていただろう？　もしも兄が通りの外に引っ張ってくれなかったら、のちにリヒャルトの妻になる女の子はどうなっていただろう？　いずれにせよ、親のいない少年と死んだ少女とが、のちに結婚式を挙げることにならなかったのは確かだ。私の図を壊すな、と、指で砂の上に幾何学図形を描きながら、アルキメデスはローマ兵に言ったとされる。そしてそのローマ兵に刺殺された。混乱のない状態は当たり前のものではない。その点では、リヒャルトと妻の意見は常に一致していた。だからこそ妻は、リヒャルトが出会う物事すべてのなかに真の正しさを探すのがなぜなのかを、若い愛人よりもはるかによく理解していたのだろう。妻は飲酒問題を抱えてもいた。だがそれはまた別の話だ。

リヒャルトはテーブルにつくと、テレビをつける。夜の報道番組で、地域のさまざまなニュースが流れる。銀行強盗、空港職員のストライキ、ガソリンがまた値上がりする、アレクサンダー広場に十人の男が集まった、どうやら難民らしく、ハンガーストライキに突入、そのうちのひとりが倒れ、病院に運ばれた。アレクサンダー広場？　テレビの画面に、担架に横たわったひとりの男が救急車に乗せられる様子が映る。まさにリヒャルトが今日の午後通った場所で？　若い女性記者がマイクに向かって話していて、その背後には、しゃがんだり寝転んだりしている数人の人間が映り、キャンプ用テーブルと、段ボールでできたプラカードも見える。**We become visible.** その下に、緑色の文字で小さく、**我々は目に見える存在になる**、と書かれている。どうして自分は、あのデモンストレーションを目にしなかったのだろう？　一切れ目のパンにはチーズを載せた。今度は二切れ目。ハムを載せる。これまでもときどき、銃弾に倒れた人や、地震や飛行機の墜落で亡くなった人の遺体が映るテレビの前で夕食を取る自分を恥じることがあった。自爆テロの後、現場に残された誰かの片方だけの靴や、ビニールでくるまれ、共同墓地の墓穴に並べて横たえられた、伝染病で亡くなった人たちの死体。いまも恥じている。それでもいつものように食べ続ける。子供のころ、リヒャルトは困窮とはなにかを学んだ。だが、絶望した誰かが今日ハンガーストライキをしているというだけで、自分まで飢え死にする必要はない。そう自分に言い聞かせる。それでハンガーストライキをしている人を助けられるわけでもない。それに、もしもハンガーストライキをする人たちが、リヒャルトと同じように恵まれた状況にあれば、やはり同じようにいまごろテーブルについて夕食を取っていることだろう。この歳になるまで、リヒャルトは母から受け継いだプロテスタント的な気風を振り払おうとしてきた。悔恨という基本姿勢を。だがその母も、強制収容所があったことは知らなかった。少なくとも本人はそう主張していた。そもそも、ルターがやってきて良心の呵責を植えつけていった魂の領域には、ルター以前にはなにがあったのだろう？　ルターが九十五か条の論題を貼り出して以来、人間のある種の麻痺状態は、単なる正当防衛だといえるだろう。山盛りのサラダボウルにフォークを突き立て、食べながら自分に言い聞かせる。もしもいつか、この世界のあちらにいる貧しい人、こちらにいる絶望した人への連帯感から、本当に食べることをやめるとしても、それも筋が通らない、と。そうしたところで、意思決定の自由という檻を出ることにはならないのだから。自由選択という贅沢のなかに閉じ込められているかぎり、食べないという決定は、美食や飽食をする決定とまったく同じように、気まぐれなものでしかない。サラダに入れたタマネギがおいしい。新鮮なタマネギだ。しかし男たちはいまだに名前を名乗ることを拒否しています、と、テレビのなかの若い女が言う。ハンガーストライキをしている男たちを案じているように見え、気遣わしげな様子には説得力がある。気遣わしげな声音は、昨今では記者になるための試験科目のひとつなのだろうか？　それに、担架に載せられた男のあの映像は、そもそも本当にアレクサンダー広場で撮ったものだろうか？　中世には「大全」と呼ばれる、森羅万象について記した辞典があった。そのなかの一冊に載ったマドリードの地図は、ニュルンベルクやパリの地図とそっくり同じに見える――都市の地図とはただ、それがひとつの都市であり、これこれの名前を持つことを示すものにすぎなかったのだ。今日でもあまり変わらないのではないだろうか。担架で運ばれていく人物のああいった映像を、自分はこれまで、世界のありとあらゆる場所のありとあらゆる災難を報じる無数のニュース番組で見てこなかっただろうか？　十分の一秒ほどのあいだ画面をかすめただけのあの映像が、ニュースが伝える災厄と空間的にも時間的にも一致しているかどうかに、そもそも意味などあるのだろうか？　映像は証拠になりうるのか？　証拠になるべきなのか？　我々の前に絶えず置かれるランダムなイメージの背後に、今日ではどんな物語があるのだろう？　それとも、物語などもはやどうでもいいのだろうか？　今日一日だけで、六人がベルリン地域で水難事故に遭って命を落としました、と、ニュースの締めくくりにアナウンサーが語る。「悲劇的な新記録」とアナウンサーは言って、天気予報に移る。いまだに湖底に沈んでいる男と同じ目に遭った人間が、六人。We become visible. どうしてリヒャルトには、アレクサンダー広場の男たちの姿が見えなかったのだろう？

4

夜中に小便に起きたリヒャルトは、その後もう眠ることができない。ここ数か月、よくあることだ。暗闇のなかで横たわり、自分の思考が次々と脇道へそれていくのを眺めている。湖に沈んでいる男のことを考える。湖の底、夏でも冷たい場所。がらんとした研究室のことを考える。マイクを持ったあの若い女のことを考える。以前、一晩中目を覚ますことなく眠れたころ、夜はまるで一時停止の時間のように感じられたものだった。だがいまでは、もうずいぶん前から、そんなふうには感じられなくなっている。すべてが動き続け、暗闇のなかでさえ、動きを止めることはない。

翌日、リヒャルトは芝生を刈る。それから昼に缶詰のえんどう豆スープを食べ、缶を洗い、コーヒーを淹れる。頭痛薬を一錠飲む。つずうやく。かつて愛人と、言葉を入れ替えたりひっくり返したりして遊んだものだった。または、打ち間違いをそのまま発音して。古いをふいる、短いをみかじい、というように。どうしてあの男たちの姿が見えなかったのだろう? We become visible とは、よく言ったものだ。

本棚から『オデュッセイア』の散文訳を引っ張り出して、一番好きな箇所を読む。第十一歌だ。

しばらくしてから、芝刈り機の刃を研いでもらいに車でホームセンターに行く。

夕食には具を載せたパンとサラダを作る。友人の考古学者ペーターに電話をかける。ペーターはリヒャルトに、ブルドーザーが発掘現場のはずれで現代彫刻を掬い上げた話をする。ナチスの「退廃芸術展」にあったものだよ、とペーターは言う。考えてもみろよ、爆撃で帝国文化院の建物が破壊されて、言ってみれば禁制品保管棚が中世へと落下したのかもしれないんだぞ。本当に信じがたい話だな、とリヒャルトは言い、ペーターは、地中には奇跡が満ちているのさ、と言う。リヒャルトは、地中はむしろゴミの山のようなものではないかと思うが、口には出さない。さまざまな時代が、暗闇で口のなかを土でいっぱいにして、互いに襲いかかり、互いに交尾するが、子孫をもうけることはない。進歩とは常に、地上を這いずり回っている我々が、こういった地中のあらゆる出来事についてなにひとつ知らないことで成り立つのだ。

翌日は雨が降る。それでリヒャルトは家から出ず、ようやく古新聞の山を片付ける。電話でいくつかの振り込みを済ませ、それから、あとで買うもののリストを作る。

タマネギ一キロ
レタス二玉
白パン半斤
黒パン半斤

バター一箱
チーズ、ソーセージ?
缶詰のスープ三個(えんどう豆またはレンズ豆)
麺
トマト

長さ十六ミリのネジ
ボート用ラッカー
フック二本

昼食の後は横になる。二十分。かけているのは本物のラクダの毛で作られた毛布で、何年も前のクリスマスに妻から贈られたものだ。

地下室にある段ボール箱の中身を片付けるのは、もっと天気のいい日まで待つことにする。

学生の書いたレポート「オウィディウスの『変身』における意味の次元」の原稿を、リヒャルトは段ボール箱のひとつに入れて運んできていた。彼女はときどき、リヒャルトのゼミの時間、両手で顔を隠して眠っていた。だが、提案したレポートは、それでもまともな代物だった。

午後になると雨は小降りになる。リヒャルトは車に乗ってスーパーマーケット――かつては「購買ホール」と呼ばれていた――に行く。明日は日曜で定休日だから、買い忘れのないようにしなくては。スーパーからの帰りに、買い忘れた細々したものを買いに、結局ホームセンターにも寄る。ホームセンターは、肥料とおが屑とペンキの臭いがする。釣りの餌用の幼虫も売っているし、ダイビング用マスクもあれば、村から直送の新鮮な卵もある。

ダイビング用マスク。

夜、地域のニュースの時間に短い報道がある。アレクサンダー広場でハンガーストライキ中だった難民たちが移送された。ストライキは終わった。

残念、とリヒャルトは思う。自分が何者かを公にしないことで目に見える存在になろうというアイディアを気に入っていたのだ。オデュッセウスは、「誰でもない」と名乗ることでキュクロプスの洞窟から逃れた。誰がお前の目を潰したのか？　と、盲いたキュクロプスに仲間のキュクロプスたちが外から尋ねる。誰でもない、と盲いたキュクロプスが答える。誰がお前を傷つけた？　誰でもない！　オデュッセウスが自ら名付けた、自らを無効にする偽りの名前をキュクロプスは叫ぶ。そして、「誰でもない」オデュッセウスは、羊の腹にしがみつき、誰にも見つかることなく人食い怪物の洞窟から逃げおおせるのだ。

We become visible. と書かれたあのプラカードは、きっといまごろはゴミ箱のなかか、大きすぎてゴミ箱に入らない場合は、地面に打ち捨てられ、雨に濡れていることだろう。

5

それからの二週間、リヒャルトは納屋に新しい扉を取りつける手はずを整え、暖炉の煙突の修理を頼み、牡丹を植え替え、櫂にボート用ラッカーを塗り、夏のあいだ封を切らずにいた手紙類に目を通し、理学療法に一度、映画館に三度足を運ぶ。朝食を取りながらいつものとおり新聞を読む。朝に飲むのは紅茶だ。ミルクと砂糖を入れたアールグレイ。それに蜂蜜を塗ったパン一切れ、チーズを載せたのを一切れ、ときどきそこに酢漬けのキュウリ一本を添えるが、卵は日曜日だけだ。いまでは毎日が休日だ。かつては日曜だけだった休日。それでも、卵は日曜にしか食べるつもりはない。いままでの習慣どおり。これまでと違うのは、紅茶を前に好きなだけ座っていられることだ。だから、以前なら読み飛ばしたであろう記事も、いまではじっくりと読める。アレクサンダー広場にいた十人の男たちがどこに連行されたか、ぜひ知りたいと思う。だがそれについては、なんの記事もない。リヒャルトが読むのは、イタリアのランペドゥーザ島沿岸でボートが転覆し、乗っていた三百二十九人の難民のうち六十四人が溺死したという記事だ。ガーナ、シエラレオネ、ニジェール出身の人々。また、ブルキナファソ出身の男がナイジェリア上空のどこかで、高度三千メートルを飛行中の飛行機の車輪の格納庫から落ちたという記事。男はそこに隠れていたのだ。さらに、数か月にわたってアフリカ出身の黒人たちに占拠されているクロイツベルク地区の学校についての記事。オラニエン広場で、難民たちが一年前からテントを張って生活しているという記事。そういえば、ブルキナファソという国はどこにあるのだろう？　アメリカ合衆国の副大統領でさえ、つい最近、アフリカのことをひとつの国だと述べたが、この失言を報じた記事によれば、アフリカには五十四の国があるという。五十四？　それは知らなかった。ガーナの首都はどこだろう？　シエラレオネの首都は？　ニジェールの首都は？　リヒャルトの学生たちの何人かが、大学生活一年目の最初には、『オデュッセイア』の冒頭の四行すらギリシア語で暗唱できなかった。リヒャルトが大学生だったころなら考えられなかったことだ。リヒャルトは立ち上がり、世界地図を持ってくる。ガーナの首都はアクラ、シエラレオネの首都はフリータウン、ニジェールの首都はニアメ。こんな都市の名前を、これまで聞いたことがあっただろうか？　ブルキナファソはニジェールの西にある。ではニジェールは？　一九七〇年代、大学でリヒャルトのいた学科と同じ階の、ほんの数部屋隔てただけのドイツ文学科には、モザンビークやアンゴラ出身の学生たちがしょっちゅう出入りしていた。彼らは機械工学や農学専攻の留学生だったが、リヒャルトの同僚たちからドイツ語も習っていたのだ。当時同盟関係にあったアフリカの国々との共同プロジェクトは、ドイツでの社会主義国家の終焉とともに終わりを告げた。リヒャルトが当時、『黒人文学《ネーガーリテラトゥーア》』という本を買ったのは、あの学生たちの影響だったのだろうか？　もう忘れてしまったが、あの本が本棚のどこにあるかはまだはっきりと覚えている。本は待ってくれる、と、自宅を訪ねてきた人から本棚にある本を全部読んだのかと訊かれるたびに、そうリヒャルトは言う。モザンビークの首都はマプト、アンゴラの首都はルアンダ。リヒャルトは地図を閉じて、別の部屋に行く。黒んぼの本がある本棚へ。いまでは「黒んぼ《ネーガー》」とはもう誰も言わない。だが当時は、本の表紙にこんなタイトルを印刷していたのだ。ところで、当時とはいつだろう？　戦後、リヒャルトが子供だったころ、母親にせがんで『ハッチ・ブラッチの熱気球』という本を何度も読んでもらったものだった。母親がベルリンの廃墟にあったトランクのなかで見つけた本だ。

早く早く、水はもうぬるいよ、
人食い女が呼びかけます。
あいつをつかまえろ、さっさと、さっさと、
人食い少年が呼びかけます。

リヒャルトが特に好きだったのは、本のなかの人食い少年の絵だった。最後に食べた肉の骨を髪に挿した子供。あの本は、おそらく母がいつかどこかへやってしまったのだろう。そしてのちに、大人になったリヒャルトが書店で尋ねたところ、その本はまだあるにはあるが、いま手に入るのは差別用語を使わない形に編集された、人食い人種ではないアフリカ人が主人公の改訂版だけだと言われた。そして、オリジナ

ル版が見つかったとしても、古書として法外な値段がついているだろう、と。ここでもやはり、あるものを禁止してみたところで、その禁止されたものをより所有欲をそそる貴重な品に変えることにしかならなかったというわけだ。効果や作用というのは間接的なものだ、直接的ではなく、とリヒャルトは考える。ここ数年、さまざまな機会にしょっちゅう考えてきたように。『黒人文学《ネーガーリテラトゥーア》』は、いつもあったのと同じ場所でリヒャルトを待っていた。そして、やはりタイトルは一九五一年につけられたものだった。リヒャルトはページをめくり、何行か読んでみる。**地球は丸く、沼で覆い尽くされている、と書いてある。その背後は、ブッシュの精霊たちの国だ。土の下にあるのは、さらなる土だけ。その下になにがあるのかは、誰も知らない。**

6

リヒャルトがベルリンのクロイツベルク地区にあるその旧校舎をようやく見つけるころには、すでに夕暮れ時になっている。かつての校庭には明かりがなく、すれ違う黒い人影は、夜の空気とほとんど見分けがつかない。階段には悪臭が漂っている。壁はグラフィティで覆われている。二階に上がると、開いたドアの向こうにちょうど男性用トイレがあったので、なかに入り、ここの男性用トイレがどんなふうかを見てみる。四つの個室のうち三つには赤と白のテープが張られ、立ち入り禁止になっている。その向かい側はがらんとしている。以前はシャワーがあった場所だろう。水道管が取り外され、タイルだけが残っている。そしてすさまじい悪臭。リヒャルトはトイレから出る。その場には誰ひとりいない。黒人も、白人も。壁に一枚、上向きの矢印とともに「講堂」と書かれた手書きの紙が貼ってある。確かに、上から声が聞こえてくる。おそらくすでに皆、集まっているのだろう。リヒャルトは少し遅れてしまった。Ｓバーン（都市近郊鉄道）の駅から学校に向かうあいだに迷ってしまったのだ。西ベルリンの地理はいまだによくわからない。リヒャルトは、「ベルリン州政府は、地元区民と難民の皆さんを、状況説明のため、クロイツベルク区の占拠された学校での集会にお招きします」という告知を新聞で読んだのだった。だが、自分はここでなにをしているのだろう？――区民でもなければ難民でもないくせに。ベルリンの壁の崩壊が彼にもたらしたのは、自分が気後れを感じる場所に行く自由のみだなどということがあるだろうか？

講堂は人で溢れかえっている。立っている者、床に、椅子に、机に座っている者。難民たちのマットレスは隅に寄せてあるが、テントがいくつか講堂の真ん中に張られ、寄木細工の床にネジで固定されている。どこが屋外で、どこが屋内なのか？　いったいここはどこだ？　かつては舞台だった場所にもマットレスが敷き詰められ、びっしりと隙間なく並べられている。白いコリント式の柱のあいだに張られた舞台用の幕が上がっていて、寝床や毛布やシーツ、鞄、靴などが見える。いや、それどころか、あちらこちらで毛布をかぶって寝ている人間の姿さえ見えるのでは？　リヒャルトは確信が持てない。**ああ、なんと**《ハーベ・ヌン》**いうことか**《アッハ》（ゲーテ『ファウスト』からの引用。「ああ、哲学、法学に医学、あいにく神学までも！　徹底的に学んだ、熱意をもって。しかし私はいまだに哀れな阿呆」の出だしの部分）。

ちょうど、ひとりひとりが順番に、自分の名前と、自分が何者か、なぜここにいるのかを説明しているところだ。このすべてが二重に通訳されている。リヒャルトはこれまでの人生で多くの集まりに参加してきたが、こんな集まりは見たことがない。

私の名前は……、出身は……、私がここにいるのは……

My name is, I come from, I'm here because.

Je m'appelle, je suis de, je suis ici.

七十人ほどの人間が、自分が何者かを名乗っていく。**ああ、哲学、法学に医学、あいにく神学までも！　徹底的に学んだ、熱意をもって。**天井には化粧漆喰の装飾があり、中央にはシャンデリアが下がっている。壁は暗い色のパネル張り。ここがギムナジウムだったのは、まだそれほど昔のことではない。

マリ出身、エチオピア出身、セネガル出身。ベルリン出身。

From Mali, Ethiopia, Senegal. From Berlin.

Du Mali, de l'Éthiopie, du Sénégal. De Berlin.

窓の桟には上着やTシャツなどがかけてある。乾かすためだろうか？　そもそも、この旧校舎で暮らしていて、洗濯はどうしているのだろう？　舞台の上では、まだそれほど遠くない昔、スピーチが行われたり、ピアノが演奏されたり、新入生歓迎の挨拶があったり、最優秀の成績で大学入学資格試験《アビトゥーア》に合格した生徒たちを表彰したりしたのだろう。演劇の発表会もあっただろう。そんなとき、舞台の幕は左右に開かれ、書き物机の前に座るファウストが現れるのだ。**そして、我々はなにひとつ知ることなどできないと悟る！**　本当に、集会の真っ最中でも、毛布をかぶって寝ている人たちがいる。

ニジェール出身。ガーナ出身。セルビア出身。ベルリン出身。

From Niger. From Ghana. From Serbia. From Berlin.

Du Niger. Du Ghana. De la Serbie. De Berlin.

地元住民でない自分は追い出されるだろうか？　リヒャルトは、自分が何者であるかを言いたくない。なぜここにいるかを。そもそも自分でもわからないのだ。この場にいる数少ない白い肌の人間たちのなかには、クロイツベルク地区の住人、難民支援組織のメンバーがいる。災害救助隊員もいるし、この旧校舎を文化センターに変えようとする市民運動の参加者、区役所の職員、青少年支援局の職員もいる。女性記者もひとりいたが、集会は一般には非公開だという理由で追い出された。大勢いる黒い肌の人間たちのなかには、八か月間この学校で暮らしている者もいれば、六か月間暮らしている者も、二か月前に来たばかりの者もいる。ここにいる難民たちは、アレクサンダー広場にいた難民たちとは違って、自分の名前を名乗り、どこから来たかを言う。だが、言ったところで問題の解決にはならないようだ。ガーナの首都はアクラ、シエラレオネの首都はフリータウン、ニジェールの首都はニアメ。

嫌だ。リヒャルトは自分の名前を名乗りたくない。

こう思ったまさにその瞬間、突然廊下のほうから耳をつんざくような音が響く。なにかが爆発したような音で、あらゆる思考を一気に吹き飛ばし、あとに残されるのは本能のみだ。その本能で、災害救助隊員が悟る――我々がいるのは三階だ。ガーナ出身の男が悟る――もうひとつの廊下への出口はふさがっている。地元住民が悟る――でも俺は白人なのに。別の地元住民が問いかける――うちの子はどうなるの？多くの黒い肌の男たちが悟る――やっぱり俺は、結局死ぬためにここへ来たってわけか。リヒャルトもまた悟る――ついに来たか。

だが、リヒャルトも含めて手で耳をふさいだ者たち全員が、結局手を下ろす。そして、なおも息をしながら、ふたたび考え始める。そしてこう思う――じゃあ、爆弾じゃなかったのか。そしてまたこう思う――爆弾であってもおかしくなかった。

ところが、皆が恐怖を――あるいはむしろ恐怖が皆を――追い払おうとしたまさにその瞬間、急に明かりが消え、しばらくのあいだ、講堂にいる全員が黒い人間になる。今度はなんだ？　いったいどうなってる？　そうつぶやく声が聞こえる。神様、と誰かが言う。そのときふたたび明かりがつく。

あたかもこの二分間で起きた意外な出来事ではまだ足りないかのように、明るくなるやいなや、今度は突然、ひとりのアフリカ人が叫び出し、手をばたばた動かし、罵りながら、講堂を突っ切るように枕を、それから毛布を投げつける。どうしたんだ？　あいつ、いったいどうした？　ショック状態なのか？　違うよ、と誰かが答える。どうやら、爆発の最中か、そのあと暗くなったときに、ノートパソコンを盗まれたみたいだ。枕の下にあったのが、なくなってたらしい。だいたい、ああいう難民が、どうしてノートパソコンなんか持ってるんだ、と地元住民は考える。じゃあきっと、角の公園で麻薬を売ってるような男たちの一味なんだわ、と別の地元住民が考える。それぞれが毛布一枚に枕ひとつしか持っていない状態では、私有財産制度は機能しないんだな、と、自分でもよくわからない理由で郊外からわざわざここまでやってきたリヒャルトは考える。そして、わめく男と、男を落ち着かせようとするほかの人々の傍らを通り過ぎ、喧騒と、まだ集会が始まってもいない講堂とを後にして、先ほどの爆竹の煙がなおも立ちこめている廊下に出る。爆竹は、区の政策に反対の意を表明したいベルリンの扇動者か、皆を死ぬほど驚かせるよりほかにすることのない黒い肌の少年か、難民と彼らを好意的に受け入れる者たちを憎むネオファシストか、またはほかの哀れな黒い悪魔を一瞬パニックに陥れ、そのあいだにノートパソコンを盗もうとした哀れな黒い悪魔の誰かが点火したものだった。

リヒャルトは、煙のせいでほとんど見えない階段を下りて、電灯に明るく照らされているものの無人の男性用トイレの前を通り過ぎ、一階へと向かう。階段を踏み外さないようにゆっくり歩いているのでなければ、こう形容することもできるだろう——リヒャルトは逃げている、と。

7

秋に木の葉の匂いがするのはいいものだ。地面に落ちて、靴の底に張りつく湿った落ち葉。庭の門を開けて、暗闇の空気を深く吸い込む。二十年前から、夜遅く帰宅すると、リヒャルトはこうしてきた。二十年間、この庭に秋が来た。こんな匂いがして、リヒャルトはこんなふうに門を開けて、庭に入って、また門を閉めてきた。時間はここでは、まるでひとつの広大な国のようだ。季節が巡るたびに、帰ってきたと思える国。この国のことなら熟知している。隣人たちの多くとは違って、リヒャルトは、木々のあいだを抜けて家に向かうときに足元を照らす人感センサーを取り付けてはいない。月の輝く夜もあるが、たとえ今夜のように真っ暗闇でも気にならない。闇のなかでは、リヒャルトの歩みは彼自身のものではなく、むしろ森のものだ。そして、覚醒状態が見ることに取って代わる。暗闇は――たとえそれが、庭という場所の、人に飼いならされた暗闇でも――しばしのあいだ、リヒャルトのような人間を傷つきやすい獣に変える。そのときリヒャルトは、またあの男のことを思い出す。いまこの瞬間も、湖底のどこかを静かに揺れながら漂っている男のことを。

クロイツベルクでのさっきの自分は、臆病者だっただろうか？　おそらくそうだろう。この庭にいるときはいつも、まさにかすかな恐怖心こそがこの場所と自分とをより緊密に結びつけるのだという気がした。この庭にいるときには、恐怖に対して恐怖を感じたことはなかった。だが街中では違う。友人たちは、リヒャルトがいまだに街の中心部まで車を運転していくのを拒むのをからかう。だが、ベルリンの壁がなくなってからというもの、リヒャルトにとって街はもはや知り尽くした場所ではない。壁がなくなってからというもの、街は倍の広さになり、あまりに激しく変貌を遂げたため、いまではときどき自分がどの交差点に立っているのかさえわからなくなるほどだ。かつては爆撃で穴が空いたあらゆる場所を知っていた。最初はそこに瓦礫の山があり、その後なくなった。さらにあとでは、そこにソーセージの屋台か、クリスマスツリーの売り場ができたかもしれないが、たいていの場合は空き地のままだった。ところがここ数年、空き地はふたたび活用され、ぽっかり穴があいていた街角にもまた建物ができ、建物の防火壁は見えなくなった。ベルリンの壁が建設される以前、子供だったリヒャルトは、西ベルリンにあるゲズントブルネン駅で、初めて自分の色つきボールを買うために自ら摘んだブルーベリーを売った。色つきボールは西側にしかなかった。壁が崩壊した後、駅を再訪してみると、東ベルリンに続く線路は背の高い草にすっかり覆われ、プラットホームには白樺の木々が生えていて、風に揺れていた。もしもリヒャルトが都市設計家だったら、あの場所は二つに分断された都市の記憶として、そして、人が造るものはすべて朽ちていくことの証として、そのままにしておいただろう。いや、もしかしたら、プラットホーム上の白樺の木立が美しいという、ただそれだけの理由から。

リヒャルトはウィスキーを一杯注いで、テレビをつける。さまざまなトーク番組、昔の西部劇、ニュース番組、アルプスが舞台の映画、動物番組、クイズ番組、アクション映画、サイエンス・フィクション、犯罪ドラマ。テレビをつけたまま、音だけ消して、書き物机に向かう。背後で女刑事が地下室のドアノブを揺さぶっているあいだ、リヒャルトは机の上にある書類に目を通す。保険証書、電話の契約書、自動車修理工場の請求書。先ほどの集会で、リヒャルトは名前を名乗りたくなかった。だが、いったいどうしてだろう？　七十人の人間がひとりずつ自己紹介をする集会——実に馬鹿馬鹿しく思われる。机に向かっているいまでもまだ、リヒャルトは思い返しては首を振り続ける。背後では女刑事が、部屋の隅に座り込んで泣いている少女に話しかけている。名前を名乗れば、それはひとつの意思表示になったはずだとリヒャルトには思われる——少なくとも、あの場にいることの意思表示に。だが、リヒャルトがあの場にいることが、他人になんの関係があるというのだ。誰かを助けようとしているわけでもなければ、あの学校の近くに住んでいるわけでもないし、区役所の職員でもない。ただ見物したいだけだ。そして、見物するあいだ、放っておいてもらいたい。どんな組織にも属していない。リヒャルトの興味は彼ひとりのものであり、あくまで個人的な、言ってみればまったくもって冷静なものだ。そして、もしリヒャルトの興味が、職業人生を通じてずっと冷静なものでなかったならば、それほど多くを理解することもなかっただろう。おそらく、講堂にいるのが何者なのかを把握しようとする試みは、あの学校がいま戦争状態にあることと関係があるのだろう。だが、名前がなにを語るというのだ？　嘘をつこうと思えば、いくらでもつける。むしろ、名前だけでなく、もっと多くのことを把握するべきだ。そうでなければ意味がない。リヒャルトは立ち上がると、ソファに向かい、ウィスキーの最後の一口とともに、しばらくのあいだ無音のテレビの前で過ごす。ちょうど、ひとりの若い男が年配の男の襟をつかんで壁に押しつけている。ふたりは怒鳴り合い、それから若い男が手を放し、年配のほうはその場を立ち去る。若い男はその背中に向かってまだなにかを叫ぶ。場面が切り替わる。警察署内にある女刑事のガラス張りのオフィス。ブラインド、コーヒーカップ、書類、等々。

8

朝食にミルクと砂糖を入れたアールグレイを飲む。それに蜂蜜を塗ったパン一切れ、チーズを載せたのを一切れ。ラジオからはバッハのゴルトベルク変奏曲。何年も前、「記号システムとしての言語」について講義をしたことがある。事物の記号としての言葉。皮膚としての言語。だがそれでも、言葉はどこまでも言葉のままで、決して事物そのものではなかった。人は、名前のみならず、はるかに多くを知らねばならなかった。そうでなければ意味がなかった。表面を表面たらしめるものはなにか？　表面を、その下にあるものと分かつものはなにか？　そして、空気中にあるものと分かつものは。子供のころ、リヒャルトはホットミルクの表面の膜を取り除けたものだった。大嫌いだった膜。それでも、ほんのついさっきまではまだ牛乳だった膜。名前はなにでできているのだろう？　響きでだろうか？　だが、紙に書かれただけの名前なら、響きでさえないのでは。もしかしたら、リヒャルトがバッハを聴くのが好きなのは、そのせいかもしれない。バッハには表面がなく、あるのは互いに交差する多くの旋律だけだから。ここで交差し、あそこで交差する――どの瞬間にも。バッハの場合には音楽と呼ばれるそれは、そうしたあらゆる交差の瞬間からできている。それぞれの瞬間は、肉の塊に入れる切り込みのように、事物そのものに入った切れ目なのだ。今年はまた、大聖堂のクリスマス・オラトリオのチケットを予約しよう。妻が死んでから初めてのことだ。リヒャルトは皿を片付け、パンくずをゴミ箱に捨てる。それからコートを手に取り、一番履き心地のいい茶色の靴に足を入れる。街では茶色を履くべからず《ネヴァー・ブラウン・イン・タウン》と言われるが、そんなことはどうでもいい。もしギャロップ中に落馬したら、すぐに鞍の上に戻って走り続けろ、さもないと、恐怖が永遠に骨の髄に残ることになる、と言われる。昨日、リヒャルトは占拠された学校で恐怖を感じた。だから――ガスコンロよし、電灯よし、鍵と定期券。

少なくとも、昼間にオラニエン広場に行くほうが、神にも見捨てられたような学校を夜に訪れるよりも気が楽だ。ベルリンの壁が崩壊してまもなく、リヒャルトは妻とともに、初めてここクロイツベルク区に来た。当時はふたりで、毎週日曜になると、西ベルリンの地区をひとつずつ散歩してまわったものだった。前の晩に街のガイドブックを見て、日曜の午前中に散歩した。オラニエン広場周辺の通りに最初に移住したのは、ユグノーの亡命者たちだった。まだこのあたりが町はずれだったころだ。移住者の多くは庭師だったという。その後、十九世紀にペーター・ヨーゼフ・レンネがオラニエン広場を設計した。当時はまだここに運河が流れていて、広場は岸だった。そして、いまは通りになっている場所は橋だった。のちにリヒャルトは、愛人にもこの広場を見せて、レンネとは何者かを説明した。すぐ角にはいい本屋があり、ミニシアターと、居心地のいいカフェがあった。

ところがいま、広場は工事現場のような有様だ。テント、掘立小屋、ビニールシートから成る風景。白、青、緑。リヒャルトは公園のベンチに腰を下ろし、あたりを見回して、人々の会話に耳を傾ける。ここでは誰もリヒャルトの名前を尋ねたりはしない。なにが見える？　なにが聞こえる？　スローガンが手書きされた横断幕やプラカードが見える。黒人の男たちと、白人の支持者たちの姿が見える。洗いたてのズボン、色鮮やかな上着、ストライプのシャツ、派手なロゴの入った明るい色のセーターを着た黒人たちの姿が見える。占拠された広場では、洗濯はどこでするのだろう？　金色のスニーカーを履いた男がいる。彼は神々の使者ヘルメスだろうか？　支持者たちの肌は白いが、着ているズボン、Tシャツ、セーターは黒で、擦り切れている。支持者たちは若く、青白い顔をしていて、髪はヘナで染めている。彼らは平和な世界を信じておらず、すべてが変わることを欲している。だから唇や耳や鼻に輪を通すのだ。一方、難民たちのほうは、自分たちの目にはじゅうぶん平和な世界として説得力を持っているように見える環境に、まずは身を置きたいと思っている。この広場では、これら二つの形の願望と希望が交差している。両者が重なり合う領域もあるが、無言の観察者であるリヒャルトには、その領域はあまり広いとは思えない。

郊外に引っ越す以前、リヒャルトと妻はベルリン市街地のアパートに住んでいた。西ベルリンから直線距離でほんの二百メートルのところだったが、のちの郊外暮らしとほとんど変わらないほど静かに暮らしていた。ベルリンの壁がふたりの暮らす通りを横切っていたせいで、袋小路ができていたのだ。子供たちはそこでローラースケートをして遊んでいた。一九九〇年、壁が少しずつ撤去されていったころ、西ベルリンへの新しい通過点がひとつ開くたびに、大勢の感動した西ベルリン市民が時間どおりに待ち構えていて、東からの兄弟姉妹たちを歓迎したものだった。ある日の朝九時三十分、そんな西ベルリン市民たちが目に涙を溜めて、リヒャルトのことも歓迎してくれた。二十九年間分断されていた通りにたまたま暮らしていて、いま自由への道を歩いているひとりの東ベルリン市民を。ところが、リヒャルトがその朝歩いていたのは、自由への道などではなく、ただの通勤ルートだった——壁のその場所が開くちょうどその時間に、通りの西側にあったSバーンの駅にたどり着きたかったのだ。リヒャルトは感慨とは無縁にせかせかと、感動した人々の群れを肘でかき分けて進んだ。失望した解放者のひとりから背中に罵声を浴びせられたが、リヒャルトはその日初めて、二十分もかからず大学に着くことができたのだった。

一年前にはまだ、リヒャルトがいま座っているベンチは、クロイツベルクの緑地に設置されたごく普通のベンチにすぎなかった。散歩する人々が腰を下ろして足を休めたり休憩したりする場所だった。レンネの時代にここを流れていた運河は、悪臭がひどかったため、市によって一九二〇年代に埋め立てられた。それでも水は、いまもなお地底の砂粒のあいだを流れているのだろうか？

いずれにせよ、いまここに休憩するために座っている者はいない。リヒャルトがすぐには立ち上がらないのも、ひとえに休憩するために座っているわけではないからだ。公園のベンチに座るというごく当たり前の行為は、ベンチの背後の緑地にキャンプを張る黒い肌の人々のせいで当たり前ではなくなった。レンネの時代からこの公園でベンチに座ってどう過ごせばいいかを知っていたベルリン市民たちも、もはやわからなくなっている。雀に餌をやる老女もいないし、ベビーカーを優しく揺らす母親もいない。本を読む学生もいないし、朝の待ち合わせをする三人の酔っぱらいもいない。昼の軽食を取る公務員も、手を握り合う恋人たちもいない。「座ることの変遷」というのも、論文のタイトルとしてなかなかいい。リヒャルトは座ったままでいる。それも、意地から。経験上、意地が出てくるときは常に興味深いことになる。「意地の誕生」というのも悪くないタイトルだ。

この広場に難民たちと同様に暮らしているらしい唯一の白い肌の人間は、四十代前半の骨ばった女だ。平たいパンを差し入れに来たトルコ人の男に、どこへ持っていけばいいかを指示している。しばらくすると、ひとりの髭面の男から自転車を受け取って、それを難民のひとりに手渡す。髭面の男と女はふたりで、その難民が嬉しそうに自転車で漕ぎ出すのを見送る。ちなみにあの人、肺に銃弾が埋まってるの、と女が言い、髭面の男が頷く。リビア、と女が言い、髭面の男が頷く。それからふたりとも少しのあいだ黙り込むが、やがて髭面の男が、じゃあ俺はこれで、と言う。手にマイクを持った若い女が、骨ばった女に近づく。

いまは取材お断り、と骨ばった女が言う。

でも大事なことなんです、ベルリン市民が――

冬に住む場所のことで交渉中なの、聞いてると思うけど。

そのことで来たんですよ、と若い女が言う。

一メートルも離れていないところに座ってこのやりとりを聞いているのに、ふたりの女がまったく気にする様子がないということは、リヒャルトはすでにホームレスかなにかに見えているのだろうか？

なら、州政府が出したいまから四月までの供与額も、もう知ってるでしょ？　ひとりにつき、一晩十八ユーロ。

ええ、聞いてます。

ところがね、と骨ばった女が言う。この人たちに家を提供してもいいという唯一の人間が、すでにその倍の額を要求してるの。だから、もしあんたが、ここにはネズミがいるし、トイレは四つしか残ってなくて、三日間も温かい食事が出ないこともあるとか、このあいだの冬にもテントが雪の重みで崩れたとか、そういうことを新聞に書くとね――確実にどうなるか、教えてあげようか。あんたの記事を読んで喜ぶのは、その投資家だけになるというわけ。

なるほど、と若い女が言う。わかりました。そしてマイクを下ろす。

リヒャルトは、この数年間何度となく考えてきたことを改めて考える。ある人のなんらかの行為がどんな作用を及ぼすかは、たいていの場合、予測不可能であり、しばしば当人が意図していたことと真逆の作用をもたらすことがあること。ここでもまったく同じことがあてはまるのは、難民と州政府との対立が、結局は境界の問題であることと関係があるのではないかとリヒャルトは考える。少なくとも数学においては、境界ではプラスとマイナスの記号はしばしば逆になるからだ。ドイツ語では「行動する」と「商う」に同じ動詞が使われるのも不思議ではない、とリヒャルトは考える。

マイクの電源を入れず、いわばひとりの人間として、若い女が骨ばった女にさらに質問する。

ここにいる人たちは、労働許可がないなら、いったい一日中なにをしているんですか?

なにも、と骨ばった女が言う。そしてきびすを返しながら、さらに言う。なにもしないでいるのに我慢できなくなったら、デモを組織するの。

なるほど、と若い女が言い、骨ばった女にうなずいてみせる。骨ばった女は立ち去る。

それから若い女はマイクをしまう。相変わらずリヒャルトの座るベンチの前に立ち、彼に背中を向けたまま、それまでずっと背後に無言の観客がいたことにも気づかずに。骨ばった女のほうは、どうやら台所になっているらしい開けっぱなしのテントのほうに向かう。その途中、倒れて別のテントに穴を開けていた木の立て看板をもとに戻す。

ひとりの黒人の男が、別の黒人の男に近づき、握手をして挨拶するのが見える。五人の男がひとかたまりになって立ち話をしているのが見える。そのうちひとりは携帯電話で話している。先ほど自転車をもらった男が、その自転車に乗って広場をぐるぐる走り回っているのが見える。ときには砂利道を蛇行しながら、ほかの男たちのあいだをすり抜けたりもする。開いたテントに置かれたテーブルの前に、三人の男が座っているのが見える。彼らの前には「寄付」と書かれた段ボール箱が置いてある。年配の男がひとり、ベンチの背もたれに腰を下ろしているのが見える。男の片目は潰れている。顔に青い刺青を入れた男が、別の男の肩をぽんと叩いて立ち去るのが見える。ひとりの男が、支持者らしい女と話しているのが見える。覆いを持ち上げたテントのなかで、寝椅子に座っている別の男が見える。手には携帯電話を持ち、なにかを入力している。誰かが寝そべっているが、足しか見えない。リヒャルトには理解できない言語でなにやら議論しているふたりの男が見える。片方が声を荒げ、相手の胸を小突く。小突かれた男は後ろによろめき、自転車に乗っていた男はふたりを避けなくてはならない。先ほどの骨ばった女が、鍋を持った男と話しているのが見える。こうしたすべての光景の背景を成す、通りの角の壮麗な建物が見える。おそらく、いまリヒャルトが座っているこの場所がまだ運河だったころに建てられたものだろう。かつては百貨店だったようだが、いま一階は銀行になっている。ここが運河だったころ、ドイツはまだ植民地を持っていた。東ベルリンでは、二十年前にはまだ、建物の正面壁に風雨にさらされてかすれた「植民地製品」の文字があちこちに見られたものだった。西側が東ベルリンの改修工事に乗り出す前の話で、「植民地製品」の文字の痕跡と、第二次世界大戦時の銃弾の痕とが、同じ建物の正面壁に同居していた。そして、すでに改修に備えて空っぽになったそうした建物に残された埃っぽいガラス戸棚のなかには、社会主義時代の「果物《オプスト》、野菜《ゲミューゼ》、ジャガイモ《シュパイゼカトッフェルン》（ＯＧＳ）」と書かれた紙札まであったかもしれない。リヒャルトの書斎にある地球儀には、まだ「ドイツ領東アフリカ」がある。マリアナ海溝のあたりで、覆い紙が少し剝がれているが、それでも地球儀は相変わらず美しい。ドイツ領東アフリカが現在どんな名前なのか、リヒャルトは知らない。いま座っている場所がかつて運河だった時代には、あそこの百貨店では奴隷も売られていたのだろうか？　黒い肌の召使が、同時代人であるレンネの一家が暮らす五階まで、暖房用の石炭を運び上げていた可能性もあるのだろうか？　そんなことを想像して、思わずリヒャルトはひとり笑いする。公園のベンチにひとりで座る年配の男がにやにやしている姿には、眉をひそめる人もいるかもしれない。そもそも自分はなにを期待しているのだろう？　この男たちがこの広場にキャンプを張って一年たついま、自分がたまたま郊外から出てきたというだけの今日この日に、なにか意外なことが起きると本気で信じているのだろうか？　実際なにひとつ起こらず、二時間半たつと寒々としてきて、リヒャルトはベンチから立ち上がり、家に帰る。

これまでにも、ある新しい計画を始めるとき、自分を駆り立てるものがなんなのか、リヒャルトにはしばしばわからないことがあった。まるで、リヒャルトの思考が独立した生命と独自の意志を発達させ、リヒャルトがついに自分について考えてくれるのを待っているかのように。まるで、これからリヒャルトが始めようとするプロジェクトが、実際に始める前からすでに存在していて、リヒャルトが知っていること、目にするもの、遭遇し経験するものすべてを貫く道も最初からずっとそこにあり、リヒャルトがついに準備を整え、そこに踏み出すのを待っているかのように。おそらく、実際まさにそうなのだろう。人は常に、すでに存在するものを発見することしかできないのだから。すべてはすでにそこにあるのだから。午後、リヒャルトは初めて落ち葉を掃く。夜になるとニュースで、オラニエン広場の難民たちの容認しがたい状況に解決策が見つかるのも単に時間の問題であると報じられる。容認しがたいといわれる状況についての似たような言葉を、リヒャルトはこれまでもよく耳にしてきた。木の葉が土に還るのも、溺死した男がどこかの岸に流れ着くか、湖のなかで溶けてしまうかするのも、基本的には時間の問題にすぎない。だが、時間の問題とはどういう意味だろう？　時間とは、さまざまな層や道を積み重ねるために存在するのか、あるいは逆に、それらをばらばらに引き離すためにあるのか、リヒャルトにはそれさえわからない。だが、ニュース番組のアナウンサーにはわかっているのかもしれない。リヒャルトは怒りを感じる。なぜなのか、自分でもわからないままに。しばらくして、ベッドに入ってから、あの骨ばった女の言葉を思い出す――なにもしないでいるのに我慢できなくなったら、デモを組織するの。すると突然、自分が今日なぜオラニエン広場に二時間も座っていたかを悟る。名前を名乗りたくない男たちがハンガーストライキをしたというニュースを初めて耳にした八月にはすでに知っていた。昨日、暗い校庭に足を踏み入れたときにも、やはり知っていた。だがいまこの瞬間、初めて本当に悟ったのだ。時間とはなにかについて、おそらく最もよく語り合えるであろう相手は、時間からこぼれ落ちた人間なのだと。または、時間に閉じ込められた人間と言ってもいい。リヒャルトの隣、掛布団に覆われたままのベッドの半分、かつて妻がいつも眠っていた場所には、ここ数日のあいだに着て、まだ片付けていないセーター、ズボン、シャツなどが散らばっている。

9

それからの二週間、リヒャルトは難民に関する本を何冊か読み、難民たちと話す際に尋ねるべきことのリストを作って過ごす。朝食の後で取りかかり、一時に昼食を取り、一時間昼寝して、その後は夜の八時か九時まで、また机に座るか、本を読む。適切な質問をするのは重要なことだ。そして適切な質問とは、必ずしも実際に口に出す言葉であるとは限らない。

予定で埋まった見通しのきく生活から、あらゆる意味で不確かで吹きさらしの難民の暮らしへの移行について知るためには、どこが始まりで、どこが途中で——そしてどこが現在かを知らねばならない。ひとりの人間の人生と、同じ人間の別の人生との境界には、その移行が目に見える形で残っているはずだ。とはいえ、よく目を凝らして見れば、移行そのものには意味などない。

どこで育ちましたか？　母語はなんですか？　どの宗教に属していますか？　家族は何人ですか？　どんなアパート、またはどんな家で育ちましたか？　ご両親はどうやって知り合ったのですか？　テレビはありましたか？　どこで寝ていましたか？　なにを食べていましたか？　子供のころのお気に入りの隠れ場所は？　学校へは行きましたか？　どんな服を着ていましたか？　ペットは飼っていましたか？　職業は身につけましたか？　あなた自身の家族はいますか？　故郷を出たのはいつですか？　それはなぜですか？　家族とはいまも連絡を取っていますか？　故郷を出たとき、どんな目標を持っていましたか？　別れはどんなふうでしたか？　故郷を出たときの持ち物は？　ヨーロッパをどんなふうに想像していましたか？　想像と違った点は？　毎日どんなふうに過ごしていますか？　一番恋しいものはなんですか？　なにを望んでいますか？　ご自身のお子さんがここで育つとしたら、故郷のことをどんなふうに話してやりたいと思いますか？　ここで歳を取っていくことを想像できますか？　どこに埋葬されたいですか？

10

リヒャルトがそんなふうに机の前と読書用の肘掛け椅子で過ごすある日、オラニエン広場のテントと掘立小屋が撤去され、難民たちは市内と郊外にあるさまざまな慈善団体が運営する施設に振り分けられる。いまや夜中に気温が十度以下になることも多いため、各施設が難民を受け入れる意思を表明したのだ。そんなことを、リヒャルトは知らない。というのもその日はちょうど、ドイツの商人リューデリッツによるアフリカ南西岸の領土獲得について読んでいるところだからだ。フォン・リューデリッツは、メキシコで一度破産したのち、富裕な結婚相手を得、その後アフリカ西岸で改宗を呼びかけていた伝道師の息子と知り合い、その勧めに従って、二区角の土地を買った。ひとつは金百ポンドと銃二百丁で。もうひとつは金五百ポンドと銃六十丁で。土地の広さは、地元の首長が用いるイギリスマイルよりも一マイルあたりの距離が長いドイツマイルで測った。対岸のインド洋まで帯状に土地を入手できれば理想的だ。リューデリッツの私有地の境界を、ドイツ帝国は当初守ろうとしなかったが、リューデリッツが実にあっさりとやってのけたのを見た英国がやはりいくつかの港を占領した時点でようやく、ビスマルクが二隻の戦艦を派遣した。それ以来、商人リューデリッツの所有地は植民地と呼ばれ、ドイツ国家の名において防衛されることになった。夕食を取りながらリヒャルトはなおも、ドイツ人のやり方に呆れて首を振り続ける。首を振るというのも、ひとつのしるしだろうか？　だが、ここに座っているのは自分ひとりだというのに、いったい誰のためのしるしだろう？　**石の上に座って、頭をゆらゆらさせて**（ゲーテ『ファウスト』より）。明日はいよいよ質問リストを持って、難民たちを訪ねよう。

翌日、リヒャルトがオラニエン広場にたどり着いたときには、広場はすでに立ち入り禁止で、警官たちに取り囲まれていた。最後の板切れ、ビニールシート、マットレス、段ボールなどがブルドーザーでかき集められ、トラックに積載されてどこかへ運ばれていくところをリヒャルトはかろうじて見届けた。残ったのは、一本の木の上に座っているアフリカ人の女だけで、おそらく広場を立ち去ることを拒否しているのだろうが、撤去部隊も警察も、木にも女にも注意を払う様子はない。その女を除けば、難民たちの姿はもはや見当たらない。テントや小屋が撤去されたことでふたたびむき出しになった地面には、ネズミが造ったトンネル組織が丸見えになっている。ネズミたちはどうやら、きちんと密封されていなかった難民たちの保存食料から恩恵を受けて暮らしていたようだ。リヒャルトはジェシュフのことを思い出す。ひとりの警官が彼に、難民たちは掘立小屋を解体する作業を手伝いさえした、それがベルリン州政府との合意の一部なのだと説明する。合意って、どんな？　とリヒャルトは尋ねる。残念ながらそれは言えないと警官は答える。で、難民たちはいまどこにいるんですか？　三つの別々の施設に振り分けられましたよ。なんと、ひとつは郊外で、リヒャルトの自宅からそう遠くないところにある。リヒャルトにはすぐに、それがどこかがわかる。埃っぽいガラス窓のあの赤レンガの建物なら、よく知っている。老人ホームの一部だったが、二年前から空き家になっている。

帰りのSバーンでは、駅に停まるたびに自動音声が、車両とプラットホームの隙間に注意するようにと呼びかける。いつもと同じく。そしてリヒャルトもいつもと同じく、Sバーンがこのアナウンスを流すのは、乗客の安全を気にかけているからではなく、実際に事故が起きた場合に保険会社から支払いを受けられるようにするためだろうと考える。

ともあれ、アフリカ人たちは、あの老人ホームに入居したのだ。いいじゃないか。どうせ空き家だったのだ。

リヒャルトはSバーンを降り、家に帰る。

11

翌日の十月三日、釣り同好会の面々が大騒ぎしながら東西ドイツ統一記念日を祝うなか、リヒャルトはついに、研究室から運んできたものの開封しないまま地下室にずっと置きっぱなしだった段ボール箱を開けて、本の整理を始める。翌日いっぱい、さらにその翌日もかかる。週末をかけて段ボール箱を細かく切断し、東ドイツでは「我らが共和国の誕生日」として祝日だった十月七日の晩にようやく、きちんと平らに重ねた段ボールをリサイクル用の青いゴミ用コンテナに投げ入れる。月曜日、食料品を買いに行き、帰宅する。もう何年も前からリヒャルトは、例の老人ホームの前を車で通り過ぎるたびに、ここは自分がいわゆる「人生の黄昏」を過ごしたいと思えるような場所だろうかと自問してきた。ちなみに、「人生の夜更け」という言葉はない。冷蔵庫の野菜室にはもう場所がないので、レタスは玄関の冷たいタイル張りの床の上に置く。

火曜日の朝、ようやくリヒャルトはコートを着て、一番履き心地のいい茶色の靴を履く。ガスコンロよし、電灯よし、鍵。徒歩で二十分かかる。

老人ホームのロビーで、リヒャルトは受付係に、難民たちと話をしたいと伝える。

はあ、どちらからいらしたんですか？

自宅からです、とリヒャルトは答える。

いえ、そうではなくて、どちらの機関から？

どこでもありません、とリヒャルトは答える。ただ関心があって来ました。

寄付をなさりたいんですか？

いえ。

そう簡単な話ではないんです、と受付係の女性が言う。大きなガラス板の向こうに、「高齢者施設」——最近では老人ホームはそう呼ばれる——の朝食室が見える。四人掛けのテーブルに老人たちが座っている。首に涎掛けをかけている人もいれば、車椅子に座っている人もいる。

私はフンボルト大学の教授です。専門は古典文献学。

この台詞は、これまでの人生で何度も口にしてきた。いまは、本来なら「名誉教授」と言うべきところだが、まずはこの新しい肩書きに慣れねばならない。「教授」の地位は東ドイツで得たもので、それが現在西側でも認められている。だが年金の額は——東時代にすでに教授だった人間は皆そうだが——西出身の教授たちよりも低い。「東時代」——興味深い構造を持つ単語だ。時代という言葉に方角の名称がついている。現在は、あらゆる時代の、この都市と国のあらゆる方角が、すべて「西」だ。

それでも、あらかじめ面会の予約をしていただかないと。

難民たちと？　とリヒャルトは訊く。

いえ、まずはここの所長と。

ひとつの問いが生まれる瞬間に立ち会うたび、リヒャルトは嬉しくなる。この郊外に難民たちが現れたのも、まさにそうした瞬間のひとつだ。秩序は恐怖から生まれる、とリヒャルトは考える。不安と用心から生まれる。予約した面会時間までは一時間半あるので、宮殿庭園へ散歩に行く。池には落ち葉が散らばり、その落ち葉のあいだを白鳥と鴨が泳いでいる。

所長はリヒャルトを所長室で迎え、こう言う。

こちらの入居者に、具体的になにをお望みですか？

ある研究プロジェクトに携わっておりまして。

ほう、と所長は言い、「名誉教授」から机越しに名刺を受け取ると、礼を言う。

それから所長は「ダブリンⅡ規約」に言及し、「本国送還」「退去強制までの収容」「庇護手続法」などについて語る。それからリヒャルトに対して、「滞在権原《ティーテル》」とはなにか知っているかと尋ねる。

肩書《ティーテル》？　リヒャルトは、これまで滅多に自分の「教授」の肩書を口にしてこなかった。たとえば、先ほど受付係に名乗ったように、ことをうまく運ぶために強い印象を与える必要があると思われる場合に限る。それにダブリンとは？　一度、妻とともにアイルランドにハイキング旅行に行ったことがある。ベルリンの壁が崩壊してから四、五年後のことだ。ヒース、羊、降り続く雨。宿泊先のさまざまな小さなペンションでは、朝食の席で大勢の東ドイツ市民を見かけた。リヒャルト夫婦と同じように、人里離れた場所を求めてきた人たち。もはや故郷には存在しない、あたかも壁の陰に隠れて風から身を守るような、慣れ親しんだ孤立感を。

所長はさらに話を続ける。内容はだいたい以下のとおりだ。

彼らは暫定的にここで暮らしているにすぎない。部屋は、長期的な問題解決に必要な基準を満たしていない。本来なら、いまごろ工事が行われているべきだった。改修工事が延び延びになっている。台所の数が少なすぎるし、全員が暮らすには洗面所も足りない。それに一部屋あたりの人数も、ベッド数を考えると理想的とは言いがたい。

私が知りたいのはそういうことではないのですが、とリヒャルトは言う。

こちらの立場をちゃんと理解していただきたいだけですよ。ほかに誰も手を挙げないから、我々が思い切って手を貸したわけです。

私は記者ではありません、とリヒャルトは言う。

ええ、わかってますよ。

ふたりとも少しのあいだ口をつぐむ。

それで、難民たちはオラニエン広場から出ていきたがったんですか？

それは難しい質問ですね。

なるほど。

ふたたび短い沈黙の後、所長はうなずき、こう言う。

では、行きましょうか。

12

難民たちが収容されている赤レンガの建物は、施錠されている。内側から。青い制服姿の男が、ふたりのためにドアを開ける。もうひとりの制服姿の男が、玄関口に置かれた古い事務机の向こうに座っている。

この建物に出入りする際は、警備員が毎回、身分証明書を確認します、と所長が言う。

承知しました。

火災時の安全確保のためですよ。いつでも建物内に何人いるのか把握しておかねばなりません。

ロシア語では「承知しました《フショー・フ・パリャートケ》」だ、とリヒャルトは考えるが、ただうなずくだけにして、机越しに身分証明書を渡す。木製に見せかけたベニヤ合板の机の材料は、昔はシュプレラカートと呼ばれた。おそらくこの机は、東ドイツの人民連帯組織（一九四五年にドレスデンで設立された高齢者のための自助組織）か党地方支部の事務所から回収されたものだろう。

こうしてふたりは、制服姿の警備員の脇を通り抜けて、階段へと続く右手の廊下に進むことを許される。ドアが蝶番から外された部屋の前を通る。室内にはビリヤード台と、肘掛け椅子が数脚あり、黒い肌の若い男が三人、そこに座っている。それぞれキューを手に持っているが、ビリヤードはしておらず、一言も発さない。リヒャルトが目をやると、ビリヤード台の上にはひとつも球がない。

蛍光灯、曇りガラスの窓、二階に続く階段には、職人が手ずから鍛造した蔓模様の装飾がある薄緑色の手すりがついていて、そこここでペンキが剝げ落ちている。

二階は誰もいません、水が出ないもので、と所長が説明する。

三階の廊下に出ると、両側にドアが並んでいる。ドアとドアのあいだの壁には、車椅子の肘掛けが当たる高さに、幅の広い木の桟が固定されている。

そもそもこんな時間に、皆さんここにいるんですか？

いつも誰かしらいますよ。

ドアにはまだ、最後にここに暮らしていた老人たちの名札がかかっている。皆もう亡くなったのだろうか？　それとも、どこか別の施設に移されたのだろうか？

それからもうひとつ、彼らは自由に建物から出ることもできます、と所長が言う。それでも、やはりここで話をなさるのがいいと思いますよ。

私はそれで構いません。

ただそう申し上げておきたかっただけです。何語を話せますか？

英語、ロシア語、まあでも、ここではあんまり役に立ちそうもないですね――所長が首を振る――それに、イタリア語。

わかりました。では、ここから始めましょう。


所長はある部屋のドアをノックし、医者か看護師が病室のドアを開けるように、返事を待たずに開ける。そしてリヒャルトは、病院と同様、毛布と枕の置かれたいくつものベッドを目にする。誰かが横になっているベッドもあれば、空っぽのベッドもある。部屋の奥では、ひとりの男が壁にもたれて、耳栓のようなもので音楽を聴いている。部屋の一番手前、テレビの前に置かれたベッドには、巨漢がひとり座っていて、その隣にも男が三人いる。本音を言えば、リヒャルトはすぐにでも立ち去りたい。だが所長がすでにリヒャルトを紹介し始めている。教授、あるプロジェクトのためのインタヴュー、いくつか質問したい。テレビでは、漁業に関する番組が流れている。網にかかった魚と、オレンジ色の防水服姿の男たちが映る。嵐のなかのボートと、たくさんの水が映る。この部屋の男たちは、教授というのがなんなのか、そもそも知っているのだろうか？　ベッドの下に置かれた旅行鞄が目に入る。靴は一足ずつ窓の下に並べてある。寝ている者たちの何人かは、きつく毛布を巻いて、身動きもせず沈黙している、ミイラのように見える。テレビの前のベッドに座っている巨漢が、リヒャルトに向かってうなずき、こう言う。問題ない《ノー・プロブレム》。

それでは、私はこれで、と所長が言って、出ていく。

巨漢は、なにやら解読不能の文字が胴体を横切るように書かれた赤いTシャツを着ている。なるほど、難民の誰もが困窮しているというわけではないんだな、とリヒャルトは考える。これほど体格のいい奴がいるんだから。巨漢はリヒャルトにうなずいてみせると、隣のベッドのシーツの皺を伸ばして、そこに座るよう勧める。外出用ズボンのままシーツのかかったベッドに座るべからず。だが、ここには椅子がひとつもない。「外出用ズボン《シュトラーセンホーゼ》」という言葉は、グリム兄弟が編んだドイツ語辞書に載っているだろうか？　漁業というのは大変な仕事だ、特に冬は。どうやらこの場の決定権を握っているらしい巨漢が自己紹介する。名前はラシド。それからこっちがザーイル、こいつはアブドゥッサラーム、それからこののっぽがイテンバ。あんたは？　リヒャルトです、私と話をすることを承諾してくれてありがとう、とリヒャルトは言う。そして質問リストを取り出す。

　しばらく後、リヒャルトのメモ帳にはこう記されている――ナイジェリア北部はイスラム教圏、南部はキリスト教圏。カドゥナにシャリーア法が導入され、キリスト教徒は逃げた。カドゥナとは？　言語はヨルバ語、ハウサ語ほか多数。ヨルバ？　ハウサ？　ヨルバ人のほとんどはキリスト教徒。ラシドはヨルバ人だがムスリム。逆にハウサ人のほとんどはムスリムだが、ハウサ語を話す人が全員ムスリムというわけではない。ハウサ語はガーナ、スーダン、ニジェール、マリでも話され、通じる。アラビア語もほとんどの人に通じる。この部屋にいる男たちは全員ナイジェリア出身だが、それぞれ異なる地方の出だ。ラシドは北部の内陸出身、アブドゥッサラームは沿岸部出身。ナイジェリアには海があるのか？　ザーイルはアブジャ近郊で生まれた。アブジャ？　首都だ。この施設には、ガーナの部屋、ニジェールの部屋、等々もある。オラニエン広場でも、テントをそういうふうに割り振っていた、同室の人間同士理解しやすいように、とラシドは言う。そういうわけで、ここ２０１７号室は、言ってみればナイジェリアなわけだ。そう、言ってみれば。寝ている男のひとりが大いびきをかいているが、誰も笑わない。そもそも聞こえていないようにさえ見える。巨漢のラシドと、その隣に座っているザーイルは、同じボートに乗ってきた。あなたの国にはどんな植物がありますか？　ペットは飼っていましたか？　職業は身につけましたか？　イタリアの沿岸警備隊が難民たちを自分たちの船に乗せようとしたとき、救助してもらおうと、全員がボートの片側に殺到し、そのせいでボートは転覆した。ドアが開き、ひとりの黒人の男がなかを覗くと、リヒャルトには理解できない言語――ハウサ語だろうか？――でなにか言い、返事を聞くと、たちまち姿を消す。学校へは行きましたか？　ラシドは泳げない。一本のケーブルにつかまって、水面を漂っていた。ザーイルも泳げない。ボートが転覆し始めたとき、宙に突き出た底部によじ登り、そこで救出された。子供のころのお気に入りの隠れ場所は？　だが、八百人のうち五百五十人が溺れ死んだ。テレビの画面にはいつの間にか、ベルトコンベアーに載せられた大量の魚が映っている。ゴム手袋をはめた女たちの手が魚をつかみ、大きなナイフを使って、ほんの数秒で魚を切り身に変えていく。ラシドとザーイルはハンブルクで再会した。お互いすぐに相手に気づいた。いびきをかいている男はまだ寝ている。ふたりは同じボートに乗っていた。八百人のうち五百五十人が溺れ死んだ。リヒャルトは、水産加工業界の現状についてこれ以上知りたいとは思わない。そこでこう言う。このなかで、なにか歌を覚えている人は？　歌？　いいや。この男も、その男も、あの男も、誰も覚えていない。ところが、アブドゥッサラームは覚えている。初めて一瞬だけ顔を上げる。それまでひとことも話さなかったのだ。斜視のせいで恥ずかしがり屋なのかもしれない。リヒャルトの目論見どおり、誰かがテレビの音量を下げ、アブドゥッサラームはまたうつむいて、自分の両手を見つめる。そして歌い始める。

ナイジェリアでは誰でも知っている歌だ。ラゴス島のエヨ祭りの。ラゴス？　のっぽのイテンバが、手に持った携帯電話をリヒャルトに差し出す。ひびの入ったディスプレイに写真が写っている。白い帽子、地面まで届く白い長衣、白い髭、顔の前に垂らしたヴェール。死せる王に、霊たちはそのような姿で墓まで付き従う。跳びはねる霊もいて、写真ではそんな霊たちが、地面から半メートルの高さで、まるでたったいま宙から湧き出てきて着地しようとするかのように体を丸めている。日曜日になると、霊たちは黒い帽子をかぶって、次の日曜に行進すると予告する。月曜には赤い帽子の霊たち、火曜には黄色い帽子の霊たち、水曜には緑の帽子の霊たち、木曜には紫色の帽子の霊たち。

ここで一日中なにをしているんですか？　ひび割れたディスプレイをうなずきながら見ていたリヒャルトは、唐突に尋ねる。そして、英語では相手を「あなた」と呼ぶか、「君」と呼ぶかの区別がないことにほっとする。実際のところ、自分はこの男たちを「君」と呼んでいるのではないだろうか？――英語の You という、「あなた」と「君」の区別のない単語の陰に隠れて、頭のなかではドイツ語で du すなわち「君」と呼んでいるのでは。だが、いったいどうして？　学生たちにさえ、「君」と呼びかけたりはしないというのに。俺たちは働きたい、とそのとき巨漢のラシドが言う。でも労働許可がもらえない。難しい、とザーイルが言う。すごく難しい。毎日が同じだ、とのっぽのイテンバが言う。考えてばかり、これからどうなるかわからないから、とアブドゥッサラームが言ってうつむく。リヒャルトはなにか答えを返したいと思うが、どんな答えも思いつかない。話を聞いているだけなのに、一時間足らずで、大学で一コマの講義をした後よりもくたくたになる。未知の世界がまるごと頭上に落ちてきたら、いったいどこから整理を始めればいいのだろう？　リヒャルトは、そろそろ帰らなくては、また来ます、と言う。落ち着いていろいろ話を聞く時間はたっぷりありますから、と。時間はある。

後ろ手にドアを閉めると、もう一度振り返って、部屋の番号を頭に刻みつける。２０１７という数字が、薄緑色のドアについている。廊下の左から三つ目のドアだ。そこからまだ、同じ薄緑色のドアが六つか七つ続いている。廊下の反対側も同様だ。突き当たり、廊下が右に曲がるところに窓があり、その向こうに茶色いモルタルの建物の壁が見える。窓際には、靴が三足、きちんと揃えて置かれている。そのときになって初めてリヒャルトは、廊下を照らす蛍光灯がときどき瞬くことに気づく。

13

翌日、リヒャルトがまた訪ねていくと、警備員から、係の者がすぐに来て案内すると言われる。ひとりで建物に入っていただくわけにはいきません。承知しました《フショー・フ・パリャートケ》。一年半にわたって、難民たちはベルリンの中心で暮らしていて、彼らと話したいと思えば誰でも話すことができた。リヒャルト自身、ほんの一、二週間前、公園のベンチに座っていたあのときなら話せたはずだ。だが、「合意」に署名したその瞬間から、難民たちは管理の対象となった。官僚主義の幾何学というやつだ。この用語は、数日前、ある歴史家が書いた植民地主義の影響についての本で読んだ。植民地化された国の人々は、官僚主義によって窒息させられた。彼らの政治的な行動を阻害するには、これは決して悪い方法ではない。それとも、ここドイツにおいてはただ、官僚主義は善きドイツ人を悪しきドイツ人から守り、「詩人の国」をふたたび「殺人者の国」と呼ばれる危険から守ったにすぎないのだろうか？　オラニエン広場にあるようなテントに置かれたプロパンガス用コンロは、いつ倒れてもおかしくない——オラニエン広場がまだアフリカ人たちに占拠されていたころ、インターネット上のある新聞記事のコメント欄に、誰かが匿名で書き込んだのを読んだことがある。すると、ベルリン州政府は、アフリカ人たちの身の安全を図ったのだろうか？　それとも、むしろ自分たちの身の安全を図ったのだろうか？　もし後者だとすれば、現実の行為——難民たちをよりよい地域のきちんとした住環境に移すこと——は、単なる仮面にすぎないことになる。では、仮面の下にあるものはなにか？　目に見える行為の背後にある実際の行為とはなにか？　誰が誰の目をごまかしているのか？　プロパンガス用コンロについて投稿したのはリヒャルトであったとしてもおかしくない。アフリカ人たちはきっと、ヒトラーが誰かは知らないだろうが、そうだとしても――彼らがいまドイツで生き延びることができて初めて、ヒトラーは本当に戦争に負けたことになるのだ。


　リヒャルトを迎えに来て上階に案内する職員は、上品な年配の女性だ。今日は誰もいないビリヤード室の前を通り、蔦模様の手すりのついた階段を上る。廊下の瞬く蛍光灯から洩れる乳白色の明かり、薄緑色のドア。職員がノックして、最初にここを訪ねたときの所長と同様に、返事を待たずに２０１７号室のドアを開ける。２０１７号室では、今回もベッドに横になって寝ている者がちらほらいる。このなかに、ラシド、ザーイル、イテンバ、アブドゥッサラームもいるのかもしれないが、戸口からではよく見えない。いずれにせよ、テレビはついておらず、ドアが開いても誰も反応しない。

　職員はドアを閉めて、廊下を先に進み、２０１８号室をノックして、ドアノブを下げるが、ドアには鍵がかかっている。

　次に２０１９号室のドアをノックして開ける。左の壁際にベッドが一台あり、そこに誰かが座って書き物をしている。オラニエン広場で自転車に乗っていた、あの男ではないだろうか？　男はとても若く、もじゃもじゃの巻き毛だ。職員が、教授と少し話をする気はあるかと尋ねると、男は承諾のしるしに、まるできかん気の強い馬のように頭を軽く後ろにそらす。そして、ドイツ語の単語ですでにぎっしりと埋め尽くされた紙をベッドの上に置く。若者の頭上の壁には、不規則動詞の活用表が貼ってある。**行く**《ゲーエン》、**行った**《ギング》、**行ってしまった**《ゲガンゲン》。部屋にひとつだけある椅子を引き寄せて座ろうとして初めて、リヒャルトは、もう二台あるベッドにも毛布をかぶって寝ている誰かがいることに気づく。気にしないでください、と、リヒャルトがためらうのを見て職員が言う。そしてリヒャルトにうなずいてみせると、部屋を出ていく。なるほど、気にしなくていいと。一瞬リヒャルトは、ここにいる若者たちが、突然これほど年寄りじみた生活を強いられていることにぞっとする。待機し、眠る。金が足りるうちは食べ、それ以外は待機し、眠る。


どこから来たの？

いまのもまた、相手に対して馴れ馴れしい話し方だ。だが、単にそれは相手の年齢のせいかもしれない。この若者は、リヒャルトの孫であってもおかしくない。それに、ギリシア神話のアポロンはきっとこんなふうだろうと、リヒャルトがいつも想像していたとおりの姿だ。

砂漠《デル・デゼルト》から、と、若者はイタリア語で答える。

リヒャルトはこれまで、妻とともに、トスカーナ地方で何度かイタリア語の授業を受けてきた。最初は、ベルリンの壁が崩壊して最初の夏の休暇に。ダンテへの愛からだ。

どうしてイタリア語ができるの？

一年間、収容所で授業を受けたから。「収容所《ラーガー》」という言葉を、若者はドイツ語で言う。

ランペドゥーザ島で？

いや、そのあと、シチリアで。

アグリジェントの古代ギリシア神殿と、バイクで追い抜きざまに妻のハンドバッグを引ったくっていった男。二千五百年間をまるごと包含するジオラマに迷い込んだかのように、あのときリヒャルトは、古代世界と資本主義社会とに同時に足を踏み入れたのだった。いま、リヒャルトは先ほどの質問を繰り返す。

どこから来たの？

砂漠から。

サハラ砂漠が正確にはどれほどの広さなのか、わかってさえいれば。

アルジェリア？　スーダン？　ニジェール？　エジプト？

そのとき初めて、リヒャルトは思い当たる。ヨーロッパ人によって引かれた国境線など、アフリカ人には実際なんの関係もないのだと。つい最近、世界地図を開いてアフリカ各国の首都を調べながら、地図上に引かれた完璧な直線を改めて目にしたばかりだが、いまようやく、それらの直線がいかに恣意的なものであるかを実感する。

砂漠からだね、わかった。

ところがそのとき、若者が微笑む。おそらくリヒャルトのことを面白がっているのだろう。そしてこう言う――ニジェールから。

ということは、ここはニジェール部屋に違いない。だが、ニジェールにはいったいどんな民族が暮らしているのだろう？　リヒャルトは質問する。

君もヨルバ人？

いや、トゥアレグ。

ここで、またしてもつまずいてしまう。トゥアレグとはフォルクスワーゲン社の車の名前ではないか。一度、男性がかぶる青いヴェールの話を聞いたことがあるような気がする。だがほかには？

お父さんは？　お母さんは？

いや、両親はいない。

いない？

若者は頭を後ろにそらす。「はい」を意味する仕草でも、「いいえ」を意味する仕草でもおかしくない。

家族がいないの？

若者は黙り込む。どうして自分に両親がいないのか自分でもわからないと、なぜ赤の他人に言わねばならない？　砂漠は広い。砂丘がどんなふうに位置を変えていくかを知っていれば、砂を見分けることができる。若者は、両親がまだ生きているかどうかを知らない。若者が生まれたときは紛争が続いていた。もしかしたら、母親か父親は、ニジェールの兵士たちによって砂漠に生き埋めにされた人々のなかにいたかもしれない。または、切り刻まれた人々の。または、生きたまま焼かれた人々の。あちこちで、皆がそんな話をしていた。ひょっとすると自分は、両親の手から奪われたのかもしれない。いずれにせよ、物心ついたころから奴隷の仕事をさせられてきた。朝から晩まで、ラクダ、ロバ、山羊の世話。自分の「家族」とされる人々に殴られて頭と腕についた傷跡を、なぜ赤の他人に見せねばならない？　彼らは若者を殴り殺そうとした。動物だけが友達だった。


母親や父親が仕事に行かなきゃならないときは、伯母さんのところで暮らす、と若者は言う。

なるほど、とリヒャルトは言う。

眠っている男のひとりが寝返りを打ち、毛布をきつく体に巻きなおす。

家では何語を話していたの？

タマシェク語。

うん。

それはトゥアレグの言葉？

ハウサ語もわかる？

うん。

アラビア語は？

うん。

フランス語は？

うん。

で、いまはドイツ語を学んでるの？

うん。

よく書けてる、とリヒャルトは言って、若者の体の横、毛布の上に置かれた紙を指さす。

ドイツ語の文字しか書けない。


家畜の所有者の子供たちが母親たちと一緒にテントの前に座り、砂の上でトゥアレグの言葉を書くための文字であるティフィナグ文字の書き方を習っていたこと、そのあいだ自分は、夜になる前に最後のラクダの乳しぼりをしなければならなかったことを、赤の他人に話すべきだろうか？　自分は、砂に書かれた文字を、風が翌朝までには吹き消してしまう前に見てきた。それに、刀に、革製品に、砂漠のなかの岩に刻まれた文字を見てきた。十字、円、三角形、点――それらがなにを意味するかを知っていたらどんなによかっただろう。**見る**《ゼーエン》、**見た**《ザー》、**見てしまった**《ゲゼーエン》。だが自分はアクリ、つまり奴隷だった。ただ、星を読むことだけはできた。夜の七人の姉妹、砂漠の戦士、母ラクダと子ラクダ。

もしかして、両親は自分のことを忘れてしまっただけなのか？

それとも、売りとばしたのだろうか？


そのとき初めてリヒャルトは、若者の両頬の皮膚に四本ずつ線が刻まれているのに気がつく。

それはなんのしるし？

トゥアレグの部族のしるし。

へえ。

リヒャルトは質問し、答えをもらうが、それでも途方に暮れたままだ。

どんなところに住んでいたの？

若者は携帯電話を手にすると、しばらく探した後、ドーム型の屋根がついた大きな丸い小屋の写真をリヒャルトに見せる。

なるほど、このアポロン似の若者は、インターネット接続ができる携帯電話を持っているということか。

こういう小屋は、男三人がかりで一日で建てる、と若者は説明する。葦と、椰子の葉と、革と、編んだ茣蓙《ござ》と、木の枝で。移動するときは、と若者は続ける。小屋を壊していく——葉っぱと葦と、火を焚いた後の灰、全部がそのうち砂漠に消える。

でも革と茣蓙は持っていくんだろう？

うん、それに木の枝も。木は滅多に生えてないから。

それに、食器とか、家財道具、服なんかの持ち物も全部持っていくんだろう？

うん。

で、持ち物は全部、ラクダに乗せて運ぶの？

そう。

リヒャルトと妻は、二十年前、現在の家に引っ越すとき、本を詰めるだけで八十箱を必要とした。もちろんそのほかにも、食器と衣類を詰めた箱や、家具、カーペット、絵、照明器具、ピアノ、洗濯機、冷蔵庫などがあった。ふたりの家財道具が大型トラックの荷台を最後の一センチの隙間まで埋め尽くした。

それに、もちろん食糧も持っていく、と若者が言う。

どれくらいの期間の分?

二か月分だったり、三か月分だったり。移動距離による。

二か月か三か月?

そう。ラクダに積む、と若者は繰り返す。小屋を壊していく。若者は両手で、残していくものがどれほどわずかであるかを示すらしい仕草をして、こう言う。オラニエン広場と同じだよ。

まるで子供に戻ったかのように、一日であまりに多くのことを初めて耳にする名誉教授は、オラニエン広場が単に有名な造園家レンネが十九世紀に設計した広場であるばかりではないことを、突如として悟る。単に老女が毎日犬を散歩させる広場でもなければ、少女がベンチで初めてボーイフレンドとキスをした広場でもない。遊牧民として育った若者にとって、一年半にわたって暮らしたオラニエン広場は、長い旅路の中継地点、次の仮住まいへと続くひとつの仮住まいにすぎないのだ。ベルリン州の内務大臣にとっては政治的な問題でしかなかったオラニエン広場の堀立小屋の解体は、この若者に砂漠での生活を思い出させたのだ。

出し抜けに、かつてオーストリア南部で開催されたシンポジウムに出席した際、ウィーン出身の同僚とブドウ畑を散歩したことを、リヒャルトは思い出す。散歩の途中、同僚が突然立ち止まり、深々と空気を吸い込んで、君にもこの匂いがわかるかと尋ねた。シロッコだ、アフリカからアルプスを越えて吹いてくるんだ、ときどき砂漠の砂まで運んでくる、と。言われてみれば、確かにブドウの葉にアフリカから飛んできた細かな赤い塵がついていた。指で一枚の葉の表面をぬぐったリヒャルトは、このささいな動きで、突然自分の視野と判断基準が変化したことに気づいたのだった。たったいまもやはり、そうした瞬間のひとつだった。誰の視点にも、ほかの誰かの視点と同じ価値があるということを思い出した瞬間。見るという行為には、正しいも間違っているもないのだ。

そのときノックの音がして、ドアが少し開く――リヒャルトがまだ見たことのない顔が覗く。

名前はアワド、とその男は言う。話を聞きたいっていう人がいるらしいから、来てみた。すぐ隣の２０２０号室にいる。アワドはリヒャルトと素早く握手し、うなずくと、たちまち姿を消す。

で、いまは？　とリヒャルトは若者に訊く。

なにも、と若者は言う。

ここではお金をもらってるの？　とリヒャルトは訊く。

うん、二週間前から、と若者は言う。でもそれはよくない。仕事があるほうがいい。

仕事。

仕事。

そろそろ行かなくては。この会話は思ったよりも疲れる。

また来るよ、とリヒャルトは言う。まるで、あと一晩もちこたえられるかどうかわからない病人に言うかのように。それとも、病人はリヒャルトのほうだろうか？　腐る《フェアデルベン》、腐った《フェアダルプ》、腐ってしまった《フェアドルベン》。ベッドの上のふたりの男はまだ寝ている。リヒャルトは別れを告げる。アポロンはきっとこんなふうだろうと、いつも想像していたとおりの姿の若者に。

　かつては「購買ホール」と呼ばれていたスーパーマーケットの入口付近には、ミネラルウォーターやレモネードやビールの瓶が並んでいる。続いてパン、それから果物と野菜――キュウリ、レタス。冷蔵棚からソーセージとチーズを取る。あとはホースラディッシュと、歯磨き粉、キッチンペーパーに靴下、レジ前の棚からライター、それに、浴室のラジオ用の電池。全部で三十二・九十ユーロ。待ってください、小銭があります、いや、それともカードのほうが、いえいえ、そんな必要は、大丈夫ですよ、ほら。これがリヒャルトの世界だ。いまやリヒャルトが熟知している世界。鳥インフルエンザが蔓延したときでさえ、二か月分、三か月分の食料を一度に買ったことなどない。家で買い物リストを作るときには、昔からスーパーマーケットの棚の並び順で書いている。ちょうどいま、スーパーのなかを歩いている順序で。いつか死の床に横たわるときも、ビール売り場がどこにあるかは頭に入っているだろう。

14

木曜日、リヒャルトは税金申告のための書類を集め、健康保険会社に電話をかけ、自動車修理工場で冬用のタイヤを取り付けてもらう。金曜日になってようやく、また赤レンガの建物へと向かう。身分証明書、よろしい《フショー・フ・パリャートケ》。球の置かれていない緑色のビリヤード台、その横には、このあいだと同様、黒い男たち。黒と緑。ハノーファーのサッカーチームの色だ。まるで、ブンデスリーガに共産党支部があるかのように、このチームはユニフォームの色にちなんで「赤い者たち《ディー・ローテン》」と誤解を招く愛称で呼ばれている。年配の職員は無言で階段を上り、リヒャルトの依頼どおり、２０２０号室の前にリヒャルトを残して去っていく。

ほかと同じ、薄緑色のドア。

リヒャルトはノックして待つ。アワドがドアを開ける。

元気《ハウ・アー・ユー》？

たぶん元気だ、ほかにどう言えばいい？

元気かい《ハウ・アー・ユー》？

アワドも元気だ。

自分も相手も使い慣れない言語での、形式的な挨拶。

アワドはドアを大きく開けてリヒャルトを招き入れ、部屋に足を踏み入れた彼の背後でドアを閉めると、ぜひとも自分のことを話したいと言う。どこかにたどり着きたいと思うなら、なにも隠し事をしてはならないから、と。

本当に？　とリヒャルトは尋ねる。

するとアワドは答える。もちろん！　そしてリヒャルトに椅子を勧める。

リヒャルトは礼を言って腰を下ろし、オデュッセウスが「誰でもない」と名乗ったこと、夏に市庁舎前で沈黙を通した男たちのことを考える。そして、自分が愛人の存在を妻に隠していたこと、それと同時に妻との日常生活を愛人に隠していたことについても。では自分は、己の人生において、一度もどこかにたどり着いたためしがないのだろうか？

とはいえ、アワドの「もちろん」という答えは、単に話をしたいという申し出が真剣なものであることを示しているにすぎないのだろう。なにしろアワドはいまや、心理療法士にももう自分のことを洗いざらい話したと言うのだ。

心理療法士に？

もしよければ、その心理療法士に電話してみたらどうかな、ちょっと待って、その人の名刺があるから、そこに電話番号が載ってる。いや、そんな必要はまったく、とリヒャルトは言う。いやいや、本当に、遠慮しないで、お安い御用だよ、ちょっと待って、名刺がたしかこのへんにあったはずなんだけど。アワドは、もう自分のことを洗いざらい話した相手である心理療法士の名刺を探し回る。まずはテーブルの上、それから窓際、そして棚、さらに箪笥、そして最後にベッドの下に置かれた鞄のなか。本当にそんな必要は、大丈夫だから。アワドがごそごそやっている方向にいちいち体の向きを変えながら、リヒャルトは言う。見つからないなら、そのうちで構わないから、本当に。だがアワドは名刺を探すのをやめない。このへんにあるはずなんだよな、さっき見かけたばかりなのに、どこ行っちゃったんだろう？

リヒャルトの目に、半分引かれた青い格子柄のカーテンが見える。あれは、要介護だったかつての入居者が残していったものだろうか？

すぐ見つかるから、すぐ、とアワドが言う。その心理療法士は俺のことを全部知ってる。リヒャルトは決してその心理療法士に電話したりはしないだろうが、それをこの男に言うことはできない。アワドは棚と旅行鞄に何度も手を突っ込みながら、どんどん平静さを失っていき、窓際に置かれた書類の束を四回も持ち上げ、ついには毛布の下まで覗いた挙句、探るような視線で部屋をぐるりと見回し、ふたたび箪笥を開けては閉める。

壁には、共用台所にある食器洗浄機の使い方が貼ってある。部屋にあと三台あるベッドは空っぽで、きちんと整えられている。

ほかの人たちはどこ？　とリヒャルトは尋ねる。

ビリヤードしてるよ、とアワドが答え、ようやく探すのをあきらめる。リヒャルトに向き直ったアワドは疲れて見える。悪いね、名刺が見つからなくて、とアワドは言う。

私の名前はリヒャルト、とリヒャルトは言う。

アワドはガーナで生まれた。母親はアワドを出産したときに死んだ。『トリスタンとイゾルデ』に出てくるトリスタンの母、ブランシュフルールのようだ、とリヒャルトは思う。俺の人生最初の日は、同時におふくろを失くした日でもある、とアワドは言う。で、お父さんは？　アワドは答えない。七歳まで、ガーナで、ナナ——おばあさんのことだ——のもとで育った。おばあさんはまだ生きてるの？　その後は会った？　どんな人だったか、まだ憶えてる？　いや、憶えてない。アワドは七歳のとき、父親からリビアに呼び寄せられた。祖母は初産で亡くなった母親の母親で、孫に言葉を教え、毎晩ベッドに入る前に体を洗ってくれた。孫のアワドは、祖母に体を洗ってもらうあいだ、熱い地面で足の裏をやけどしないように板の上に立っていた。いまではずいぶん歳を取っているはずの、もしかしたら亡くなっているかもしれないその女性は、記憶のない孫の脳内から、語られうるものの世界へと躍り出ようとするが、うまくいかない。ガーナでは祖母が皆そう呼ばれるように、孫は彼女を「ナナ」と呼ぶ。それ以外に名前はない。記憶のなかの、切り離されつつある層に囚われたまま、ふたたび静かに沈んでいく。まもなく湖が凍ったら、底に沈んでいる男はどうなるだろう？

その後、ガーナに戻ったことは？

いや、一度も。

父親はトリポリで石油会社の運転手をしている。アワドは学校に入り、父子はふたりで、八部屋ある家に暮らす。しょっちゅう客がやってきて、父親は仕事から戻ると、皆のために食事を作る。父はアワドとサッカーをして遊び、アワドにおもちゃを買ってくれる。決して少なくない額の小遣いをくれる。休暇になると、父親はアワドとともに飛行機でエジプトへ行く。カイロまでの飛行時間はたったの三十分だ。カイロのことならよく知ってる、とアワドは言う。しょっちゅう向こうに行ったから。「向こう」とは、東ドイツ時代には西ドイツのことを指していた。東からの視点だ。アワドの父は、昼間はずっと日の射す南向きの窓の巻き上げ式ブラインドを、夜になるまで上げない。父は息子に、シャワーの後、肩から斜めにぴんと引っ張ったタオルで背中を拭くやり方を教えてくれる。料理の仕方を教えてくれる。初めての電気シェーバーをくれる。

親父は俺が誰かを教えてくれた、とアワドは言う。

それからしばらくのあいだ、なにも言わずにじっと座ったまま、木製に見せかけた合板の机の表面を見つめる。この机もまた、二十五年前には人民連帯組織の事務室か「ドイツ・ソヴィエト友好の家」にあったものかもしれないが、アワドはそんなことは知りもしないだろう。ましてや人民連帯組織や「ドイツ・ソヴィエト友好の家」がなんだったかなど。

それから？

自動車整備工になって働き始めた。友達がいた。いい生活だった。

それから？

外の通りを、一台のトラックがバックで進んでいる。警報が聞こえる。ビーッという甲高い音が、何度も繰り返し。モールス信号なら、この警報の意味は「ゼロ」だ。二週間に一度、プラスティックごみの回収がある。それともあのトラックは家具運搬車両で、建物への進入路で方向転換しようとしているのだろうか？

それから、親父が撃たれた。

リヒャルトはなにか言おうと思うが、言葉が出てこない。

テーブルの脚には、３６０／８７という在庫品番号が書かれた小さな黄色いラベルがついている。

リヒャルトは、父の死後、病院で最後にもう一度対面した。看護師が、父の口が永遠に開いたままにならないように、顎を包帯で頭にきつく縛り付けていた。その包帯のせいで父はまるで尼僧のように見え、リヒャルトはそれが父だとわからないほどだった。

アワドは前かがみになって腕をテーブルに置き、視線をどんどんそちらへ落としながら話し続ける。

親父の友達のひとりが電話をくれた。奴らがうちの会社にいる！　そう怒鳴った。親父さんが！　って。それだけ。俺は、なんのことだかわからないって言った。そしたら、その友達はまた怒鳴った。それまで怒鳴ったことなんか一度もなくて、いつも俺に優しかった人が。俺を怒鳴りつけて、できるだけ早く家に帰って、ドアを閉めてバリケードを築けって言うんだ。そこで通話が急に途切れた。俺は駆け出した。でも家に着いたときにはもう玄関のドアが蝶番から外されてて、窓ガラスは粉々になってた。なかはめちゃくちゃ、廊下も、部屋も、台所も。いたるところにガラスの破片が散らばってて、家具はひっくり返されて、テレビもなにもかも全部叩き壊されてた。家の裏手の窓を乗り越えて外に出ると、親父の友達に電話してみた。何度もかけ直した。でもつながらなかった。最後に一度、今度は親父の番号にかけてみた。

つながらなかった。

それでおしまい。

夜になるまで、俺は通りで待ってた。ほかにどこに行けっていうんだ？　学校に通った道、そのあとは仕事に通ったその道で待った。そのうち軍隊がパトロールに来た。そして俺をむりやりトラックの荷台に乗せて、バラックの並ぶ収容所に連れていった。途中の路上に、死体がいくつも転がってるのを見た。撃たれた人も、刺された人もいた。あの日、俺は戦争をこの目で見た。あの日、俺は戦争をこの目で見た。

バラックには、もう何百人もが連れてこられてた。ほとんどが黒人だったけど、アラブ人も少しいた。チュニジア人、モロッコ人、エジプト人。男だけじゃなくて、女も、子供も、赤ん坊も、年寄りもいた。俺たちはなにもかも取り上げられた。金も、時計も、電話も、靴下まで、と言って、アワドは笑う。笑いに笑う。楽じゃない《イッツ・ノット・イージー》よ、と言い、今度は笑うのをやめる。楽じゃない《イッツ・ノット・イージー》、とまた言って首を振る。楽じゃない《イッツ・ノット・イージー》。まるで、ここで話は終わりだとでもいうかのように。

それから？

文句を言おうとしたら、とアワドは語る。銃の台尻で頭を殴られた。ほら、ここにまだ傷跡が。アワドは髪をかき分けて、今日初めて話をする名誉教授に傷跡を見せる。どこかにたどり着きたいと思うなら、なにも隠し事をしてはならないと、話を始める前にアワドはリヒャルトに言った。

運が良くても殴られる。運が悪ければ撃たれる。誰かにそう慰められた。それから奴らは、俺たちの携帯電話からSIMカードを抜き取って、俺たちの目の前で破壊した。それからメモリーカードを抜き出して、それも壊した。記憶を壊した《ブローク・ザ・メモリー》、とアワドは言う。奴らは、俺たち全員からなにもかも取り上げた。Tシャツとズボンかスカート以外は。俺たちは二日間、バラックのなかにいた。ヨーロッパの爆弾がトリポリに落とされてるあいだ。爆弾が俺たちの上にも落ちてくるんじゃないかって怖かった。俺たちがいたのは軍の収容所だったから。三日目に港に連れていかれて、ボートに追い立てられた。お前らのなかで、こういうボートを操縦できる奴は？　そう訊かれて、アラブ人が二、三人名乗り出た。ボートにはカダフィの旗が掲げられた、と言って、アワドは笑う。カダフィの旗が！

ということは、彼らはカダフィ側の人間だったの？　それとも反対勢力？

俺たちにはそんなことわからなかった。みんな同じ軍服を着てたから。どうやって区別すればいい？

政権に離反した軍人がなおもその国の軍服を着ているということを、リヒャルトはそのときまで知らなかった。

とにかく、俺たちの味方になってくれる人は誰もいなかった。俺はリビアで育ったっていうのに。リビアは俺の祖国だったのに。

アワドはぼんやりしたままうなずき、しばらくなにも言わない。

それから？

それから奴らは空に向かって一斉射撃して、俺たちに言った。泳いで戻ってこようなんて奴は、撃ち殺されるのが落ちだ。ボートがどこへ向かうのか、誰も知らなかった。マルタ？　チュニジア？　しばらくしてから、イタリアへ向かってるんだってようやくわかった。俺たちはぎゅうぎゅう詰めで座ってて、ほんの数分、その場に立ち上がれるだけで、その後また同じ場所に座るしかなかった。俺の後ろの女が、その場に座ったまま小便をした。俺が手をついて立ち上がろうとしたら、どこもかしこも濡れてた。俺たちは四日間、ボートの上にいた。ペットボトルの水は少ししかなかったんで、子供たちに飲ませた。俺たち大人は、我慢できなくなると塩水を飲んだ。楽じゃないよ《イッツ・ノット・イージー》、リヒャルト、楽じゃない《イッツ・ノット・イージー》。空になったペットボトルの口を歯で食いちぎって広げて、みんなで靴紐を出し合って結び合わせて、そこにペットボトルをぶらさげて、海面に降ろして水を汲んだ。飲まなきゃ死ぬから。死んだ人も何人かいた。俺たちと一緒にそこに座ってたのに、蚊の鳴くような声で、頭が、頭が、って言って、そのまま頭がずり落ちたかと思うと、次の瞬間には死んでた。死体は海に捨てた。

リヒャルトは、飛行機の楕円形の窓からこれまで何度も、世界のどこかの海を見下ろしてきたことを思い出す。上空から見ると、波はほとんど動いていないように見え、白い泡がまるで石のようだったことを。二十世紀の半ば、リビアの海岸は、ほんの一時期イタリアだったことがある。いまのリビアは別の国だ。そしてイタリアは、リビアをボートで出発した難民たちの目には、最初はあまりにたくさんの水に囲まれた岩だらけの小高い丘に見えたことだろう。そもそもなにかに見えたとすれば。

戦争はなにもかも壊す、とアワドは言う。家族、友達、それまで暮らしてきた場所、仕事、日常生活。よそ者になってしまったらもう選択肢はない、とアワドは言う。どこへ行けばいいのかわからない。もうなにもわからない。子供のころの自分の姿も思い出せない。俺はもう自分の写真を一枚も持ってない。

親父は死んだ、とアワドは言う。

そして俺は――俺はもう、自分が誰だかわからない。

よそ者になる。自分自身にとって、そして他者にとってのよそ者に。そうか、それが移行というものなのだ。

こういうなにもかもに、いったいなんの意味がある？　アワドはそう問いかけると、ようやくまたリヒャルトをまっすぐ見つめる。

なにか答えることを期待されているリヒャルトだが、どんな答えも思いつかない。

どんな人間でも、とアワドは言う。大人なら誰でも――男だろうが女だろうが、金持ちだろうが貧乏だろうが、仕事があろうがなかろうが、家があろうが宿なしだろうが、そんなこと少しも関係なく――どんな人間でも、わずかな寿命があって、それが尽きたら死ぬ、そういうことじゃないのか？

ああ、そうだね、とリヒャルトは言う。


その後アワドは、まるで沈黙するリヒャルトを楽にしてやろうとでもいうかのように、もう少し話をする。アワドは九か月のあいだ、シチリアの収容施設で暮らした。一部屋に十人が同居した。その後、そこを追い出された。施設を追い出された瞬間から、自分で寝場所を探さなきゃならない。お前は自由だ！　って言われて。仕事もない、切符もない、食べ物もない。部屋を借りることもできない。すまないが《ミ・ディスピアーチェ》、仕事はないよ《ポコ・ラヴォーロ》。仕事なんてない。一日が終わっても、まだ路上にいる。親にきちんとしつけられてなければ、泥棒になる。まともな親に育てられていれば、生き延びるために闘う。仕事がない《ポコ・ラヴォーロ》。仕事がない。でも、リヒャルト、じゃあなにを食べろっていうんだ？　リヒャルトはフーコーやボードリヤールを読んできた。ヘーゲルやニーチェも。だが、食べ物を買う金がないときになにを食べたらいいかはわからない。

風呂にも入れないから、臭い始める。いつも仕事がない《センプレ・ポコ・ラヴォーロ》。それが、俺たちの路上での生活だった。俺は駅で寝た。昼間はあちこち歩き回って、夜になると駅に寝に行った。あのころ自分がどうやって過ごしてたか、もう覚えてない。ねえリヒャルト、俺はいまリヒャルトのことを見てると思うだろ、でも、自分の心《マインド》がどこにあるかわからない。自分の心がどこにあるかわからない。

なんと美しい、だが不幸にも、ドイツ語の豊かさをもってしても翻訳不可能な言い回しだろう、とリヒャルトは思う。ドイツ語で言うと、自分の思いはどこか別のところにある？　それとも自分の精神、自分の魂がどこにあるかわからない？　それとも単に、ここにいるのは自分ではない？

アワドは一度、三日にわたって厨房の仕事を手伝った。掃除や皿洗いをして、八十ユーロを受け取った。その金を持って、ドイツ行きの飛行機を予約しに旅行会社に行き、旅行会社の女性社員に、ケルンに行きたいのか、それともハンブルクか、ミュンヘンか、ベルリンかと訊かれたが、なんと答えていいか見当がつかなかった。ケルンのことも、ハンブルクのことも、ミュンヘンのことも、ベルリンのことも、まったく知らなかった。ただドイツへ行きたいだけだと彼は言った。旅行会社の女性は次第に苛立ち始めたが、アワドにはどうでもよかった。彼の心《マインド》はそこになかったからだ。またしても、美しく、翻訳不可能なこの言葉――彼は物思いに沈んでいた、そこにいなかった、意識がそこになかった、あらゆるものの彼岸にいた？

一六一八年に始まった三十年戦争以来、戦いが起こるたびに、ドイツの子供たちは、手の甲から彼岸へとコガネムシを飛ばしてきた。

コガネムシよ、飛べ！
父さんは戦争に行った

母さんはポメラニアにいる
ポメラニアは焼け落ちた
コガネムシよ、飛べ！

それに、ゲーテの『タウリス島のイフィゲーニエ』で、子供時代を過ごした国を魂で探しながらタウリス島に移り住んだイフィゲーニエも、そこにいながらそこにいないという状態だった。そうした見方をするならば、移行という概念を、身体のありかを基準に測ることは、まったくもって滑稽である。そうした見方をするならば、難民にとって、ヨーロッパで暮らすことができないということは、突如として、本来なら人間の精神の終の住処であるはずの自己の肉体で生きることができないということとつながってくる。じゃあ、とりあえずベルリン行きにします。風呂にも入らないまま、アワドは飛行機に乗った。到着すると、周りにいる誰もがアワドにはわからない新たな外国語を話していて、アワドはただうなずくことしかできなかった。バスに乗り込む人々が目に入った。このバスは中心街に行きますか？　こうして、アレクサンダー広場で三晩を過ごした。ひとりの男から、ある広場の存在を聞いた。俺みたいなアフリカ人がいるって？　なら、そこに行けばやっと風呂に入れるに違いない。その男が自動券売機で切符を買ってくれた。切符が出てくる機械？　ドイツは美しい《ドイチュラント・イズ・ビューティフル》！

こうしてアワドはテント群を見た。

俺はひとりきりだった。例の男はどこかに行ってしまった。それまでの人生で、テントに寝たことなんてなかった。

ここに住めと？

テントに？

テント群のただなかに立って、アワドは泣いた。

ところがそのとき、誰かがアラビア語を話しているのが聞こえてきた。リビア方言だった。

オラニエン広場で、アワドは食べ物を得た。そして寝る場所を。

オラニエン広場は、リビアで父が面倒を見てくれたようにアワドの面倒を見てくれた。

父のことは決して忘れないだろう。そして、いつまでも敬い続けるだろう。

同じように、オラニエン広場のことも決して忘れないだろう。そして、いつまでも敬い続けるだろう。

アワドはそう言って会話を締めくくる。その後、もう話すことは本当になにもない。

15

ゴットフリート・フォン・シュトラースブルクの『トリスタンとイゾルデ』を読んだのは、いつのことだったろう？　昔、うだるような暑さのなか、あの建物の中庭に立ったまま、クリステルが戻ってくるのを待っていたときより前だろうか？　それとも、あの後の数年間だろうか？　いずれにせよ、妻の死後、ブランシュフルールとリヴァリーンの愛を描いた箇所が、ときどき頭に浮かんでくる。「彼は彼女で、彼女は彼／彼は彼女のもの、彼女は彼のもの」。ブランシュフルールはのちにトリスタンの父となるリヴァリーンを愛した。あまりに愛したため、リヴァリーンが戦いのさなかに死んだ後、リヴァリーンの子供を産み、すぐに胸の痛みに倒れた。子供にどんな名前をつけようか？　「家老は長いあいだ黙り込んだ」と叙事詩は伝える。「非常に深く考え込んだ」。悲しみに迎えられ、悲しみのなかに生まれた子供は、最終的に家老によってトリスタンと名付けられた。「Triste とは『悲しみ』を意味する」からだ。アフリカ人たちの耳慣れぬ名前を覚えるのは難しい。そこでリヒャルトは、夜になってその日の会話を書き記す際、アワドを「トリスタン」と、そして一昨日の若者を「アポロン」と名付ける。こうすれば、あとから見直すときにもわかりやすい。

翌朝、朝食を取るリヒャルトの頭のなかをさまざまな問いが駆け巡る。天国に行く権利さえもが労働するかどうかにかかっているようなこの国で、あの男たちはなぜ、働く権利を拒否されるのだろう？　なぜ彼らは身の上話を聞いてもらえず、戦争被害者としてしかるべき保護を受けられないのだろう？　その日一日、リヒャルトはダブリンⅡ規約として知られるものを学ぶことに費やす。そして、ふたたびデスクライトをつける時刻になってようやく、この規約は管轄を定めたものにすぎないことを理解する。

この規約は、あの男たちが戦争被害者であるかどうかを決めるものなどではないのだ。

男たちの個人史の詳細に法的責任を持つのは、彼らが最初に足を踏み入れたヨーロッパの国のみ。彼らが庇護申請を行うことができるのは、その国に限られる。だが、個々のケースの扱われ方は、国によって千差万別だ。

バルカン半島で戦争が起きていたころには、オーストリアとスイスの国境のほうに難民が殺到する時期もあった。だが、アフリカで不測の事態が数多く起きているいま、難民のほとんどを受け入れねばならないのはギリシアとイタリアだ。しかし、たとえばグリーンランドとアイスランドのあいだに戦争が起きて、その結果アイスランド人が国外に脱出するという事態になれば、そのときはおそらくノルウェーとスウェーデンが、故郷に戻ることのできない彼らにパスポートを発行し、仕事を与え、定住の機会を――または定住しない機会を――与える義務を負うことになる。

リヒャルトは理解する――ダブリンⅡ規約によって、地中海に面していないすべてのヨーロッパの国々は、地中海を渡ってやってくる難民たちの話を聞かずに済む権利を買ったのだ。

つまり、いわゆる「偽装難民」のなかには、彼らの話を聞く義務を持たない、ましてや対処する義務などまったくない国を相手に真実を語る者も含まれることになる。そして、最新の指紋照合システムによって、誰が話を聞いてもらえるグループに属し、誰が属していないかに関する誤謬はまもなく一掃されると、リヒャルトは読んだ。

トリスタンが昨日、トリポリの路上で見た死体のことが頭から離れないと話していたことを、リヒャルトは思い出す。よそ者になってしまったら、もう選択肢はないと話していたことを。問題はこのあたりのどこかにある、とリヒャルトは思う。体験したことが振り落とすことのできない重荷になる一方で、彼らの体験を選別する権利を持つ他者が、彼らが難民かどうかを決定する権利を握っている。昨日、トリスタンの部屋を出て階下に向かう途中、薄緑色の階段で例の年配の職員とすれ違ったリヒャルトは、なぜアワドは心理療法士のもとを訪れたのかと尋ねてみた。発作的に泣きじゃくるんです、とその職員は言った。ときには何時間も。ここの職員の誰ひとり、どうしていいかわからなくて。


書き物机に座って本を読んでいるうちに、暗い窓ガラスに映る自分の姿は白髪だけになる。そんな時間になってようやく理解できたことがもうひとつある。イタリアの法律では、国境の概念がドイツの法律とは異なるということだ。リヒャルトは興味を覚える。国境というものが、これまでの人生の大半で見知ってきたような地上を走る線であり、検問所を通過すれば一方または双方向に開かれているかぎり、国境を接する両国の意図は、鉄条網や拒馬を設置することで明確に理解できる。だが、国境を決定するのがもはや法律のみとなれば、この一義性は失われ、それぞれ一方が他方の訊いてもいない問いに答え、また他方も、あらゆることを語りながら、もう一方が知りたいと思うことだけは語らないという具合になる。

法律が実際に、物質的な現実から言葉の領土へと移動するのだ。

これらの国のいずれの出身でもないよそ者は、不可視の存在となった境界線のはざま、つまりヨーロッパ内における議論のなかに囚われることになる。当人とも、当人が逃れようとしている現実の戦争ともまったく無関係な議論に。

たとえばイタリアは、難民の他国への出国を認めている。それも喜んで行かせている。難民はじゅうぶんすぎるほどいるからだ。イタリアの法律は難民に対して、フランスだろうが、ドイツだろうが、その他の国だろうが、とにかくヨーロッパのどこかの国に仕事を探しに行く自由を認めている。ところがドイツは――リヒャルトにはまだ発見できていないなんらかの理由で――難民を受け入れたくない。そこで難民たちは三か月間「観光客」として滞在した後は、少なくとも三か月間イタリアへ戻ることを求められる。ドイツで仕事を探す権利を得るためには、まず五年間、継続的にイタリアで亡命者として暮らさなければならない――そのうえ、その五年が過ぎたのちに、イタリアからいわゆる永久滞在許可証《イッリミタータ》、すなわちイタリア人と同等の在留資格を取得した場合に限られる。これを所持していなければ、飢え死にしないためにイタリアを出る権利はあっても、どこか別の国に滞在することは認められないのだ。

一瞬リヒャルトは、これらの法律をアラビア語で説明されているような気分になる。

それからリヒャルトは立ち上がり、長時間書き物机の前に座っていた体を動かすために、スクワットを五回すると、ネクタイを締める。今夜は、庭を三つ隔てたところに住んでいる友人デトレフの誕生日パーティーに招かれているのだ。デトレフの妻シルヴィアは去年、長いあいだ病に伏せっていたので、今夜のパーティーの料理は、初めてケータリングサービスを利用して取り寄せたものだ。温かいステンレスのトレイには、イノシシのロースト、魚、ライス、パセリをまぶした茹でジャガイモ、その隣にはアジア風スープの入った鉢、冷製オードブルにはチキンの串焼き、キッシュ・ロレーヌ、器に入った緑と黒のオリーヴ、ドライトマト、ケイパー、酢漬けタマネギ、パセリを散らしたピンク色と緑色のペースト、米のサラダ、鴨の胸肉の薄切り、白パンと黒パン、マスタード、マヨネーズ、ケチャップ、そしてグリーンサラダ。デザートにはとりどりの果物、チョコレートケーキ、マスカルポーネのラズベリーソースがけ。自分がそこまで空腹かどうか、わからない。

リヒャルト、じゃあなにを食べるっていうんだ?

またインターホンが鳴り、花束、コートと続く。いや、靴は履いたままでいいよ。こういうケータリングサービスっていうのも、全然悪くないもんだね。僕らもそう思ったんだよ。おまけに皿だって、洗わなくてもそのまま持っていってくれるんだからね。え、ほんとに?

リヒャルトも友人たちも、四半世紀近く前から自分たちのそれまでの世界をどんどん侵食し、呑み込んでいくこの別世界の恩恵を、まだ探求し終えていない。かつてドイツ共産党議長の名を取って「エルンスト・テールマン通り」と呼ばれた通りに暮らしていた者たちは、ちろちろと瞬く小さな青い炎が、まるで台所から運ばれてきたばかりのように二時間以上も本当に料理を保温してくれることを、いまだに当然のことだとは思えない。

おいしいよ、本当に、いやあ、足りないんじゃないかって心配だったんだけど、ただこのチョコレートケーキだけはちょっと、いやいや、全然そんなことないって。

毎年このパーティーで顔を合わせる十二人から十五人ほどの友人たちのなかには、人生の半分にわたって付き合いのある者も、それどころか生まれてこのかたほぼずっと付き合ってきた者もいる。招待主のデトレフは、小学校のころからの友人だ。デトレフの最初の妻であるマリオン――いま、ゆっくり煙草を吸うためにテラスにいる――は、リヒャルトの二十五歳の誕生日を祝うパーティーでデトレフと出会った。当時マリオンは、リヒャルトの妻クリステルがヴィオラ奏者として所属していたオーケストラでチェロを弾いていた。大学時代、リヒャルトとクリステルは、デトレフとマリオンが出かけるときには、よくふたりの赤ん坊の面倒を見たものだった。デトレフとマリオンは別れてすでに四十年以上たつが、いまも友達付き合いをしている。息子は中国で橋を建設している。マリオンは、オーケストラが解散した後、お茶の専門店を開いて、二度目の夫とともにポツダム近郊に暮らしている。いまソファに座っている写真家のアンネは奔放な女性だった。リヒャルトは、ギムナジウムを卒業した直後、二度か三度、アンネと夜を過ごしたことがある。ベルリンの壁が崩壊した後、アンネはしばらくのあいだフランスで暮らしていたが、二年前、年老いた母親の面倒を見るために戻ってきた。あそこに建設されたあれ、あんなの巨大なゴミよ、大事なのはとにかくお金、お金、お金なんだから。ベンチに腰かけている太った男は、大学で経済史を専攻し、その後自らも経済史を講義するようになった。だが、西側では社会主義経済史は間違った科目なので、いまではコンピューターの修理をして生計を立てている。その妻は夫の煙草を週に三箱の配給制にしている。倹約からなのか、夫の健康を気遣ってなのかはわからない。いずれにせよ、夫のほうはいつもこのパーティーにはひとりで来る。盗難警報装置っていうのも、悪くないアイディアだな。うん、確かにそうだな。いや、実はさ、十二月に湯治に行くんだ。へえ、どこへ? デトレフの友人たちの何人かは、いまやプレゼント用のテーブルに置かれた本の裏表紙の文字を読むのに、老眼鏡が要る。ドイツ文学者のモニカと、その夫で口髭を生やしたヨルク――いまはともに窓際にもたれている――は、リヒャルトとクリステルと一緒に、たいていはバルト海へよく休暇旅行に出かけたものだった。もう孫を預かれなくなっちゃったのよ、息子の奥さんが、もう、なんていうかね。私は二週間前まであっちにいたんだけど、うん、シカゴに、客員教授でね。デトレフの二度目の妻シルヴィアは物静かな女性だ。この一年が楽ではなかったことは、その姿からうかがい知れる。いわゆる「転換」（東ドイツにおける民主化運動からベルリンの壁崩壊、東西ドイツ統一までの時期を、ドイツではこう呼ぶ）のはるか前にデトレフの家に引っ越してきたときのシルヴィアは、まだ髪をポニーテールにしていて、まるで少女のようだった。クリステルはよく、毎年開かれるデトレフの誕生日パーティーで、皆が帰った後にシルヴィアの皿洗いを手伝ったものだった。その間リヒャルトのほうもデトレフとともに、客用に出してきた椅子を元の部屋に戻したりした。もう一杯ワインが欲しいな。ああ、赤を。私にはミネラルウォーターをお願い、あまり炭酸がきつくないやつ、あればだけど。ここにいる友人たちの何人かは、「転換」の後、不動産に金を注ぎ込んだ。これからの時代はそういうものだ、西側ではそうするものだと思ったからだ。ケルンやドゥイスブルクやフランクフルト・アム・マインにあるカビの生えた穴倉のようなアパートを、事前に内覧することもなく購入したが、借り手は見つからず、破産した。あそこにいるグラフィックデザイナーは、子供を持ちたいと思っていたものの、いつも付き合う男を間違えていた。私、人生で本当にもうじゅうぶん旅はしてきた。もっとビールが欲しい人は？　メルケルはなんだかんだ言っても物理学者だからな、そこを忘れちゃだめだ。デトレフはもう入れ歯なのだろうか？　だが、そういうことは、たとえ親しい仲でも訊くものではない。聞いたか？　クラウゼが先週亡くなったよ。クラウゼとは、クリステルがかつて関係を持っていた。リヒャルトと付き合う前の話だ。歯科医だった。この夏、ピラミッドを見てきたよ。そう話している記者は、マスコミ用チケットを使って、ときどきリヒャルトをオペラの初日に連れていってくれる。たとえば、このあいだの春は〈カルメン〉の初日に行った。それから、いまサイドボードにもたれている生真面目そうな男アンドレアスは、二年前に卒中の発作を起こし、それ以来疾病年金で暮らしながら詩を書き始め、機会を見つけては友人たちに朗読して聞かせる。いや、出版社を探すだなんてまさか、いま市場にどれだけ本が溢れてるかを考えたら、まったく無意味だよ。昨年のパーティーでアンドレアスは、もうヘルダーリンしか読まないことにしたと公言していた。ほかは全部、読む価値などないと。ベルリンの壁がまだあったころ、ドイツ民主共和国の首都ベルリンは、ひとつの見通しのきくシステムだった。だからここでは、誰もが誰もについて実によく知っていて、互いの人生が永遠にひとつの編み細工のように絡み合っている。生垣がもうあんなに伸びてるよ、どうするつもり？　土のせいだよ。三月に手術したんだ、でも幸い化学療法は受けずに済んだよ、いや、きっとよくなるよ。ここにいる友人たちのほとんどは、リヒャルトと同様、戦争の末期か、平和な時代になってから生まれた。リヒャルトの母親は、赤ん坊だった息子を抱いて防空壕に避難した経験がある。父親は前線にいた。東時代なら想像もできなかったね。中東でいまなにが起きてるかは明らかだ。かつての社会主義国家が、ひとつまたひとつと組織的に根絶やしにされていってるんだ。もう死者だって出始めてるのに、ここヨーロッパじゃまだ平和なんだもんなあ。デトレフの誕生日が夏だったら、庭でバーベキューをすることもできるが、そうではないので、毎年、皆が家のなかで集う。ところでヨアヒムってどうしてる？　あいつ、楽じゃないんだよ、どうも飲みすぎてるらしいな、でもそれも無理ないよ。

16

月曜日、赤レンガの建物に向かうリヒャルトの足取りはすでに、今年の前半にまだ大学に通勤していたころと変わらないほど自然になっている。この御影石を砕き、磨いたのは、どんな囚人たちだったのだろうと考えながら、でこぼこの石畳の通りを渡る。空き地の前を通り過ぎる。つい最近までは張り出し窓とガラス張りのベランダと木彫りの装飾のついた大きな建物があったが、いまは白っぽい砂があるばかりで、新しい建物ができるのを待っている。歴史を消滅させようと思うなら、金を撒くより簡単な方法はない。

撒かれた金は、闘犬よりもしぶとく建物に食らいつき、すべて食い尽くしてしまう、と考えているうちに、リヒャルトはもう老人ホームの前の道端に立つ速度掲示板のところまで来ている。時速三十キロが制限速度だが、車が一台通り過ぎるたびにその電光掲示板には、七十、五十五、六十といった数字が光り、皆そこでようやくブレーキを踏む。よく知られた現象、恥と悔恨。この歪んだ組み合わせは、リヒャルトをもひざまずかせたことがある。毎回、もう遅すぎるというときに。うまく隠しておかなかった愛人からの手紙を妻がすでに手に持ち、そこに立ち尽くしたままわめいたときに。いつかリヒャルトも「人生の黄昏」を過ごすことになるかもしれない老人ホームから、ひとりの老婦人が歩行器につかまって出てくる。歩行器の灰色のハンドルに買い物袋がぶら下がって揺れている。こちらのほうへと歩いてくる速度を見れば、おそらく食料品の買い物が彼女の午前中の予定のすべてなのだろう。

赤レンガの建物に入ると、リヒャルトは警備員から、男たちは今日はドイツ語の授業を受けていると聞かされる。毎週月曜日と木曜日。あなたもドイツ語の授業を覗いてみてはどうです？　もちろん、先生が承諾してくれればの話ですけど。廊下をまっすぐ行って突き当たりを曲がってください。その教師は、リヒャルトの想像とは裏腹に、エチオピア出身の若い女性だ。なぜかはわからないが、完璧なドイツ語を操る。彼女が承諾してくれたので、この月曜日、名誉教授はその授業に参加することになる。大きな部屋の後ろから二列目に座って、学校用の机の下に脚を押し込める。二列前にはアポロンが座っていて、プリントを読んでいる。**座る**《ジッツェン》、**座った**《ザース》、**座ってしまった**《ゲゼッセン》。さらに前方の列にはトリスタンもいる。リヒャルトに気づいていたようで、うなずいて挨拶してくる。リヒャルトもうなずき返す。前のほうの列で背中を丸めているのは、先週、歌を聞かせてくれたアブドゥッサラームだろうか、よくわからない。あのアブドゥッサラームはたしか、髪をいくつもの細い三つ編みにしていたのでは？　そもそもリヒャルトには、特定の誰かの姿を記憶するのは難しい。髪も顔も、皆あまりに黒い。ボート難民のラシドのことだけはすぐにわかるだろう。なにしろあれだけの巨体なのだから。だが、ラシドの姿はない。

若い女性教師と大人の生徒たちは、文字を読む練習をしている。それから単語を読む練習をする。アルファベット順に、**Auge**（目）、**Buch**（本）、**Daumen**（親指）、Cで始まる単語はあまりないので飛ばす。「目」と「親指」のときには、二重母音についても話す。「アウ（au）」「オイ（eu）」「アイ（ei）」、そして「アイ（ei）」から長母音「イー（ie）」の説明に移る。「ここ《ヒィーーア》」と発音しながら、長い母音を発音する際に口から漏れるすべての空気に手を添える。授業中、部屋のドアは開けっぱなしだ。ときどき生徒が遅れて入ってくることもあれば、授業を受けていた生徒が荷物をまとめて、授業の真っ最中だというのに、謝りながら出ていくこともある。最後の三十分、若い女性教師は、すでに中級以上の生徒たちのために助動詞**haben**と**sein**を使って練習問題をさせる。**私は行く**《イッヒ・ゲーエ》、と教師は言うと、腕を振って右から左へ数歩歩いてみせ、それから肩越しに後ろ、つまり過去を指してこう言う。**昨日**《ゲスターン》、**私は行った**《ビン・イッヒ・ゲガンゲン》。それからこう言う。ある方向への動きを意味する動詞の過去形を作るには、たいていの場合、助動詞**sein**を使います。活用は、**私は～した**《イッヒ・ビン》、**あなたは～した**《ドゥー・ビスト》、**彼は～した**《エァ・イスト》、などですね。**私は行った**《イッヒ・ビン・ゲガンゲン》、**私は飛んだ**《イッヒ・ビン・ゲフローゲン》、**私は泳いだ**《イッヒ・ビン・ゲシュヴォメン》。教師はまた腕を振ってもとの場所に戻り、「飛ぶ」を表すために両腕を広げ、ホワイトボードの前を泳いでみせる。**俺はすごい**《イッヒ・ビン・ズーパー》、と突然アポロンが言う。はいはい、と教師が言う。たしかにあたなはすごいですよ、でもいまは過去形の練習をしてるの。

授業が終わると、男たちはリヒャルトの脇を通り抜けて部屋を出ていく。うなずいて挨拶してくる者も何人かいる。ザーイルだろうか？　のっぽのイテンバ？　アポロンはリヒャルトと握手する。トリスタンも。元気かい？　元気だよ《アイム・ファイン》、元気かい？　大丈夫《アイム・オーケイ》、ちょっとだけ元気《アイム・ア・リトル・ビット・ファイン》。

いい先生ですね、と、男たちが全員出ていった後、リヒャルトはエチオピア人の女性に話しかける。

それに綺麗な人だ、と思う。

本当は農学部出身なんですけどね、と言いながら、教師は文字を書いた紙を片付ける。でも、ベルリン州政府が約束してくれた本物の学校でのドイツ語授業が、いったいいつになったら始まるのかわからないので。

ものすごく綺麗な人だ。

オラニエン広場にはマリファナの匂いがしたと彼女は言う。その匂いを嗅いだときに、ここにいる男たちがすべてを失う前になにかしなければと悟ったのだという。

この女性は黒人男性と付き合いたくて、それだけのためにここで授業をしているのだろうかとリヒャルトは考える。

なにかして時間を埋めないと、と教師は言う。

時間？　一瞬、リヒャルトはとまどう。てっきり自分のことを言われていると思ったのだ。だがすぐに、この若い女性が指しているのはここにいる男たちのこと以外にないと気づく。

なるほど《フェアシュテーエ》。

人がなにを言いたいか、なにを言っているかを理解《フェアシュテーエン》するためには、基本的に、その人がなにを言いたいか、なにを言っているかをあらかじめ知っている必要がある。ということは、うまく弾んだ会話というのはどれも、単なる再認識にすぎないのだろうか？　そして、理解すること《フェアシュテーエン》とは道程ではなく、むしろなんらかの状態なのだろうか？

教師は窓を閉める。その際、背伸びをするので、胸が平らになる。窓の木枠から、乾いた白いペンキのかけらが床に落ちる。

学生たちとそうした問いについて議論すると、すぐに別のさまざまなテーマにたどり着いたものだった。進歩の概念。自由とは本来なにかという問い。四面モデル（ドイツの心理学者フリーデマン・シュルツ・フォン・トゥーンが提唱したコミュニケーション心理学のモデル）。このモデルは、発話とは常に戦略でもあり、本質的には隠された意味を伴っていることを示す。なぜなら、発話とは同時に話すという行為そのものについて、つまり、話すという行為が成立しているか否かについて語るからだ。そして同様に、会話の相手も常に単なる言葉以上のことを理解する。話を聞くという行為のなかには、次のような問いも含まれているのだ——私はなにをすべきなのか？　私はなにを理解したいのか？　私はなにを決して理解することがないのか？　そしてそのことを「聞く」という行為で再確認したいのか？

暖房が消せないようになってるんです、と教師が言う。

教えるようになってどれくらいですか？

始めたのは今年の夏です。あの人たちがまだオラニエン広場にいたころ。学ぶことで授業以外の時間も埋められます。これはいいことですね。でも集中力が足りない人も多くて。

教師はホワイトボードに書かれた文字を拭く。目、本、親指。

彼らにとっては発音も耳慣れないものだろうし、とリヒャルトは言う。それになんといっても不規則動詞がね。

それが理由じゃありません。あの人たちの生活は、あまりにも不安定なんですよ。だから、頭のなかに新しい単語を覚えるための余裕なんかないんです。これから先、自分がどうなるのかわからない。あの人たちは不安がっている。なんの役に立つのかわからないまま、言葉を学ぶというのは大変なことなんです。

自分はどれくらい女性と付き合っていないだろう、とリヒャルトは考える。

あの人たちが落ち着けるようになるために、絶対に必要なのは平和なんです、と教師が言う。そういう見方を、リヒャルトはこれまでしたことがなかった――ここに到達することを許されないかぎり、リヒャルトにとっては平和に見える状態が、あの男たちにとっては、実のところまだ戦争状態なのだとは。

教師は鞄を持ち上げ、リヒャルトは自分の椅子を机の前に戻す。出ていく前に明かりを消してもらえますか？　と言うが早いか、教師はたちまち「さよなら」と言って出ていく。敏捷な人だ。リヒャルトはそれを好ましく思う。

昼の光をかすませる、この永遠に瞬く蛍光灯。

リヒャルトは明かりを消す。

肩越しに振り返ると、部屋は本当にすっかり空っぽに見える。「乙女アストライアー、最後まで地上に留まりし天上の女神」（オウィディウス『変身物語』より）が去った後の部屋。リヒャルトと難民たちがついさっきまでその前に座っていた机は、大人の生徒にはあまりにも小さすぎることにようやく気づく。これは間違いなく学校から放出された机だ。おそらく元ヨハネス・R・ベッヒャー工業専門高等学校、いまでは「湖のほとり小学校」となった学校から。ヨハネス・R・ベッヒャーは東ドイツ国歌の作詞を手がけた詩人で、のちに文化大臣となった。机の側面には、三十年前の生徒たちが鞄を引っかけた鉤がまだついている。かつてのピオニール団員たちも、いまではとうにセールスウーマンやエンジニアや失業者になっていて、一度か二度離婚したり、ゼロから四人の子供の親になっていることだろう。椅子はあちこちからの寄せ集めで、座面が黄色いものもあればワイン色のものもあり、木製のものもあれば金属製のものもある。リヒャルトはこれらの椅子をよく知っている。党大会や居住区クラブ、共和国記念日式典などで使われた椅子だ。西側が進出してきた場所ではどこでも、真っ先にこうした社会主義時代の家具が廃棄された。いわゆる「再統一」から四半世紀近くたった今になっても、建物の取り壊しや建築現場ではときどき、粗大ゴミのコンテナから、こういった古臭い、木製または灰色の金属製の椅子の脚が、互いに絡まり合って突き出ているのを見かける。リヒャルトの母なら、こう言っただろう――まだ使えるじゃないの。もう長いあいだ、この言葉を耳にしていない。今日はあの水色のシャツを着てくれればよかったかもしれない。

17

翌日は、またラシドとイテンバを訪ねてみるつもりだった。警備員はすでにリヒャルトのことを憶えていて、ひとりで上階に行かせてくれる。球のないビリヤード台、蔓の装飾を施した階段の手すり、相変わらず水の出ない二階。

三階にある２０１７号室の薄緑色のドアにたどり着き、ノックしようとしたちょうどそのとき、バタンと大きな音を立ててそのドアが目の前で開き、ラシドが猛然と走り出てくる。その後ろに三、四人が続き、リヒャルトのことなど見向きもせずに、階段のほうへと駆けていく。彼らの駆けていったほうから、大勢の人間のなにやら意味のわからない叫び声と、階段を上り下りする慌ただしい足音が聞こえてくる。ドアはまだ勢いでゆらゆら揺れていて、部屋のなかには誰もいない。そこでリヒャルトは、階段のほうの大騒ぎを追いかけてみる。男たちはまず上階へ行ったらしく、いまちょうど駆け下りてくるところだ。廊下にいたリヒャルトは、ぎりぎりのところでなんとか彼らを避ける。**全くオリュンポスの御主は対抗《はむか》うことも難しいかた。それ、いつぞやも私がしきりに加勢しようといたしましたら、足をひっ摑《とら》えて、神さびた宮**

の門口《とぐち》から抛《ほう》り出しました。それで私は一日《ひねもす》中空をわたっていって、日の沈むのと同じ頃おい、レムノス島に落っこちまして、ほとほと息も絶え絶えの有様（ホメロス『イーリアス』より）。ラシドはリヒャルトに気づきもせず、階段を駆け下りていき、いまや十人から十二人ほどの若者たちがあとに続いている。そのなかにはアポロンもいて、激しい動きのせいで、まるで楽しくて仕方がないとでもいうかのように巻き毛が弾んでいる。

階段の蛍光灯がまたしても瞬き始め、薄緑色のほの暗い階段はちらちら揺れる光に一瞬だけ浮かび上がる。

四階で、リヒャルトがまだ足を踏み入れたことのない最上階で、いったいなにが起きているのだろう？

リヒャルトは階段を上っていき、上りきったところで、またもや前後にゆらゆら揺れている開いたままのドアが見える。ドアの向こうは大きな部屋で、丸テーブルを囲んで三、四人が座っている。コーヒーメーカーの立てるコポコポという音を除けば静まり返っている。近づいてみると、座っている人のひとりは、最初の数回、リヒャルトをいつも男たちのところに連れていってくれた年配の女性であることがわかる。

どうやらここは、ベルリン州政府から派遣された職員の事務室らしい。部屋の中央に、脚の曲がった椅子が一脚倒れている。その椅子を回り込んでリヒャルトは近づき、部屋にいる全員と握手をする。誰ひとり、リヒャルトになぜここにいるのかとは尋ねない。例の年配の女性がすでにリヒャルトのことを皆に話していたのかもしれない。いや、どうも、とリヒャルトは言う。どうやらなにかあったようですね。皆が頷く。

それじゃ、私はこれで、とリヒャルトは言って、さようならと挨拶する。出ていく前に、倒れた椅子を元に戻そうとしてみるが、脚が一本、直角に折れ曲がっているせいですぐにまた倒れてしまう。秩序を正そうとする試みが不首尾に終わったことを詫びながら、リヒャルトはもう一度、黙ったままの一同のほうを振り返る。職員のひとりが、ふたたびコーヒーをすする。ラシドがやったんですか？　とリヒャルトは尋ね、倒れた椅子を指す。一同が頷く。階段の明かりはいつの間にか落ち着いていて、弾丸のように駆けていったラシドの姿はどこにも見えず、声も聞こえない。

一階の玄関口では、警備員のひとりが電話で話している。もうひとりの警備員に、いったいなにがあったのかと尋ねると、男たちが明日引っ越さなくてはならないらしいと言われる。それも、森のなかにある施設で、ブッコウ地区から七キロ半離れたところだという。

ブッコウ？　それも明日？

私は知りませんよ、ただの警備員ですから。

リヒャルトがブッコウへ行こうとすれば、たとえ車を使っても、少なくとも一時間はかかる。それも、渋滞がなければの話だ。そんなの無茶だ、とリヒャルトは言い、警備員は肩をすくめる。

今日の午後二時に集会が開かれます、これがチラシ。ベルリン州政府からも、誰か来るかもしれませんよ。

リヒャルトは今日の午後は買い出しに行くつもりだったが、あまりの憤りに、とても買い物のことなど考えられない。こんな決定を告知する連中は、真面目な調査がどういうものか、知りもしないに違いない。男たちへのインタヴューを始めたばかりだというのに、もう邪魔が入るとは。大学にも同じような教員たちがいた。出張の領収書に判を押したり、健康保険の書類を更新したり、研究室での滞在時間を記録したりといった作業のほうが、本来そのために雇われた仕事、たとえばカタツムリの殻の固さを決める数値と同じように韻文の美しさを決める数値が存在するのかを調べるといったことよりも重要だと思っている人間が。または、アウグストゥス帝の時代の文学のどこに、イエス・キリストが最後のギリシア神として登場するかを明らかにするといったこと。もちろん、仕事用のEメールのパスワードを八回変更するのも自由だ。だが、作者自身がそうとは知らずにテクスト上で自らについて語る内容を考察することも、この節における語り手はいったい誰なのかと考えることも、重要な仕事なのだ。

だからリヒャルトは、集会という時間を食う催しに参加する意欲はとうの昔に失くしたにもかかわらず、二時二十分前、その呪わしい集会へと向かう。

ドイツ語の授業が行われていた教室の席は、ひとつ残らず埋まっている。大勢の男たちが、小さすぎる机の下に膝をむりやり押し込んで座っている。部屋の隅には職員や警備員が立っている。話し合いはちょうど始まったところだ。州政府からやってきた、金髪を七三に分けた華奢な紳士が前方に立っているが、英語もフランス語もイタリア語もわからず、ましてやアラビア語など解するはずもないため、通訳は、しばらく前にリヒャルトが覗いてみた占拠された旧校舎での話し合いと似たような手順をたどる。そもそも州から誰か来ただけでも喜ばないと、と、今日の昼に無言で事務室に座っていた職員のひとりが囁きかけてくる。金髪七三男のドイツ語が聞こえる——皆さんの状況はよく理解していますよ！　オラニエン広場の困った状態を平和的に解決するのに、大いに力を貸してくださった！　この役人はほかにも似たようなことを並べるが、どこの馬の骨ともわからない、要求ばかり突き付けては決して満足することのない連中のもとに派遣されたことを、それほど嬉しく思っているようには見えない。おそらく、州政府のなかでも一番下っ端の役人か、または試用期間中で、この仕事をやり遂げられるかどうか試されているのだろう。リヒャルトはこの男に同情すら覚える。文句ばかり垂れるこいつらが、また今度はなにを要求しようっていうんだ？　市はこいつらに法的義務があるわけでもないのに、個々の案件が片付くまで、ひとりにつき月三百ユーロを払ってやってるんだ。なにより、少なくとも当面は公共交通機関の月間パスをやって、医者や役所に同行するためのパートタイムの職員を十二人もつけたんだぞ。

ブッコウの施設は、と州政府の役人は言う。我々全員にとっていい解決策になると約束します。ベルリン市とその周辺地域で住む場所を探しているのはあなたがただけではないですし、あなたがたがひとつのグループとしてこれからも一緒にいたいとなれば、選択肢はあまりないんです。問題全体が政治的に解決されるまで、俺たちは目に見える存在でいたい、と今朝大暴れしたラシドが起立して言う。森のなかで俺たちにどうしろっていうんだ？　行政との取り決めはなんのためにあった？この紙に書かれた約束で、そっちが実現してくれたものはまだひとつもない、とラシドは言う。獣を撃ってかすり傷を負わせることはできた。代償はひとりにつき月三百ユーロ、それに公共交通機関の月間パスと職員の配置。だが、獣はなおも危険な存在で、まだ力を残しているかもしれないし、また襲いかかってくるかもしれない。そうなったら、次はもっと手に負えなくなる可能性もある。どれも一晩で解決できる問題ではないんです、と州政府の役人は言いながら、もし手負いの獣が飛びかかってこようとした場合、どうやって安全な場所へと逃げようかと考える。

二人目の男が発言する。その施設から一番近いバス停まで五キロあるって聞いたんだが。時間を稼ぐべきだ、そうすれば傷口から血が流れ続け、敵は弱っていく。

三人目が言う。それに、これは一晩で決まったようなものじゃないか！

四人目が言う。ドア付きのシャワー室がいる。それ以外は俺たちの宗教に反している。手負いの獣はまだぴくぴく動いているが、もはやただの反射作用にすぎない。

五人目が言う。一部屋に四人以上は受け入れられない！

州政府の役人は、発言や質問がすべて自分のために通訳されるのを待ってから、こう言う。皆さんのおっしゃることはよくわかります。全部書き留めておきます。

よそ者になってしまったらもう選択肢はない、とトリスタンは言っていた。彼は間違っていたのだろうか？　いや、とリヒャルトは思う。でも、望むということは、自分はまだ望むことを許される世界に生きていると主張することだ。望むこととは郷愁のひとつの形なのだ。あらゆる戦争で、あらゆる捕虜収容所で、あらゆる国籍の戦争捕虜たちが、飢え死にしかけた状態でありながら料理のレシピについて語ることで生き延びたのも不思議な話ではない、とリヒャルトは考える。本当のところ、ここにいる難民たちが州政府に望んでいるのは、四人部屋でも、鍵のかかるドア付きのシャワー室でもなければ、バス停から徒歩圏内にある収容施設でもない。本当のところ、彼らは州政府になにひとつ望んでなどいない。本当のところ、健全な身体と心の持ち主なら誰でも望むように、仕事を探し、自分の生活を自分で築き上げることを認めてほしいだけなのだ。だが、この地――「ドイツ」と呼ばれるようになったのはせいぜい百五十年前にすぎないこの地――に住む人々は、自分たちの領土を数々の法律の条項で守り、時間という秘密兵器で新参者を攻め立て、何日も何週間もかけて彼らの目をくり抜き、何か月もかけて押しつぶし、彼らがそれでもおとなしくならない場合は、大きさの違う三つの鍋と、シーツとベッドカバー一式と、「仮滞在許可証」と書かれた紙を一枚与えてごまかす。

これを部族間闘争と呼ぶこともできるかもしれない。

リヒャルトの家の本棚に置かれた小さな木箱には、かつての身分証明書と健康保険証がいまも入っている。一九九〇年、リヒャルトは突然――一晩のうちに――別の国の市民になった。変わらなかったのは窓からの眺めだけだった。なじみの二羽の白鳥は、リヒャルトがいわゆるドイツ連邦共和国市民になった日にも、彼がまだドイツ民主共和国市民と呼ばれていた前日と同じように、左から右へと泳いでいた。つがいの鴨も、前日と同じように、小さな栈橋の隅に座っていた。リヒャルトが当時、ドイツ帝国鉄道の線路の枕木を手に入れて造った栈橋だ。ドイツ帝国鉄道というファシスト的な名前を変えることは、社会主義の時代でさえ不可能だった。所有権の移譲とさまざまな手続き上の理由らしい。名前によってなにかが変わっただろうか？　難民問題との関係で、「仮滞在許可証（Fiktionsbescheinigung）」という言葉をインターネットで初めて読んだとき、リヒャルトは最初、これは文学用語なのだと思った。文芸書は英語でフィクション（Fiction）と呼ぶからだ。だが、難民の作家に対して、国際的な書籍市場に参入する助けになる証明書を発行するなどという話は、とてもありえそうには思えなかった。まもなくわかったことだが、仮滞在許可証とは単に、まだ「難民」と名乗る権利を与えられていない人間がその存在を証明するための紙切れにすぎなかった。所持していても、なんらかの権利が与えられるわけではない。

ふたつの陣営――金髪七三の州政府の役人と、アフリカ人たちを代表するラシド――の論争は、なかなか埒が明かない。通訳の応酬のせいで立ち往生している。そこに突然、施設の所長が急な知らせをもたらす馬上の使者のように登場する。たったいま知らせが入りました、当施設で風疹患者がふたり出たとのことです。そういうわけで、今日はこれ以上議論しても意味がありません。というのも、別の施設への移動は、法律によれば、伝染病の潜伏期間は認められないからです。アフリカ人たちは、風疹がなにかを知らない。不安のざわめきが広がる。州政府は、悪魔の病にかかったことを理由に自分たちを追放しようとしているのだろうか？　金髪の州政府の役人のほうも、この知らせはそもそも本当なのか、それとも、所長はこの黒人たちとグルで、時間稼ぎをするのに力を貸してやっているのかと自問する。一方、所長もまた、感染が起きたせいで施設の改修工事の開始が本当に危うくなったことを感じ取り、大の大人が突然子供の病気にかかるなんて、いったいどういうことだと自問する。

一九五〇年代、小学生だったリヒャルトは、ジャガイモ畑の害虫を駆除する手伝いをさせられたものだった。ドイツ民主共和国の農業省の主張によれば、アメリカ人が東ドイツの畑に害虫を撒き散らす破壊工作を行っているとのことだった。子供たちは、保存瓶を手に長い列を作って畑を歩き、ジャガイモの葉を一枚一枚調べては、害虫を酢のなかに投げ込んだものだった。のちに聞いた話によれば、すでにナチス時代から、学校の生徒のみならず、突撃隊の隊員や兵士までもが、アメリカの秘密兵器である黄色と黒の縞模様の虫を根絶するために徴用されていたという。ということは、アメリカ人は害虫を撒くことで、まずはファシストと闘い、返す刃で今度は反ファシストと闘ったということだろうか？　それとも、ああいった虫の軍団は、いずれかの時点で、自分たちが食べたいものを自ら決めるようになるものなのだろうか？虫の視点に立てば、一九四一年のジャガイモ畑も、一九五三年のジャガイモ畑も、同じように緑豊かだったに違いないのだから。さらに時がたち、ベルリンの壁が崩壊した後、リヒャルトは初めてのロンドン出張で、年配のイギリス人の同僚と、ある晩ウィスキーを飲みながら語り合った。するとその同僚もまた、学校時代にイギリスのジャガイモ畑を歩き回らされ、第二次世界大戦中にドイツが生物兵器として撒き散らしたとされる害虫と闘わされたというのだ。ドイツは害虫の壊滅的な効果に関する実験までやってのけたのだと、その英国人のドイツ文学教授は語った。つまり、戦争の末期に、彼らは何千種類もの害虫のサンプルをプファルツ地方――要するに自分たちの国ですよ！――の畑に、実験目的で撒き散らしたんですよ。いずれにせよ《エニウェイ》、私はドイツ語を愛しています《アイ・ラヴ・ザ・ジャーマン・ランゲージ》、と言って教授は話を締めくくり、ウィスキーをぐいと一口飲んだ。この会話がそもそもリヒャルトの記憶に残ったのは、この謎めいた締めくくりの言葉ゆえだった。

　いずれにせよ、ひとつだけ確かなのは、風疹というのは、大人がかかれば二週間は感染の可能性があるウィルス性の病だということだ。明日の引っ越しは行われない。そのため、難民たちによりふさわしい別の住まいを探す時間ができた。教室から出るとき、リヒャルトは落ち着きを取り戻したラシドに話しかけ、明日会って話を聞かせてくれないかと尋ねる。問題ない《ノー・プロブレム》、と答えるラシドは、今朝、怒りに我を忘れて部屋から飛び出してきたときにリヒャルトとすれ違ったことなど、まるで覚えていないように見える。

18

イード・ムバラクとは、断食月ラマダンの終わりを祝う日の名前だ。男たちは午前中に祈りの大集会に出かけ、そのあいだ女たちは家で食事を用意する。それから皆が勢揃いして昼から深夜まで食卓を囲む。子供たちは、二日間の祝日を楽しめるようにと贈り物か小遣いをもらう。子供は楽しまないと《ザ・チルドレン・シュッド・ハヴ・ファン》、とラシドは言う。皆が新しい服を着る。親父はいつもイード・ムバラクには、家族の女たち全員に新しい布を、それに男たちには別の布を買ってやった。俺と、兄弟と、甥っ子たち。二〇〇〇年には青い布だった。あの日、俺はその青い布で仕立てた服を着て、帽子をかぶってた。

リヒャルトとラシドは、玄関口のすぐ横にある小部屋にいる。ドアは閉まっている。リヒャルトが静かな場所はないかと尋ねると、警備員のひとりがこの部屋の鍵を開けてくれたのだ。こうしてふたりは、すでに引っ越しのために待機している折り畳まれた段ボール箱と、積み重ねられた椅子の山に囲まれて座っている。ラシドが自分用にワイン色の座面の椅子を、リヒャルトには黄色い座面の椅子を下ろした。

イード・ムバラクでは、その年に喧嘩した相手全員と仲直りをする、とラシドが言う。親戚を訪ねる。貧しい人に寄付をする。イスラムの五本の柱って知ってるか？

リヒャルトは首を振る。

イスラムの五本の柱というのは《ザ・ファイヴ・ピラーズ・オブ・イスラム・アー》——一つ目は神を信じること、二つ目は祈ること、三つ目は貧しい人たちと分け合うこと、四つ目はラマダン期間に断食すること、五つ目は、もしそれだけの余裕があれば、少なくとも一生に一度、メッカへ巡礼すること。

なるほど、とリヒャルトは言う。

殺す奴はムスリムじゃない。

リヒャルトはうなずく。

食べるために殺すことだけは許される。でも、どんな生き物も——たとえ目の前を横切るちっぽけな虫でも——なんの理由もなしに殺したりしちゃいけない。そういう虫や動物にだって、家で待ってる子供たちがいるかもしれない。俺たちにはわからないだろ。絶対に。

確かに、とリヒャルトは言う。

蠅一匹だって！

そのとおりだ、とリヒャルトは言う。

殺す奴はムスリムじゃない。

リヒャルトは、夏が来ると料理の皿の周りを飛びまわる蠅や蜂を掃除機で吸い取ってきた。大学の一年目に、教会を正式に脱会した。

それに、イエス・キリストもコーランでは預言者のひとりだ、とラシドは言う。

リヒャルトは以前、「最後のギリシア神としてのイエス・キリスト」をテーマにしたゼミで、聖書のさまざまな福音書におけるキリスト誕生の場面を、コーランにおける同様の場面と比較したことがある。だから、コーランではマリアがたったひとりでキリストを産むことを知っている。人里離れた地で、マリアはキリストを産み、あまりにひどい痛みにこう言う——「こんなことになる前に死んでいればよかったのに。無に帰して、忘れ去られていたほうがよかったのに」。マリアがなぜ、死ぬことのみならず、忘れ去られることをも望んだのかを、ゼミの学生たちは理解していただろうか。だが、そうしたことは授業で教えられるものではない。リヒャルトはただ、マリアのこの嘆きの直後に、生まれたばかりの赤ん坊が突然話し始めることを指摘したのみだった。つまり、マリアの苦難から直接、語るという奇跡が生まれるのだ。子は母親を慰めるために語る。小川について語る――すると小川が現れる。それから子は母親に、木について語る――すると木が現れる。マリアは突然、楽園のような景色のなかにいる。足元には小川、頭上にはナツメヤシ。マリアは食べ、飲み、そしてしばらくすると、子を腕に抱いて人々のもとに戻り、その子はどこから来たのかと訊かれても、自分からはなにも言う必要がない。代わりに、生まれたばかりの預言者が語ってくれるからだ。預言者の身長はたったの五十四センチ、体重は三千五百グラム。

楽園は母親の足元にある、とラシドは言う。リヒャルトは、隣に座るこの男が青い衣装をまとい、頭に帽子を載せている姿を想像しようとする。おふくろが死ぬ前にもう一度会いたい、とラシドは言う。いま七十歳だ。でもナイジェリアに帰ったら、もうドイツには戻ってこられない。

どうしてナイジェリアに戻ってそのままずっと暮らそうとは思わないんだい？

リヒャルトの質問にラシドは答えない。親父はみんなにすごく好かれてた、とラシドは言う。みんなが娘を親父の妻にしたがった。最後には五人の妻と二十四人の子供がいた。俺は、十人続けて娘が生まれた後、初めて生まれた息子で、おふくろは親父の三人目の妻。晩には全員で大きなテーブルを囲んで食事をした。俺は親父の皿から食べるのを許されてた。毎朝、七時十五分過ぎ、親父はまだ寝ぼけ眼なんだが、俺たち大きな子供は親父の肘掛け椅子の前に一列に並ぶ。そして親父が、学校で昼ご飯を買う金をひとりひとりに手渡してくれる。スルタンは謁見する。そこには樹木の下に三つの階段付きの高壇《マスタバ》が備えてある。壇は絹織りの布で覆われ、クッションが置いてある。頭上にはまるで絹製天幕のような儀礼用の傘が差し掛けられ、その上には鷹ほどの大きさの一羽の黄金製の鳥が置かれている。太鼓とラッパと角笛の音が響く。鞍と轡《くつわ》をつけた二頭の馬が、二頭の子羊とともに連れられてくる。スルタンを邪視から守るためのものだ。スルタンに言葉をかけ、それに対してスルタンが返答されたとき、その者は着ている服を自分の背中からすっぽり脱ぎ、まるで浄め《グスル》を行う者が水を全身に掛けるかのように、自分の頭と背中に泥を投げて被る。

七時半にトラックの運転手が来た、とラシドが言う。俺たちは荷台によじ登った。トラックはもう何人か近所の子を拾って、全員を学校まで送ってくれた。

学校にはどんな科目があった?

英語、数学、あとハウサ語も。

大人になったラシドは職業訓練校に通い、金属加工を学んだ。

姉妹のうち四人は上の学校に進んだ。ひとりは大学まで行き、教師になった。

妙なものだな、とリヒャルトは思う。いまになってまた、イブン・バットゥータの旅行記を思い出すとは。十四世紀にモロッコからアフリカと中央アジアを経て中国まで旅した人物だ。

リヒャルトの同級生だったヴァルターは、東ドイツ時代に共産党員だったが、たどり着いた地位では、同盟を結んだ社会主義国への旅行しか認められなかった。それでも、イブン・バットゥータのこの本を初めてドイツ語に翻訳するという目的のためだけにアラビア語を学んだ。ヴァルターが死んだ後、あの原稿はどうなったのだろう? いずれにせよ、日の目を見ることはなかった。刊行してくれるはずだった出版社が、ベルリンの壁の崩壊直後に倒産したからだ。リヒャルトは当時、ヴァルターの原稿の推敲作業を手伝ったものだった。

子供二十四人に妻五人。ヴァルターも似たようなものだったが、彼の四人の妻たちは、幸いひとつ屋根の下に暮らすよう求められることはなかった。ヴァルターの長男とは、彼の葬式の際、葬列に並んで歩きながら、握手をし、リヒャルトは、本当に残念です、と言った。だが息子はただリヒャルトの目をまっすぐ見つめ、こう言っただけだった――はあ、なにがです？　聞くところによると、ヴァルターが亡くなるやいなや、四人目の妻がまだ居住権を所有していた家をめぐって、元妻たちと子供たちが係争を始めたらしい。現在――「西側」の時代――ああいった家にはなにがしかの価値がある。ヴァルターの長男は、父親の葬儀だというのに、洗いざらしで穴の開いた明るい色のジーンズを穿いていた。願わくば、よく言われること――土の下に眠る者は痛みを知らず、もはやなにも感じない――が真実でありますようにと、リヒャルトは願った。

イード・ムバラクではいつも、妻たち全員が一緒に料理した、とラシドが言う。俺たちの国では一番大切な祝日で、たくさん食べなきゃいけない。なんといっても、断食月の終わりを祝うんだから。家は何週間も前から片付けて、上から下までぴかぴかにする。あの年――二〇〇〇年――親父が俺たちの晴れ着のために買ってくれたのは青い布だった。リヒャルトは突然、ここからはすべてを詳細に知る必要があると悟る。イード・ムバラクのために用意され、テーブルに並んだ料理のひとつひとつをラシドに説明してもらわねば。茄子？　トマト？　オイル漬けの唐辛子？　魚？　米？　ヤムイモ？　料理用バナナ《プランテーン》？　仔牛肉、鶏肉、羊肉？　妻たちは一緒にテーブルについたのか？　それとも、めいめい自分の子供たちとともに、各々の席に座ったのか？　テーブルは家のなかにあったのか？　それともベランダか？　それとも屋外に？　できることならリヒャルトは、いつまでも質問し続けたかった。じゃあ、晩に色つきガラスのランタンの光に照らされてお祝いするの？　食事の後、外が暗くなると、子供たちがそのランタンを長い棒の先にぶら下げて、行列を作って近所を練り歩くの？　そのとき歌ったりする？　大人たちは親戚を訪ねたりする？　次の日、家族そろって散歩したりは？

いや、その年には晩も次の日もなかった、とようやくラシドが言う。

朝の十一時ごろ、とラシドは語る。俺たち男はちょうど祈り終えたところだった。祈禱所と俺たちの家は、だいたいベルリンのオーバーバウム橋からアレクサンダー広場までの距離だ。宴を始めるために、家族の待つ家に戻ろうとしたところで襲われた。棍棒とナイフと鉈で。親父がちょうど車の鍵を開けようとしたとき、やつらが駆け寄ってきて、俺たちをばらばらに引き離すと、棍棒で殴ったり、ナイフや鉈で切りつけてきて、親父は車に押し込まれた。三人の男が一緒に乗り込んで、親父をどこかへ連れていった。親父の姿を見たのはそれが最後だ。三週間前、七十二歳の誕生日を祝ったばかりだった。

ラシドの手は逞しく真っ黒だ。その手が膝の上に載っている。指先だけは小さく、爪の下の皮膚はバラ色だ。

町はずれで、親父は車ごと焼かれた。

リヒャルトもラシドも、しばらくのあいだなにも言わない。

誰の仕業か知ってる？　ついにリヒャルトは訊く。

ラシドは答えない。

すごくひどかった、と、しばらくしてラシドは言う。どうして人間はほかの人間を殺すんだろう？

自分の先ほどの問いよりずっと正しい問いだ、とリヒャルトは思う。

ラシドの目の上には傷跡がある。それに、歩くと片足を引きずることに、昨日リヒャルトは気づいた。

俺たちは逃げようとした。兄弟、甥っ子たち、おじたち、それに近所の人たち。誰もが叫びながら走った。あちこちに人が倒れてて、みんな血まみれだった。弟のひとりは、まず広場の隅にあったマンゴーの木のなかに隠れた。そして暗くなってから川まで走って、水中に隠れた。怖くて一晩中そこにいた。川岸でも誰かがリンチされてたって、あとから俺に話してくれた。弟はなにもかも見てた。俺が憶えてるのは煙の臭いだ、とラシドは言う。走りに走るあいだに嗅いだ臭い。あちこちの家がもう燃え始めてた。オーバーバウム橋からアレクサンダー広場までの距離。**ザンクト・マルティン、ザンクト・マルティン、ザンクト・マルティン、吹雪のなかを馬に乗り、馬は素早く駆けていく、ザンクト・マルティン、心は軽く馬で行く、マントにふんわりくるまれて。**あの年、二〇〇〇年に、リヒャルトがつい二週間前に存在を知ったばかりのナイジェリアの都市カドゥナでは、伝統的なイード・ムバラクの晩の子供たちのランタン行列はなかった。昨年、ザンクト・マルティンの日のランタン行列では、近所の子供たちが歌いながらシュロース広場を練り歩いたが、ドゥイスブルク出身のある若い女性だけは――三年前からリヒャルトの住んでいる通りのアパートで暮らしていて、店で買い物をしているときやリサイクル用の空き瓶を出しに行くときなどに会うと、ときどき奇妙なことを話しかけてくる女性で、たまに歩道で目に見えない誰かと言い争っていることもある――子供たちが歌いながら広場を練り歩いているあいだじゅうずっと、広場の隅のスノーベリーの藪の暗がりに隠れて、狼のように遠吠えしていた。

俺たちは大急ぎで家まで走って帰ると、女たちに危険を知らせた。女たちは子供たちを連れて、すぐに家を出た――友達のところや実家の両親のところに行った。俺のおふくろも、田舎の村にいる親のところに逃げた。俺は棚から着替えを一枚つかんでビニール袋に入れた。あんまり急いでて、服に合わせるズボンを忘れた。三十分もしないうちに、家のなかは空っぽになった。宴のご馳走は、俺たちが家を出たときのまま、手つかずでテーブルの上にあった。戸締まりさえしなかった。鍵なんかかけてどうする？　家はイード・ムバラクのために上から下まで片付いてて、ぴかぴかだった。それから一、二時間後に燃やされたときにも、上から下まで片付いてて、ぴかぴかだった。

たった一日で、俺は親父も家族も、家も仕事場も失くした。たった一日で、俺たちのそれまでの人生は全部終わった。親父を埋葬することさえできなかった。一度、おふくろのところにお別れを言いに行った。それからニジェールに向かって出発した。俺たちが会ったのはそのときが最後だ。十三年前。電話でおふくろに元気かって訊かれると、いつも元気だって答えてる。

リヒャルトは思い出す。ラシドが話の初めにこう言ったことを――楽園は母親の足元にある。

もう血を見るのはたくさんだ、とラシドが言う。

そのときようやくリヒャルトは悟る。ラシドは、リヒャルトが最初に発した質問に答えるのに、この二時間を必要としたのだと。

まるでナイフで切られたみたいに、俺たちの人生は、あの夜、俺たちから切り取られた。

切り取られた《カット》、とラシドは言う。

切り取られた《カット》。

ふたりの警備員は、リヒャルトとラシドが小部屋から出てくると、にやにや笑いながら言う。ずいぶん長い話でしたね。リヒャルトは、ええ、と言う。

家に帰る途中、リヒャルトは花屋に寄って、色とりどりのアスターの巨大な花束を買う。自分のために花を買ったことなど、これまで一度もなかった。大きな透明の花瓶に生けて、台所のテーブルの上に置く。こうしてみると、まるで妻がまだここにいるかのようだ。または愛人が。

いまになってまた思い出す。昨夜、目が覚めたとき、小便には行かずに、家のなかを部屋から部屋へとなにを探すでもなく歩き回ったことを。暗闇のなか、自分の家を、まるで博物館のなかを歩くように、あたかもリヒャルト自身はもうこの家の一部ではないかのように、ただ歩き回った。家具のあいだを部屋から部屋へと歩いていると、なかには子供時代から馴染みの家具さえあるというのに、突然、はるか遠くの星雲のように、自分の人生がまったく異質で無縁なものに思われた。徘徊の終わりは台所だった。恥じ入りながらリヒャルトは思い出す。昨夜、この台所の椅子に座って、自分でもわけがわからないまま、まるで追放された者のように泣きじゃくったことを。

いったいあのとき、自分の胸にはどんな思いが去来していたのだろう？　いまとなってはもうわからない。それとも、あれは全部夢だったのか？

それでも食べなくちゃ、と母はいつも言っていた。

リヒャルトは棚から缶をひとつ取る。えんどう豆のスープ、これならすぐ食べられる。食べ終えたら、皿を食器洗浄機に入れるだけだ。そう考えると、いまだに嬉しくなる。食器洗浄機は東ドイツにはなかった。ドイツは美しい《ドイチュラント・イズ・ビューティフル》。

それから、暗くなる前に少し庭に出よう。まだなにか見える程度に明るければ、雨どいの落ち葉と庇を掃いてもいい。新しく買った梯子が長いものでよかった。

夜、リヒャルトは覚え書きのために書き物机の前に座る。しばらくのあいだ、ただじっと座っている。結局、紙に書いたのは三つの短い文章だけだ。

子供時代があった。日常があった。青春時代があった。

その下に、括弧に入れて――**ラシド＝ゼウス＝雷神。**

書き物机の上のデスクライトが落とす円錐形の光が、舞台のスポットライトとなって、書かれた文字を照らす。リヒャルトが歯を磨きに洗面所に行った後もまだ。

19

翌日は、本当ならドイツ語の授業があるはずだった。だがリヒャルトが行ってみると、警備員に今日は支払い日だと告げられる。みんな出払ってますよ、と民間会社の制服を着た警備員が言う。買い物リストを持ってきていてよかった、とリヒャルトは思う。

食器用洗剤
フレッシュチーズ一パック
バター一箱
ジャム（黒スグリ？　ラズベリー？）
ハム
レタス
キュウリ二本
トマト、中玉
ミネラルウォーター
ライ麦パン半斤

買い物の途中で、ばったりシルヴィアに会う。デトレフの妻だ。そうなんだよ、今日は思いがけず用事がなくなってね。思いがけず？　そうなの？　きっとなにか書いてるんでしょ？　いろんな講演をしたり？　いや、そういうのとはちょっと違うんだ、とリヒャルトは言う。でも、話せば長くなるから。よかったら、うちにお昼を食べに来ない？　誕生日パーティーのときの料理がまだたくさん残ってるのよ。へえ、じゃあ、お言葉に甘えて、まずは買ったものを家に置いてくるよ。わかった、じゃああとで。うん、あとで。

いまはどんな仕事をしてるんだい？　まだ玄関前のマットで靴底の汚れを落としているリヒャルトに、デトレフが尋ねる。五年前まで、デトレフは店舗の内装を手がける会社でインテリアデザイナーとして働いていたが、早期退職して、いまは年金暮らしだ。ベルリンの壁が崩壊した後、ロシア語を流暢に話せることが幸いした。なにしろ、モスクワの新興ビジネスマンにとってデトレフは西側の人間だったが、西ドイツの雇い主にとっては、ロシア人のクライアントとうまく渡り合える旧東ドイツ人だったからだ。この家に引っ越してきたとき、まだポニーテール姿で少女のように見えたシルヴィアは、壁が崩壊するまでは活版印刷工だったが、壁崩壊後に失業した。それから数年がたち、シルヴィアにとっての壁崩壊後の時代は、コンピューターの時代とほぼ同時に到来したことが明らかになった。瞬く間に新しい技術が市場に流れ込み、シルヴィアが身につけた職業は、もはや博物館のなかにしか存在しなくなった。夫のデトレフも仕事を辞めて以来、夫婦は貯金を崩してあちこち旅をしてきた。ヴェネツィアを見たし、モロッコもハンブルクも見た。ピラミッドにも、エッフェル塔にも、ストーンヘンジにも、クロアチアの海岸にも行った。だがそれも、一年前にシルヴィアが病気になるまでだった。デトレフの誕生日パーティーで、リヒャルトは初めて、シルヴィアがこう言うのを聞いた。この世界をまだいろいろ見られてよかった。この「まだ」という言葉を聞いたとき、リヒャルトは思わずデトレフのほうを見た。すると友人はこう訊いた。ビール飲むかい？

へえ、この近所の老人ホームにアフリカ人が暮らしてるのか？　全然知らなかったよ。

あら、私は二、三度、買い物してる人たちを見かけたことがあるわよ。不思議に思ってたの。

アポロンとトリスタンとゼウスが、ついにドイツ人家庭の居間に登場したというわけか。ソファとテレビと果物皿と本棚のある居間に。

マリとニジェールの砂漠におけるトゥアレグ人とアル・カーイダのさまざまな派閥との対立について話すリヒャルトの目に、窓の外の庭を一匹のリスが走っていくのが見える。トリスタンの父が、トリポリにあった家の南側のブラインドを夜になるまで上げなかったという話をしながら、リヒャルトはソファの横の小さなテーブルに載っている今週のテレビ番組表に視線を落とす。本棚に並ぶ本の隙間に置かれたデジタル時計の表示が12:36から12:37に替わったとき、リヒャルトはちょうど、雷神ラシドがイード・ムバラクの日に着ていて、逃避行を始めた際にもまだ着ていた青い服の話を終える。

なるほど、と友人デトレフは、リヒャルトの話の合間にときどき相槌を打っていた。だが、リヒャルトが話し終えると、しばらくのあいだ黙り込み、ただうなずくばかりだ。

ええと、つまり彼らは、イタリアでしか働くことを認められていないんだね？　とようやくデトレフが訊く。

そのとおり。

でもイタリアには仕事がない、と。

そのとおり。

で、彼らがここで受け取るお金は？

支払われるのはほんの数か月間だけなんだ――つまりドイツが、彼らのことはうちの問題じゃないと最終的に証明するまでのあいだだけ。

で、その後は？

その後、彼らはイタリアに送り返される。

でもイタリアには仕事がない。

そのとおり。

そう考えると、この国で私たちは本当に恵まれてるわよね、とシルヴィアが言う。

リヒャルトは、ドイツ軍の兵士としてノルウェーとロシアに送られ、「戦争のごたごた」を生み出した父のことを思う。デトレフは、少女時代に自分の髪を編んだのと同じくらい熱心に、のちに廃墟を片付ける大人の女として、祖国再建のために瓦礫の山を片付けた母のことを思う。シルヴィアは、自分の子供たちのために、ロシアの子供たちの血まみれの下着を妻に送った祖父のことを思う。**しみは冷たい水で洗えば簡単に落ちる。**祖父や父、祖母や母たちの功績は、言ってみれば破壊であり、自分の子供たちや孫たちが新たに書き込まねばならない白紙状態を作り出すことだった。では、自分たちの世代の功績は？　いまの自分たちが、たとえばリヒャルトがいましがた語ったばかりのあの三人のアフリカ人たちよりもはるかに恵まれた生活を送っている理由は？　いまこのソファに座っている自分たちは、戦後の子供でもある。それゆえに、「それ以前」と「それ以後」の因果関係が、しばしば罪と褒美の因果関係とはまったく別の法則に基づくことを知っている。原因と結果の関係は曖昧だ、とリヒャルトは、この数年すでにしょっちゅう考えてきたように考える。アメリカ人には、ドイツの半分をどうするかについての計画があり、ロシア人には、ドイツのもう半分をどうするかについての計画があった。そして、一方の側が物質的に豊かになった理由と、もう一方の側で計画経済が成立した理由のいずれも、ドイツ市民に固有の何らかの性質では説明がつかない。ドイツ市民はこれらの政治的な実験の材料にすぎなかったのだから。それなら、いったいなにを誇りに思えというのだろう？　いったいどんな優れた性質——他者の「劣った」性質とは逆の性質――が自分たちには備わっているというのだろう？　確かに、自分たちは生まれてこのかた働いてきた。それは事実だ。だが、自分たちは働くのを禁じられたことはない。東出身の自分たちは、最終的に、壁のより豊かな側に暮らす兄弟姉妹たちの血縁として迎え入れられた。だが、この体に流れる血は持って生まれたものであり、好むと好まざるとにかかわらず、変えることなどできない。リヒャルトの友人モニカの息子の妻は、東西ドイツ統一後に生まれた子供に乳をやるたびに、自分が飲むコップ一杯のコカ・コーラが体のなかで母乳に変わるという奇跡に驚嘆していた。彼女の血管を流れるのが血なのか、コカ・コーラなのか、母乳なのか、確かなことは誰も知らなかった。同様に、友人たちのなかでそれほど裕福でない者ですら、いまや台所に食器洗浄機を持ち、棚にはワインボトルを貯蔵し、窓には二重ガラスを入れているのが本当のところ誰の功績なのかという問いに答えられる者もいない。だが、自分たちがこれほど恵まれた暮らしをしているのが自分たち自身の功績でないならば、同様に、難民たちがあれほど恵まれない暮らしをしているのも彼ら自身の責任ではない。互いの境遇は逆さまであってもおかしくなかったのだ。

一瞬、その考えが口を大きく開け、醜い歯をむき出しにする。

シルヴィアが言う。私たちもいつかまた逃げなきゃいけないときが来るんじゃないかって、いつも想像するのよ。そうなったら、やっぱり誰も助けてはくれないでしょうね。

デトレフが言う。純粋に確率の法則で考えるなら、その可能性はあるね。

シルヴィアが言う。でも、いったいどこに逃げたらいいの？

リヒャルトは言う。古いバイクを湖の向こう岸に停めておこうかって考えたことがあるんだ。いざとなったら、ボートで湖を渡って、バイクに乗って、東へ逃げる。きっと東に行こうなんて人間はいないだろうからね。東に行ってしまえば、まだ平和だろう。

湖と言えば、とシルヴィアが言う。死体はまだ湖の底に沈んでるんでしょ？

ああ、まだ沈んでる。

窓の外のテラスでは、すでに錆びついた灰皿スタンドが寒風にさらされている。九か月前に病名を宣告されてから、シルヴィアは煙草を吸わなくなった。

デトレフが立ち上がって言う。なにか食べるものを見つくろってくるよ。まだ鴨の胸肉が残ってるんだ。それにスープも。

20

蛇口はマイクロファイバーの布で磨いちゃだめなんだ、と配管工が言う。金属のコーティングを傷つけちまうからな、クロムメッキみたいに見えるだけだよ。よし。トイレのタンクも調子が悪かったよ。**金曜日の一時からは自由な時間**。今日は金曜日で、すでに一時を過ぎている。配管工はちょうど道具をしまうところだ。じゃあ、ここにサインを。

老人ホームに着くと、リヒャルトはこう聞かされる。今日は運が悪かったですね。金曜の午後はいつも、黒いのはお祈りに行くんですよ。

誰もいないんですか?

いや、キリスト教徒が少し残ってますよ。

それじゃ行ってみます、とリヒャルトは言う。2017号室のドアをノックしても返事はないが、2019号室では、寝ぼけ眼の若い男がドアを開ける。柔らかい髭がうっすらと頬に生え始めている。きっと、初めてアポロンを訪ねたときに、残り二台のベッドで寝ていたひとりだろう。

リヒャルトはもう一度自己紹介して、訪問の目的を伝える。若者は、わかった《オーケイ》と言う。

それは、話をしてくれるってことかな？

若者は肩をすくめる。

英語はわかる？

はい《イエス》、と男は言うが、リヒャルトを部屋に入れようとするそぶりはない。部屋でリヒャルトとふたりきりになるのが怖いのだろうか？

リヒャルトは言う。外に出ようか。カフェに行く？

若者はまたもや肩をすくめる。

どちらの側にも不安が多すぎる、とリヒャルトは思う。自分の側にも、そしておそらくはこの難民の側にも。だが、リヒャルトが邪魔したことを詫びてきびすを返そうとしたとき、若者はようやく一歩前に出て、リヒャルトに向かってうなずくと、ドアを閉めてあとに続く——髪もとかさず、鞄かなにかを持ったりもせず、いまの季節にはあまりにも薄っぺらい上着姿で。


リヒャルトは、たまには外で会話をするのも悪くないと思う。これまで招き入れられた部屋はどれも、幽霊たちで溢れかえっていた。隣の２０２０号室には、アイロンのあたった青い格子柄のカーテンがいまも窓の前にかかっていることは知っている。だが残りの家具はどれも、略奪行為を働く軍隊にちょうど踏み荒らされているところだ。ベッドは壊され、クローゼットは倒され、誰もが衣類を踏んで歩き、食器を壁に投げつける。ただ、百二歳の年金受給者だったドイツ人女性のために孫が取りつけた青い格子柄のカーテンだけが、いまだにぱりっとアイロンのあたった状態のまま無傷で、よく晴れたある秋の日、ベルリン郊外の部屋に影を投げかけている。２０１７号室では、切り身にされた魚の霊が餌を待っている。だが、ボートに乗った八百人はなおも生きている。そして、一階の非常口や、リヒャルトと薄手の上着姿の若者がちょうど前を通り過ぎようとする物置部屋には、座面がワイン色と黄色の木製と鉄製の椅子が山のように積まれている。イード・ムバラクの盛大な宴のために集まろうとする大家族のための椅子。五人の妻、二十四人の娘と息子。そのなかのひとりはラシドだ。そしてラシドの父。

その若者と外出するのはなんの問題もありませんよ、と制服姿の警備員が言う。その子がこのリストにサインしてくれればね。

ベルリン郊外のこんな場所に、カフェはそれほど多くない。東西ドイツ統一後まもなく店を拡張したパン屋が一軒ある。正面にガラス張りのテラスを造って、自家製のラズベリータルト、エクレア、メレンゲなどを、いまや長さ八メートル半のカウンターの奥で売っている。毎日午後四時になるとここに集う老人たちは、まだ自宅でラクダの毛布にくるまれて昼寝中だ。店にいる客はひとりだけで、カウンターの近くに座り、コーヒーをお供に新聞を読んでいる。リヒャルトは若い話し相手を連れて、できるだけその客から離れた、ガラス張りのテラスの一番端のテーブルに外を向いて座る。

なにを飲む？　コーヒー？　お茶？　ココア？　ジュースとか水？

若者は首を振る。

ケーキはどうかな？

若者は首を振る。

お茶は？

若者は肩をすくめる。

ハーブティー、フルーツティー、緑茶、紅茶？

反応なし。

緑茶？　紅茶？

若者は肩をすくめる——じゃあ、紅茶。

で、ケーキは？

若者は首を振る。

そこでリヒャルトは、カウンターで紅茶とカプチーノを注文する。東ドイツ時代には、カプチーノなど飲んだこともなかったが、ここ数年、イタリアでなじみになった。自分の人生にイタリアでなじみになったものが存在することになろうとは、過去四十年間、想像してみることさえなかった。

君の名前は？

オサロボ。

へえ。

ここでさっそく、紅茶とカプチーノが運ばれてくる。カプチーノにはミルクの泡が載り、その上にはココアパウダーが薄く散らしてある。受け皿にはクッキーが一枚。

どこから来たの？

ニジェール。そのあと、親父のいるリビアにいた。

カプチーノに砂糖を入れると、ミルクの泡を滑り落ちて、カップの底に沈んでいく。

ニジェールにはいまも家族がいるの？

母親と、妹がひとり。

妹さんは何歳？

十四歳か、それくらい。

リヒャルトはカップのなかをかき混ぜる。

妹さんの名前は?

サビナー。

ときどきニジェールに電話する?

いや。

お父さんは?

若者は首を振る。

オラニエン広場から来た友達と、戦争の話をしたりする?

ときどき。

友達のなかに前から知っていた人はいる?――リビアにいたころから。

いや。友達はみんな失くした。

静かなBGMが流れている。女性客がひとり、ケーキを買っている。十一ユーロ六十セント。

友達が死んでいくのを見た。たくさん、たくさん死んだ。

女性はケーキの箱を抱えて店を出ていき、ガラスの自動ドアが開く。

オサロボの紅茶は、手つかずのままそこにある。リヒャルトのカプチーノも、手つかずのままだ。

人生は狂ってる《ライフ・イズ・クレイジー》、人生は狂ってる《ライフ・イズ・クレイジー》。

どんな質問をすれば美しい答えという陸地にたどり着くか、リヒャルトにわかってさえいれば。

ときどき散歩に行ったりする?「散歩《ウォーク》」とリヒャルトは言ったのだが、オサロボは質問を聞き違え、「仕事《ワーク》」と言われたのだと思い込む。

うん、働きたい。働きたい。でも認められていない。

リヒャルトは、モーツァルトの〈魔笛〉で、タミーノが試練を受ける場面を思い出す。タミーノが扉を開けようとするたびに、「下がれ！」という声で制止されるのだ。

母語はなに？

ハウサ語。それからテブ＝テブ。

ハウサ語で「手」はなんていうの？

ハヌ。

じゃあ、「目」は？

イドゥ。

「お茶」は？

シャイ。

「私」は？

ニ。

「君」は？

カイ。

イタリアではどこにいたの？

ナポリ、ミラノ。地下鉄では、黒人が隣に座ると、みんな立ち上がって別の席に移る、とオサロボは言う。

イタリアもまた、とうの昔に美しい答えという陸地ではなくなったのだ。

ま、いいけど、と若者は言うと、まるでこのうっとうしい殻を脱いでしまいたいとでもいうかのように自分の手の甲の皮膚をつまむ。それから、窓の外の、まだわずかに黄色い葉の残る木々を見つめる。若者の左目は、どこかおかしい。リヒャルトはいまになって初めてそれに気づく。若者はこのときまで一度も目を上げなかったからだ。

目をどうしたの？

若者は首を振る。言葉はない。またうつむく。

歳はいくつ？

十八。

ヨーロッパに来て何年になる？

三年。

将来のことを考えたりする？

将来？


ここまで、若者はまだ一口も紅茶を飲んでいない。

狂った人生《クレイジー・ライフ》、と言ったきり、口をつぐむ。

ミルクの泡は、もうずいぶん前からあからさまに場違いに見えている。

友達のところに戻りたい。

オサロボがいま老人ホームで一緒に暮らしている友達のことを言っているのか、それとも死んだ友達のことを言っているのか、リヒャルトにはわからない。この若者との会話は座礁した。だが、自分の失敗はここでは重要ではない。そもそも重要なのはリヒャルトのことではないのだ。

四ユーロ七十セントです、とパン屋の店員が言い、黙ったままテーブルを見下ろす。そこには手つかずのままの二杯の飲み物が載っている。

リヒャルトが家に帰るのに曲がる交差点まで、若者は無言で隣を歩く。リヒャルトが別れを告げようと立ち止まったとき、オサロボは唐突にこう尋ねる。

神を信じる？　そして初めてリヒャルトをまっすぐ見つめる。

交差点の信号が赤になったせいで、通りはすうっと静まり返る。リヒャルトは答える。いや、まあ、あんまり。この「まあ」「あんまり」からして、すでに妥協の産物だ。

どうして神を信じずにいられるのかわからない、と若者は言う。苦しい目に遭えば、人は神を信じる。人生は狂ってる《ライフ・イズ・クレイジー》。病気になったとき、元気にしてくれるのは病院じゃなくて、神だ。神が僕を救ってくれた、と若者は言う。僕は救ってもらえた。でもほかの人たちは救ってもらえなかった。それなら、神は僕を使ってなにかをしようとしてるに決まってる。そうだろ？

なおもオサロボは、なんの異常もない片方の目と、どこかが悪いもう片方の目でリヒャルトをまっすぐ見つめている。だが、リヒャルトが答えを返さずにいると、またしても自分の殻にこもってしまう。十月のドイツで着るには、オサロボの上着はあまりに薄っぺらい。彼の視線は、あたりの空間を満たしているらしい目に見えない混沌のなかに戻っていく。

リヒャルトは三十年前、車の運転免許取得の一環として応急処置の講習を受けた。心臓マッサージは、想像していたよりもずっと骨が折れた。

もし機会さえあればやってみたいことはなにかある？　リヒャルトはオサロボにそう訊く。あたかも、この若者を生へと引き戻すことにリヒャルト自身のなにかが懸かっているかのように。あたかも、リヒャルトがまだほとんど知らないこのニジェール出身の若者が己を放棄してしまったら、リヒャルト自身がなにかを失うかのように。もし自由に選べるなら、やってみたいことは？　リヒャルトはもう一度訊く。なぜなら、彼がなにかを願ってくれれば、それだけでもう、彼を生へと引き戻したことになるからだ。まずは息をしたいと思わせること。そこまで来れば、あとはなんとかなる。

ある、とオサロボは言う。

なに？　とリヒャルトは訊く。

ピアノを弾くこと、と若者は言う。

信号がふたたび青に変わる。

ピアノを弾くこと？　最初、リヒャルトは聞き間違えたのかと思うが、オサロボは確かにこう言う。

うん、ピアノ。

それなら、あとはただ、ピアノなら家にあると説明するだけだ。いやいや、弾くのに入場料なんていらないよ。もしよければ、いつでも家に来てくれ。月曜日はどうかな？　それとも火曜日？

水曜日。

21

土曜日、友人の考古学者ペーターが訪ねてきて、まだ発掘調査ができるほどの暖かさで助かるよ、と言う。

日曜日の朝食には卵を食べる。リヒャルトはもうずいぶん前から、「合意書」と名付けられた文書をじっくり読もうと考えていた。ベルリン州政府が、オラニエン広場をふたたび市民に開放するためにアフリカ人たちと交わしたものだ。合意書を読むために、リヒャルトはまる一日を充てるつもりでいた。ところが、文書は一ページの四分の三しかないとわかり、リヒャルトは仰天する。リヒャルトの電話加入契約書さえ、これよりは長い。それに、この家の購入に関する書類は、本棚に並んだ二つの分厚いファイルいっぱいに詰まっている。ドイツという国で書類がこれほど短いというのは、控えめに言って実に驚くべきことだと、リヒャルトには思われる。**我々はヨーロッパおよびドイツにおいて保護を求める難民たちの境遇が改善されねばならないという点において合意している。**「合意書」と書かれた文書の最初の一文はこうだ。すなわち、互いに合意していることを冒頭から表明する両者が、合意を交わそうとしているのだ。自分がテクストを吟味するときのやり方は、犯罪の痕跡や状況証拠を探す作業と変わらないと、リヒャルトは以前からときどき思っていた。たとえば、そもそもこの「我々」とは誰なのか？

キャンプを張ることおよびその行為によって許容可能な法的状況と矛盾する形式の抗議活動は、恒久的に中止するものとする。難民は自力ですべてのテントおよび宿泊設備の撤去を実行し、その状態を恒久的に維持する責任を負う。

「許容可能な法的状況」という語句が特に気に入る。自分と愛人の関係は、「結婚可能な関係」と名付けることもできただろうか？　そして、もしそう名付けてさえいたら、リヒャルトが夕食の時間になるといつも妻のもとへ帰るという事実に毎週少なくとも一度は泣いていた愛人の慰めとなっただろうか？　それとも、泣くというその行為自体がまさに、ふたりの「結婚可能な状態」と矛盾していたのだろうか？

さらに、撤退が「恒久的」なものであるという記述が、この一節のなかに二度も忍び込んでいる。言葉というものは決して偶然の産物ではない——リヒャルトは常にそのことを学生たちに理解してもらおうと努めてきた。リヒャルト自身も、「党の中央機関《ツェントラールオルガン》」と呼ばれた「新しいドイツ《ノイエス・ドイチュラント》」紙を熟読することで、毎日のようにこの教訓を思い知らされてきた。新聞を「身体の中心にある器官《ツェントラールオルガン》」などと呼ぶことからしてすでに、疑念を抱かせるにはじゅうぶんだった。要するに、難民たちは、自分たちの抗議の形であるキャンプを自分たちの手で、それも公衆の面前で破壊せねばならなかったということか。では、代償として彼らはなにを得たのだろう？　リヒャルトは通貨統合の直後、毎日のようにダイレクトメールを受け取ったことをいまでもよく覚えている。**当選です！　新車のメルセデス！　五億ユーロ！　豪邸！**　金色の文字で〈ヴィラ・リヒャルト〉と印刷された小さな紙券は、自分が社会主義的無垢を失ったことの記憶として、いまでも自宅の書き物机の前の壁に貼ったままでいる。

州政府閣僚はその政治的責任の枠内において支援を行うものとする。個々の申請は法的に可能な範囲内で査定される。査定期間中は本国送還は中断される。

「枠」とは当然のことながら「限界」にほかならない。そして、査定期間は遅かれ早かれ、いずれ終わる。つまりこの文書では、永遠が有限の時間と交換されたのだ。現実の場所からの現実の――「恒久的」――撤退が、希望という曖昧な概念――**就業の機会拡大のための支援と協力**――と交換されたのだ。法曹界には縁が薄いとはいえ、リヒャルトはときに、事実関係を常に言葉で最大限正確にとらえることに憑りつかれているという点で、法律家と自分は似ていると感じることがある。その視点から見れば、このテクストは、個々の文章の内容とは別の次元で、もうひとつの事実を伝えている――難民たちが弁護士を雇う金を持っていなかったこと、そしてドイツ語をほとんど解さないこと。希望こそが、彼らを生につなぎとめている。そして、希望の値段は安い。

22

そして、月曜日にはふたたびドイツ語の授業が行われる。

リヒャルトは水色のシャツを着る。

教師は、男たちを二人一組にして、前後、隣り合わせ、向かい合わせに立たせ、与格の練習をさせる。

太陽は**誰の**ものですか？

太陽は神のもの！　とひとりが答える。

太陽は俺たちのもの！　と別のひとりが答える。

アリは**誰の**ものですか？

アリはアリ自身のもの。

教師は笑って、遅れてきた数人を迎え入れ、板書して、生徒たちが書くのを肩越しにのぞき込む。熟練の猛獣使いのように、男たち全員のあいだを動き回り、二時間はあっという間に過ぎて、授業は終わる。もしよければ、上級者向けの授業をしてもらえませんか？　ご覧のとおり、みんなのレベルは本当にばらばらで。

リヒャルトは今日、新しいアフターシェーブローションを使った。

考えてみます、と彼は言う。

彼女はまた「さよなら」と言うが早いか、瞬く間に姿を消す。


火曜日、リヒャルトはふたたび廊下を歩く。突き当たりの窓際には、いつものように靴が三足、きちんと並べて置かれている。２０１７号室に向かい、ノックする。今回はザーイルがドアを開ける。ベッドには他の男たちが寝ていて、テレビはついていない。

ラシドがどこにいるか知ってるかな？　リヒャルトは囁き声で尋ねる。

ザーイルは背後を指す。部屋に並ぶベッドのなかで、毛布の下で盛り上がった山がほかより少し大きい一台を。

するとこのあいだ階段で見た姿のせいで、いまでは心のなかで「雷神」と呼んでいる巨体のラシドでさえ――青い晴れ着をまとい、イスラムの五本の柱をたったひとりで双肩に担うあの屈強なラシドでさえ――ときには静まり、眠る男たちのひとりになることもあるのだ。

リヒャルトは礼を言い、ザーイルが部屋に招き入れようとすると、首を振る。

そのとき、別の部屋のドアが開いて、半裸の男が――裸足に下着姿で、肩にタオルをかけて――出てきたかと思うと、リヒャルトの脇を悠然と通り過ぎ、その際軽くうなずいて、階段のほうへと歩いていく。おそらくそちらにシャワーがあるのだろう。その後、あたりはふたたび静まり返る。いや、なにかの音が、ずっと向こうから響いてくる。リヒャルトは廊下を進み、突き当たりを右に曲がる。すると、そこには台所がある。そして、あの若いドイツ語教師が、たったひとりで脚立の上に立ち、三つあるコンロのひとつの上方にポスターを貼ろうとしているのを見て、リヒャルトは驚き、嬉しくなる。ライトアップされた左右対称の夜のベルヴュー宮殿だ。隣のコンロの上方には、すでにもう別のポスターが貼ってある。ビール瓶と煙草と錠剤の絵に斜線が引かれ、その上にこうキャプションがある。**鳥のようであれ！**

手伝いましょうか？　とリヒャルトは言う。

画鋲、取ってもらえますか？

どうしてこんなポスターを貼っているんですか？　画鋲の入った箱から、ドイツ連邦共和国大統領の住まいであるベルヴュー宮殿を包む周囲の夜闇に合うよう、紺と緑のものを選び出しながら、リヒャルトは尋ねる。こんなに朝早くからここにいるということは、ここの男たちの誰かのところに泊まったのだろうか？　もしかして、ついさっき半裸で部屋から出てきたあの男のところに？

水槽のなかの魚にだって、少なくとも珊瑚と海藻の写真の背景があるでしょう？　と教師は言う。ここに住んでる人たちが、そういう魚よりもわびしい環境で暮らすいわれはないと思って。

リヒャルトは先週買った花束のことを思い出す。水を替えるのを忘れたせいで、とうにしおれてしまった。ときどき、気づくとリヒャルトは、えんどう豆のスープを冷たいまま缶から直接スプーンですくって食べている。それに、居間のテーブルには、五年前からずっと待降節の時期に飾る蠟燭を立てたリースが置きっぱなしだ。妻と祝った最後のクリスマスのときのもので、赤い蠟燭の燃え残りもそのままになっている。そういえば、もうすぐまた待降節だ。

三枚目のポスター、取ってもらえますか？

リヒャルトは丸められたポスターを手渡す。教師はそれを広げ、壁に押し当てて伸ばす。彼女の手が押さえていない場所は、すぐにまた丸まってしまう。彼女がポスターの左側を伸ばすと、ボーデ博物館の左半分が見える。右側を伸ばすと、右半分が。

かつては妻の指示で、毎年決まった時期になると、地下室に行かされたものだった。まずはそれぞれの祝日に必要な飾りの入った段ボール箱を取ってくるために、そして祝日が終わると、役目を終えた飾りや道具をふたたびしまうために。復活祭のウサギ、ガラス製や木製の卵、緑のビニールでできた草、待降節の星飾り、くるみ割り人形、天使、電飾、クリスマスツリーの飾り、大晦日用の線香花火、打ち上げ花火、そして謝肉祭には色鮮やかな吹き流しと、決して中身が空っぽになることのない紙吹雪の入った大きな缶。妻の死後、リヒャルトは後にも先にも一度だけ、自分からクリスマスの飾りを片付け、地下室に戻したが、待降節のリースを片付けるのを忘れていた。それ以来、居間のテーブルの上に置きっぱなしなのだ。

これでどう？

もう少し左にずらしたほうがいいな。

こう？

あと二センチ上に。

妻が死んだ当初、リヒャルトは、年中行事がもはや自分とは関係ないものになったことに安堵したものだった。それぞれの祝日は、もうすぐだなと思い出すころにはすでに過ぎ去っているような有様になった。だが、めりはりのない時代もずいぶん長くなり、それにもうんざりしてきた最近になってようやく、ときどき地下室に降りていく用事があると、それぞれの段ボール箱に妻が手書きで記したそれぞれの祝日の名前を読んでは、しばらくのあいだ、暗闇のなかでこういった奇妙なものたちが、大きさと壊れやすさというふたつの基準のみに従って、それ以外の点ではまったく気まぐれに、それぞれの箱にしまわれている様子を想像してみようとした。

ここの人たちがいつ引っ越さないといけないか、ご存知ですか?

ボーデ博物館の上に広がる空は白と水色、建物の基礎周辺のシュプレー川の水は緑と黒。

まあ、すぐにってことはないみたいですよ、あれから風疹患者がまたふたり出てしまったし。美しいエチオピア人女性はもごもごとそう言う。ひとつめの画鋲を留めるあいだ、ほかの画鋲を口にくわえているからだ。

でもおかしいのは、とポスターを貼り終えて脚立から降りながら彼女は言う。ここの人たち、約束のお金の半分しかまだ受け取っていないんです。残りの半分は新しい宿舎に移ってから支払われるんだって、昨日、誰かに教えてもらいました。あの人たちが風疹のウィルスに賄賂でも贈ってここに来てもらったとでもいうのかしら。

ええ、それは本当におかしな話ですね、とリヒャルトは、またしてもジャガイモの害虫と半分まで酢を入れた保存瓶のことを考えながら言う。

もう行かないと、と教師が言う。本当は私、ここにいちゃいけないんです。ここの職員に立ち入り禁止を言い渡されちゃって。でも朝早い時間なら、誰も見回りに来ませんから。

立ち入り禁止？　でも、週に二度、授業をしてるじゃないですか。

授業をする部屋には入ってもいいことになってるんです。でも、彼らの部屋のある上の階はだめ。なんでも、私が宿舎の平穏を乱すからって。

職員たちが「平穏を乱す」という言葉でなにを言わんとしているのか、リヒャルトには想像がつくが、それでもこう言う。

それは信じがたい話ですね。

同時に、彼女があの半裸の男と夜を過ごしたのではないとわかって、リヒャルトは嬉しくなる。

昨日お訊きしたこと、前向きに考えてくれませんか？　上級者向けの授業のこと。

ええ、もちろん、とリヒャルトが言うが早いか、彼女はいつもの「さよなら」という挨拶を残して、瞬く間に姿を消す。決然とした足音が、長い廊下を遠ざかっていくのが聞こえる。彼女はたちまちいなくなる。いつものように。

ここに住む男たちのなかで、ボーデ博物館を訪れたことのある者はいるのだろうか、とリヒャルトは考える。

23

その晩、家に帰ると、いったいあの会話がどんなふうに始まったのか、リヒャルトには思い出せない。あの後、リヒャルトはもう男たちが寝ている部屋のドアをノックする気になれなかった。そこで階段を下りていく途中、箒を手にした痩せた男が、まるで時間など無限にあるかのようにのんびりと、誰も住んでいない二階の床を掃いているのを見かけた。その男との話は、これまで話を聞いたほかの誰との話よりも長くなった。だがその理由を、リヒャルトはうまく説明できない。

どうしてなのか俺にはわかる、と、あの男の声が言う。その痩せた男は相変わらず穴だらけの黄色いスウェットパンツを穿いていて、手には相変わらず箒を持っている。ときおり手を止めては、両手で箒にもたれて休憩し、それからまた掃き始める。

もしかして、話はまだ終わっていないのだろうか?

俺は前を見て、後ろを見るけど、なにも見えない。

それが、男が誰もいない二階で口にした最初の言葉で、この言葉を皮切りに、何度となく同じ言い回しが繰り返された。いま、自宅に戻ったリヒャルトの耳に、なおもあの男の声が聞こえる。

親父とおふくろは、八つか九つの俺を義理の母親に預けた——親父の最初の奥さんのことだ。実の両親は、弟ふたりと妹を連れて別の村に引っ越していった。俺は十一歳で、最初のカットラスをもらった——畑で働くのに使う刀のことだ。一時間三十セントで働いた。十八歳までに金が貯まったんで、小さなキオスクを開いた。十九歳のとき、そのキオスクを売って、クマシに移った。

リヒャルトは夜に帰ってくるといつもするように、居間の明かりをつける。それから書斎、台所。

両親とふたりの弟と妹に会いに行って、さよならを言った。一晩しか泊めてもらえなかった。部屋が狭すぎるから。

俺はクマシに行って、通りで靴を売ってるふたりの商人の手伝いを始めた。好きな子ができたけど、俺があんまり貧乏だから、相手の親は結婚を許してくれなかった。そのうち、俺を雇ってた商人たちが破産した。

俺は両親とふたりの弟と妹のところに戻った。でも一晩しか泊めてもらえなかった。部屋が狭すぎるから。

あのころは自分の体が居心地悪かった《アイ・ディドント・フィール・ウェル・イン・マイ・ボディ・イン・ザット・タイム》。

リヒャルトは台所に行き、庭に面した窓を開け、夜闇を眺めながら一瞬、すっかり静かになったなと思う。ところが背後でふたたび、床を掃く箒の音が聞こえる。

なにかが変わった。でも、いいほうに変わったのか悪いほうに変わったのか、わからなかった。

俺は農場で働き始めた。仕事は家畜の世話だった。山羊と豚。俺は草や木や葉っぱを刈って餌を調達した。でも農場主は俺に給料を渡さなかった。お前を養うのにこれくらいかかってるんだと言って。

リヒャルトは窓を閉めて振り返る。男は両手で箒にもたれ、微笑みながら言う。

ある夜、夢を見た。親父が地面に横たわってた。俺は親父を抱きしめようとしたけど、できなかった。俺の腕のなかで親父は薄っぺらくなって、土のなかに沈んだ。

次の夜、また夢を見た。三人の女が死んだ親父の体を洗ってた。俺も手伝うように言われたけど、どうやるのかわからなかった。

三日目の夜、おふくろが親父の体の横に立ってる夢を見た。まるで親父のことを見張ってるみたいだった。

次の日、俺の村から、親父が死んだっていう知らせが来た。

そもそもこの男は、どこでこの箒を手に入れたのだろう?

八週間後に親父の葬式が盛大に営まれることになったが、行くには金が足りないことはよくわかってた。でも息子なら行って、父親を悼まなきゃならない。

男はまたゆったりした大きな動きで床を掃き始める。別に好きにすればいいんじゃないか、とリヒャルトは思う。

一週目、俺は働いた。

二週目。

三週目。

四週目。

四週目の終わりに、農場主が、この一か月はただの試用期間だったと言って、また俺に金を渡さなかった。

俺は別の農場で仕事を見つけた。そこではヤムイモを植える畑を耕した。一週目、俺は働いた。朝の四時から夜の六時半まで。

二週目。

三週目。

四週目。

でも、ある女の子がただで飯を食わせてくれなかったら、そこで稼いだ金も、葬式に行く旅費と生贄にする山羊の代金にはとても足りなかっただろうな。

こんな夜には冷えたビールがいいかもしれない、とリヒャルトは思い、地下室に降りる。

俺は山羊を連れて、乗り合いタクシーでンカウカウへ行った。

俺は山羊を連れて、バスでクマシへ行った。

俺は山羊を連れて、乗り合いタクシーでクマシからテパへ行った。

俺は山羊を連れて、テパからミムへ行った。

リヒャルトは、生きた山羊を乗り合いタクシーの満員の客の隙間に押し込むのがどれほど大変かを男が語ったとき、自分が笑ったことを思い出す。

親父の葬式のちょうど当日にたどり着いた。しきたりどおり、山羊を生贄にした。でも家族のところには、一晩しか泊めてもらえなかった。部屋が狭すぎるから。そのときから俺は、ひとりでおふくろと三人の弟妹の面倒を見ないといけなくなった。

隣の村のカカオ農園に仕事を見つけた。

一年後、そこで稼いだ金でアクラへ行こうと決めた。

おふくろとふたりの弟と妹のところに行って、さよならを言った。一晩しか泊めてもらえなかった。部屋が狭すぎるから。

いま、ビールを手にソファに座るリヒャルトの目の前で、男は穴だらけの黄色いズボン姿で居間の絨毯を掃いている。

アクラへ行くと、自分で商売するために、まず靴を四足買った。その日の午後、二足売れた。新しい靴を二足買い足して、その晩にまた一足売れた。全部で三足売った金で食べ物が買えた。それに、通りで寝るためのマットとビニールシートも。夜中にビニールシートが盗まれた。

リヒャルトの視線が、五年前から居間のテーブルの上に置きっぱなしの待降節のリースに向かう。

ちょうど雨季が始まったところで、俺は町中を歩き回った。そのころには靴は全部で十一足になってた。いつも客には片方の靴だけを見せた。もう片方はリュックのなかに入れたままで。夜中に、新しいビニールシートが雨を防ぎきれないと、濡れることもあった。そうすると、昼間はあんまり眠くて、しょっちゅう座ったまま居眠りした。そのうち、やっと品物を並べるための台を作ってもらった。それに、夜中に靴の入った袋を預ってくれる人も見つけた。それでも、金はズボンのポケットに入れたまま、相変わらず通りで寝てたよ。襲われるんじゃないかって、いつも不安だった。売るのを手伝おうっていう男が現れたんで、そいつに靴を五足預けた。ところがそいつはその靴を盗んで、姿を消した。

いま、穴だらけの黄色いズボン姿の男は、箒を逆さまにして、先端についた埃のかたまりを取り除くが、それをまた床の同じ場所に落とす。それを見て、リヒャルトは最初、いったいなにをやってるんだと思うが、それから考え直す。まあ、本人が楽しいなら。

俺はおふくろと弟妹たちのところに行った。一晩しか泊めてもらえなかった。部屋が狭すぎるから。

俺は自分に尋ねた。いったい俺のどこが間違ってるんだ？

俺は自分に尋ねたし、神様にも尋ねた。

確かに、うまくいかない時期なら誰にでもあるかもしれない。でも、どこで寝たらいいのか、なにを食べたらいいのか、ずっとわからないままってどういうことだよ？　この広い地球上に、俺が寝るために横になれる場所が本当にどこにもないのか？

俺は前を見て、後ろを見たけど、なにも見えなかった。

おふくろには元気だって言った。

おふくろも俺に元気だって言った。

でも俺にはわかってた。おふくろには土地がない。俺が金を渡さないで、俺以外の誰もなにもくれなければ、おふくろは自分と弟妹たちの食事を作ることもできないって。

顔を合わせるたびに、俺の沈黙とおふくろの沈黙が出会った。

それから俺は農園の収穫を手伝った。

一週目。

二週目。

三週目。

男は箒をまた逆さまにするが、今度はじっと動かない。

俺、思ったんだ。もし俺がいなくなれば、もう誰にもなにも要求されないって。

俺は畑の隅に座り込んで、泣いた。

実際、ガーナには絶望してる人がすごくたくさんいる。

首を吊る人も多い。

DDTを飲む人もいる。そのあと水を飲んで、家のなかに入って、ドアを閉める――そして死ぬんだ。

俺はある子供を、DDTを置いている店に行かせた。でも店員がその子に、誰に頼まれて来たのかって訊いた。それで俺を探し出して、長い時間俺と話して、よく考えろって言って帰っていった。

店員と話してから三日間、俺はモスクで考えた。

モスクを出たときには、もうその気力が残ってなかった。

それから俺は病気になった。

リヒャルトは立ち上がり、書斎へ行く。そこには肘掛け椅子があって、電話する際にときどき座る。眠る前に別のことを考えられるよう、なにか本が必要かもしれない。

あのとき、DDTを置いている店の店員と話してなかったら、俺はもうとっくに死んでた。

もちろん、書斎も埃っぽい。リヒャルトは、痩せた男が丸テーブルの周りの椅子をひっくり返して、テーブルの上に載せるのをしばらく見つめる。その間、箒は本棚のドイツ古典文学が収まっているあたりに立てかけてある。

それから俺はアクラに戻った。そして助手をひとり雇った。そのうち、全部で二袋半、三百足近くの靴を持つようになった。部屋を借りるだけの金がもう少しで貯まりそうだった。

なのにそのとき、通りでの商売が違法になった。

俺は前を見て、後ろを見たけど、なにも見えなかった。

五足ずつ靴を持ち歩いて、こっそり売った。一日中、街を歩き回った。最後の二十足か三十足は、助手に安く売った。

手に入れた金で、アトフィアダイを一袋買った。ヨーロッパで作る薬の原料なんだって、誰かに言われたから。パラセタモールっていう薬だ。

リヒャルトは、頭痛がするときにはASSを飲む。いまでも東ドイツ出身者に好まれるアスピリン製品だが、そこにパラセタモールと同じ成分が入っているのかどうかは知らない。

それから、おふくろと弟妹たちのいる家に戻った。部屋が狭いから一晩しか泊まらなかったけど、俺を助けるためにやってほしいことを伝えた。

家族は四人そろって森へ行って、果物を集めてきた。小さいリンゴみたいな実で、それを乾かすと割れる。そうしたら種を取り出して、その種も二日か三日、太陽の下で乾かして、すり鉢でつぶす。そうすると最後には黒い粉になる。珍しい果物だし、粉にするまでも大変な仕事だ。でも結局一袋分の粉ができて、おふくろにそれをアクラに送ってもらった。

リヒャルトは明かりを消して、ベッドに行こうと思う。だが結局思い直して、痩せた男がソファの下と小机の下を掃き終わり、椅子をまた丸テーブルから下ろして、すべてをきちんと配置するのを待つ。

ふたつの袋を持って、俺は市場に行った。

一日目、誰も黒い粉を買わなかった。

二日目も。

三日目も。

そこで初めて、一年前にも似たような黒い粉を袋に詰めて、買い手を騙した売り子がいたって聞いた。

ここでリヒャルトは明かりを消す。声はすでに廊下で待ち構えている。

俺は袋を友達の家に置いて、おふくろと弟妹たちのところに行ってさよならを言った。一晩しか泊まらせてもらえなかった。それ以上はだめだった。部屋が狭すぎるから。

手元に残ってた最後の金の半分をおふくろに渡した。残り半分は、俺をリビアに連れていってくれるブローカーに払った。

二〇一〇年のことだ。

案外いいものだな、箒って、音がしなくて、とリヒャルトは思う。そして、どうして自分はたまに掃除をするとなると、いつも最初から掃除機に手を伸ばすのだろうと自問する。

俺の金で行けたのはニジェールのダゴロまでだった。足りない分はブローカーから借りた。俺はほかの奴らと一緒に、ピックアップトラックの二重底の隙間に横になって移動した。あんまりぎゅうぎゅう詰めで、あんまり天井が低いから、寝返りも打てなかった。ブローカーが隠れ場所に押し込むスイカの切れ端で、俺たちは命をつないだ。

トリポリに着いて最初の八か月は、ブローカーに金を返すためだけに建設現場で働いた。借金をようやく払い終わったとたん、戦争が始まった。俺たちは建設現場から動けなくなった。周囲のあちこちで銃声が聞こえた。そのうち、それまで俺たちに食べ物と飲み物を運んできてくれた男が来なくなった。三日間はなんとか我慢したけど、そのあとはもう出ていくしかなかった。通りはすっかり空っぽだった。外国人はもう見かけなかったけど、リビア人もいなかった。とにかく人がいなかった。結局俺たちは夜中にボートに乗れた。ある友達が、ヨーロッパに渡る足しにしてくれって、二百ユーロ貸してくれた。

シチリアの収容施設からアクラに電話したら、黒い粉の袋をふたつ預けておいた男に、粉はもう古くなってるって言われた。

そうかって俺は言った。じゃあ捨ててくれって。

ここで、痩せた男は階段を下から上に掃き始める。リヒャルトの母がしていたのとは逆に、男は一段ずつ上に向かって掃いていくので、たったいま掃いたばかりの段に、すぐ上の段の埃が落ちる。

イタリアの収容施設にいたあいだは、月に七十五ユーロもらってた。そのうち二十か三十ユーロをおふくろに送った。

でも、一年後に収容施設は閉鎖された。俺たちは五百ユーロもらった。その金と一緒に通りに放り出された。俺は駅に行って寝ようと思った。そうしたら警官に起こされて、切符を持ってなかったせいで追い出された。

駅の外にカメルーンから来た男がいた。そいつがフィンランドに兄貴がいるって言った。俺たちはその兄貴に電話した。ああ、フィンランドに来てうちに暮らせばいいって、その兄貴は言ってくれた。

俺はフィンランドに行った。でも、カメルーンから来た男の兄貴は、もう電話に出てくれなかった。

二週間、フィンランドの通りで寝た。

ものすごく寒かった。

それからイタリアに戻った。

鞄を背負って歩き回った。そのうち、鞄があんまり重たくなっちまって、靴とズボンを捨てた。

イタリアには全部で一年と八か月いた。

それからドイツに来た。

そこで金が尽きた。例の五百ユーロが。

俺は前を見て、後ろを見たけど、なにも見えなかった。

痩せた男は階段を掃きながら二階にたどり着き、今度は客間のほうへ行くらしい。だが、リヒャルトがエドガー・リー・マスターズの本を手にあとを追い、二階の廊下を見回すと、そこにはもう誰もいない。

24

うちでピアノが弾けるように、水曜日の十一時に迎えに行く、とリヒャルトは先週の金曜日、オサロボに約束した。ところが、2019号室をノックしても、しばらく返事がなく、やがてようやくドアが開く。オサロボが立っている。髪はぼさぼさで、寝ぼけ眼のままこう言う。元気ですか？《ハウ・アー・ユー》 リヒャルトが、ピアノは弾きに来ないのかと訊くと、オサロボは言う。あ《オー》、すみません《ソーリー》、忘れてた《アイ・ハヴ・フォーゴット》。

リヒャルトは言う。下で待ってるよ。

怒りを感じる。だが、いったいなぜ？ あのアフリカ人の若者が、リヒャルトが期待したほど喜んだり感謝したりしないから？ あのアフリカ人の若者が、どうやらこの施設に外部から自分の意思で足を踏み入れた唯一のドイツ人であるらしい自分のことを、あっさり忘れてしまっていたから？ あるいは、あのアフリカ人の若者が、自分に巡ってきたせっかくの好機を認識できるほどには絶望しきっていないから？ それともむしろ、あの若者の無関心な態度が、ピアノを弾かせてやるというリヒャルトの申し出がせっかくの好機などではなく、せいぜい寝るよりはましな時間潰しにすぎないことを、それとなく伝えているから？ かつて、愛人がリヒャルトと別れる前にした口論の際、何度か言ったことがあった。問題はリヒャルトの期待が満たされないことではなく、彼が期待することそのものなのだと。

今日は、誰も二階を掃いていない。

彼が愛人に求めたのは、たとえば、この日とこの日の午後五時に電話してほしいだとか、次に会うときにはリヒャルトのお気に入りの青いミニスカートを穿いてきてほしいだとか、どこかから戻ってくるときには、列車の何号車から降りてくるかを事前に知らせてほしいといったことだった。楽しみにする気持ちは、会う約束をした日から始まる――だから、実際に会っている時間よりもずっと長く続いた。楽しみにする気持ちは、ほとんど現実の逢瀬を凌いでさえいたが、それでも、その気持ちは、それが生まれる源である現実の出来事と分かちがたく結びついているため、現実の逢瀬で失望することがあれば、その時点で、楽しみに待っていた過去のあらゆる時間までもが、なかったことになってしまうのだった。リヒャルトが楽しみに待つこうしたことを、愛人は当初、冗談で「消失点」と名付けた。だがのちにそれを「ハッピーエンドテロ」と呼ぶようになり、愛人関係が終わるころには、約束をわざと守らないというやり方で、自分のほうからもテロをしかけるようになった。

リヒャルトは、先ほど上の階に向かうときにも前を通り過ぎたビリヤード室で遊ぶ面々にうなずいて挨拶する。ひとりが、二本指でVサインを作る。

愛人はやがて、約束の時間より八分半遅れて電話してきたり、またはまったくかけてもこなくなった。青いスカートは妹に譲り渡した。そして、ふたりの行きつけのカフェで待っているリヒャルトが、遠くからでもその姿勢のいい歩き方で彼女に気づくことができるよう、いつものように地下鉄駅の出口から広場を渡ってくるのではなく、思いがけず反対側の角から自転車に乗って唐突に姿を現し、自転車を降りて街灯に立てかけて施錠し、汚れた手と汗まみれの体で、リヒャルトの待つテーブルにつくようになった。

民間会社の制服を着た警備員が言う。あれ、また話し相手がいないんですか?

いやいや、とリヒャルトは言う。でも、外で待とうと思って。

二人目の警備員がドアを開ける。

愛人が約束を守らなくなった原因は、単に別のところにあったのではないか、つまりリヒャルトとは関係のない別の世界にあったのではないか――たとえば、リヒャルトには秘密にしている新しい恋愛関係だとか、または単に服のサイズが変わっただけだとか、市の中心部にできたばかりの自転車専用道路だとか――という疑問は、当時あまり深くは追及しなかった。だが、愛人は結局のところ、リヒャルトが自分に押しつけたがるやり方が無効になった場合、ふたりの関係にはなにが残るのか、そもそも残るものがあるのかという問いを、たとえ言葉にはしなかったにせよ、突きつけていたのだ。確かに、人が他者を百パーセント知り尽くすことはできないのは真実だ。だが同時に、リヒャルトがその真実を、少なくとも愛人に関してだけは受け入れがたいと感じることもまた真実だった。

あなたの消失点なんか知ったことじゃない！　最後の口論の最中に愛人はそう怒鳴った。だいたい、もし私がたまたま夜の十一時二十七分にどうしてもすぐあなたと話さなくちゃならないことがあったとしても、あなたはもう夫婦のベッドで寝てるわけでしょ、私が電話する許可を事前にもらってなかったら、そのときはどうなるわけ？　リヒャルトは、そんなふうに怒る彼女をなんとも刺激的だと感じ、彼女の首筋に興奮のあまり真っ赤な斑点が浮かぶのを見て、微笑んだ。その微笑みが間違いだった。それはリヒャルトが犯した最後の間違いだった。というのも、その後、彼女はもうリヒャルトに間違いを犯す機会を二度と与えてくれなかったから。

だが、共通の基準を設定してこそ、あらゆる人間関係は成り立つのではないか？

おまけにリヒャルトはいま、待たねばならない状況に置かれているにもかかわらず、本を持っていないことに腹を立てている。

新聞さえ持っていない。

昨日、ドイツの発展途上国への援助に関する記事を読んだ。そこには、援助組織の活動は、基本的には、援助対象であるそれぞれの国に、ドイツのシステムに依拠した標準規格を導入するところから始まると書かれていた。貿易においては、信頼できるこうした基準が必要不可欠であると記事は説明していたが、もちろんリヒャルトは、そうした基準がなによりも支配の道具でもあるということを知っている。確かに、支配も突き詰めれば関係の一種ではある。とはいえ、ナチスの絶滅収容所だったトレブリンカで、ユダヤ人特別労務班が反乱を計画することがそもそも可能になったのは、親衛隊が、独自の規則に厳格に従って運用されるがゆえに予測可能な新しい収容所管理体制を導入したからにほかならない。予測可能かつ硬直したものは、突き崩し、崩壊させることができる。破壊の手を免れて存続するのはカオスのみ。そこまで考えて、リヒャルトは、いま自分はあのときの愛人と実質的に同じことを考えていると気づく。

まあいい。

いずれにせよ、幸せだった時代の愛人の尻は、リヒャルトが彼女にとても似合うと思っていたあの青いスカートの下で、月のように白く真ん丸に輝いていた。

ようやくドアが開き、オサロボが出てくる。また例の薄っぺらい上着を羽織って。そしてリヒャルトに言う。

すみません《アイム・ソーリー》。

いや、いいよ。

そしてふたりは歩き出す。

知ってるかな、ここで――と、リヒャルトは左手にある砂利敷きのスポーツ広場を指す――サッカーができるんだ。

誰でもってこと《エヴリバディ・ユー・ミーン》？

ああ、そうだよ――誰でも。

お金も払わずに《ウィズアウト・ペイイング》？

もちろん、払わなくていい。ボールは持ってる？

いや《ノー》。

いまこうして黒い肌の若者と通りを歩く自分を、見ている人がいるだろうか？　もしいたら、その人はどう思うだろう？　角を曲がるたびにリヒャルトは足を止め、通りの名前が書かれた標識を若者に示す。次はひとりでこの道を歩けるように。

ここが昔は「東」だったってこと、知ってる？

オサロボは首を振る。東《イースト》？

おそらく質問の仕方が間違っていたのだろう、相手はニジェールから来た人間だ、とリヒャルトは考え、やり直す。

昔、ベルリンに壁があって、街の一方がもう一方から隔てられていたことは知ってる？

知らない《アイ・ドント・ノウ》。

戦争の後、何年かたってから造られたんだ。昔ここで戦争があったこと、知ってる？

いや《ノー》。

世界大戦があったことは？

知らない《ノー》。

ヒトラーっていう名前を聞いたことは？

誰《フー》？

ヒトラー。戦争を始めて、ユダヤ人をたくさん殺した。

人を殺したの《ヒー・キルド・ピープル》？

ああ、人を殺した――でも、ほんの少しだよ、とリヒャルトは慌てて言う。リビアでの殺戮を逃れてきたばかりのこの若者に、この地での殺戮のことを熱心に語ろうとしていたことを、「殺した」と言った瞬間にもう後悔したからだ。いや、この若者には決して語るまい。ここドイツで、ちょうど人の一生分ほど昔、殺人工場が発明されたことを。リヒャルトは突然、自分を深く恥じる。まるで、ここヨーロッパでは誰もが知っている事実が、彼のごく個人的な、世界中の誰にも打ち明けることなどできない秘密であるかのように。そして次の瞬間、同じくらい激しく、この若者の無知によって、リヒャルト自身がもう一度、すべてが起こる前のドイツに、自分が生まれたときにはすでに永遠に失われていたドイツに戻りたいという渇望を覚える。ドイツは美しい《ドイチュラント・イズ・ビューティフル》。もしそうならどんなに素晴らしいことか。素晴らしいなどという言葉ではとても言い尽くせない。


こうしてふたりは家に着く。玄関、廊下、台所、居間とそこから続く書斎、二階に上がる階段。

ここで家族と暮らしてるの？

妻はもう生きていない、とリヒャルトは答える。

えっ《オー》、ごめん《ソーリー》。子供はいる？

いない。

ここにひとりきりで暮らしてるの？

そうだよ、とリヒャルトは言う。おいで。ピアノを見せよう。

ピアノは玄関脇の小部屋にある。リヒャルトと妻はこの部屋を「音楽室」と呼んでいた。所属していたオーケストラが解散するまでヴィオラ奏者だったクリステルは、ここで練習していた。リヒャルトはときどきピアノで妻の伴奏をしたが、なにもかも永遠と呼べるほど昔の話だ。最近では、この部屋に足を踏み入れるのは、税理士に提出する請求書や契約書などを探すときに限られている。四方の壁に置かれた棚には、さまざまなファイルが収められている。それに写真アルバムや、古いオープンリール式レコーダー、古いカセットテープ、古いレコード、そして楽譜。

リヒャルトはピアノの鍵盤の埃っぽい蓋を上げて、椅子の上に山積みになっていた書類を片付け、尋ねる。楽譜はいる?

この若者が本当にピアノを弾けるのかどうか、リヒャルトは知らない。だが、もしかしたらリビアのどこかでウェイターをしていて、バーのピアノ弾きから習ったことがあるのかもしれない。または、どこかにあったピアノを即興で弾き始めたのかもしれない。

バッハ? モーツァルト? ジャズ? ブルース?

オサロボは首を振る。

わかった、じゃあ私は出ていくから。さあ、座って。

オサロボはピアノ用の椅子に座り、リヒャルトがうなずき、それから部屋を出て、ドアを閉めるのを見送る。

ちょうど居間まで来たとき、最初の音が聞こえてくる。一音、二音、ときに三音同時に、オサロボは鍵盤を叩く――ときに高く、ときに低い不協和音が何度も響く。これはヨハン・ゼバスティアン・バッハでもなければ、モーツァルトでもないし、ジャズでもブルースでもない。オサロボがこれまでの人生で一度もピアノに触れたことがないのは確かだ。リヒャルトは新聞を手にソファに寝そべる。ひとつ、またひとつ記事を読んだところで疲れて、ラクダの毛の毛布の下で眠り込む。昼寝の夢に音が落ちてくる。一音、二音、ときに三音同時に、音は互いにこすれ合い、静かになったかと思うと、ぽつり、ぽつりとまた響いて、音と音のあいだの静寂は、常に生き生きとしている。まるで、ひとつの不協和音が次の不協和音になにかを語りかけ、次の不協和音が質問し、三つ目の不協和音が一瞬立ち止まって待っているかのように。やがて目が覚めると、リヒャルトはまた新聞をめくる。子供のころ、自分が弾くピアノの音を自分の耳で聴いて、それが音楽なのだと理解できるまでにおよそ七年かかった。おそらく、自分の耳で聴くという行為こそが、ただの音を音楽に変えるのだろう。あそこでオサロボが弾いているのは、バッハでもなければ、モーツァルトでもないし、ジャズでもブルースでもない。だがリヒャルトには、オサロボが自分の音を自分で聴いているのが聴こえる。そして、この聴くという行為が、いびつに歪んだ、噛みつくような、つまずきがちで不純な音を、それが支離滅裂であるにもかかわらず、美しいとさえ思えるなにかに変える。リヒャルトは新聞を置いて、台所に行くと、コーヒーを淹れるために湯を沸かす。いまになって初めて、どれほど長いあいだ、自分の日常に自分で出す以外の音がなかったかに気づく。かつての生活を振り返ると、彼が一番満たされていたのは、妻がヴィオラを練習し、自分はその隣の部屋で机の前に座って、講演や記事の原稿を書いているときだった。それは「パラレルワールドの幸せ」なのだと、妻によく説明したものだ。だが妻のほうは、とりわけ晩年には、結婚生活が完璧に幸せであるためには、それぞれが相手をせめて見つめることが必要だと主張して譲らなかった。いや、本当は相手に触れなくてはならないと。残念ながら、リヒャルトの幸せも、妻の幸せも、こうした議論によって増すことはなかった。

子供のころのリヒャルトは、ときに母親がアイロンがけをする傍らで、ピアノの前に座って練習した。そのせいでいまでも、バッハの〈インヴェンション〉がラジオから聞こえると、突然、洗い立ての衣類の匂いが漂ってくるような気がする。

湯が沸いたので、リヒャルトは音楽室に行き、ノックしてドアを少し開け、オサロボにコーヒーはどうかと訊く。それともお茶？　水？　オサロボは首を振る。

ピアノを弾くの、楽しい？

うん。

水を一杯持ってくるよ。

グラスをピアノの左側の低いラの鍵盤脇に置き、リヒャルトは片手の五本の指を順番に鍵盤に置いていく方法を教える。それぞれの指の下に鍵盤がひとつ。オサロボの指は弱々しく、鍵盤上でぐにゃりと折れてしまうし、小指の存在は完全に忘れ去られている。だが、それでもかまわない。もう一度。さらにもう一度。ほら、ピアノの蓋の真ん中に鍵穴があるだろう。ここがドの位置。それから、手はどっしりと低く保つ。オサロボの手は不安定だ。力を抜いてごらん。手がぐらぐらしているんだ、どうしてだと思う？力が入っているからだ。力を抜いてごらん。オサロボはできない。黒い男と白い男は、まるでそれがふたりを悩ませているものであるかのように、黒い腕と黒い手を見つめる。君の手にはそれ自体重さがあるんだから。オサロボは首を振る。あるんだよ、もちろん、だから力を抜いてごらん。リヒャルトがオサロボの肘を下から支えて揺すると、持ち主が制御しようと必死の腕に傷跡が見え、手はいまにも引っ込もうとしている。手は不安を抱え、ここではよそ者で、勝手がわからずにいる。力を抜いて。リヒャルトは、先週の金曜日のカフェでの出来事を思い出す。オサロボは自分の手の甲をつまんでいた。彼が一生のあいだ押し込まれたままの黒い皮膚。どれほど奮闘しても、オサロボは自らの奮闘に終止符を打つことができない。モーツァルトの演奏は、どこから始まるのだろう？

やがて、すでに三時間近く過ぎようとしているので、リヒャルトは若者に、ピザを食べたいかと尋ねる。大丈夫《ノー・プロブレム》、とオサロボは言う。リヒャルトが部屋を出て、冷凍ピザをオーブンに入れ、ずいぶん久しぶりに二人分の食器をテーブルに並べるあいだ、五つの音はすでに正しい順序で聞こえてくる。指一本につき、ひとつの音。それから少し音がやんで、その後五つの音がもう一度、そしてもう一度。左手もだよ、とリヒャルトは呼びかける。だがオサロボが理解した様子がないので、音楽室に戻り、左手も右手とまったく同じように練習しなくては、と言い、やってみせる。ただ、右手とは逆向きにね。

オサロボはピザを、ほんの小さな一切れしか食べない。もういらない、ありがとう。じゃあ水は。うん、水道水を。うん、炭酸なしで。

施設に戻る道、わかる？

わからない《アイ・ドント・ノウ》。

リヒャルトはベルリンの地図を持ってくると、折り込み付録の郊外地区のページを開き、この町の名前を教え、それから今いる通りの名前を教えて、指で線をたどっていく。ほら、ここで左に曲がるんだ。そうしたらなになに通りに出る、ここで広場を歩いて、それから右に曲がると、ほら、施設に着く。リヒャルトは、地図を理解しようと努力しているオサロボの姿を見る。そして、ニジェールからリビアを経てイタリアへ、そしてイタリアからベルリンまでやってきたにもかかわらず、オサロボはどんな都市の地図も、どんな国の地図も見たことがないのだと悟る。

そこでリヒャルトはオサロボとともに立ち上がり、一番履き心地のいい茶色の靴を履いて、オサロボを施設まで送っていく。

25

今日、エチオピア人のドイツ語教師は髪をアップにしているが、いくつかの房が顔のまわりでカールして垂れている。彼女が読み書きのできない生徒たちに読み方を教え始める一方、リヒャルトは同じ部屋の一角を使って、彼女に頼まれて受け持つことになった上級コースの生徒ふたりを相手に、ドイツ語会話の授業を始める。こんにちは《グーテン・ターク》、お元気ですか《ヴィー・ゲート・エス》、お名前は《ヴィー・ハイセン・ジー》、どこの国から来ましたか《アウス・ヴェルヒェム・ラント・ジント・ジー》、年齢は《ヴィー・アルト》、いつから《ザイト・ヴァン・》ベルリンにいますか《イン・ベルリン》？　ユースフはマリから、そしてアリはチャドから来た。リヒャルトは、エチオピア人教師と同じ部屋で授業ができることを嬉しく思う。なにしろ、彼女がなにかを説明したり、生徒たちに単語を書きとらせたり、生徒たちが書くのを手伝ったり、掌でホワイトボードをこすってあちこちの字を消し、別のなにかを書きつけ、それから生徒たちに質問したりする様子を眺めることができるのだ。しかも、彼女はときどき上級コースのほうに視線を送ってくることさえある。リヒャルトは、アリとユースフと、職業について話し始める。私はリビアの建設現場で働いていました、そしてイタリアでは介護士でした、とアリが言う。へえ、介護士、本当に？　はい《ヤー》、しばらくのあいだ。じゃあ、ユースフは？　私はイタリアでは厨房で働いていました。へえ、ユースフ、じゃあ君はコックなんだね？　リヒャルトは、空想上の鍋をかき回してみせる。いいえ《ナイン》。じゃあ、厨房でなにをしていたの？　皿をきれいにしていました。なるほど、皿洗い《テラーヴェッシャー》だったんだね。その仕事、なんていうの？　皿洗い。上級コースの生徒ユースフは、リヒャルトにノートを差し出す。その単語を書いてくれという意味だ。リヒャルトが書いた単語を、ユースフは読み上げる。皿洗い《テラーヴェッシャー》。リヒャルトはäの発音を少し直してやる。それでもう、発音はほぼ完璧だ。皿洗い！　皿洗い！　私はマリから来たユースフです、そしてイタリアで皿洗いをしていました！　リヒャルトは、笑っているマリ出身のユースフを見つめる。真っ黒な肌の小柄な男。ドイツに来る前、イタリアで皿洗いとして働いていた男。発音は完璧だ。文章も完璧だ。文章としては。だがこれが供述だとしたら――文章の内容がユースフの命取りになるのは間違いない。それがわかる程度には、リヒャルトもすでにヨーロッパとドイツの移民法を学んでいる。ふと、ブレヒトの一節が頭に浮かぶ。**笑う者は、おそ**

ろしい知らせをまだ受け取らない者だけだ。イタリアに行く前に、リビアでなにか職業訓練を受けたかい？　とリヒャルトはユースフに尋ねる。いいえ《ナイン》、とユースフは答える。じゃあ、マリでは？　いいえ《ナイン》、とユースフは言う。学校に行きたかったけど、親に金がなくて。そう言って、ユースフはまたしても笑う。でも俺はいまここにいて、読み書きができる。アラビア語とフランス語とイタリア語と英語が話せて、もうすぐドイツ語も話せるようになる——いまの俺は、マリの学校の生徒よりもっといろいろできる！

　確かにそうだとリヒャルトは思う。

　じゃあ、君は？　とアリに尋ねる。

　俺はアラビア学校に行っただけだ。親父が言った。まずはアラビア学校を卒業しろ、そうしたらフランス学校に行かせてやるって。アラビア学校というのは？　コーランを暗記した。君はコーランを暗記してるの？　全部じゃない、四分の三くらいだけ。コーラン全体の四分の三をアラビア語で暗唱できるということ？　はい《ヤー》。でも、それから家族でリビアに逃げた。英語はイタリアで友達に習った。それから、イタリア語は俺が介護したおばあさんに習った。三か月だけ。でも、ドイツ語のほうが難しい。

　エチオピア人教師はちょうど、生徒たちと二週間前のおさらいをしているところだ。ドイツ語の完了形を作るには、常に動詞と助動詞 sein または haben が必要です。リヒャルトが初めて彼女を見たときと同様、ホワイトボードの前を泳ぎ（**私は泳いだ**《イッヒ・ビン・ゲシュヴォメン》）、飛び（**私は飛んだ**《イッヒ・ビン・ゲフローゲン》）、行く（**私は行った**《イッヒ・ビン・ゲガンゲン》）。パラレルワールドの幸せ。じゃあ、どんな仕事を身につけたい？　とリヒャルトはアリに尋ねる。本物の介護士になりたい。じゃあ、君は？　とリヒャルトはユースフに尋ねる。エンジニアになりたい。休憩時間になり、リヒャルトは考える。実習ポストが七万人分も空いていながら、専門職が不足している、それでも黒い肌の難民たちを庇護申請者としてさえ認めず、ましてや受け入れて教育し、仕事を与えようとはしないこの国の国民として、いったいこの場面で自分はなんと言えばいいのかと。彼らは、春の渡り鳥とは違って、イタリアやギリシアやトルコなどの間違った国の土を踏むことなしに、一気にドイツまで飛んでこられるわけではないというのに。短い休憩時間に、リヒャルトは物思いに沈んだまま、エチオピア人教師のほうへ視線を向ける。過去形を説明するために、彼女は毎回、生徒を二人一組にして前に出てこさせる——ひとりが助動詞 **sein** または **haben** の役、もうひとりが完了形に活用する動詞の役だ。ハリールとモハメドは友達です、と教師は言う。そうですね？　はい《ヤー》、と皆が言う。ムーサとヤヤも友達ですね？　はい《ヤー》、と皆が言う。ムーサというのは、顔に青い刺青のある男で、リヒャルトは以前オラニエン広場で見かけたことがある。ここで教師は、過去形と現在形の文法上の違いを明らかにしようとして、こう尋ねる。皆さんのなかで、いつもひとりきりでいる人はいませんか？　友達がいなくて、誰とも話さない人はいますか？その質問に続く沈黙は、先ほどユースフが「エンジニア」と言ったときにリヒャルトが陥った沈黙に似ている。やがてささやきが聞こえ、それらのささやき声がいくつも重なって、徐々にひとつの名前を形作る。その名前はルフ。ルフが前に呼ばれる。いつもひとりきりでいる者の例として。ルフは、自身の孤独を可視化するために、おとなしく前に出てくる。エンジニア、とリヒャルトは思う。なんてこった。そして、いまや教師までもが黙り込むのを目にする。現在形が助動詞を必要としないことの例として、ルフはホワイトボードの前に立っている。**私は行く**《イッヒ・ゲーエ》、と教師がいつもより明らかに早口で言う。**私は泳ぐ**《イッヒ・シュヴィメ》。それから——**私は飛ぶ**《イッヒ・フリーゲ》。つまり、現在形の場合、動詞はいつもひとつだけです。では、皆さん、席に戻って。こうして二人組の友達ハリールとモハメド、顔に青い刺青のあるムーサとその友人ヤヤはそろって席に戻る。だがルフはひとりで戻る。リヒャルトは、上級コースの生徒ふたりに言う。これからどんな職業を身につけたいにしても、ドイツ語を習っておくのは絶対にいいことだよ。

　ルフの顔。

　リヒャルトはかつて、ヴィスマールの大聖堂で、足元に横たわるムーア人の頭を両足で踏みつけて立つ聖母像を見たことがある。あとから調べたところ、聖母が踏みつけにしていたのはムーア人の頭ではなく、実は月で、祭壇が作られた一五〇〇年ごろには銀色に塗られていたのだが、その銀が歳月とともに黒ずんできたのだということを知った。五百年の歳月ののち、聖母はいま、黒い月を屈辱的な目に遭わせるに至ったというわけだ。そして、彫られてから五百年をへて、この月はルフのような顔をしている。この世界にひとりきりで、友人もなく、誰とも話さない者。

だが少なくとも、エチオピア人教師もリヒャルトも、ここから授業をどう進めていくべきかという問いを免れる。というのも、そのとき突然、開けっぱなしのドアから髪を上下に弾ませてアポロンが駆け込んでくるからだ。アポロンはほかの皆に向かって、ハウサ語で大声でまくしたてる。それからイタリア語で、それからフランス語で、それからまたハウサ語で。皆がさまざまな言語をごちゃ混ぜにして議論を始め、ノートを閉じて、立ち上がり、部屋から出ていってしまう。どうやら授業は勝手に終わったらしい。部屋から出る途中、リヒャルトがトリスタンと名付けたアワドが話しかけてくる。


元気ですか《ハウ・アー・ユー》？

元気《ファイン》だよ。ところでなにがあったの？

明日シュパンダウ地区に引っ越す予定だったんだけど、それが病気《シックネス》のせいでまた延期になった。

風疹のせいで？

そう。

でも、シュパンダウへの引っ越しというのは？

別の施設に引っ越す——俺たち皆、もう荷物をまとめてあった。

君も？

うん。

へえ。

じゃあ元気で《テイク・ケア》、とトリスタンは言い、リヒャルトがきちんと彼のほうを見てうなずくのを待つ。それから、ほかの皆と同じようにドアから出ていく。元気で——もう長いあいだ、誰にもかけられたことのない言葉だ。エチオピア人教師は、いつの間にかホワイトボードの字を消し終わり、いまはアルファベットのカードを片付けている。リヒャルトは彼女に尋ねる。引っ越しのこと、ご存知でしたか？

いいえ、と教師は答える。

さよなら、と言って、彼女は鞄を手に取る。

さよなら、とリヒャルトも言いながら、彼女がまだ出ていこうとしないのに戸惑う。

ルフのことだけど——申し訳なくて。

いや、まあ、とリヒャルトは言う。私にも似たような経験がありますよ——ここでは、なんでもない言葉が突然、普段とはまったく違う含みを持ってしまうんですよね。

それでも、やっぱり申し訳なくて。

そしてようやく彼女は部屋を出ていく。

リヒャルトは、彼女が自分自身に満足していないこと、それをリヒャルトに打ち明けさえすることに好感を抱く。その思いのほうが、彼女の髪や胸や鼻や目に抱く思いより、むしろ強いかもしれない。自分の失敗に思い悩むのは常に間違った人間だ、とリヒャルトは考える。どう見ても一番罪がないのに、それでも自分を苛む人間。灰色の髭を生やしたあの同僚のように。古代研究が専門のその男は、ベルリンの壁が崩壊した翌朝、早くも掲示板に自己批判の声明を貼り出していた。そこには、自分はこれまで人民の意志だと信じていたものの実現のために尽くしていると考えていたが、いまその間違いを悟った、と書かれていた。一方で、国家保安省《シュタージ》の非公式協力者として、リヒャルトの不倫関係についての秘密報告書を提出したビザンツ文学専門の若い同僚は、壁の崩壊直後にも、その後のどの時点でも、掲示板に自己批判の告白を貼り出したりはしなかった。リヒャルトは一九九五年、自分に関する国家保安省のファイルのなかにこの報告書を見つけた。傲慢さおよび不貞（XXX教授の研究室に勤務する講師であるXXXとの関係）の明白な証拠により、当該人物は敵につけ込まれる隙あり。概して女性に目がなく、気安く接近する。政治的、イデオロギー的な立ち位置は、予測不可能なほど揺れ動く傾向にある。政治的危機に際しては、誤った政治的判断を下しがちであり、ときに敵対的かつ否定的な性格の発言に至る場合もある。ガイドライン1／79による国家保安省との極秘協力関係を結ぶには不適格である。この報告書を書いたビザンツ文学の専門家は、現在バーゼルの大学で教鞭を取っている。かたや灰色の髭の同僚は、いまや誰もが「転換」と呼ぶ出来事の五年後に死んだ。ドイツ民主共和国の歴史は、いまとなっては古代史の研究対象と見なすこともできるかもしれない、とリヒャルトは考え、一瞬、ホーネッカーがドイツ民主共和国国家評議会議長としてラテン語で演説するところを想像する——そして、虚空に向かってにやりと笑ったところで、自分がひとり笑いしていることに気づく。最近、自分がこんなふうににやにや笑っているのに気づくことが増えた。老化のしるしだろうか？　それとも、齢を重ねたことによる心の平穏のしるしだろうか？　それからリヒャルトは部屋の明かりを消して、立ち去る。

26

いまではスーパーマーケットと呼ばれる購買ホールで、リヒャルトは一番短い列を選んでレジに並ぶ。

ちょうど買うものをレジ台の上に並べているとき、ルフ――ヴィスマールの黒い月――が真後ろに並んでいることに気づく。先ほど教室でも目についた痛々しく歪んだ口元と、怪我や傷跡のように顔に刻まれた苦々しい表情で、それがルフだとわかる。リヒャルトはルフにうなずいて、こんにちは《グーテン・ターク》と挨拶する。こんにちは。ルフもリヒャルトが誰だかわかったようで、元気ですか《コメ・スタイ》？　と言う。ルフは一袋のタマネギを買おうとしている。リヒャルトのほうは、レタス、トマト、パプリカ、チーズ、麺、全部で十六・五〇ユーロ。ところが、財布を探しても見つからない。いいえ、あいにくつけにすることはできません、とレジ係が言う。できるのは、お客様が財布を持って戻ってこられるまで商品をお預かりしておくことだけです。本当になんとかならないんですか？　私たち顔見知りじゃないですか。残念ですが。そのとき、ルフが言う。お金を忘れたの《アイ・ディメンティカート・ラ・モネタ》？　ああ《シ》、と言いながらリヒャルトは探し続ける。コートの左ポケット、右ポケット、内ポケットも。ちょうど、まさかルフが、いや、そんなことは考えたくない、いや、でも、やっぱり真後ろにいたんだから、簡単にポケットに手を突っ込んで――と考え始めたまさにそのとき、ルフがレジ係に二十ユーロ札を差し出す。まさか、そんなことをしてもらうわけには、とリヒャルトは言う。あとで返してくれれば、とルフが言う。そんなわけにはいかないよ。大丈夫ですよ《ノン・チェ・ウン・プロブレマ》。その話し合い、今日中に決着つきます？　とレジ係に言われ、結局リヒャルトは礼を言って、自分の買い物の代金をルフに支払ってもらう。だがスーパーを出ると、すぐに金を返すと言い張り、断りの言葉には一切耳を貸さずに言う。どっちにしてもこれから昼ご飯を作るんだ。だからどうしても家に来て一緒に食べてほしい。先ほどの授業中に、ひとりも友人がいない者の例としてホワイトボードの前まで歩いていったときと同じように従順に、ルフは今度はリヒャルトと並んで歩く。財布は自宅の廊下の床に落ちている。出かけるとき、靴ひもを結んだ場所だ。ヴィスマールの月に、リヒャルトは十ユーロ札を二枚渡そうとするが、月は首を振って、一枚しか取らない。頼むよ、両方受け取ってくれ！　ルフは首を振る。じゃあ、せめて十六・五〇ユーロ受け取ってくれ。月は首を振る。じゃあ、せめて十五ユーロ！　ルフは二枚目の十ユーロ札を受け取ろうとせず、一枚目の十ユーロ札に六・五〇ユーロを加えても受け取ろうとしない。じゃあせめて五ユーロ。いや、絶対にいらない。リヒャルトははねつけられた十ユーロ札を廊下の棚の上に置き、札はそこに置かれたままになる。

食事を用意するあいだ、なにか読みたいかい？　そう訊くと、ルフは言う。はい《シ》、喜んで《ヴォレンティエリ》。リヒャルトが持っている唯一のイタリア語の本は、ダンテの『神曲』だ。この本を原文で読もうというかねてからの計画は、いつの間にか忘れ去られて今日に至る。イタリア語の辞書もずっと前から本棚に『神曲』と並べて置いてある。*Nel mezzo del cammin di nostra vita / mi ritrovai per una selva oscura / ché la diritta via era smarrita.* 冒頭だけはいまでもイタリア語で暗唱できるし、ドイツ語に翻訳もできる。**人生の道の半ばで／正道を踏みはずした私が／目を覚ましたときは暗い森のなかにいた。**この本をルフに貸すのも、それほどおかしなことではないのかもしれない、とリヒャルトは思い、人生から外れて世界の半分をさまよってきたこの難民の青年に、ワイン色のクロス装の第一巻を手渡す。こうしてルフは、リヒャルトが料理するあいだ、テーブルに座って本を読む。目を上げたのはただ一度、リヒャルトがゴミ箱のペダルを踏んで、蓋が持ち上がるときだけだ。ルフはさっと立ち上がると、自分でもペダルを踏んでみる。蓋が持ち上がり、それ以外のときはいつも辛そうに顔を歪ませていた苦々しい表情のルフが微笑む。それからまた座って続きを読む。昼食の用意ができたとリヒャルトが告げると、ルフは本を置いて、礼を言う。

そういえば、君はどこの出身？

ブルキナファソ。

ブルキナファソがどこにあるのか、リヒャルトはもう忘れてしまった。海沿いだったか？　それとも内陸か？

いずれにせよ、ルフは真っ黒だ。

そうだ、もしかして、いつも掃除してる男を知らないかな？　手に……ここでリヒャルトは一瞬立ち上がり、箒で掃く仕草をする。「箒」をイタリア語でなんというのか知らないからだ。

箒を持って《コン・ウナ・ラマッツァ》？

そう。ガーナ出身の痩せた男。

名前は？

知らないんだ。

わからない。そんな奴は知らない。

食事が終わると、ルフは自分の皿を片付けて、洗おうとする。

いや、そのまま置いといてくれ。

それからルフは靴を履く。リヒャルトも一番履き心地のいい茶色の靴を履く。十ユーロ札はまだ棚の上にある。いらない。ルフはなおも受け取ろうとしない。

続きを読みたかったら、いつでも電話してくれ。うちの番号を教えておくから。

リヒャルトは自分の名前と電話番号をルフの携帯電話に入力し、それからふたりはそろって家を出る。まずは左に曲がり、それからなになに通りを進み、それから広場……といった具合に歩き、やがて施設の建物が見えてくる。

その晩、リヒャルトはシュパンダウ地区までどれほどの距離かを地図で調べる。遠い。車を使ったとしても、最低四十五分はかかるだろう。

27

アワドの頭は、痛みのあまり粉々に砕けそうだ。なにも考えたくないが、考えないわけにはいかない。思考は頭のなかに閉じ込められて、内側から頭蓋骨を叩く。朝の三時半からもうずっとこんな調子で、疲労のあまり眩暈がするが、それでも手のつけられない思考に屈服するほかない、考えたくないが考えないわけにはいかない。思い出したくないが思い出さないわけにはいかない、朝の三時半からずっと、頭を占領する思考と記憶のせいで吐き気がする。その時間からずっと起きているからだ。最初はベッドに腰かけて、そのうちすべて治まってまた眠れるのではないかと期待した。七時半ごろ、部屋をうろうろし始めた。何度も何度も、うろうろ、うろうろ。そのせいで同室の仲間たちが目を覚まし、やがてビリヤードをしに一階に降りていった。いまは十時半で、いまだに頭蓋骨のなかに平安が訪れる兆しはない。そのとき、ノックの音がする。

すぐにはドアが開かないので、まだ本人の姿も見ないうちから、ノックしたのはあの礼儀正しい年配の紳士だとわかる。もう自分のことは全部話したはずだが？

アワドはドアを開けて、男に挨拶する。元気かい《ハウ・アー・ユー》、元気だよ《ファイン》、それからアワドは男にお茶を勧める。割れた窓を乗り越えて逃げたときのことが、まだ頭にこびりついている。血のことが、まだ頭にこびりついている。年配の紳士は腰を下ろすと、できればあといくつか質問したいんだが、と言う。父のことがまだ頭にこびりついていて、あらゆる思考を自分の頭から引っこ抜こうとしてもだめで、あらゆる破片が頭に刺さったまま、アワドはお茶を淹れるために湯を沸かし、思考はアワドの頭のなかに、まるで引き裂かれた獣のようにうずくまっている。この頭とは別の頭があったなら、だが、戦争中には殴ることと撃つことしかない、殴ることと撃つこと、戦争中はすべてが粉々になる、戦争中には戦争が見え、戦争以外はなにも見えない。ところが、年配の紳士が知りたがっているのは、今日の予定だったが中止になったシュパンダウへの引っ越しにアワドがなにを持っていくつもりだったかということだ。昨日、荷造りしたと言っていたけど、なにを荷造りしたのかな？　今日の予定だったが中止になった引っ越しに。ほら、この鞄、とアワドは言う。これは君の鞄？　と年配の紳士が尋ね、メモ帳を取り出す。ほかには？　ほかにはなにも、とアワドは言う。鞄のなかになにが入ってるのか、教えてもらえるかな？　アワドは鞄の中身を数え上げ、とても礼儀正しいものの頭がおかしいのかもしれない年配の紳士は、すべてを注意深くメモ帳に書きつける。

ズボン四本、そのうち二本はイタリアの施設で穿いていたもの、もう二本はドイツのカリタス（カトリックの慈善団体）からもらったもの
上着一枚、イタリアの友人がくれたもの
Tシャツ三枚
靴三足、そのうち二足はカリタスからの寄付、一足はあるドイツ人が買ってくれたもの
サンダル一足
スポンジ一個
カカオバターローション一本

アワドは「ココバター」と言う。
バター？　と訪問者が訊き返す。アワドはローションの瓶を鞄から取り出して見せる。

なるほど。

それからアワドは、残りを数え上げる。

　タオル一枚
　歯ブラシ一本
　英語版の聖書一冊、エホバの証人の信者たちがくれたもの

セーターは持ってる？

いや、とアワドは言う。

冬のコートは？

いや、とアワドは言う。

今日の予定だったが中止になった引っ越し。

この年配の紳士は、アワドの父親が殴り殺されたか撃ち殺された日にも生きていたし、いまもまだ生きている。

そのときノックの音がして、同時にドアが開く。施設の職員だ。

失礼します、と職員は年配の紳士に言う。そして、アワドには、やあ、と言う。元気かい《ハウ・アー・ユー》？　いまちょうど、誰がもう風疹にかかったことがあるか調べるために採血してるところなんだ。ちょっと来てくれるかな？　それから、ふたたびアワドを訪ねてきた紳士に向かって言う。血液中にもう抗体を持っている者がいるかどうか、調べてるんですよ。彼にそう説明してもらえませんか？

アワドは言う。よくわからない《アイ・ドント・アンダースタンド》。

血液検査だよ、と職員は言う。やるかどうかは自由だ、つまり、君がやりたいと思うなら、アワド、上の階の4015号室で待ってるから。そう言うが早いか、職員は立ち去る。

年配の紳士が言う。血液検査をするのはいい考えだよ。病気《シックネス》のことがわかるから。

アワドは言う。俺は行かない。

親父ならなんと言っただろう？　いつか自分にも、妻と息子ができるだろう、そうしたら息子には親父の名前をつける。そして息子に向かって、父さんと呼びかける。そうすれば、親父は子供の姿を借りて、また毎日そばにいてくれるようになる。

このローションはなにに使うの？　そのとき年配の紳士がそう尋ね、瓶をふたたび手にすると、背面の小さな文字を読もうとする。

父さん。俺が息子のために料理してやる台所は、どんなだろう？　タオルで背中を拭くやり方を息子に見せてやる浴室、もっと後には髭の剃り方を教えてやる浴室は、どんなだろう？　それにそこは、どの町、どの国だろう？　イタリア？　ドイツ？　フランス？　スウェーデン？　オランダ？　スイス？　それとも俺の故郷リビア？　いまだに戦争をしているリビア？　戦争中は戦争しか見えない。またしても部屋のなかをうろうろ歩き始めないよう気をつけなくては。同室の仲間たちが毎日ビリヤードをしているのは、自分がうろうろ歩くのに耐えられないからだと、アワドにはわかっている。落ち着かなければ。客が来ているんだから。どこかにたどり着きたいと思うなら、なにも隠し事をしてはならない。たったいま、この年配の紳士はなにを尋ねた？　そうだ、ローション。アワドが先ほど見せたローションを、紳士はまだ手に持っている。

ここドイツの日光で、俺たちの肌にはしみができる、とアワドは言う。この国の日光は俺たちによくない。

年配の紳士は、青い格子柄のカーテンに目をやる。その向こうには、フェルトのような灰色の空が垂れこめている。

汚い白いしみができる、とアワドは言う。効くのはそのココバターだけ。

年配の紳士は、思わずという様子で、自身の両手を見る。茶色いしみだらけの手。そしてこう言う。ドイツの日光で、私には別のしみができるみたいだ。紳士はローションの瓶を置いて、手を見せる。アワドはその手の横に、自分の黒い手を並べる。確かに、ところどころ誰かが色をこそげ落とそうとしたかのようだ。

父親の手がどんなふうだったか、アワドは決して忘れないだろう。あの手は今どこにあるんだろう？地中か、それとも犬か鳥に食われてしまったか？

それから、もうひとつ質問してもいいかな？　訪問者は、まるで、そうすれば加齢によるしみを簡単に拭い去ることができるとでもいうように、片手でもう一方の手の甲をこする。

どうぞ。

先週の集会で誰かが言ってただろう、シャワー室は個室じゃないといけないって。それは本当に信仰の問題なの？

ドイツ人というのは、男性のオーラが臍から膝へと流れること、だから大人のムスリムの裸は、妻を除けば誰も決して見てはならないことを、本当に知らないのだろうか？

いや、それは知らなかった、と訪問者は言う。だが実に興味深い話だ。そして、ふたたびすべてを注意深くメモ帳に書きつける。

アワドはイタリアにたどり着いたとき、収容施設で、男たちが横一列に並んで、恥じらいもなにもなく、まるで獣のように小便をしなければならないことが、最初はとても信じられなかった。

よし《オーケイ》、と訪問者が言い、メモ帳を閉じる。君はこれから血液検査に行ったほうがいいよ。

どうして？

風疹がなんだか知ってる？

いや、とアワドは言う。

風疹にかかった人は見たことがない？

ない。

ぶつぶつができるんだ。痒くて、すごく気持ち悪いんだよ。

それで死ぬの？

いや。それでもいやな病気だよ。

一瞬アワドは、なにをすべきかを父親が示してくれることを、とても幸せだと思う。父親は厳しいが公正な人だ。そして、息子のためを思っている。

ふたりが職員の部屋に行くと、中央に置かれた椅子にはすでに黒い肌の男がひとり座っていて、高齢の女性職員が、男の腕の注射針を刺す箇所を消毒している。

アワドは訊く。どうしてここには医者がいない？

私は昔、医者だったのよ。

いったいぜんたいどういうことなのか、アワドにはさっぱりわからない。この女性はいままでずっと職員で、書類に記入するのを手伝ってくれた人だ。ということは、ほかにその役割を果たす人が誰もいなければ、この人は明日には裁判官や警察官になったりもするのか？　そしてこの年配の紳士も、突然店員やトラック運転手になったりするのか？　ここのドイツ人たちが演じてみせるこの奇妙な芝居はなんなのだろう？　それに、そもそもなんのためなのだろう？

座って、と年配の紳士が言い、アワドを待つばかりになっている空いた椅子を指し示す。ここのドイツ人たちは俺たちをどうするつもりだ、とアワドは思い、その瞬間、パニックに襲われるのを感じる。どうかパニックにつかまる前に逃げ出せますように。そして、すぐ戻る、と言うと、年配の紳士に向かってうなずき、できるだけさりげなく向きを変えて部屋を出る。そして、ことさらゆっくりと階段を降り、ことさらゆっくりと自分の部屋に戻る。部屋には内側から鍵がかからないが、気休めとはいえドアを閉めて、壁に背をつけ、じっと動かずにいる。息がひどく浅い。もしいま誰か入ってきても、自分が立っている場所は死角になっているから少しはましだ。しばらく後、誰も追ってこないことがわかって、ようやくアワドは落ち着きを取り戻す。そして、先ほどと同じ場所、ベッドの縁に腰を下ろす。

28

いつかは個々の庇護申請の審査があるんでしょう？　トリスタンが部屋から出ていった後、リヒャルトはそう言う。

そうですね、と職員のひとりが言う。

もう始まってるんですか？

まだです。

どうして？

我々にはわかりませんよ、と職員が言う。

じゃあ、あなた方は、ここの人たちの庇護申請が認められるまでずっと世話を続けるんですか？

まず最初に審査されるのは、彼らがそもそもここドイツで庇護申請する資格があるかどうかっていう点なんですよ。

クロウタドリ、ツグミ、アトリ、ホシムクドリ――皆、イタリアに一時上陸するという間違いを犯した。

そのことを、リヒャルトはもう忘れかけていた。

でも彼らは全員、リビアの戦争で同じように国を追われた人たちなんでしょう？

そうなんですけど、それぞれ違う国の出身で、あとからリビアへ来てるんですよ。

なるほど。

コーヒーはいかがですか？　またしてもコーヒーメーカーがすでに音を立てている。

物理的に考えれば、ひとつの集団を個々のケースに分割するのは賢明なやり方だ、とリヒャルトは思い、いただきます、と言う。

彼らはもう、残り半分のお金を受け取ったんですか？

いいえ。まだ引っ越してませんからね。

皆さんは全員、もともと高齢者介護士なんですか？　こんなことをお訊きしてもよければ。

リヒャルトは袋から角砂糖をひとつ取り、ミルクとともにコーヒーに入れる。

いえいえ、ソーシャルワーカーもいますし、関連分野の専門職を定年退職した者もいますよ、こちらの女医さんのようにね。我々全員、半年契約なんです。これもオラニエン広場の件で交わした合意に含まれてるんです。我々は難民たちのさまざまな役所での手続きを手伝うことになってるんです。

役所というと？

医師が注射針を片付けて、コーヒーテーブルにやってくる。

外国人局、区役所、福祉局、ときには医者のところにも行くし、弁護士のところにも。

なにか罪を犯した人たちがですか？

いえいえ、弁護士を雇う金のある人たちですよ。

いくらくらいかかるんです？

庇護申請には四百五十ユーロです。たいていの弁護士は支払いを分割払いにしてくれますけど、それでも月に五十ユーロから百ユーロはかかりますね。

リヒャルトは計算する。三百五十七ユーロから、公共交通機関の月間パスの料金五十七ユーロを引くと、残りは三百ユーロ。そこから、たとえばガーナに住む母親への仕送りに百ユーロを引くと、残り二百ユーロ。そこから手頃な弁護士代を引くと、百五十ユーロ。あと、携帯電話のプリペイドカードも必要かもしれない。そうすると、生活費は一日あたり五ユーロも残らない。

彼らの面倒を見る職員は何人いますか？

半日勤務の職員が十二人です。

リヒャルトの耳にアポロンの声が聞こえてくる。俺たちは金をもらってる。でも本当は働きたい。トリスタンの声が聞こえる。仕事がない《ポコ・ラヴォーロ》。ピアノ弾きのオサロボの声が聞こえる。うん、働きたい、でも認められていない。要するに難民たちの抗議は、少なくとも十二人のドイツ人に半日勤務の雇用を創出したことになるな、とリヒャルトは考え、こう言う。

もうひとつ、まったく別の質問をしてもよろしいでしょうか——

もちろん、と元医師の女性が答え、ゴム手袋をはずして、腰を下ろす。

どうして彼らは、交通パスの料金を全額払ってるんですか？

庇護手続法の適用を受けていないからです。

庇護申請者になる許可がまだ下りていないから、ということですか？

そうです。

だからこそ、彼らは月に三百五十七ユーロもらってるんですよ――三百ユーロじゃなくて。コーヒーメーカーの番をしていた職員がそう言う。

リヒャルトはコーヒーをかき混ぜながら、しばらくのあいだなにも言わない。だがやがてまた口を開く。

いえ。

オラニエン広場にいたころ、彼らはもうお金を受け取っていたんですか？

じゃあ、どうやって暮らしていたんだろう？

寄付ですよ。

以前、オラニエン広場で見た「寄付」と書かれた段ボール箱のことを思い出す。そして、その前に座っていた三人の男のことを。

で、いったん個々の申請が処理されたら？

そうしたら、誰に手当を受け取る資格があって、誰にないかがはっきりするわけです。

なるほど、とリヒャルトは言う。そして、コーヒーメーカーで淹れたコーヒーを一口飲む。税理士事務所や自動車販売店や公証人役場の待合室で飲むコーヒーとまったく同じ味だ。

彼、戻ってくると思いますか？　とリヒャルトは尋ね、頭を動かしてドアのほうを指す。

来ないでしょう、と職員が言う。

もう大勢が採血に来たんですか？

いや、あまり。

彼らは血のこととなると、ときどきおかしくてね、と、それまで屋根の勾配の下の半ば陰になった場所にいて一言も発しなかった三人目の職員が言う。

階段を下りる途中で、リヒャルトは今回も、二階の空っぽの廊下に目を走らせる。誰もいない。一階の玄関口では、ちょうどアポロンが出かけるところで、警備員に身分証明書を見せている。よろしい《フショー・フ・パリャートケ》。建物の外で、リヒャルトはアポロンに追いつく。週末、時間あるかな。うちの庭仕事を手伝ってくれないだろうか。もちろんお金は払うよ。問題ない《カイン・プロブレーム》、とアポロンはドイツ語で言う。

水曜日には、ピアノ弾きのオサロボがまた訪ねてくることになっていて、もう約束してある。それに、きっと「ヴィスマールの月」ルフも、そのうちまたダンテの続きを読みにやってくるだろう。老人ホームの所長から、難民たちと話をするのは施設内だけにして、たとえば自宅のような場所は避けたほうがいいかもしれないと言われてから、どのくらい経っただろう？　ただの個人的な意見ですよ、と所長は言った。だが、あれはいったいどういう意味だったのだろう？　ただの個人的な意見とは。六週間経ったいま、家に帰る道すがら、あの言葉に怒りが込み上げてくる。そして湖底にはなおも死者が沈んでいる。もうとうに溶けてしまったのでなければ。

その夜、寝ようとして服を脱いだところで、リヒャルトはふと、自分にも、今日トリスタンがオーラと呼んだなにかがあるのだろうかと考える。臍から骨ばった膝にかけて、昔はもっとましだったな、と、自分の体を見下ろしてリヒャルトは思う。そこに生えている毛さえ、いまではすっかり灰色だ。いつかあの若いエチオピア人女性と一緒にベッドに横たわったり、一緒にシャワーを浴びたりすることがありうるだろうか？——または、ただどこかで立ったまま彼女と抱き合うようなことが。たとえ誰か別の女性が相手であったとしても、これからの人生に、そもそもそんなことが起こりうるのだろうか？　なにかを望むのをやめることこそ、おそらくは歳を取ってから学ぶのが最も難しいことだろう。だが、そのことを学ばなければ、望みは体にくくりつけられた重石のように――とリヒャルトには思われる――どんどん速度を増して、人を墓穴へと引きずり込むのだろう。

29

初めに、すべて――女性と男性、空間と時間、均一性と多様性――を包含する未分化の総体があった。この総体が虚空を落下し、さまざまな姿をとるようになった。女性的なものは濃密で身体的であり、始原の物質を含む。まずそれが最初に現れた。続いてより軽く、動的である男性的なものが加わった。同じように、空間と時間も現れた。だが、それらはすべて互いの発現を前提としており、なにかがほかの上位に来ることはなく、互いに補い合い、それぞれ異なる姿を取りながら、ただひとつの総体、ただひとつの身体であり続ける。同じように、社会における個々の人間も、生きた総体の一部である――ひとつの身体のなかのさまざまな器官のように、個々の人間は社会においてそれぞれ異なる機能を果たすが、互いに離れがたく結びついてもいる。そして最後に、多様な構成要素によってできる政治的身体というものもある。トゥアレグ人は言う――一九六〇年代、フランス人は、伝統的にトゥアレグ人が居住していた地域を五つの異なる国に分割することによって、トゥアレグ人の政治的身体を引き裂いた。

リヒャルトは読む。

最初に読み始めたのはヘロドトスで、すでに紀元前五世紀に、トゥアレグ人の祖先であるガラマンテス人に言及している。ギリシア人は古代のベルベル人であるガラマンテスの男たちから、戦闘用の馬車を操る技術を学び、女たちからは詩を学んだ。今日に至るまで、年嵩の女たちは、日の出前、まだ暗いうちに戸外に腰を下ろして、歌う。

たとい豊かで富める者であれ
死は近い。
死は時より大きく、時を包み込む。
いまこのとき、死は矢を放ち、その矢は
群れのただなかに落ちる。

トゥアレグ人の祖先は、現在のシリアから、もしくはさらに遠くコーカサスから、三千年以上前に、エジプトを経て北アフリカへやってきたとされる。古代には、北アフリカ全体がリビュアと呼ばれていた。つまり、現在のチュニジアやアルジェリアもだ。そこから、トゥアレグ人は時とともにさらに西へ、南へと移動し、トンブクトゥ、アガデス、ワガドゥグーにまで至った。

リヒャルトは読む。読んでいると、突然、本来自分の専門領域であるはずのギリシアの神々の天空までもが違って見えてくる。そして唐突に、ギリシア人にとって世界の果てが現在のモロッコ、アトラス山脈にあったことの意味を新たに理解する。そこは、天と地が二度と触れ合うことがないよう、アトラスが天球を支えた場所である。現在リビア、チュニジア、アルジェリアという名で呼ばれる地域は、古代には世界の果ての手前、すなわち世界の一部だった。ガイアの息子である巨人アンタイオスが立っていたのは、リビュアの砂の上である。アンタイオスはその力を、母との、すなわち大地との結びつきから得ていた——それゆえアンタイオスはヘラクレスに持ち上げられ、母との結びつきが消滅するまで空中に抱えられてようやく打ち負かされることになる。「フクロウの目を持つ」アテナ——学者のなかには「黒い女神」だとする者さえいる——は、養父トリトンのもと、現在のチュニジアにあったとされるトリトニス湖のほとりで育った。アテナを最初に崇拝するようになったアマゾーンたち——もとはアマジク人と呼ばれたベルベルの女戦士たち——はこの湖のほとりで踊り、そこから戦いに赴いた。そして彼らはタマシェク語を話した。リヒャルトがつい数週間前、まだギリシア神話の地理的な位相をすっかり見誤ったまま、アポロンと名付けたあの若者、2019号室の難民が話すのと同じ言葉を。

リヒャルトは読む。

頭に蛇の髪を絡みつかせたゴルゴーン、見た者をその視線で石に変えたメドゥーサもまた、かつてはリビュアに住む美しいベルベルの少女であり、輝かしい女戦士だったという。ところが海神ポセイドンが、リビュアの海辺の、あろうことか女神アテナの神殿でこの美しい少女と交わったため、怒った女神がメドゥーサを恐ろしい姿に変え、のちにはペルセウスに鏡のように磨き抜かれた盾を与えた。その盾のおかげで、ペルセウスはメドゥーサの死の視線をかわし、石に変えられることなく、ついにその首を斬り落とすことができた。メドゥーサの首からしたたり、リビュアの砂に落ちた血は蛇に変わった、とリヒャルトは読む。そう、トゥアレグ人にとっては現在に至るまで家畜とテントは女性のものであり、女たちが自分の意思で夫を選び、自分の意思で離婚できることは、決して偶然ではないのだ。女性は顔を隠すことなく、逆に男性が顔を隠して歩き、家督を女性が相続することも、今日でもなおトゥアレグの女たちが詩作と歌で名高いことも、子供たちに文字を教えるのが女性の役割であることも。しかもそれは、ヘロドトスがかつてその目で見たのと同じ文字なのだ。

今日、退官から数週間後の十一月のある日にリヒャルトが読むものの多くは、彼が人生の大半を通して知っていた事柄だ。だが今日、新たに加わったささやかな知識のおかげで、すべてが新たになり、これまでは違う姿を見せる。人はすでに知っている事柄を、繰り返し再発見しながら何度学び直さねばならないのだろう？　そして物事を本質に至るまで理解するには、そこに被せられた幾重の覆いをはぎ取らねばならないのだろう？　人ひとりの一生で足りるのだろうか？　リヒャルトの一生——またはほかの誰かの一生で。

ベルベル人がたどったかもしれない道をなぞってみる。コーカサスからアナトリア、レヴァント地方を経て、エジプト、さらには古代リビュアまで、そしてのちには現在のニジェールへ、そしてニジェールからまた現在のリビアに戻り、海を渡ってローマへ、そしてベルリンへ。こうして見ると、その道のりは、ほとんど完全な四分の三の円を描いている。人は何千年もかけて複数の大陸を移動する。その動きは決して止まることがない。交易があり、戦争があり、迫害があった。水と食料を求めて、人はしばしば所有する家畜を追った。干魃や天災を逃れ、金や塩や鉄を探し求め、または自らの神への信仰のために離散を余儀なくされる場合もあった。荒廃があり、変化があり、再建があり、移民がいた。容易な道もあれば、困難な道もあったが、動きが止まることだけはなかった。この話でリヒャルトが示したいのは道徳律などではなく、むしろ自然の摂理なのだということを学生に説明するには、窓の外を指し示しさえすればいい。そこには、春には芽吹いて彼を喜ばせた数多の木の葉がすでに草の上に落ちている一方、次の春に開く芽がすでにいくつも枝についている。だが、リヒャルトにそんなことを尋ねる学生はここにはいない。

リヒャルトは読み続ける。

ガラマンテス人の築いた、いまは失われたさまざまな都市について読む。砂に埋もれて消えた砦について、砂漠のなかを南へと延びていた交易路の入口の、かつては多くの人が住んでいたオアシスの地下に築かれた精巧な潅漑システムについて読む。カダフィ政権崩壊後のいま、衛星写真を通してようやく、古代からリビアに暮らしてきた民が、文明の果てる地の盗賊などではなく、当時としては最先端の技術を有した人々であったことが証明されたと臨時政府のウェブサイトにはある。そのサイトがすでに二年前のものであることにリヒャルトは気づく。今後、カダフィのもとで許しがたいほどないがしろにされてきたリビア古代史研究の新たな幕開けが期待される、と二年前の「現在」の時制でこのサイトは続ける。まもなく、リビア国民にとっては初めて、長らく抑圧されてきた自らのルーツたる歴史と向き合う可能性が開かれることであろう。目下、本研究を率いる教授は、一連の騒乱により避難を余儀なくされているが、国の治安が回復次第、ヨーロッパからの経済的支援を受けて調査を開始するであろう。いまでは二年歳を取った「未来」に生きるリヒャルトは、リビアがカダフィの失脚以来、目的がますます不明瞭になっていくさまざまな軍事勢力によって完全なる戦場と化したことを知っている。リビアの市民が二年前から望んでいるのは、イスラム化以前の自身のルーツを探求することではなく、ただ生き延びることのみだ。確かにカダフィは、自国の古代史研究者に対して雀の涙程度の研究費しか与えなかった。それは真実かもしれない。だが、いまはヨーロッパ人までもが支援を停止し、古代史研究者たちは皆、おそらく二年前から国外に亡命している。その一方で、ガラマンテス人の砦や都市や村は、軍服姿の遺跡ハンターらによって組織的に探索され、金になる宝物はすべて盗まれた。ガラマンテス人の子孫たちは、現在のリビアでは外国人と見なされ、それゆえにその他の外国人たちと同様、二年前にボートに乗せられ、ヨーロッパへと追い払われた。なにを「進歩」と名付けうるかを知るためには、どれほどの時間的尺度で測ればいいのだろう？

リヒャルトは読み、読み続ける。

そのせいで、電話が鳴ったときにはまだ昼食も済ませていなかった。友人たちからの電話で、一緒に散歩しないかという誘いだ。もうすぐまた日が短くなるから、とシルヴィアが言う。後ろからデトレフの声が聞こえる。トーマスも来るってさ。

トーマスは、週末はずっと家にいなきゃならないんじゃなかったか？

いやいや、奥さんのいとこが訪ねてきたんだってさ。

かつては経済学の教授、いまではコンピューターの専門家となった太っちょのトーマスは、歩きながら煙草に火をつける。

あと六本しかない、と言って、煙草の箱を振ってみせると、それをコートのポケットに戻す。どうやら、妻から一週間分として与えられる三箱のうちの最後の一箱らしい。

次の煙草は月曜にならないともらえないんだ、とトーマスは言う。

友人たちはうなずく。

リヒャルト、トーマス、シルヴィア、デトレフの四人は、それぞれ徒歩で十分もかからないところに住んでいる。だが、今日のようにシルヴィアがトーマスとリヒャルトに気軽に電話をかけてこなければ、四人がそろって会うことはまずないだろう。

アフリカ人たちはどうしてる？　とデトレフが訊く。

もうすぐ引っ越すんだ。

アフリカ人って？　とトーマスが尋ねるので、リヒャルトは、最近シルヴィアとデトレフ夫妻に語った話をかいつまんで聞かせる。さらにリヒャルトは、女神アテナのこと、メドゥーサのこと、アンタイオスのこと、そして最後に、アポロンとの週末の約束のことを話す。

でもアポロンはデロス島の出身じゃないか、とトーマスが言う。専門は経済史だが、ほかのあらゆることについても、昔からリヒャルトと少なくとも同程度の知識を持っている。

いや、そうなんだけど、とリヒャルトは言う。僕が話してるのは、若い難民のことなんだ。明日うちに来て手伝ってくれることになってる。庭の冬支度をしようと思ってるんだが、もうひとりじゃボートを湖から引き揚げられなくてね。**船は陸に揚げ、湿り気を帯びて吹く風を防ぐために、周りを石で隙間なく囲い、ゼウスの降らす雨で木が腐らぬように、船底の栓も抜いておくのだ。**

『仕事と日』だな、とトーマスが言う。

『仕事と日』だ、とリヒャルトは言う。トーマスは、友人たちのなかで唯一、リヒャルトと同様にこのヘシオドスの古典作品をいまでも暗唱できる。

腰さえ平気なら手伝ってあげられるのにな、とデトレフが言う。

いや、わかってるよ、とリヒャルトは言う。

そのアポロンってのはトゥアレグ人なのか？　とトーマスが訊く。

ああ。

ニジェール出身？

そう。

じゃあ、その子に「やあ」と言う前に、まず放射能測定器を向けるんだな。

わかってる、とリヒャルトは言う。

どうして？　とシルヴィアが訊く。

ニジェールには、世界のほかの国とは比べ物にならないほどたくさんのウランが埋蔵されているんだ、とリヒャルトは言う。

四人が松とオークの木立を歩いていると、いつも飼い主の老夫婦を置いて駆け出してくる一匹の犬が、こちらへ向かってくる。コニャックという名前らしい。歩きながらリヒャルトは、おそらくはニジェールがどこにあるかさえ知らないであろうデトレフとシルヴィアに、ウラン鉱山を独占し、それまでトゥアレグ人がラクダを放牧していた場所に廃棄物を遺棄しているフランスの原子力複合企業〈アレヴァ〉のことを話す。もちろんそこはトゥアレグ人自身が暮らす場所でもあるんだ、とリヒャルトは言う。

空では数羽の鳥が、アフリカへの旅に向けて、飛びながら三角形の隊列を作ろうとしている。草がぼうぼうに生えた敷地の手前にある郵便受けは、所有者がその敷地に建つバンガローをベルリンの学生たちに貸すようになって以来、ピンク色に塗られている。

ニジェールでは、いまじゃ飲み水が汚染されてて、ラクダは死ぬし、人は癌になる。原因も知らずにね。でもおかげでフランスは電力を得られるというわけなんだ。それに、我々の住むドイツも。

我々の住むドイツも、とデトレフがおうむ返しに言う。リヒャルトが語った話に驚いているのか、それともリヒャルトがこう表現したことに驚いているのかは判然としない。なんといっても、ドイツ《ドイチュラント》という名前の国は、しばらく前まではベルリンの壁の向こう側にしか存在しなかったのだから(東ドイツの正式名称はDeutsche Demokratische Republikで、Deutschlandという語は使われていない。一方、西ドイツの国名はBundesrepublik Deutschland)。いや、まあ、とリヒャルトは、まるでドイツ語が話されるふたつの国をたったいま口頭で再統一してしまったことを謝るかのように言う。

ちなみに、とトーマスが言う。この複合企業の年間利益は、ニジェールの国全体の歳入の十倍なんだ。どうしてまたそんなことまで知ってるんだ？　とリヒャルトは訊く。

まあ、いろいろ読んでればね、とトーマスは言い、ブランデンブルクの砂の上に吸殻をはじき飛ばす。

本当にひどい話なんだ、とリヒャルトは言う。トゥアレグ人は、一九九〇年にすでに抵抗運動を起こしたんだが、大量殺戮があって、また元の木阿弥だ。ほんの数年前にも同じことが起きた。

砂利道にあるくぼみに誰かがレンガやタイルの破片を置いて、平らにならしてある。たぶん、車のバンパーにかかる衝撃を和らげるためだろう。

それに、フランス人を追い出そうとした唯一の政府は、あっという間にクーデターに遭った、とトーマスが言う。誰が起こしたクーデターか知らんがね。

そろそろ戻らない？　とシルヴィアが訊く。住宅地が終わるところまで散歩すると、シルヴィアはいつもそう訊く。そこで一行は回り道をして森を抜ける。おそらくキノコはどれもとうに腐っているだろうが、それでも森はいまだにキノコの匂いがする。

それに、アル・カーイダもウランのことを聞きつけたんだ、とリヒャルトは言う。問題はただ、アル・カーイダがトゥアレグと手を組んでニジェール政府に敵対するかどうかの一点のみらしい。

ウランに手を出すのと、トゥアレグと手を組むのはたぶん両立するんじゃないか、とデトレフが言う。

そうだな、とリヒャルトは言う。砂漠は広いから、きっといくつ紛争が起きても問題ないんだろう。

シルヴィアが言う。その複合企業のしていることって、本質的には、リヒャルトがさっき話してたこととまったく同じね。ヘラクレスがアンタイオスを地面から持ち上げて初めて、アンタイオスは力を失う。

デトレフが言う。FCニュルンベルクのユニフォームにアレヴァの広告がついてなかったっけ？

そうかもな、とリヒャルトは考えながら言う。四人は話をしながら帰路をたどるうち、来たときと同様、ある公務員――近隣住人のどんなささいな規則違反も見逃さず、罰金は二千ユーロだといちいち脅す女性――が住む家の前を通り、それから、やはり来たときと同様、釣り同好会の会長のドイツ国旗が掲げられた自宅の前を通り、そしてやはりふたたび、夏のあいだずっと閑散としていた湖水浴場の前を通る。リヒャルトは、シルヴィアが夫のデトレフに腕を絡ませるのを見、トーマスが煙草の箱に目をやり、けれど一本取り出すことなく、眉をひそめてその箱をまたコートのポケットに戻すのを見、そしてまさにその瞬間、ここにいる四人、自分も含めた四人もまた、ひとつの身体の各部位のようなものなのだと思う。手、膝、鼻、口、足、目、脳、肋骨、心臓、または歯、なんであろうと。

リヒャルトやトーマス、ほかにもベルリンに住む何人かの友達に、ときどき気軽に電話をかけてくるシルヴィアがいなくなったら、いったいどうなるのだろう？

30

夏のあいだじゅう、ボートは桟橋につないであったが、湖に沈んでいる死者のせいで、リヒャルトは一度も乗らなかった。ここ数日、夜に何度か大雨が降ったので、いまやボートには縁まで水が溜まり、あと少しで沈みそうだ。ふたりの男は、酔っぱらったクジラを岸へ引っ張り上げるようにボートを曳いていき、ボートの底が地面に着くと、漕手席によじ登って、なかの水を汲み出す。

そういえば、正確にはいつ生まれたの？　とリヒャルトは尋ねる。

九一年、とアポロンは言う。

リヒャルトはそんなところではないかと思っていた。

何月？

一月一日。

昨日友人たちに話した、ニジェールでのトゥアレグ人による抵抗運動を鎮圧するための虐殺から八か月後ということか。リヒャルトはそう思うが、口には出さず、ただこう言う。

新年の打ち上げ花火と同時に生まれたんだね。運がいい。

書類がないと、その日が誕生日になるってイタリアで言われた。

なるほど、とリヒャルトは言う。

それからふたりはしばらくのあいだ、バケツで水を汲み出し続ける。

そういえば、とリヒャルトは少しして口を開く。インターネットで見たんだけど、君たちはすごく深い井戸を掘るんだってね。そしてロバが水の入った桶を引っ張り上げる。本当にそうなの？

うん、とアポロンは言う。ロバは水のタンクに結びつけた綱と同じ長さを歩かないといけない。それからまた歩いて戻る。毎日そうやって三時間か四時間行き来させる。

それはとても大変そうな仕事だね。

動物には水が必要だから。

どうして支柱を作ってハンドルで綱を巻き取らないの？

砂では柱を支えられないから。

ということは、井戸を掘るのも危険だってことだね。

うん、生き埋めになった人がたくさんいる。

ふたりはそれから、木の幹をのこぎりで切ってできた丸太を草の上に並べ、その上を滑らせて草地の端までボートを転がしていく。リヒャルトが昨日読んだところによると、ウランを鉱石から採掘するために大量の水が使われるせいで、鉱山周辺の地下水面は著しく低下しているという。

アーリットって知ってる？

もちろん、俺の地域、とアポロンは言う。

まもなく世界はふたたびトゥアレグについて語る機会を得るであろう。というのもフランスの大臣が、すでに始動した事業を続行するつもりであると主張しているためである。遅かれ早かれ、サハラ鉄道計画が実現し、煙を吐き出す蒸気機関車が足の速いラクダのライバルとして砂漠に出現すれば、砂漠の息子たちはたちまち苦境に陥ることになる。彼らは文化を阻もうと必死になるだろうが、彼らの攻撃は、狙いを定めた狙撃隊と蒸留酒により撃退され、やがて彼らはアメリカのインディアンのように、自分たちの土地を文明人に明け渡すことになるだろう。これは一八八一年、ジャーナリズムが発明されてまもないころに、「ディー・ガルテンラウベ」誌に書かれた記事だ。サハラ鉄道が実現することはなかったが、その代わりに、この記事からほぼ百年後、フランス人はかつての植民地において、かつてと同じように容赦なく、ウラン鉱山の採掘を推し進めた。

文化、とリヒャルトは思う。進歩、とリヒャルトは思う。

そして言う。じゃあ、いいかい、ボートをひっくり返してくれるかな。私は反対側を支えるから。

リヒャルトがボートを支えるあいだに、アポロンは丸太を拾ってボートの下に敷く。それからふたり一緒にボートをゆっくりと下ろし、丸太の上に逆さまに置く。

でも、君はアーリットの鉱山で働いていたわけじゃないんだよね？

うん、うちはラクダを飼ってた。

じゃあ、キャラバンと一緒に移動してたの？

うん。

なにを売ってたの？

リビアまでラクダを売りに行ってた。

君はいくつだったの？

十歳くらい。十歳で大人と一緒に始める。

キャラバンの旅っていうのは、どのくらい続くものなの？

数か月。ときには一年。

砂漠を渡って？

うん。

どうやって道を見つけるの?

道は知ってる。

ああ、でもどうやって?

トゥアレグ人の若者は肩をすくめる。

知ってるんだ。

リヒャルトは理解したいと思う。相変わらず、ひっくり返したボートの横で、三千五百キロメートルの距離を旅してここまでやってきて庭仕事を手伝ってくれている若者の横に立ったまま。

星を見ると道がわかるのかな?

うん。

じゃあ、星が出ていない昼間は?

道でなにがあったか、大人は知ってる。

道でいつなにがあったかを?

そう、ずっと。

ずっと昔からの出来事を全部?

うん。

それを話してくれるの?

そう。

歩きながら?

歩かない。ラクダに乗る。

ああ、そうか。

夜、大人がいろんな話をしてくれる。

で、その話で道がわかるの？

うん。

要するに、記憶のおかげで道がわかるってこと？

うん。

リヒャルトは口をつぐむ。たとえば『オデュッセイア』にしろ、『イーリアス』にしろ、ホメロス――またはほかの誰か――が初めて書き記すまでは、長らく口承で伝えられてきた物語なのだということは、もちろんずっと知ってはいた。だが、空間と時間と詩作との関係が、この瞬間ほどくっきりと露わになったことはなかった。砂漠という背景がそれをとりわけ際立たせているが、実際は世界中のどこであろうと、違ったためしがない。記憶なしには、人は惑星の上の一塊の肉にすぎなかったのだ。


それからふたりは、熊手で草地の落ち葉を掃き、庭用のテーブルや椅子をテラスから納屋の屋根の下に移動させ、この夏ついに一度も使ってみることのなかったゴムボートの空気を抜き、森に落ちていた小枝を炉に運び、バーベキューセットを片付ける。そしてリヒャルトは、アポロンはきっとこんなふうだろうと、いつも想像していたとおりの姿の難民の若者に、五十ユーロを支払う。

31

月曜日、リヒャルトは黒い靴を履く。履き心地はよくないが、グレーのズボンにはこちらのほうがよく合う。自分はいま歩いている老人ホームへの道のりについて、どんな物語を語るだろう？　かつて湖で誰かが溺死したこと？　あそこにあるあの敷地で、何年も前、誰かが孔雀を飼っていたこと？　何キロも先まで、孔雀の奇妙な鳴き声が聞こえたものだ。あの黄色いアパートまで、母といつも散歩した。母が存命で、まだ歩けたころ、リヒャルトは日曜になると母を迎えに行き、昼食と散歩とコーヒーに連れ出したものだった。ここへ引っ越してきてまもないころ、広場沿いにあるあのレストランで、妻と銀婚式を祝った。いまは屋台になっているあの角には、昔、工具店があった——ある朝、店主がロープで首を吊っているところを発見されるまでは。店主がなぜもう生きていたくないと思ったかは、誰も知らない。東ドイツ時代には生活協同組合の食料品店が入っていたあそこの平屋は、長いあいだ空き家だったが、いまは貯蓄銀行の支店になっている。そして、最近になって壊された建物のあったあの空き地には、いまでは白っぽい砂があるばかりだ。それに、通り過ぎる車がスピード超過だと赤く光る電光掲示板。いつか将来、あの赤レンガの建物の前を、徒歩または車で通り過ぎるときには、きっとこう考えることだろう——ここには昔、アフリカ人たちが住んでいた、と。

この道の物語には、リヒャルト自身も登場するのだろうか？　たぶん。だが、もし登場するとして、そのことになにか意味はあるのだろうか？

そう考えているうちに、リヒャルトはもう老人ホームにいて、警備員のひとりがドアを開ける。礼儀からではなく、例によってドアが内側から施錠されているからだ。

そしてリヒャルトは、これまでのような形のドイツ語の授業は中止になったと聞かされる——今日だけではなく、これからもずっと。エチオピア人教師はすでに去り、男たちはちょうど出かける準備をしているところだ。というのも、これまでの授業の代わりに、今日の十一時から、正式なドイツ語コースがクロイツベルク地区のコミュニティカレッジで始まるのだ。

そうですか、とリヒャルトは言う。

あのエチオピア人教師の電話番号さえ、自分は知らない。

残念ですが、と警備員のひとりが言って、椅子を勧める。

ありがとう、とリヒャルトは言うが、腰は下ろさず、そこに立ったまま、突然、空気に重さがあることに気づく。これから自分はどうすればいい？


　こうして玄関ホールに突っ立っているうちに、やがて第一陣の男たちが出発するために集まり始める。金色の靴を履いた男が現れる。この老人ホームでは一度も見かけなかったが、以前、初めてオラニエン広場に行ったときに見たのを覚えている。ヘルメス。分厚いレンズの眼鏡をかけていて、髪の毛を頭の形にぴったり沿うように編み込んでいる。仲の良い友人同士のハリールとモハメドが現れる。ハリールは金メッキのチェーンを首から下げ、モハメドはズボンをひどくずり下げていて、下着を穿いた尻が、わずかどころでなくほとんど丸見えだ。アポロンが現れる。両目の周りをコールペンで縁取り、頭にはスカーフを巻いて、髪を逆立てている。元気かい《コメ・スタイ》、元気だよ《トゥット・ベーネ》。豹がプリントされたＴシャツを着たラシドが現れる。万事順調《エヴリシング・グッド》？　のっぽのイテンバ、やはり２０１７号室の住人が現れる。外は十一月らしい曇り空で、玄関ホールには蛍光灯がついているというのに、表面がミラー加工のサングラスをかけている。本物の学校《ア・リアル・スクール》、はもっといい《イズ・モア・ベター》。トリスタンが現れる。いい靴を履いている。それは、かつてある親切なドイツ人が買ってくれたものであることを、リヒャルトはいまでは知っている。元気かい《ハウ・アー・ユー》？　トリスタンもやはりサングラスをかけているが、向きが逆だ。つまり、レンズが後頭部にある。オサロボが現れる。髭をさっぱりと剃ったオサロボを見るのは初めてだ。さまざまな長さの真珠の首飾りをかけて、巨大なポケットのついたズボンを穿き、そして例によって薄っぺらい上着を羽織っているが、その上着を、歌姫がまとう毛皮のボアのようにひっかけていて、上着の襟が肘の位置にある。集まってくる男たちに囲まれたリヒャルトを見つけると、オサロボは、クレイジー、でしょ？　と言って、にやりと笑う。ラシドと同じボートに乗っていたザーイルが現れる。今日は、白いボタンダウンのシャツにスーツのズボン、上着という粋ないでたちだ。ヤヤが現れる。彼のことは、最後のドイツ語の授業で知った。自由の女神像がプリントされたTシャツを着ている。そしてヤヤの友人ムーサも現れる。頬の刺青と同じくすんだ青のスカーフを腰に巻いている。アブドゥッサラームが現れる。今日は斜視を恥じる様子もなく、堂々と顔を上げている。マリ出身の皿洗いユースフと、チャド出身の未来の介護士アリが現れる。リヒャルトが受け持った上級コースの生徒たちだ。リヒャルトにとってはこれまでずっと、動きも喋りもせずビリヤード室にいた三人が今日初めて、互いに喋り、笑っているのを見る。この三人のみならず、とにかく皆が喋り、笑い、互いに挨拶を交わしていて、カカオバターとシャワージェルの匂いが漂う。リヒャルトがこれまで見かけたことがあるだけの者も多いが、一番奥に、無人の二階の廊下を掃いていた痩せた男、ずっと探していた男をついに見つける。ひっそりと隅にたたずむその男は、いくつもの編み込み頭や警備員の頭越しに、突然どこからともなく現れた職員たちの頭越しにリヒャルトに微笑みかける。

ついに出発の時が来る。本物のドイツ語学校への初めての外出、未来へとまっすぐに続く道。職員のひとりが、みんな交通パスを持っているかと尋ね、そのときになってリヒャルトは、ひとり足りないことに気づく。「ヴィスマールの月」ルフだ。そうですね、でももう遅すぎます、と職員が言う。出発しなくては。リヒャルトが大急ぎで学校の名前をメモしたところで、祭りの行列が動き始める。誇り高き目をした部族の長や王子たちが、タカラガイの首飾りをかけ、頭頂部に孔雀の羽根を揺らし、輝く衣装に身を包んで、豪奢な宮殿を出発する。歓喜の雄叫びが空気を満たし、門は魔法のようにひとりでに開き、飼いならされた数頭のレイヨウと一頭の一角獣が一行に加わる。隊列の最後尾につくのは三頭の白い象で、その巨大な背中の上で宝石に飾られた輿に揺られているのは三人の職員だ。きらびやかな行列が地平線のかなたへと消えていくまで、この華麗な一行のために門を開けた召使たちが、土埃のなか平伏している。

リヒャルトはぐずぐず考えることなく、三階の２０１８号室のドアをノックする。これまでまだ一度も開かれたことのないドアだ。ドアプレートには、ハインツ・クレップケという名前が書かれている。いつもひとりでいるせいで、ルフがいないことに誰ひとり気づいていないとしたら？　もしルフがもう生きていないとしたら？　リヒャルトは恐る恐るドアノブを下げるが、ハインツ・クレップケのドアは鍵がかかっている。ルフ、とリヒャルトは廊下に向かって大声で呼ぶ。聞こえれば儲けものだ。ルフ。廊下を奥まで歩いてみる。ルフ。すると、廊下の一番奥、リヒャルトがつい最近、エチオピア人のドイツ語教師とボーデ博物館のポスターを壁に貼った台所のすぐ手前にあるドアが開く。なかから「ヴィスマールの月」ルフが顔を覗かせる。ダンテ？　とルフは尋ねる。

いや、とリヒャルトは言う。今日、本物の学校でドイツ語の授業が始まるんだ。さあ、行こう。

ルフは例によって深刻な顔をしているが、うなずいて、ちょっと待って《ウン・アッティモ》と言うと、ドアを閉める。そして五分後、上着を羽織り、帽子をかぶって現れる。

車で行くほうが早いのかどうか、リヒャルトにはわからないが、そうであってほしいと願う。初めてカーナビを買ったのは、妻が死んでからのことだ。それまでは、妻のクリステルがいつも膝に地図を載せて助手席に座り、いつ右折すればいいのか、いつ左折すればいいのか教えてくれたからだ。クリステル。名前はまだ生きている。ただ、その名前の持ち主だけが、もう生きていない。いま運転していると、結婚した覚えもない女性の声がリヒャルトに言う。ここを右に、ここを左に。このカーナビが初めて役に立ったのは、リューゲン島に旅行したときだった。二度目はヴァイマールへの旅。

車の運転は習った？　リヒャルトは、黙って隣に座っているルフに訊く。

ううん。

最初の三回の信号待ちを利用して、リヒャルトが住所を入力すると、小さな機械のなかの女性が突然こう言う。可能ならUターンしてください。きっと、リヒャルトがまだヴァイマールから帰る途中だと思っているのだろう。

ルフがびくっとして尋ねる。いまのなに？

この声が、どの道を行けばいいか教えてくれるんだ。

へえ、とルフは言い、眉をひそめる。

八十メートル先、直進です。

どうしてそれが必要？　とルフは訊き、またカーナビを指さす。

西側の道はよくわからないから、とリヒャルトは言い、そこでオサロボとの会話を思い出す。

直進です。

ベルリンの西側と東側のあいだに、三十年近く壁があったってこと、君は知ってた？

知らない、とルフは言う。

リヒャルトは、この会話が深みにはまりがちで慎重を要することをすでにわきまえている。そこで、ただこう言うにとどめる。

境界線があって、ベルリンの東側から西側に行くことは許されなかったんだ。境界線を越えようとして射殺された人もいたんだよ。

ああ、わかった、西側は人々を受け入れたくなかったのか。

いや、東側が行かせたくなかったんだ。

わかった《カピスコ》。


二百メートル先、右車線を進んでください。カーナビの女性の声が言う。使用説明書によると、この女性には名前まであるのだが、リヒャルトは覚えていない。アンネマリーだったか、それともレギーナか。


でも、もし壁を越えられたら、西側のパスポートがもらえたの？

ああ、なんの問題もなく。まるでもともと西側の市民だったみたいに。

どうして？


右車線です。

彼らもドイツ人だったからだよ。兄弟姉妹だった、とリヒャルトは言い、壁が開いた後、泣いている東西ベルリン市民でごったがえし、リヒャルトがかきわけて進まねばならなかった道のことをふたたび思い出す。


みんな兄弟姉妹？

いや、もちろん違う、そりゃ、なかには本当の兄弟姉妹もいたけど、みんなじゃない。

わかった《オーケイ》、とルフは言う。だが、ルフが本当に理解しているわけではないことは、見ればわかる。西側と東側について、兄弟姉妹について、そしてこの都市に存在していた壁について。

その壁の高さって、メリリャのフェンスくらい？

だいたいそれくらいだね、とリヒャルトは言う。

スペイン人は、僕の友達をすぐモロッコに送り返した、とルフは言う。そいつはフェンスを乗り越えたのに。兄さんがスペインに住んでる。それでもだめだった。

そのお兄さんっていうのは、スペイン人？

ううん。

ほら、わかっただろ。

わかったって、なにが？

確かに、いったいルフになにをわかれというのだろう？　アンネマリーまたはレギーナも、この瞬間にはルフの質問に対する答えを持ち合わせていない。彼女はただこう言うだけだ。この先、カーブです。

この木々の向こうにソ連の戦争記念碑があることをルフに説明すべきかどうか、リヒャルトは考えるが、結局やめることにする。ドイツ語で理解するのも難しいこと、すなわち、それがドイツ人の子供を腕に抱くソ連の兵士の記念碑で、それが世界大戦最後の戦いの後の再出発を象徴していて、その戦いでは八万人のソ連兵が、そもそも解放など望んでいなかったベルリンの解放のために命を落としたことを、どうやってイタリア語で説明しろというのだ。そして、ソ連兵たちが英雄だったことを。一面では。イタリア語で「強姦」をなんというのか、リヒャルトは知らない。

五百メートル先で、ふたりはかつて東西ベルリンの境界線だったアスファルト上の目に見えない線を越え、その直後に、東西分断時代の遺物として公園の真ん中に立つ監視塔を通り過ぎる。かつては拒馬が置かれ、地雷が埋まっていた場所にできた公園だ。

その話も、リヒャルトはしない。

まるでルフが病気か難聴かで、見舞い客であるリヒャルトのほうは、会話を弾ませるきっかけになる話題をわざわざ振ろうとはしないかのような――ちょっとそんな感じだな、とリヒャルトは思う。話を始めれば、説明しなければならないことがあまりに多すぎる。説明するためには、足りないものがあまりに多すぎる。

それからまもなく、アンネマリーまたはレギーナはまた話し始める。ここを左に。外には教会、タクシー乗り場、改修された消防署、十九世紀に建設された建物が見えてくる。ルフが言う。きれい。

どうしてここに来たことがないの？　オラニエン広場はここからすぐなのに。

だって地下鉄は土の下を走るから、自分がどこにいるかなんてわからない。

なるほど。

土の下《ソット・テッラ》、とルフは言う。土の下《ソット・テッラ》。

ふたりは時間ぎりぎりに学校に到着する。付き添いの職員たちが、校長とともに廊下に立ち、日程について話している。職員のひとりがリヒャルトとルフの姿を認めると、人差し指でドアを指す。ドアを開けると、そこは広い教室で、アフリカ人たちがすでに机の前に座って、誰がそもそもアルファベットを読み書きできるのかをクラス分けをする教師が知るための質問用紙に記入しているところだ。書くことができないのを認めるのは、書くことができるのを大前提とするこの世界において、医者の前で服を脱ぐのとほとんど同じくらい私的な行為だと、リヒャルトには思われる。だからすぐに教室を出ていこうとするが、そのときトリスタンに、ここになにか記入しないといけないのかと訊かれる。それにオサロボはペンを持っていない。そのうえ、初老の女性教師は、アフリカ訛りの英語をほとんど聞き取れない。もし差し支えなければ、あとで質問用紙を集めるのを手伝っていただけませんか？　名前の問題があるので。ええ、もちろん。そういうわけで、リヒャルトが隅のほうの椅子に腰かけているあいだ、男たちは無言で、めいめい質問用紙をできるだけきちんと埋めようと奮闘している。そして初老の教師は机の前に座って、静かに書類の整理をしている。

やがて全員が記入し終わる。ラシドが言う。手伝うよ《アイ・キャン・ヘルプ・ユー》。なんといっても、ラシドはここにいる皆を知っているので、リヒャルトとともに机を回り、名簿に記入し、どれが姓で、どれが名前かを説明しようと試みる。これはガーナ出身のアワド・イッサ、これはニジェール出身のサッラ・アルハセン、ナイジェリア出身のイテンバ・アワド、マリ出身のユースフ・イドリース、ブルキナファソ出身のムーサ・アダム、これはモハメド・イブラヒム、等々。姓は父親の名前にあたる。だから、たとえばイドリースという名の難民もいれば、イドリースという姓の難民もいる。おまけに、先に姓を名乗る者もいるせいで、混乱に拍車がかかる。姓が名より先に来るという点では、南ドイツの田舎やオーストリアもそうだ。リヒャルトはいまでも、メーストル・トーニのことをよく覚えている。ウィーン近郊の新酒を飲ませるワイン酒場《ホイリゲロカール》の主人だ。リヒャルトと妻は一度そこに入ったことがあり、その後何年にもわたって彼にリースリングを注文し続けた。クリステル。ようやく名簿ができ上がり、リヒャルトはいまや、本来まったく無関係な立場でありながら、およそ四十人の男たちのうち五人がアルファベットを読むことも書くこともできないのを知ってしまう。五人のなかには、例の金色の靴を履いた近視のヘルメス、モハメドの親友で、メッキに違いない金色の鎖を下げたハリール、そして歌い手のアブドゥッサラームがいる。

帰り道、ラシドは当然のようにリヒャルトの車に乗り込む。確かに、雷神が電車に乗るなどという話を、誰が聞いたことがあるだろう？　さらに、アブドゥッサラームも一緒でないといけないというので、リヒャルトは後部座席からミネラルウォーターの空き瓶を何本かトランクに移動させる。すると、後部座席には三人乗れるスペースがじゅうぶんあるため、ラシドはすかさずのっぽのイテンバまで呼び寄せるが、イテンバは身をかがめなくては乗り込めない。車のほうが電車よりもっといい《カー・イズ・モア・ベター・ザン・エス・バーン》！　三人のナイジェリア人が笑い、押し合いへし合いしながら後部座席に体を詰め込むあいだ、「ヴィスマールの月」ルフは、すでに厳めしい面持ちで静かに助手席に座って待っている。この帰り道のドライブで、リヒャルトは、ラシドが自動車のみならずブルドーザーまで運転できること、だがこの国の滞在許可証も身分証明書も持っていないせいでラシドの運転免許証はここでは認められないことを知る。アブドゥッサラームが歌い出し、リヒャルトは、ちょうどいまのようなドライブのときの歌がドイツにもあると説明し、今度は自分も歌い出す。**車いっぱいに積み込んだ、アフリカ人を積み込んだ！**　もちろん、元の歌がアフリカ人のことではなく、老若の女たちのことを歌っていることは知っている。だが、「アフリカ人」という言葉はこの歌のメロディーにぴったりはまる。赤信号で止まったとき、リヒャルトはまだ声を限りに歌っていて、後部座席では男たちが手を叩いて囃し立て、ルフまでリズムに合わせて頭を動かしている。そのときふと、リヒャルトは隣の車に目をやる。そこには若い家族が乗っている。父、母、ふたりの子供――全員がリヒャルトの車のほうに顔を向け、無言で、わけがわからないという表情を浮かべ、陽気に騒ぐ大勢の黒人たちと、明らかに頭がおかしいらしいひとりの白人を見つめている。**行け、白馬よ！**　というフレーズとともにリヒャルトが青信号でアクセルを踏むと、驚愕に凍りついたままの一家の車の後ろで、クラクションのコンサートが始まるのが聞こえる。

32

翌日、リヒャルトは家のあちこちを片付け、ゴミを出す。終わるともう十一時半だ。ベッドのシーツを替え、納屋に行って巻き尺を探す。昼食時に男たちを訪ねていくのはきっと間が悪いだろう。そこで、掃除機をかけ、どうせやりかけたのだからと台所と浴室まで掃除する。そうすれば、明日オサロボがピアノを弾きに来るときには、家じゅうぴかぴかで、きれいに片付いているというわけだ。こうしてふと気づくと、すでに夜になっている。サッカー、全員が他人に口を挟ませずに喋りまくるトークショー、カーチェイス、燃えるトラック、キスをするふたり、夜のニュース、天気予報。寝室へ引き取る直前になって、リヒャルトは初めて、インターネットで「エチオピア人」「語学教師」の二語を検索してみるが、もちろん文字を打ち込んでいる時点ですでに、それが子供っぽい愚行であることはわかっている。

　翌日の午前十一時十分、リヒャルトの電話が鳴る。かけてきたのはオサロボで、付近のどこかしらの交差点にいて、リヒャルトの家までの道のりを思い出せないという。リヒャルトは言う。いまいる場所にある道路標識になんと書いてあるのか、読み上げてくれないか。答えを聞いて、リヒャルトはさらに言う。迎えに行くよ。ほかの連中なら、こんな場合どうしただろう？　ヘルメスやハリールやアブドゥッサラームなど、道路標識のみならず、たとえば地下鉄の駅の名前も読めない男たちなら。

　オサロボは交差点に立っている。遠くからその姿を見ただけで、リヒャルトがどちらの方向から自分を迎えに来るのか見当もついていないことがわかる。言ってみれば、目が見えない人みたいなものだな、とリヒャルトは思う。僕、頭よくない、と、挨拶を交わした後、指の関節で自分の頭をつつきながらオサロボは言う。その仕草を見てリヒャルトは、カフェで最初に話をしたとき、オサロボが手の甲の黒い皮膚をつまんでいた様子を思い出す。頭のよさとは関係ないよ、とリヒャルトは言う。人生は狂ってる《ライフ・イズ・クレイジー》。郊外にあるいくつかの通りの名前の代わりにオサロボの頭になにが入っているのか、いまではリヒャルトも少し想像できるようになっている。

音階、ハ長調。親指を他の指の下にくぐらせたり、他の指で親指をまたぐやり方。そして、簡単な低音を弾かせてみる。楽譜とはなにか——それぞれの鍵盤と対応する音が紙に書かれたものだと説明する。その合間に何度も部屋を出て、特になにをするでもなく、生身の別の人間の存在がなんらかの音——この場合はピアノの音——を立てることで、家のなかを過ぎていく時間が日常と呼べるなにかに変化する機会を楽しむ。今日は昼食にカボチャのスープとパンを出す。オサロボは今回もほとんど食べず、やはり水道水しか飲まない。食事の後、リヒャルトは二脚目の椅子を居間に運び込み、書き物机の横に置く。座って、と言うと自分も腰を下ろし、若者に動画を見せる。たとえば、このとてつもなく素晴らしいピアニストが演奏する様子。オサロボは驚嘆のまなざしで首を振る。ショパンに驚嘆しているのだろうか？　それとも、この激しい曲を弾き終えてもいないうちに自分が巻き起こす賞賛の嵐を確信して微笑みを浮かべる、この若く美しい女性に？　ほかのピアニストの演奏も聴いてみたい？　と訊くと、うん、ぜひ、と答えが返ってくる。腕時計を外しもせずに弾いているのに、シューベルトをこれほど深く理解しているこのピアニスト、素晴らしくないかい？　うん《イエス》。でも締めくくりには、ぜひともこの三人目の演奏を聴いてほしいな。大丈夫《ノー・プロブレム》。低い椅子に座って、演奏中に自分の指を見つめているこのピアニスト。老人と若者は、長い時間、書き物机の前に並んで座り、これら三人の人間が黒鍵と白鍵を使って、鍵盤の色とは何の関係もない物語を語る映像を見、音に耳を傾ける。

　もう長いあいだ、リヒャルトはこれらの大好きな音楽を誰とも一緒に聴いてこなかった。もう長いあいだ、リヒャルトを感動させるこの録音に、誰も関心を示してはくれなかった。そうしているうちに、またしても二、三時間が過ぎ、オサロボが、そろそろ帰ろうかな、と言う。わかった《オーケイ》。リヒャルトは玄関脇のコート掛けのハンガーからオサロボの薄手の上着を取って渡す。

　ひとりで帰れる？

大丈夫《ノー・プロブレム》。

リヒャルトはしばらくのあいだオサロボを見送り、彼が本当に正しい方向に歩いていくかどうかを確かめてから家に入る。ニジェールから来たあの若者のような人にとって、生まれて初めてバッハの〈太鼓よとどろけ、ラッパよ響け〉を聴くのはどんな体験だろう？　リヒャルトはふたたびパソコンの前に座ると、大聖堂でのクリスマス・オラトリオのコンサートのチケットを二枚買う。

33

翌日、また施設へ行くと、警備員から、風疹の流行がようやく治まったと聞かされる。男たちは今日一日で荷物をまとめて、明日は本当にシュパンダウ地区へ引っ越すのだという。ちょうどそこに数人のアフリカ人がやってきて、すれ違いざま、元気かい《ハウ・アー・ユー》？　とリヒャルトに声をかけると、しばらく前にリヒャルトがラシドとともに椅子の山に囲まれて話をした小部屋から、荷造り用の折り畳まれた段ボール箱を持って出てくる。

行く《ゲーエン》、行った《ギング》、行ってしまった《ゲガンゲン》。


今日、リヒャルトは湖の周りをぐるりと一周散歩する。二時間半の道のりだ。赤レンガの元老人ホームに少し顔を出した後、リヒャルトはそのまま家には戻らず、少し手前で通りを右に曲がったのだった。円を描いて歩くというのは、なにかがばらばらにならないよう、ひとつにまとめうる行為だろうか？　湖を？　溺れた男を？　そう、というのも、リヒャルトはいま、湖底に横たわっているか、湖のなかで溶けてしまった男の周りを歩いてもいるのだ。それは、湖に棲む魚の群れの周りでもあれば、その存在は知っているものの、水の下に隠れているために決してこの目で見ることはない深淵の周りでもあり、色あせた葦のなかに徐々に巣を露わにしつつあるオオバンや白鳥の周りでもある。さらにリヒャルトが歩いているのは、水辺に建つ家々の周り、岸から桟橋を舌のように湖へと突き出す庭の周りでもある。リヒャルトは歩く。右手には畑と森、左手には家々。歩きに歩く。そんなリヒャルトの散歩の様子を、ふと視線を上げて台所の窓から外を覗いた近所の女性たちが見ているかもしれない。または、熊手で落ち葉を集めたり、梯子に上って納屋の屋根に防水シートをかけている近所の男たちが。だがリヒャルトは歩きながら、彼の姿を見ることのできない者たちの周りをもぐるりと回っている。家のなかで眠っている犬たち、室内でテレビの前に座っている子供たち、あるいは地下室で空いた酒瓶を片付けている、どこかの寂しい酒飲みの周りを。

シュパンダウ。

でも、そっちに行ったほうが快適かもしれないじゃない、と、その晩シルヴィアは電話口で言う。それに、引っ越すってことは、その人たちがこれからここに受け入れられていく証でしょ。だって、シュパンダウにあるのは本物の庇護申請者用施設なんだって、あなた自分で言ったじゃない。

よくわからない、とリヒャルトは言う。

市当局は絶対、クリスマスまでにはなにもかも解決したいって思ってるはず。

そうかもしれないけど、とリヒャルトは言う。

じゃ、デトレフに替わるわ。

ああ。

今度また一緒にカードゲームをやらないか？　どう思う？　とデトレフが言う。

いいね。

金曜日はどうかな？

金曜なら都合がいいよ、とリヒャルトは言う。

シュパンダウなんて、新しい都市高速道路ができてからはずっと近くなったんだよ、とデトレフは言う。

知ってる。

すぐにわかるよ。道を覚えたら、いま思ってる時間の半分で着くよ。

実は、昨日ひとりうちに来たんだ。でも、引っ越しのことをまだ知らなかった。

その彼も喜んでるかもしれないよ。

そうかもしれないけど、とリヒャルトは言う。

34

ラシドは個室を使っている。だからいまは、イテンバとザーイルと、一番奥のベッドで寝ているもうひとりの男の相部屋にいる。ベッドが三つ、椅子が三脚、テーブルがひとつ、戸棚、洗面台、テレビ、冷蔵庫。

ここは普通だよ《イッツ・ノーマル・ヒア》、とラシドが言う。俺たち《ウィア》、うれしい《ハッピー》よ。

普通って、どういう意味？　とリヒャルトは尋ねる。

ここには子供がいる、とラシドは言う。俺たち、うれしいよ。もう長いあいだ、周りに子供がいなかった。家族がいなかった。

ザーイルがリヒャルトに尋ねる。子供は何人いる？　孫は何人？

いないんだ。

なんだって？　子供がいないの？　とザーイルが訊く。

リヒャルトは肩をすくめる。

お気の毒に、とザーイルは、まるで誰かが死んだかのような口調で言う。おそらく、よほどの不運に見舞われないかぎり、リヒャルトほどの年齢の男に子孫がいないなどありえないと思っているのだろう。

ふたりでそう決めたんだ、妻と私で。

なんだって？　とザーイルは言う。そして黙り込むが、リヒャルトには、孤独に死ぬことを自分の意思で選ぶ人間がいるなんてとても理解できないとザーイルが考えているのがわかる。

少しのあいだ部屋を出ていたのっぽのイテンバが戻ってきて、湯気の立つ食べ物の載った大皿をリヒャルトの前に置く。肉、ほうれん草、中央には団子のようなもの。そして、冷蔵庫からフルーツジュースの紙パックを取り出す。

彼らの生活費が一日五ユーロだと計算したことを、リヒャルトはいまもよく覚えている。感動するが、そんなふうに感動している自分に我慢がならない。アフリカ人はドイツの地下鉄の自動券売機に喜ぶ。そしてサファリに出かけたドイツ人は、地元のアフリカ人の親切なもてなしに喜ぶ。

私ひとりの分にしては多すぎないかな？　とリヒャルトは訊くが、一方で、彼を感傷的な白痴に変えた彼らのもてなしが、そう尋ねたくらいで突然終わるとは期待していない。

そんなことない、食べて食べて、多いほうがもっといい《モア・イズ・モア・ベター》、本物のアフリカの料理。フフ。

今朝、家を出たときのリヒャルトは、まるで刑務所に誰かを訪問するような気分だった。ところがいま、シュパンダウの庇護申請者用施設で昼食を楽しんでいる。料理はおいしく、建物の外の庭では子供たちが走り回って遊ぶ声が聞こえてくる。ルーマニアやシリアやセルビアやアフガニスタンの子供たち。アフリカから来た子供たちもわずかだがいる。別れ際、ラシドが玄関まで送ってくれる。まるで自宅を訪ねてきた客をもてなした後のように。

　ここは普通だ、とラシドは言う。


　それから二週間のうちに、ラシドは仲間たちにボランティアの仕事を見つけてくる。こうして彼らは無報酬で、ベルリンの公園で落ち葉を集めたり、幼稚園や学校の掃除をしたり、コミュニティセンターで皿洗いをしたりするようになる。なにかすることがあるとうれしい、とラシドは言う。

　それでもリヒャルトは、二階建ての施設を訪ねるたびに、こう考えずにはいられない――二階の窓からなら、絶望した誰かが飛び降りても死ぬことはない。母親の死に場所となったベルリン大学付属病院《シャリテ》の末期癌患者病棟では、最上階からの眺めは最高だったが、どの窓も開かない仕様になっていた。


　外国人局で、まず個々の申請を処理するための最初の面接が始まる。

XXX様、貴殿は「オラニエン広場合意参加者」X番として登録されています。

　リヒャルトは四分の三ページの長さの合意書を思い出す。

貴殿の滞在状況に関する審査のため、この書類を持参のうえ、X月X日X時に以下の住所の待合室C06へお越しください。

「死者の日曜日《トーテンゾンターク》」ってなに？　死者を偲ぶ日、待降節前の最後の日曜日に、ハリールがリヒャルトに尋ねる。

そんな言葉、どこで知ったの？　とリヒャルトは言う。ちょうど午前中、両親が眠るベルリンのパンコウ地区の墓地を訪ねたところだった。

いつも行くクラブが、昨日の夜は閉まってた。

クラブってどんな？

踊るところ。ただで入れる。でも昨日は、入口の看板に「死者の日曜日《トーテンゾンターク》」って書かれてた。

死者の日曜日に踊るのは禁止なんだ、とリヒャルトは言う。それに映画館も閉まる。

どうして？

亡くなった人のことを思い出すためだよ。死者のことを。

へえ。

そう聞いたとたん、昨夜踊りに行こうとしていた若者の顔はすでに、海を渡って逃げてきた経験のある、両親がまだ生きているかどうかもわからない若者の顔に変わっている。追い立てられてボートに乗せられた日、ハリールは両親と引き離されたのだと、最近ラシドから聞いていた。ハリールは、両親がまだリビアにいるのか、射殺されたのか、それともハリールと同様ボートに乗せられたのかを知らず、両親がどの国にたどり着いたのか、そもそもどこかへたどり着くことができたのかも知らないのだとラシドは付け加えた。

このところ、難民を乗せたボートが地中海で転覆したというニュースをリヒャルトは何度も読んでいる。イタリアの海岸には、いまではほぼ毎日、アフリカからの難民の死体が打ち上げられる。彼らはどこに埋葬されるのだろう？　彼らの名前を知る者は？　誰が家族に知らせるのだろう？――彼らがヨーロッパにたどり着けなかったことを、そして二度と戻ってこないことを。インターネットで「興味なし」というハンドルネームの誰かがこんな書き込みをしている。「誰かに心から同情するとしたら、沿岸救助隊の人たちだね！　たくさんの死体を海から引き上げるのに、どうしてわざわざ彼らが出動しなきゃならない？」「戦いの神」と名乗る別の誰かはこう書いている。「どうせこの地球にはやたらと人が多い。昔は自然（流感とかペストとか）がおのずから人口調節してたじゃないか」。よりによって四半世紀前まで「プロレタリア国際主義」をモットーに無数の横断幕を掲げていたほうのドイツに属する地域で、いまではますます人気を獲得しつつある党によるこんな選挙ポスターが見られる――「お金はシンティ・ロマ（Roma）ではなく、おばあちゃん（Oma）のために！」この手の意見が堂々と表明されているのを見るたびに、リヒャルトはいつもブレヒトのある詩を思い出さずにはいられない。戦後のベルリン市民の一団が、路上に倒れた馬の肉を骨からむしり取るさまを描写した詩だ。**まだ生きている、死んでなどいない。**その馬は、生きたまま八つ裂きにされながら、自分を殺す人間たちを心配するのだ。**なんて冷たさに／この人たちは襲われたのだ！／いったい誰がこの人たちを打ちのめしてしまった？／こんなふうに骨の髄まで冷たいなんて／この人たちを助けてやってくれ！　いますぐに！**（グリム童話「がちょう番の女」に出てくる一節をタイトルとするブレヒトの詩より）だが、現代の我々は、いったいどんな戦争を潜り抜けてきたというのだろう？

　みんなが溺れ死ぬのを見た、とこのあいだオサロボが言った。ピアノの前に座り、両手をまだ膝の上に載せたまま。まるで、信じられない、信じたくないと言うかのように首を振りながら。一緒にボートに乗っていた友達のことを言っているのだろうか？　その記憶に苦しんでいるのだろうか？　リヒャルトがそう尋ねると、いや、最近転覆した船のニュースをテレビで見ただけだよ、と答えた。見ただけ。オサロボは溺死する人々を見、彼らのなかに自分自身の姿を見たのだ。友人たちの姿を、同じボートに乗っていた人たちの姿を。

　百年ほど前のこと、若き革命家オイゲン・レヴィーネは、銃殺刑を宣告された裁判の最後に、自身と共産主義者の同志たちのことを「休暇中の死者」と呼んだ。現在、アフリカとヨーロッパのあいだに横たわる海のどこかで溺れ死ぬ難民たちと、溺れ死なずに済む難民たちを隔てるものはただひとつ、偶然のみだ。その意味においては、ここにいるアフリカ難民たちの誰もが、生者であると同時に死者でもあるのだ、とリヒャルトは考える。

　午前中、シュパンダウへ向かう前に、リヒャルトは両親の墓にモミの木の枝を飾ってきた。待降節前の日曜日には、毎年そうしている。墓地を訪ねることは、子供のころから、母とリヒャルトにとって日常の一部だったが、父だけは決して一緒に来ようとしなかった。子供時代のリヒャルトは、母を手伝って祖父母の墓の前の砂をきれいにならしたり、のちに力がついてからは、墓地の井戸から水をいっぱいに入れたじょうろを母のもとへ運んだり、園芸用の土を入れた袋を墓地の花屋から区画Aの14／0058まで運んだりしたものだった。母は春にはパンジーを、夏にはベゴニアを植え、秋には枯れた花を摘み取り、死者の日曜日にはクリスマスの飾りを供えた。やがて母の夫、つまりリヒャルトの父もまた、同じ墓地の土の下に眠ることになり、数年後、母自身も続いた。こうしていまやリヒャルトはひとりで、墓を囲むツゲの生垣を、母が使っていたのと同じ植木ばさみで剪定し、子供のころから使っている小さな鉄製の熊手で、墓の前の同じ砂を整え、冬が来る直前には、枯れた花を根から引き抜き、死者の日曜日には両親のためにクリスマスの飾りを供える。母が「死者の日曜日」ではなく「永遠の日曜日」と呼ぶのを好んだことは知っている。ときには「最後の審判の日」とも呼んでいた。そのせいでリヒャルトは子供のころ、いつもこの日を恐れていた。いつかの年のいつかの十一月には、きっと自分の番が来て、永遠の審判を受けなければならないのだと思っていたからだ。母とともに教会の信徒席に座って、鐘の音を聞きながら、リヒャルトは亡くなった教区信徒の名前を牧師が読み上げるのに耳を傾けたものだった。自分の名前もいつあのなかに入ってもおかしくない――ほかの皆とともに無言で、リヒャルトは鐘の音が消えていくまでじっと座っていた。**鐘の音に耳を澄ませよ、我々の肉体もまたいつの日か塵と化すことを、我々皆に思い出させて**

くれる鐘の音に。

待降節前の最後の日曜日には、モミの木の枝を飾り、墓の前で蠟燭に火をともす。炎は風に吹かれていずれ消え、冬の静寂が始まる。一、二週間後には、雪の下からツゲの緑だけが輝く――すべて六十年前から変わらない。三世代が眠る墓地があるというのは、見方によっては贅沢だといえるが、ほんの数週間前までそんなふうに思ったことはなかった。人生のほとんどの時間、リヒャルトは心の片隅のどこかで、アフリカの人たちは自分たちほど死者を悼まないのではないかと思ってきた。アフリカでは昔からずっと人がたくさん死んできたからだ。いま、その心の片隅には、代わりに恥がある。人生のほとんどの時間を、そんなふうに軽々しく考えてきたことに対する恥が。

35

クリスマスを控えた時期、街ではすでに何週間も前から、あらゆる店がモミの木を倉庫から取り出し、オーナメントやリボンできれいに飾りつけて、昨年と同じ場所に設置済みだ。いたるところでクリスマスリースや電飾や電動式のピラミッド型の飾りが見られる。ビールを一本取りに降りた自宅の地下室で、リヒャルトは棚の下の段に、妻の手書きの文字で「クリスマス前」と書かれた段ボール箱をいくつか見つける。

リヒャルトは、「ヴィスマールの月」ルフに、ダンテの『神曲』第一巻を貸す。

イテンバの作る魚のスープは、やはりとてもおいしい。俺はちょっとだけ元気《アイム・ア・リトル・ビット・ファイン》。

こうして、待降節の最初の日曜日がやってくる。

ラシドは、リヒャルトが訪ねていくたびに、まるで自宅にいるかのように、帰り際には玄関まで送ってくれる。一度そこで、ショートカットの女性を見かける。ラシドが彼女と握手して、議員だとリヒャルトに言い、彼女に向かって、リヒャルトは支援者《サポーター》だと言う。外国人局にうんと上のほうから指示があったんです、とわずかに声を潜めて、議員がドイツ語でリヒャルトに言う。個々の申請はどれも厳格に審査するようにと。だから心配なんです。リヒャルトは、彼女はこの話をラシドにもするのだろうかと考える。とはいえ、すべてはただの噂かもしれない。

リヒャルトはアポロンに言う。リビアの現状を別にしても、君は故郷のニジェールで、トゥアレグ人として迫害された少数民族に属することは知っているだろう——面接ではそのことを話すんだ。面接では自分のことを話すよ。わかってる、とリヒャルトは言う。でも、トゥアレグ人の抵抗運動のことも話すんだ。俺は自分の話をする、あったままを話す。わかったよ、とリヒャルトは言う。ここを出ていかなきゃならないなら、出ていくよ、とアポロンは言う。養う家族もいないし。俺は自由だ——イタリアでは六か月間も通りで暮らした。

リヒャルトは、これまでドイツでは「自由」という言葉をまったく違う文脈で耳にしてきたな、と考える。

待降節の二度目の日曜日が来る。

こぬか雨が降る。

いやほんとに、山羊の肉がこんなにおいしいなんて知らなかったよ、と、またしても山盛りの皿を前に、リヒャルトは料理人のイテンバに言う。

いまではもう、リヒャルトにドイツ語で挨拶する者もちらほらいる。こんにちは《グーテン・ターク》、元気かい《ヴィー・ゲート・エス》？　リヒヤルトは答える。元気《グート》だよ。

トリスタンがリヒャルトに、弁護士に電話して自分の申請がどうなっているかを訊いてほしいと頼む。

リヒャルトが電話すると、弁護士は言う。

彼はイタリアを経由してドイツに入国したんですね。

はい、とリヒャルトは言う。

ええと、と弁護士は言う。それが問題なんですよ。

わかっています、とリヒャルトは言う。

それに、彼はガーナの生まれですね。

はい、とリヒャルトは言う。

ガーナは安全な国だと見なされているので、ますます難しいんですよ。

でも、とリヒャルトは言う。彼はリビアで育ったんですよ。

この場合、残念ながらそれは考慮されないんです、と弁護士が言う。申請窓口になっている役所でのいろいろな手続き上のミスがありますから、ある程度の滞在延長はできるでしょうが、その後の見通しは厳しいですね。

両親がどこにいるかもわからないハリールは、まだあまり字を書けないので、自分の逃亡の様子をノートに絵で表してみせた。リヒャルトが見ると、それはほっそりとした三日月のような形をしたボートで、下にはたくさんの水が描かれている。

ザニは片目が潰れた年配の男で、リヒャルトが初めてオラニエン広場を訪ねたとき、公園のベンチの背もたれに座っていた。ザニはリヒャルトに新聞記事のコピーの束を見せる。一枚めくるたびに、「虐殺《マサークル》」という語が目に飛び込んでくる。虐殺、虐殺。俺の故郷の町だ、とザニが言う。だからリビアへ逃げた。

ドイツでこの記事を手に入れるのは楽じゃなかった。でも面接のときには証拠がいるだろ。

待降節のあいだじゅう、リヒャルトは、ダブリンⅡ規約は単に管轄を定めたものでしかないことを知っているが、なにも言わずにいる。

36

寒さをものともせず、男たちはよく施設の中庭のベンチに座って、子供たちを眺めている。ときには子供たちと一緒にサッカーをして遊ぶ。

ドイツにおいては、今後、難民が本国への送還前に拘留されることはないというニュースを知った日、難民たちは怒りに我を忘れる。どうしてなのか、リヒャルトには理解できない。料理人のイテンバは長い腕を振り回し、ザーイルとトリスタンは議論を交わす。だが雷神ラシドだけは不気味なほど静かなまま、沈黙の巨像と化して、テーブルにじっと座っている。いったいどうしたのかとリヒャルトが尋ねると、ラシドは答える。ああ、送り返される前に閉じ込められることは確かにもうないかもしれない。でも結局、送還自体は基本的に続くってことが明らかになっただけだ。

彼らは本当に、俺たちにここにいてほしくないんだな、とラシドは言う。本当に、俺たちにここにいてほしくないんだな。そして首を振る。

やがてラシドは、リヒャルトを玄関まで送るために立ち上がる。

気温が初めて零下になった日、トリスタンが言う。家のなかに寝る場所がもらえて、ほんとにうれしい。

去年の冬は、雪で倒れたテントもあったから。

また別の日、全員が一台のノートパソコンの前で、ある映画を見る。画面では、ひとりの農夫が、殺される前の羊たちの目を垂れ下がった耳で覆って落ち着かせている。羊たちは抵抗することなくおとなしく肢をつかまれ、横向きに寝かされて、このうえなく静かに終わりの時を待つ。

向かいの部屋からやってきた幼いアフガニスタンの少女に、イテンバが飴玉をやる。

リヒャルトは二、三度、オサロボを迎えに行き、自宅でピアノを弾かせ、一度、トリスタンを連れ帰って、落ち葉を掃いてもらう。二時間の仕事で二十ユーロ。仕事《ワーク》、仕事《ワーク》。

友人の写真家アンネが電話で、母親の世話をする介護士がクリスマスのあいだポーランドの家族のもとへ帰ることになった、でも看護学校に貼り出した求人広告には誰も応募してこないと言う。私ひとりじゃ、もう母を持ち上げることもできないのに、とアンネは言う。リヒャルトはアンネに、アリの電話番号を教える。かつてリヒャルトがドイツ語の上級コースで教えたふたりの生徒のうちのひとりで、いつか介護士になりたいと言っていた——仮にヨーロッパのどこかの国で許可が下りれば。


外国人局からの手紙が届くようになって以来、施設の誰もが面接を待っているか、すでに終えた状態で、時間の経過がそれまでとは違って感じられる。あるときリヒャルトは、いつものような会話を始めようとして、こう尋ねる。砂漠では死者をどうやって埋葬するの？　ところが、まるでこの質問が姿の見えない演出家の合図であったかのように、まさにその瞬間、屋内でサイレンが鳴り響き、鳴り止む気配がない。それ自体が拷問のようなこのサイレンは、もしかしたら拷問を警告しているのだろうか？　それとも爆撃を？　オーバーバウム橋とアレクサンダー広場のあいだの家々が燃えているのだろうか？　リヒャルトの母親は、まだ赤ん坊だったリヒャルトとともに、ベルリンの防空壕に避難したことがあった。リヒャルトは、赤ん坊だった自分の恐怖を、または母親の恐怖を憶えているだろうか？　なんでもない、と雷神ラシドが言う。ときどきやる。ただの訓練だ、とザーイルが言う。まだベッドで横になっていて、サイレンの音で目を覚ましたようだ。リヒャルトは耳をふさぐが、役に立たない。サイレンの音は殺人的なけたたましさだ。やはり火事なのでは？　リヒャルトは廊下に走り出る。太った女性が、ちょうど台所のほうに向かって足を引きずるように歩いていくところだ。なにか燃えているような臭いがしませんか？　どこか燃えていませんか？　だが、耳をふさいでいるせいで太った女性の返事が聞こえない。女性は肩をすくめるとそのまま歩き続け、台所に消える。台所には十台のガスコンロがずらりと一列に並んでいる。台所ではなにも燃えていない。太った女性は水を出しっぱなしにして、自分の鍋でなにかしている。サイレンはけたたましく鳴り続ける。リヒャルトはいまやほとんど全速力で玄関に向かう。すると、玄関にたどり着いたまさにその瞬間、サイレンは突然鳴り止む。やっぱり火事だったんですか？　いえ、と受付係の男が言う。ただの訓練ですよ。いつも誰かが台所のコンロをつけっぱなしにするんです。困るんですよ、そこはちゃんと覚えてもらわないと。そのとき、施設の別の職員が中庭を突っ切って走ってきて、同僚に向かって怒鳴る。あいつ、警報装置の導線を切りやがった！　一瞬ののち、ヤヤが、顔に青い刺青の入った友人のムーサとともに、興奮した様子で建物から走り出てくる。そして、腕を振り回しながらなにか叫ぶ。あっという間に、ヤヤの周りに人だかりができる。その人だかりに向かって、施設の職員が怒鳴る。そいつは退所処分だ！　立ち入りを禁じる！　そいつは警報装置をわざと壊したんだぞ――修理費用は誰が払うんだ？

砂漠では死者をどうやって埋葬するの？

口にはできないが、リヒャルトは内心、ヤヤがあの殺人的なけたたましいサイレンの導線をあっさり切ってくれたことを嬉しく思う。「殺人的」とは、まさに適切な表現だ。赤ん坊は戦争を覚えているものだろうか？　トリスタンは一度こう言った。ヨーロッパの爆弾がトリポリに落とされてるあいだ、俺たちはバラックのなかにいて、爆弾が自分たちの上にも落ちてくるんじゃないかって怖かった。いま、施設の職員と警報装置の導線を切ったヤヤが、中庭で怒鳴り合っている。

リヒャルトが先ほど会話を始めようとした部屋に戻ると、のっぽのイテンバがお茶を淹れるために湯を沸かす。ザーイルはまだベッドで横になっている。こんな朝、一日はまだ始まったばかりで、半日寝過ごすのでなければ、まだ長く続きそうだ。

37

待降節の三度目の日曜日に先立つ週には、リヒャルトは、自宅のある郊外からシュパンダウの庇護申請者用施設までの道に、もうずいぶん慣れている。

フライパンでいためたプランテーンも絶品だ。このほうがもっといい《イズ・モア・ベター》、アフリカの日用品を置いているどこの店にもある、すぐ近くに一軒ある、とイテンバが説明する。

訪問のたび、帰り際にはラシドがリヒャルトを玄関まで送ってくれる。

アンネはすでに、リヒャルトのドイツ語上級コースの生徒だったアリと会い、母親にも紹介していた。母はね、最初はアリのことが怖かったのよ、黒人だから、と電話でアンネが話す。でもすぐに慣れるわ。リヒャルトは言う。アリはドイツ語をびっくりするほど上手に話すだろ、そう思わないか？　そうね、とアンネが言う。でも、母はまったく別の世代の人間だってことも忘れちゃいけない。リヒャルトは無言でただうなずくが、もちろん電話の向こうのアンネには見えない。ほんとに、アリがいなかったら、クリスマスのあいだ母をどうしていいかわからなかったわ、とアンネはさらに言う。ありがとね。いいんだよ《ノー・プロブレム》、とリヒャルトは言う。

リヒャルトは週末にもう一度、日曜日のクリスマス・オラトリオのチケットを赤い封筒に入れて施設を訪ねる。ところが、オサロボはいない。

彼はどこにいるのかな?

イタリアだよ、書類を更新しに。

先日、本国送還の話をしたときにラシドが言ったことを、リヒャルトは突然思い出す。彼らは本当に、俺たちにここにいてほしくないんだな。本当にいてほしくないんだな。仮に、ピアノ弾きのオサロボがこのまま永遠に戻ってこなかったら? それとも、オサロボの身になにか起こったら? オサロボに電話してみても出ない。リヒャルトの自宅には、すでにオサロボのためのクリスマスプレゼントが用意してある。巻いて畳めるキーボードだ。これなら小さいリュックサックにも入れられる、とリヒャルトは考えたのだった。いざというときには、これを使って路上で何ユーロか稼ぐこともできるかもしれない、と。なんともつまらぬことを考えたものだと、赤い封筒を手に突っ立ったまま、いまリヒャルトは思う。**歓喜せよ、喜べ**(バッハのクリスマス・オラトリオBWV248の歌詞)。たとえば、仮にリヒャルトに息子がいたとして、巻いて畳めるキーボードが、その息子の将来の可能性のひとつになりえたとでも? 六十五ユーロ九十セントの将来? 人類に大いなる希望を抱く人間だった自分が、いったいいつの間に、はした金で施しをするような人間に成り下がってしまったのだろう? ベルリンの壁崩壊と同時ではなかったにせよ、壁崩壊後のいつか、歩んできた道のりのどこかでつまずき、いまとなっては、いわばちまちまと自分の手の届く範囲でささやかな善を成そうと試みるばかりだ。自分は本当にあらゆる希望を失ってしまったのだろうか?

38

自分の場所が恋しい。

誰も頼れない。

俺を裁けるのは神のみ。

インターネットに接続できる携帯電話を持っている男たちが、無料で使えるオンライン掲示板で互いに文章や写真や音声メッセージを送り合っていることをリヒャルトは知っている。彼らはサイトにプロフィール写真を載せて、「近況」と名付けられた場所に自分のことを投稿するのだ。この「近況」を毎日のようにアップデートする者もいれば、何週間も何か月も同じままの者もいる。

一番の親友バッサと過ごした時間が恋しい。

他人がどう思うかなんて気にするな。

いま学校。

しばらく前にリヒャルトは、こうした投稿を書き写し始めた。ときどき、男たちの誰かがベルリンの若い女性に恋をするが、彼女のほうはその男と結婚する気などさらさらないという場合、男はこんなふうに書き込む。

ただ君と一緒にいたい。

だが、ときにはこんな書き込みもある。

自分自身に忠実であれ。

またはこんな書き込みも。

選択を間違ってる。

ちょっと訊いてもいいかな？　待降節の第四日曜日に先立つ週、リヒャルトはアポロンにそう言う。

もちろん。

そんな高い携帯電話とインターネットの料金、どうやって払ってるの？

俺には家族がいない。送金しなきゃいけない相手もいない。

冷蔵庫の上に置かれた、アルミホイルをかぶせたままの皿が目に入る。二日前にもその皿はそこにあり、リヒャルトが尋ねると、アポロンはアルミホイルを持ち上げて、皿の上のものを見せてくれた。彼が自分で料理したクスクスらしきものが載っていた。皿に平たく盛られたその料理は、四分の一しか減っていなかった。訪ねていくたびにイテンバが出してくれる山盛りの料理のことを、リヒャルトは考えずにいられなかった。

これで何日かもつ、と、そのときアポロンは言った。

この一皿で？

うん。それ以上食べると、赤ちゃんみたいになる。

赤ちゃんみたいって？

甘やかされすぎ。

なるほど。

なにが来るかわからない。また腹が減ったり飲む物がなくなったりするかもしれない、そのときに我慢できるようにしておかないと。

リヒャルトは以前、ナチス時代を生きたベルリン出身のユダヤ人の少女についてのテレビ番組を見たことがある。まもなく東へ移送されるとわかっていた少女は、マイナス十二度だというのに、ブーツではなく短靴で学校に通ったという。「ポーランドに備えて自分を鍛えたいと思います」と、少女は両親への手紙に書いていた。二日前にアポロンが四分の一しか減っていない薄く盛られた皿を見せてくれたとき、リヒャルトはその少女のことを思い出さずにいられなかった。そして今ふたたび、同じ皿がまだ同じ場所にあるのを見て、やはりそのことを考える。アポロンが時計の文字盤から十五分間を切り取るようにして、一日に四分の一ずつ食べていくその皿の上のもの。

俺には家族がいない。送金しなきゃいけない相手もいない。

それにリヒャルトは、アポロンが水以外のものを飲んでいるところを見たためしがない。炭酸なしの水道水。ここにいる男たちは誰ひとり酒を飲まない。誰ひとり煙草を吸わない。誰ひとり、自分のアパートはおろか自分自身のベッドさえ持っていない。着ているものは慈善団体からもらったものだし、車もなく、ステレオ装置もなく、スポーツクラブのメンバーでもなく、遠出することも、旅行に行くこともない。妻も子供もいないし、妻や子供を持てる見通しすらない。実際のところ、難民たちの誰もが所有している唯一のものが携帯電話なのだ。ディスプレイにひびが入ったものを持っている者もいれば、新しい機種を持っている者もいる。インターネットに接続できる機種も、接続できない機種もある。だがとにかく、誰もが携帯電話を持っている。記憶を壊した《ブローク・ザ・メモリー》。かつてリビアで、兵士たちが捕虜となった人々の携帯電話のメモリーカードを壊したことを話したとき、トリスタンはそう言った。

なるほど、とリヒャルトは言う。

もしかしたら、とトリスタンが言う。親父の友人がまだ生きていて、ブルキナファソへ逃げたかもしれない。知り合いからそう知らせをもらったのだという。その友人と同じ名前なので、知り合いがその人の電話番号を入手してくれるのを期待しているのだという。ブルキナファソ。親父の友人が本当にまだ生きてるなら――トリスタンはそこまで言うと、途中でぷつりと言葉を切る。

ラシドが言う。俺はおふくろに十三年間会ってない。たまにフェイスブックでビデオ通話するだけで。お母さんはパソコンを持ってるの？　いや、でも近所に持ってる人がいる。そんな母親とのやりとりの際、ラシドは目の上の傷跡が母親から見えない角度に座る。あんた、元気なの？　元気だよ。おふくろが電話してきても出ないこともある、とラシドは言う――二年前からこっちの状況はなんにも変わってない。なにを話せっていうんだ？

二年前からフェイスブックでハリールの両親を見つけようとしてる、とラシドは言う。最近、ハリールの奴、また俺の部屋に来て泣いた。リヒャルトはハリールが描いた絵のことを思い出す。三日月のようにほっそりとしたボート、その下にはとても、とてもたくさんの水。

リヒャルトは男たちを訪ねるたびに、彼らが自分の未来を待っているどの国よりも、これらのワイヤレスネットワークのほうを我が家だと感じていることに気づく。数字とパスワードから成るシステムは、いくつもの大陸を覆い尽くし、男たちが永遠に失ったものの埋め合わせとなるばかりでなく、いつまでも始まらない再出発の代わりともなっている。彼らが所有しているものは、空気でできていて、目に見えない。

この携帯を見て、ラシドは俺のことを思い出した、と痩せた男が言う。男の携帯電話は安っぽいプラスティック製で、各部品がばらばらにならないようテープで固定してある。色はピンク。古くなって捨てられていた子供用の携帯電話だ。ランペドゥーザ島にいたときから持ってる、もうすぐ三年だ、と男は言うと、携帯電話を掲げて見せる。でも最近、ときどき接続がうまくいかない。登録してあるのは、イタリア、フィンランド、スウェーデン、フランス、ベルギーの電話番号だ――やはりヨーロッパじゅうをさまようアフリカ出身の友人たちの番号、ガーナ生まれの友人、リビアの同じ建設現場で働いていた友人、同じボートに乗ってヨーロッパへ渡ってきた友人、ランペドゥーザ島の収容施設やどこかの駅やどこかの慈善団体の施設で知り合った友人たち。その誰もが、仕事がないせいで住む部屋もなく、それゆえ住所もなく、どこにも住民登録していない。仮の身分証明書に載っている姓名はアルファベットで書かれているため、必ずしも正確というわけではない。

電話番号なしで、こいつらをどうやって見つけたらいい？

今日は箒を手にしていない痩せた男は、テラスに続くドアに寄りかかっている。男の黒く四角い背中が、日の光の下では当然のように「庭」と呼ばれる場所を覆い隠している。

俺と一番の友達がヨーロッパに着いたとき、それぞれ別の道を行こうって決めた、とその男は言う。そうすれば、少なくとも片方は幸運に恵まれて、あとからもう片方を助けられるかもしれないと思って。

リヒャルトは、子供のころに大好きだったグリム童話を思い出す。幸せを見つけるため、美しいお姫様を見つけるため、課せられた使命を果たして跡継ぎにふさわしいことを証明するため、父親によって広い世界へ送り出される兄弟。それぞれ違う方角へと射った矢を追う兄弟や、十字路でそれぞれの道を行く王子たち。または、それぞれ自分の力を証明するため、父親から与えられた馬に乗って旅立つ。長男は黒い馬、次男は鹿毛の馬、末っ子は白い馬。やがてある日、切り落とした竜の首と黄金を持って、彼らは帰郷する。一人前の男になり、鞍の前には花嫁を乗せている。または、姿を消したままのこともあり、魔法にかけられ、ほかの兄弟たちが助けてくれるのを待ちながら、見知らぬ森のなかに囚われ、獣に姿を変えられたり、石に変えられたり、舌を抜かれたり、切り刻まれて魔女のスープ鍋に入れられたりする。こういったメルヘンでは、世界とは常に、どこかの十字路や分かれ道で始まる。物語はそこから、北へ、南へ、東へ、西へと続いていくのだ。こういったメルヘンでは、最後には常に救いがある。剣が錆びたとき、それは私が危機に陥っているしるしです。王子にパスポートは必要ない。それほど昔のことじゃない、とリヒャルトは考える。当時はまだ、幸せを見つけに遠くへ旅に出る物語は、ドイツの物語だったのだ。

39

男たちがまだ郊外のリヒャルトの家の近所に暮らしていたころ、彼らの持つ携帯電話を、リヒャルトは、非常につつましくはあってもひとつの贅沢品だと考えていた。同じように、難民ひとりひとりが公共交通機関の月間パスを必要とする理由がよくわからなかった。仕事もなく、美術館に行く金もない人間が、なぜ街中を移動せねばならない？　なぜ、たとえば湖の周りを散歩するだけではいけないのだろう？　それに、中心街に行きたいなら、どうしてただ乗りしないのだろう？（ベルリンとその周辺の公共交通機関の駅には改札がなく、たまに職員が検札のために乗車してくるシステム。無賃乗車は比較的容易で、「闇乗車」と呼ばれる）――金を払ったりせずに。確かに、どうして黒人《シュヴァルツェン》たちは闇《シュヴァルツ》乗車しないのだろう、と、リヒャルトは当初考え、自分の言葉遊びにほくそ笑んだりさえしたものだった。そもそも定年退職して以来、自分がひとり笑いしているのに気づくことが増えた。いまでは、リヒャルトも知っている――男たちの処遇が決定されるこの数か月、ベルリン州政府が難民たちにドイツ語の授業を受けさせ、さまざまな役所が面接の日時を指定し、難民たちはその日時を絶対に守らねばならない期間には、交通パスも国から支給される必要があるのだと。この期間だけは。それが過ぎれば話は別だ。

ただでくれてやるものなどない、と鋼のごとく厳格な法律は言う。

だが、たとえばこの痩せた男が、交通パス代の五十七ユーロを受け取りながら、それを買う代わりにガーナにいる母親へ仕送りしたとすれば？

仮に、この地に不法《シュヴァルツ》滞在する黒人《シュヴァルツァー》が、バスや電車や地下鉄に闇《シュヴァルツ》乗車したとする。検札に引っかかった場合、ほかの誰もと同じように、初回は四十ユーロの罰金を支払わなければならない。二度目に検札に引っかかったら、法律の定めるところによれば、今度は略式命令が来る。そうなれば刑務所行きか、罰金を日割りで払わねばならない。一日あたりの罰金がいくらになるかは、違反者の収入に応じて計算される。低所得者の場合は、たった十ユーロということも多い。たとえば、三度目の闇乗車で捕まった場合に、一日あたり十ユーロを六十日間払うことになったとしても、刑務所に行くより金を払ったほうがましだというドイツ人にとってはまだ軽い罰だろう。というのも、ドイツ市民には、日割り罰金九十日分未満の違反では前科がつかないからだ。だが外国人は、五十日分の日割り罰金ですでに国外追放になる可能性がある。そうなれば、当然ながら、庇護を申請する権利も無効になる。そんなわけで、外国人にとっては、わずかな罰金も決して軽い罰ではないのだ。なぜなら、一日あたりの罰金がたとえわずかな金額だとしても、それをたとえば六十日分課せられた時点で、庇護申請は永遠に不許可となるからだ。

法律は、こうしたことすべてを知っている。

男たちが毎日どんなふうに過ごしているのか、いまや何週間にもわたって目にしてきたリヒャルトは、彼らの生活では月間交通パスもまた贅沢品などではないことを知っている。

友達に電話する、と男たちは言った。会う約束をする。

オラニエン広場から立ち退く際、グループが三か所の施設に分割収容されたことをリヒャルトは憶えている。リヒャルトが暮らす郊外にある老人ホームは、そのうちの一か所にすぎない。ほかの二か所は、ベルリン市内のフリードリヒスハイン地区とヴェディング地区にある。一年半のあいだ、オラニエン広場のテントでともに暮らした友人たち。雪のあるときもないときも、一日一度の温かい食事があるときもないときも、どこかのドイツ人が衛生車両を襲撃してからは、それまでの八か所から四か所に減らされたトイレをともに使った四百七十六人の友人たち。ルター派教会の社会奉仕活動が運営する建物でシャワーを浴びるための順番待ちリスト。テントの下のネズミの巣。

それで、会ってなにをするの？

一緒に料理する。話す。それかアレクサンダー広場に行く。いまはマーケットが出てる。

クリスマスマーケット？

そう。

ローラーコースターやメリーゴーランドに乗ったりする？

乗らない、と男たちは言う。高すぎる。でもマーケットは楽しい。

ある男のプロフィール写真には、二、三人の友人たちと、ソーセージの屋台の横で焚火を囲んで手を温めている本人の姿が映っている。

夏にはたまにスポーツ広場に行った。ベルリンの人たちがサッカーをしてるときに。でもたいていはオラニエン広場に行く。まだテントが残ってるんだ。

彼らが話しているのは情報センターとして使われているテントのことで、それを広場に残すことは州政府との合意の一部だった。これまで、外国人に敵意を抱くベルリン市民がすでに三度放火し、三度とも新たに設置し直された。

オラニエン広場でなにをするの？

ただ立って、話をするだけ。

オラニエン広場のことをいつまでも敬い続けるだろう、と、リヒャルトがインタヴューを始めたばかりのころ、トリスタンは言った。

クリスマスの二日前、新聞を広げたリヒャルトは、いわゆる「合意」のなかには、ヨーロッパの法律を知らなかったために、最初にドイツ以外の国で庇護申請してしまった難民の場合もやはりベルリンにおいて判断が下されるという条項が含まれていたことを思い出す。グループがばらばらになることなく、ベルリンに留まることを可能にするための措置だ。

可能なかぎり、と「合意」にはあった。

そしてもちろん、法律によって許容される範囲内において。

鋼の法律。

ところが、法律はあいにく、やはりこれを許容しなかったらしい。クリスマスの二日前の今日、法律は骨をきしませながら起き上がる。リヒャルトは新聞を読む。年明けには、庇護手続法に基づいてマクデブルク、またはハンブルク郊外のコンテナ施設、またはバイエルンの山間の村に登録された男たちのうち最初の何人かが、それらの場所に戻されることになるという。

ほんの数週間前にこの法律を知ったばかりのリヒャルトにさえ、これがなにを意味するかは理解できる。それは、彼らがマクデブルクやハンブルクやバイエルンの山間の村に戻されるやいなや、あなたはイタリア経由でドイツに来たのだから、イタリアでしか住むことも働くことも認められないと知らされることになるという意味だ。せいぜい二、三か月、とリヒャルトは踏む。そのあいだに、クロウタドリ、ツグミ、アトリ、ホシムクドリたちの指紋が見つけられ、分析されることだろう。そこからもう二、三か月は、彼らもマクデブルクなりバイエルンの山間の村なりハンブルク郊外のコンテナ施設なりに、たとえ互いにばらばらではあっても、月に三百ユーロの支給金をもらって、合法的な庇護申請者として留まることが認められるだろう。だがその後は恒久的に、不可逆的に、イタリアに送還されることになる。

「坊ちゃん嬢ちゃんみんな駆り集めて、もと来た場所へ送り返せ」というのが、インターネットの掲示板での人々の声だ。

難民が二、三か月、自分たちの案件——本来は案件などではなく、人生そのものなのだが——が審査されるあいだ、友人たちから引き離されてどこかの施設に収容されるか、ここベルリンに残ってほかの皆と一緒に過ごすかに、本当にそれほど違いがあるのだろうか？

どうやら、違いはあるらしい。

というのも、あの連中——頭のおかしい黒んぼども——は、別の場所に移されずに済むなら、支給金を受け取らなくてもいいとさえ言っているのだ。月三百ユーロの支給金を二、三か月分、喜んで諦めると。そんなに簡単に金を諦めるなんて、きっと相当の金を持ってるに違いない、どうぜ全員麻薬の売人なんだろう、アフリカのマフィアだ。

どうやら、グループが全員そろってベルリンに残るか、まず三つの大きなグループに分けられた後、さらに小さなグループに分けられるかには、本当に違いがあるらしい。

でなければ、なぜ鋼の法律が、当局によって眠りから覚まさせられねばならないのだ？

どうやら、違いはあるらしい。

友達は、いい友達ってのは、世界一いいものだ。確かに、男たちは金がなくても、そしてほかに手段がなければ非合法の存在になってでも、グループとしてベルリンに留まりたいと言う。

「やつらは犯罪者だ、法律違反者だ」と、インターネットの掲示板に国中の人間が書き込む。

一九三〇年、世界的な大恐慌の時代に、友達、いい友達と歌った男声六重唱のグループがあったが、メンバーの半数がユダヤ人であることがあとから判明した。三人のユダヤ人は命からがらアメリカへ逃げ、残りの三人は帝国文化院のメンバーとなった。その時点で友情には終止符が打たれた。

「徒党を組んで問題を起こすだけの不平屋ども」、とベルリンの政治家たちは言う。政治家たちはこうも言う――例外はない。それに、なにがあろうと前例を作ってはならない。さもないと、三日後にはもう次の二百人が広場に集まっているぞ。

ベルリンでは、四年に一度、州知事選挙がある。

だけど俺たち、自分たちの問題だけを解決したいわけじゃない、とラシドは言う。ヨーロッパにいる難民全員の問題を解決したい。だからオラニエン広場の俺たちのキャンプは「抗議キャンプ」って名前だった。法律は今のままじゃだめだ。

だがその法律は、すでに口を大きく開けて、声を出さずに笑っている。

たっぷり不気味に笑い続けたあと――つまり、あらゆる不測の事態をじっくりと検討したあと、ドイツの鋼の法律はこう話し出す。

個々の申請の審査をドイツ国内の別の州――たとえばベルリン――に移行させるに足る理由があるとしたら、それは唯一、家族が離れ離れになってはならないというものだけだ。

親愛なる美しい法律よ、あいにくここにいる男たちは、誰ひとりとして家族がいないのです。彼らにいるのは友人だけなのです。

しかし結局のところ、友人は家族ではない、と法律は答えると、その歯でゆっくりと咀嚼を始める。

親愛なる法律よ、なにをしようというんです？　いったいどうなってしまうんです？

なんだと思う？

法律は、今日のディナーに、手、膝、鼻、口、足、目、脳、肋骨、心臓、または歯を貪るだろう。なんであろうと。

40

デトレフとシルヴィアは、クリスマスをデトレフの息子と、その母親のマリオン、そしてマリオンの現在の夫とともに、ポツダムにあるマリオンの家で祝うつもりだ。みんなそろってクリスマスツリーの下に座ろうっていうのか？　とリヒャルトは訊く。最初の妻と二度目の妻、最初の妻とのあいだの息子、そしてふたりの夫。まあね、とシルヴィアが言う。だってもう全部昔の話だし、マークスが中国から戻ってきてベルリンにいるっていうから。

考古学者のペーターは、二十歳の恋人のバンベルクに住む両親を初めて訪問すると約束したという。その親御さんっていうのがさ、とペーターは言う。僕より五歳若いんだよね。へえ、そりゃまた、とリヒャルトは言う。でもバンベルクはすごく魅力的な街だっていうじゃないか。そりゃもちろんさ、とペーターは言う。

ドイツ文学者のモニカと、口髭を生やした夫のヨルクは、息子の妻にクリスマスに招待してもらえなかったので、フィレンツェ行きの飛行機を予約した。もう、聞いてよ、あの嫁ってば、私の手作りのクッキーさえ受け取ろうとしなかったんだから。でも、あとから孫娘にこっそり缶ごとあげたんだけどね。モニカとヨルクの夫妻は、昔よくリヒャルトとクリステルとともに旅行に出かけたものだが、リヒャルトがひとりになってからはもう誘われなくなった。もしかしたら、男ふたりとの旅行はモニカには荷が重すぎるからかもしれない。

写真家のアンネは、リヒャルトのドイツ語上級コースの生徒アリを、すでに数日前から自宅に住まわせている。家で母親を見てくれていた介護士が、待降節の四度目の日曜日を前に、家族の待つポーランドへ帰省してしまったからだ。

それで、どんな感じ？　とリヒャルトは訊く。

想像してみてよ、とアンネは言う。アリってば、一人部屋で寝るのは生まれて初めてなんだって。

とても想像できないな、とリヒャルトは言う。それで、ほかの点では——アリは助けになってる？

母を持ち上げるのは、ふたりで一緒にやればばっちりよ。アリは私からいろんなことを習ってる。

なるほど、とリヒャルトは言う。

いい人よね、とアンネは言う。ほんとに。ただ、母はいまだにアリのことが怖いのよね。

呪わしいナチス時代の教育のせいだな、とリヒャルトは言う。

たぶんね。

そういうことって、歳を取ると改めて強く表に出てくるものなんだよ。

かもね。アリはすごく努力してくれてるんだけどね。考えてもみてよ、アリってば、母の額にキスしたのよ。私がそうしてるのを見たからって。

それで、お母さんは叫び声をあげたとか？

うーん、まあそんなとこ。だからアリには、ドイツではそういうことをしていいのは娘だけなんだって説明したの。

学会に出席するために初めてアメリカへ行ったときに感じたことを、リヒャルトはいまでもよく憶えている。元気ですか《ハウ・アー・ユー・ドゥーイン》？　元気です、ありがとう、あなたは元気ですか？　だが、リヒャルトが礼儀正しい答えを返し終えもしないうちに、販売員やドアマンやウェイターは、もう別の人間と話していた。スーパーマーケットのレジでは、買ったものをレジ係が無数のビニール袋に詰めてくれた。リヒャルトが袋詰めを手伝おうとすると、レジ係は変なものでも見るような視線を向けた。蛇口から出る水は飲めたものではなかった。そして、窓は二十センチほど上にずらせるだけで、すっかり開けることはできなかった。四月の初め、大きな邸宅の前の庭には人工芝が広げられ、一瞬ですべてが緑に変わった。二、三日後には、異国にいることにリヒャルトはすっかり混乱してしまった。もし逆に自分がアリの立場だったなら、アフリカ人の祖母の介護の仕方を心得ていただろうか？　「ナナ」の面倒を見る方法を。

リヒャルトは昨年のクリスマスを、ヘルダーリンしか読まないアンドレアスとともにうまく乗り切った。クリスマスツリーもガチョウもなしに、ふたりは一緒にウィスキーを飲み、『お熱いのがお好き』を観た。この映画は何度観ても飽きることがないという点で、ふたりの意見は常に一致していた。今年、アンドレアスは十二月初めに保養へ行ってしまい、一月末まで戻らないという。リヒャルトはそれを知ってはいたが、十二月二十三日、スーパーマーケットで空っぽになった冷凍食品の棚を見て、突然、友人たちのなかでクリスマスイブをひとりきりで過ごすのは自分だけだと気づく。

電話をかけ、ラシドが「問題ない《ノー・プロブレム》」と答え、「よかった《ファイン》」と返すが早いか、リヒャルトはもう廊下に出て、靴紐を結びながら時計を見る。クリスマスツリーがまだ売っているといいんだが。どこかにまだ、高すぎて売れ残っている有機飼育のガチョウがあるといいんだが。大きなものでなくてもいいが、とにかくツリーは必要だ。本物のモミの木を居間に飾らなくては。ナイジェリアから来た男は、きっと生まれてこのかた、そんなものを見たこともないに違いない。結局リヒャルトは、決して小さくはないモミの木を買うが、一羽丸ごとのガチョウはもうどこにも売っていない。とはいえ、調理済みでパック入りのグレイビーソースを添えた骨付きのガチョウのもも肉はなんとか見つかり、それで満足する。付け合わせはインスタントのナプキン団子《ゼルヴィエッテン・クネーデル》（パンや野菜などで作った生地をナプキンに包んで茹でた団子）と、瓶入りのシュプレーヴァルト風赤キャベツの蒸し煮。「酢を少々とクローブを二本加えれば、手作りの味になるのよね」というのが、生前の妻が毎年口にしたクリスマスの台詞だった。二十三日の晩にはもう、クリスマスツリーを立てておかなくては。「ツリーの枝を広げる時間だ」というのが、五年前までのリヒャルトのクリスマスの台詞だった。事前に斧で幹の端を削っておいたにもかかわらず、ツリーはすぐには重い鋳鉄製のスタンドにはまらず、リヒャルトは罵りの言葉を吐く。ツリーの脇を通ってテラスに出られるようにしておくため、ツリーの下に潜り込み、一番長く伸びた枝が横向きになるように幹をずらす。妻の死後五年たついまも、彼女の字で「クリスマス前」と側面に書いてある段ボール箱を地下室から運んでくる。家じゅうに天使の置物を置いてまわる。それにくるみ割り人形と、星の形の置物も。こういったあらゆる作業を、リヒャルトの体はまだよく憶えていて、もう二度とすることがなかったかもしれないこの作業は、自分でもそら恐ろしくなるほどいまだに体になじんでいる。記憶の暗闇で待ち伏せしながら、終わりの時が来るまで二度と持ち出されることのないものが、まだどれほどあることか。

　待降節の四度目の日曜日はもう過ぎてしまったが、リヒャルトはそれでも、明日やってくる異国の客に、そもそも待降節とはなにかを説明するために、五年前から居間のテーブルに出しっぱなしのガラス製のリースのなかに四本の赤い蠟燭を置く。二十四日の午前中、リヒャルトはツリーを飾り付け、ガチョウのもも肉をオーブンで焼いているあいだに、最後の仕上げとしてエルツ山地地方の巨大なクリスマスピラミッドを組み立てる。でき上がったピラミッドをテーブルの上に置くと、頂上のプロペラがリヒャルトの頭より十センチ上に来る。小さな木彫りの天使像を一番上の段に置き、真ん中の段にはマリアとヨセフ、牛、ロバ、子羊、羊飼い、東方の三博士、そしてもちろん幼いイエス・キリストの入った飼葉桶を置く。そして、ピラミッドでは「地下」に相当する場所——一番大きな下の段——には、鉱山労働者たちの礼拝堂。すべてを絶妙のバランスで載せなければ、天使像のひとつがぐらつくだけで、最下段の鉱山労働者も含めたすべてがバランスを崩し始める。あるいは、最下段でひとりの鉱山労働者の持つ太鼓が、反対側に立つ同僚の持つ横笛よりも数グラム重いだけで、その鉱山労働者の同僚たちのみならず、中段のマリアとヨセフ、さらには天界にいる住人たちまでもが倒れてしまう。そう、不器用な人間が組み立てると、簡単に置かれただけの板の上の人形たちは、聖家族を経由して上から下へ、または同じように下から上へと崩れていく。子羊たちが転んで幼いキリストの上にのしかかり、水色の乙女の衣服をまとったマリアが、下段の鉱山の端の、エルツ山地のトランペット吹き、太鼓叩き、軍楽隊長がすでに滑って転んで折り重なって倒れている場所に落ちてきて、楽器が転がり、天から落ちてきたふっくらした頰の小さな天使たちの後光に突き刺さる。それもこれも、リヒャルトがほんの一瞬ぼんやりしていたか、あるいはリヒャルトの手が、いつもピラミッドを組み立てる役目だった亡き妻の手よりもずっと大きくて、そのせいで作業中にどこかにぶつけたか、あるいは単に、リヒャルトが人形たちの重さを見誤ったせいなのだ。

41

聖夜を目前に控えた午後、世界はまるで空っぽに掃き清められたかのようだ。庇護申請者用施設から郊外のリヒャルトの自宅に向かう途中、車の窓から外を見て、ラシドがこう尋ねる――このあたりの野原は、政府のものなのか？　いや、違うと思うけど、とリヒャルトは言う。**地主《ユンカー》の土地を農民の手に**（一九四五年にドイツ共産党が行った土地改革の際のスローガン）。土地改革とはなんだったのかを説明することならできるだろうが、一九八九年の後、農業生産協同組合（東ドイツの集団農場）がどうなったのかは、リヒャルト自身もよく知らない。社会主義的集団農業システムを、そう簡単に資本主義の事業に変えることができるものだろうか？　計画経済には、複合企業と似たところがあるものだろうか？　経済学の専門家である友人のトーマスに、一度訊いてみなくては。リヒャルトの家の前の金属製の門が自動で開くのを見て、ラシドが言う。こういう門を造ってた――それが俺の仕事だった。湖を見て、ラシドは尋ねる。これ、いつからある？　リヒャルトには質問の意味がわからない。だから、これが造られたのはいつ？　誰が湖を「造る」っていうんだい？　とリヒャルトが訊くと、ラシドは、そりゃ政府《ガバメント》だよ、と答える。いや、とリヒャルトは言う。この湖は、何百万年も前からあるんだ。最後の氷河期からずっと。何百万年も前――本当に？　とラシドは訊き、信じられないというように首を振る。

　こうして、プロテスタントの母親に育てられた無神論者のリヒャルトは、ムスリムの客とともに、きらきら輝く異教的なクリスマスツリーの前に立つ。ツリーに飾る蠟燭は本物のみ、というのが、リヒャルトと妻が変わらず守ってきたしきたりだった。聖トーマス教会少年合唱団が歌い、ガチョウのもも肉はオーブンのなかで温められ、クネーデルはまもなく茹で上がるところで、赤キャベツもぐつぐつ煮込まれている――酢とクローブとともに。そして、リヒャルトはほかにプレゼントを用意していないので、客のラシドは洋服簞笥から好きな冬のコートを選んで着てみることになる。リヒャルトには大きすぎるが、雷神ラシドにはちょうどいいコートが一着見つかり、ラシドは気に入る。ありがとう《サンキュー》、本当に感謝する《アイ・リアリー・アプリシエイト・ザット》よ。
食事の時間になり、そちらのほうが勝手がいいということで、ふたりは台所のテーブルにつく。これじゃあ、あんまりお祝いって感じがしないんだけどね――ううん《ノー》、なに言ってるんだ《ホワット・ドゥー・ユー・シンク》、俺は好きだ《アイ・ライク・イット》よ、ここ、いいと思う《イッツ・ナイス・ヒア》、すごくいい《ヴェリー・ナイス》！　でもあの木の上で燃えてる蠟燭はどうするんだ《バット・ホワット・アバウト・ザ・バーニング・キャンドルズ・オン・ザ・ツリー》？　とラシドは言う。心配しないで、燃え尽きれば火はひとりでに消えるから、とリヒャルトは、まるでこの西側の発明品が自分にとってはごく当たり前のものであるかのように言う。料理はラシドの口に合ったようだ。そういえば、赤キャベツはナイジェリアでも育つのだろうか？　食事が済むとリヒャルトは、まるでクリスマス博物館を案内するかのように、部屋から部屋へ、天使像から天使像へと客を案内し、星にはどんな意味があるのか、クリスマスリースとはなにかを説明し、最後にテレビの横に置いたクリスマスピラミッドの蠟燭に火をともす。この奇跡の装置が蠟燭の熱のみで動き出すことが、ラシドにはとても信じられないらしく、ピラミッドが置かれた小さなテーブルの後ろをちらりと見て、コンセントと電源コードを探している。リヒャルトはラシドに、暖められた空気が上昇すると、大きなプロペラの斜めに傾いた羽根が回るという原理を説明する。ラシドは長いあいだ、鉱山労働者や動物たちや羊飼い、東方の三博士、聖母マリア、飼葉桶のなかの幼子、ヨセフ、そして最上段の天使たちが何度も目の前を通り過ぎていくのを、じっと見つめている。

知ってるかな、イエス・キリストもコーランでは預言者のひとりだ。

知ってる、知ってる、とリヒャルトは、イスラムの五本の柱のことを思い出しながら言う。

ひとり黒人がいる、とラシドは言って、東方の三博士のひとりを指す。

ああ、カスパールだ、とリヒャルトは言う。

このピラミッド、あんたが造ったのか？　とラシドは訊く。

いや、とリヒャルトは答え、蠟燭を吹き消しながら、エルツ山地で作られる木工芸品のなにがそれほど特別なのかをラシドに説明する。

それからふたりは、新鮮な空気を吸うために少しのあいだテラスへ出る。

何年も前、妻がガチョウのローストを冷ましておくために、窓のすぐ前のこのテラスに置いたことがあったのを、ふと思い出す。ガチョウを入れたロースト用の鍋が冷蔵庫には収まりきらなかったのだ。しばらくしてまた温めようとしたときには、鍋はガチョウごと消えていた。つまり、いまこのドイツに、他人の祭日の食事を盗むほど貧しい人間が本当にいるということか、と当時——ふたつの国家の統一から数年後——リヒャルトは思ったものだった。あの年には、二軒先の隣人が外に置いていたローストもやはり消えた。泥棒の足跡は雪のなかにくっきりと残っていたが、リヒャルトも隣人も、もちろん警察に盗難届を出したりはしなかった。

今年は雪のないクリスマスだ。気温は零度を数度上回っている。昨日は小雨が降ったが、今夜の空は澄んでいて、すでに最初の星が見える。

息子はもうすぐ三歳だった、それに娘はもう五歳になってた。ラシドが言う。

お子さんたち、まだ向こうにいるの？　とリヒャルトは訊く。

最初、カドゥナから逃げて、まずアガデスに着いて、それからリビアに行こうとしてたとき、俺、アラビア語で「金属工」をなんていうのかも知らなかった。英語でも。ラシドは言う。俺は金属工だ。

なかに戻ろうか？　とリヒャルトは訊く。

トリポリの家には、やっぱりこういう居間があった、ここみたいな広間が、それに寝室が三つと、廊下と浴室と台所、と、ふたりが家に入り、ソファに腰を落ち着けたところでラシドが言う。クリスマスピラミッドはもう動きを止めている。ラシドがビールを飲まないので、リヒャルトは先ほど、ふたりで飲むためにポットいっぱいのペパーミントティーを淹れ、待降節はもう終わっているとはいえ、四本の赤い蠟燭に火をともしておいた。

朝食はいつもヤムイモとプランテーンか卵だった。

八時にみんなで家を出るんだ。俺は子供たちを学校に送っていく。もうすぐ三歳だったアフメドと五歳のアミナ。家から学校までは、だいたいオラニエン広場からヴェディング地区までと同じくらいだった。女房は町の別の地区で働いてた。

俺の会社は学校の近くだった。会社の建物はふたつあった。塗装もしてなくて外見はボロいけど、なかはきれいだった。それに中庭があった。カドゥナで経営してた会社と同じくらいの大きさだった。賃料は五百ディナール、だいたい三百ユーロ。

十二時半か一時に学校が終わると、子供たちは俺のところに来た。アフメドとアミナ。学校の制服を脱いで、普段着に着替えて、家に帰る時間になるまで俺の会社で遊んだ。子供たちが作業場で遊ばないように、俺はいつも目を光らせてた。金属の屑が子供たちの目に入ったりしないように。

女房が午後に俺たちを迎えに来ることもあったし、別々に帰って家で会うこともあった。

夕飯はいつも俺が作った。息子には俺の皿から食べさせた。それから子供たちはベッドに行く。そして十時半ごろには俺たちも。ときどき息子が夜中に俺たちのところに来ることもあった。あの子はいつもいろんな夢を見た。アフメド。そんなときは俺の横で寝かせてやった。そうすると、女房は子供部屋に行って、娘のところで寝た。アミナ。

ペパーミントティーはもう冷めているだろう。リヒャルトは身じろぎもせずに座ったまま、耳を傾ける。ティーカップに手を伸ばすことも忘れている。ラシドが語るこの話は、一種のプレゼントのようなものなのだと理解している。

以前にも一度、騒乱が起きたことがあった。そのときは五日間、家にこもって外に出なかった。

でもあの日は、最初はなにもかも普段どおりだった。俺は私道の前に設置する大きな金属製の門を造り終えた。そういう門を造るには二日かかる。午後一番に門が運ばれていって、俺は分割払いの三度目の支払いを受け取った。五百ディナール。子供たちは会社の中庭で遊んでた。

そのとき、女房が職場から電話してきて、なにかおかしなことが起きてるって、ひとりで家に帰るのが怖いって言った。俺は迎えに行くって言った。俺の会社があった地区が一区角ずつ封鎖されてるなんて、まだ知らなかった。子供たちと俺はもうその地区から出られなくなってた。兵士たちが、俺と子供たちと、あと三人の黒人の従業員を収容所に連れていった。あのときアフメドはもうすぐ三歳で、アミナは五歳だった。

いま耳にするラシドの話のいくつかは聞き覚えがある。トリスタンの口から出た言葉——通りのいたるところに死体。いたるところに血。バラック。男だけじゃなくて、女も、子供も、赤ん坊も、年寄りも。記憶を壊した《ブローク・ザ・メモリー》。兵士たちは、とラシドは語る。俺が受け取った門の代金と、ズボンのポケットに入ってた小銭まで全部取り上げた。俺はまだ作業着を着てた。俺はちゃんとリビアの銀行に口座を持ってた。いまでもまだあるかもしれない。口座番号は二〇七四。

リヒャルトは静かに燃える赤い蠟燭を見つめ、頷く。ここで頷くことになどなんの意味もないとわかってはいても。

俺たちがバラックで過ごした五日間にヨーロッパ人が爆撃してきた。爆弾を落とす奴らが、俺たちのいる収容所を武器庫だと思うんじゃないかって、怖かった。特に子供たちは可哀想なくらい怯えてて、俺は母親が一緒にいない理由をどう説明していいかわからなかった。

五日後、俺たちはボートに乗せられた。全部で八百人くらいいた。ザーイルもそのひとりだった。ヨーロッパ人が我々を爆撃する《ヨーロピアンズ・ボンブ・アス》——だから我々は黒人を使って奴らを爆撃する《ソー・ウィール・ボンブ・ゼム・ウィズ・ブラックス》って、カダフィが言ったんだ。ヨーロッパに黒人爆弾を降らせるって。

ラシドはとても疲れて見える。横になりたいかと、思わずリヒャルトが尋ねてしまうほどだ。

いや、いい、とラシドは言う。夜、眠れないことが多いんだ。でも大丈夫。

ボートから飛び降りて、海岸に泳いで戻ろうとした奴がいた。でも、海中で撃ち殺された。

ボートにあった食べ物と飲み物で、最初の七日間はしのげた。もともとたくさんはなかったが、そのうち俺たち大人は食べるのも飲むのもやめて、残りは全部子供たちにやった。

それからコンパスが壊れた。

三日間、方角もわからないまま、さまよい続けた。船長が夜中にブイをいくつか見逃して、ボートは岩の上をこすった。エンジンが壊れた。みんなパニックになった。

二日間、ボートはとてつもなく激しく揺れた。もう操縦がきかなかった。それにどっちへ行けばいいかもわからなかった。

全部で五日間、飲まず食わずだった。みんなへとへとだった。死んだ奴もいる。まだ生きてる奴も力尽きてた。俺も弱ってた。すごく弱ってた。目の前のものが全部にじんで見えた。

ところがそこで突然、救命ボートが来た。

大混乱だった。救命ボートに乗ってる人たちは、俺たちを助けようと食べ物やペットボトルの水を投げてよこして、それをつかもうとみんなが必死になった。そのせいでボートが揺れ始めた。

そして突然ひっくり返った。

あっさりと。

一瞬で。

あっという間だった。

ほんの五分で――五分以上じゃなかった、本当にほんの五分で――何百人も死んだ。さっきまで俺の隣に座ってた奴ら。さっき話したばっかりの奴ら。

切り取《カット》られた、とリヒャルトは思う。切り取《カット》られた。
俺は泳げない、でもなんとかケーブルをつかんだ。
海のなかで浮いたり沈んだりした。
沈んでるときにたくさん死体を見た。

ここでラシドは、しばらく口をつぐむ。リヒャルトのほうも、なにも尋ねる必要はない。待降節の蠟燭が燃えている。クリスマスピラミッドは暗いまま、そこにある。

八百人のうち五百五十人くらいが溺れ死んだ。ほとんどみんな、泳げなかった。それに甲板の下にいた奴らは、そんなにすぐには出てこられなかった。あっという間に水が入ってきて。漁師たちがボートで助けに来たけど、そのときにはもうたくさん死んでた。大きい救命ボートはこっちに近づけなかった——岩場だったから。漁師たちが俺たちを船に引っ張り上げてくれた。みんな泣き叫んでた。俺たちも漁師たちも。男の子がひとり助かったけど、その子の両親と弟は溺れ死んだ。みんなが連れ合いを探した。みんな泣き叫んでた。

陸に上がってからも一週間、俺は夜中になると、水のなかにいるような気がして目が覚めた。女房は、トリポリで俺が迎えに行ってやれなかったあの日、国連の事務所に逃げ込むことができた。なにがあったか、電話で彼女に話してやらないといけなかった。俺はアグリジェントの電話ボックスからかけた。一年前、女房は俺と離婚した。いまはカドゥナに暮らしてて、新しい亭主がいる。また妊娠した。
いまでもときどき、俺たちの子供がいきなりドアを開けて入ってくるんじゃないかって思うことがある。

ふたりでかなり長いあいだ、まるでなにか見るものがあるとでもいうように真っ黒なテレビの画面を見つめた後、やがてリヒャルトは言う。

その日ちょうどでき上がったばかりだったっていう、その門の絵を描いてくれないか？

もちろん、とラシドは言う。なんといっても《ユー・ノウ》、これが俺の仕事だった《ディス・ワズ・マイ・ワーク》。

リヒャルトが書き物机から持ってきた小さな方眼紙に最初の線を描きながら、ラシドは言う。

ほら《ユー・ノウ》――いつも最初にやるのは計測なんだ《ザ・メジャーメント・イズ・オールウェイズ・ザ・ファースト・シング・トゥ・ドゥー》。

それからラシドは描き、訂正し、さらに描き、やがてリヒャルトにも、ラシドが金属工としての人生における最後の仕事で造った門が、そしてきっといまでもリビアのどこかの敷地の入口を守っているであろう門がどんなものだったのかが、はっきりとわかるようになる。

それから最後に《アンド・イン・ジ・エンド》、真ん中に模様を入れた《アイ・プット・ザ・デザイン・イン・ザ・ミドル》。あんたが俺の仕事してるところを見てくれたらなあ、と、金属工ラシドは言う。彼を常に雷神と呼んできたのは正しかったのだと、いまリヒャルトは気づく。俺が仕事してるところを見てくれたら、全然違うラシドだって思うよ、きっと。全然違うラシド《ア・コンプリート・アザー・ラシド》。だってさ、仕事ってのは俺にとって、息をするのと同じくらい自然なことだから。

42

大晦日を待たずに、アンネの家で働くポーランド人介護士がベルリンに戻ってきて、仕事に復帰する。本当はもっと長くポーランドの家族のところにいたかったらしいんだけど、とアンネが言う。でもほら、母とアリは……

ああ、残念だね、とリヒャルトは言う。

でも、クリスマスは楽しかったのよ、とアンネは言う。写真を送るわ。

その晩、リヒャルトはパソコンでその写真を見る。クリスマスツリーの左側には、アンネの九十歳になる母親が膝に毛布をかけて車椅子に座っている。首を傾げているので、クリスマスツリーの右側に座るアリを、分厚い眼鏡のレンズの奥から励ますように見つめているのだと言われても違和感はない。アリは微笑んでいる。東方の黒い博士がいるクリスマスの穏やかな光景。ゲルマン人ばかりのクリスマスの写真と寸分変わらない穏やかさ。シャッターを押す前または後に、なにを口に出さず呑み込んだのか、なににつ いて言い合いをしたか、写真からはわからないのは、どちらも同じだ。

アンネはメールに書く。一度アリに、どうしてそんなにドイツ語がうまいのかと訊いたら、こんな答えが返ってきた——ドイツ語は自分にとってこの国への橋なんだ、と。本当に「この国への橋」と言ったのだと、アンネは書く。信じられないくらい才能豊かな人よ、状況が違えば、きっととうに医学を学んでいたに違いない、と。

クリスマスと新年の狭間の週、モニカとヨルクがイタリアから帰国する。ふたりはリヒャルトとデトレフとシルヴィアを自宅でのコーヒーに招いて写真を見せ、フィレンツェの話をする。ジョットの鐘楼のこと、ミケランジェロの美しいダビデ像のこと、街中の教会に飾られたキリスト降誕場面の模型のこと——周囲の風景まで全部模型になってるんだよ、鉄道模型みたいに！　食事の話もする——モッツァレラが四十種類もあるレストラン！　そして、ホテルが素晴らしくアレンジしてくれたクリスマスのお祝いの話もする——ホテルに泊まれば、自分でクリスマスの準備をしなくて済んで楽よ！　通りを端から端まで照らす電飾――見てるとほんとに眩暈がしてくるよ！　本物のクリスマスツリー――飾り付けがそりゃもう想像力豊かなの！　でもね――と、ふたりは言う。アフリカ人が多い、いたるところにいる、と。私たち、アレッツォまで行くのにレンタカーを借りたの。ヨルクがどうしてもピエロ・デッラ・フランチェスカのフレスコ画を見たいって言うから。トスカーナ地方をドライブするのは素敵だろうと思って、高速道路はやめてわざわざ田舎道を選んで走ったんだよ。地面には雪まで積もってた。なのに、なんにもない田舎に突然、黒人の女たちがいるんだ。アフリカ人だよ！　道端に立って客引きしてるんだ。誰も通らないど田舎で！　ブーツと、すごく丈の短い上着で。雪が積もってて寒いなか、立ってるんだよ。それもたくさん！　あの光景は、なんていうか、ぞっとしたな。

リヒャルトも最近、ドイツでなんとかやっていこうとしてる難民たちと知り合ったのよね、と、写真の入ったタブレットを夫に回しながら、シルヴィアが言う。

へえ、そうなんだ、と口髭を生やしたヨルクが言う。

妻のモニカが続ける。気をつけないと。ああいう人たちって、よく病気を運んでくるから。肝炎とか、チフスとかエイズとか。少なくとも、聞いたかぎりではね。

難民の人たちは男だってば、とシルヴィアが言う。

ああ、なんだ、とモニカは言う。

リヒャルトは無言で、ちょうどデトレフから手渡されたタブレットの画面を見つめる。写真には女たちが写っている。延々と広がる雪原に、まるでチェスの駒のように散らばって立っている。道端や緩やかな丘の上で、なにかを待ちながら。

どこまで見渡したって、客なんていやしないのに、とモニカが言う。

次の写真はもう、アレッツォのフレスコ画のものだ。跪く女の後ろに立つ女、白く長いケープがドレスの上にかかっている。その女が跪く女になにを問うているかは、彼女の手の位置から読み取るしかない。

あの教会を、あんなに気軽に車で訪ねることができる日がいつか来るなんて、想像もできなかったな。本当に簡単に行けるんだ、とヨルクが言う。

これこそ真の旅行の自由よね、と妻のモニカが言う。


クリスマスと新年の狭間の週、考古学者のペーターも、二十歳の恋人の実家訪問から戻ってくる。リヒャルトの家のソファに座って、ウィスキーグラスを手にペーターは言う。マリーの友達の家で大晦日のパーティーをやるから来ないか？　でないと、年寄りは僕ひとりになっちまう。

実家のご家族はどうだった？

難しいな、とペーターは言う。どうも僕のことを変質者だと思ってるみたいだ。

まあ、自分たちの娘のことだからな。

父親はどっちにしても妬いてるんだ、とペーターは言う。で、母親のほうは、もしかしたら自分が僕と付き合いたいと思ってるのかもしれない。

まあ、遠くに住んでてよかったな。

ああ、もちろん。ペーターはもう一口ウィスキーを飲む。

まあ、大事なのは、君たちふたりがうまくいってるってことだから。

確かに。で、パーティーには来てくれるか？

わかった、行くよ、とリヒャルトは言う。


クリスマスと新年の狭間の週、オサロボもようやくイタリアから戻ってくる。

リヒャルトはオサロボを自宅に招き、ドイツのクリスマスの歌「しんしんと雪が降る」をピアノで弾いて聞かせ、精一杯弾き語りしようとする。悩みも苦しみも鎮まり、と歌い、その後オサロボに歌詞をイタリア語に訳してやる。クリスマスは喜びの祭典ということになってるんだ、とリヒャルトは言う。

わかった《オーケイ》、とオサロボは言う。

で、イタリアはどうだった?

うーん……とオサロボは言う。

どの街にいたんだっけ?

ミラノ。

いいところだね、とリヒャルトは言う。

うーん……とオサロボは言う。地下鉄で、僕が隣に座ると、イタリア人は立ち上がって別の席に移る。

最初に会ったときにもオサロボがそう言っていたことを、リヒャルトは思い出す。

僕のことを犯罪者だと思ってる。黒人のことみんな。

そんなことはないだろう。

そうだよ。僕たちがほんとに犯罪者かどうかは関係ないんだ。

いや、そんなことないよ、とリヒャルトは言う。で、少なくとも書類は受け取れたの?

うん、八週間後に取りに行けることになった。

えっ——またイタリアに行かなきゃならないってこと?

うん。

いくらかかるの?

バスで片道百ユーロ。

じゃあ、往復で二百ユーロ？

うん。オサロボは鍵盤をいくつか叩いて高い音を出す。それに、収入印紙《マルカ・ダ・ボッロ》に八十ユーロ、とオサロボは言う。

書類に？

うん、とオサロボは言う。ポロン、ポロン、ポロン。それと、イタリアの住所がいる。

どういうこと？

住所をくれる人がいる。それにもう二百ユーロかかる。

民間の人たちが、君たちからお金を取るってこと？

部屋を持ってるどこかのアフリカ人《アフリカン・ガイ》だよ。でも、住所を買えば、そこに住むこともできる。手続きの日まで。ほんとにそこに住んでるかどうか、調べられることがある。

需要と供給の法則が自然法則なのかどうか、リヒャルトは本気で知りたいと思う。

ということは、とリヒャルトはまたオサロボに向かって言う。二度の往復のバス代と、住所と、書類の代金、全部で六百八十ユーロいるってこと？

うん。

それに、そのあいだ食事はどうするの？

オサロボは肩をすくめる。

結局、ここでもらう二か月分の生活費よりもかかるじゃないか。

許可証《ペルメッソ》はもう今年の春に期限が切れた。でもそのときにはお金が全然なくて。

許可証って？

書類だよ、イタリアの滞在許可証《ペルメッソ・デ・ソッジョルノ》。

本当にそれが必要なの？

それがないと、本当になんの身分証明書もないから。それに許可証《ペルメッソ》がないと、健康保険にも入れない。

君たちはイタリアの健康保険に入ってるの？

うん。

なるほど。それで、今回はそのアフリカ人《アフリカン・ガイ》のところに泊まってたの？

手続きの日まで。

じゃあ、その後は？

うーん……とオサロボは言うと、鍵盤を叩いて低い音を出す。人生は狂ってる《ライフ・イズ・クレイジー》。

通りで寝たの？

オサロボは答えない。ポロン、ポロン、ポロン。連続五度は、西洋音楽の伝統では、もう六百年前から禁じ手だ。

そのときリヒャルトはようやく、オサロボが未来のストリートミュージシャンになるためのクリスマスプレゼントがあったことを思い出す。巻いて畳めるキーボード、忘れるところだった。

本当に感謝してる《アイ・アプリシエイト・ザット・ヴェリー・マッチ》よ。

ふたりはキーボードを台所のテーブルの上に広げて、電源コードをコンセントに差し込み、さまざまな楽器を試してみる。パーカッションとイングリッシュ・ホルン、サクソフォン、ハープ。

電池でも使えるから、とリヒャルトは言う。

へえ《オー》、すごくいい《ヴェリー・グッド》ね。

それに、ほら、このボタンで、とリヒャルトは言う。基調をなすリズムを刻めるんだ。たとえばチャチヤチャとか、タンゴとか。

ワルツとマーチのあいだの小休止でようやく、リヒャルトは玄関の呼び鈴が鳴っているのに気づく。やってきたのはシルヴィアとデトレフで、ふと思いついて寄ってみたのだという。

いったいなにやってるの――ダンスパーティー？

こちらはシルヴィアとデトレフ。ふたりを台所に案内して、リヒャルトはオサロボに言う。一番古い友達なんだ。それから、こちらはオサロボ。

オサロボは立ち上がり、ふたりと握手する。だがその目はきょろきょろと落ち着かず、どうやら、ふたりの見知らぬ人間が突然ドアから現れたりしない、どこか別の場所にいたいと思っているようだ。

気にせずに弾いててくれ、とリヒャルトは言う。我々は居間に行って、ちょっとおしゃべりするから。

そのあと施設まで車で送っていくよ。

いや、いい、とオサロボは言う。大丈夫《イッツ・オーケイ》。電車で帰る。

交通パスは持ってる？

オサロボは首を振る。

オサロボが廊下で靴を履くあいだ、リヒャルトは財布から六十ユーロを取り出す。一番安い交通パスが五十七ユーロだ――朝十時より前にバスや電車に乗る必要のない人たちのための。生活保護受給者と庇護申請者には割引があるが、庇護申請者になることさえ許されていない彼ら難民には適用されない。リヒャルトはオサロボの手に二枚のユーロ札を押しつけ、巻いて畳めるキーボードを入れた袋を手渡す。

道はわかる？

うん、わかるよ。オサロボは足元を見つめて言う――あなたに神のお恵み《ゴッド・ブレス・ユー》がありますように。

気にしなくていいから。

クリスマス・オラトリオはどうだった？　居間に戻って、リヒャルトは友人夫妻に訊く。オサロボが急にイタリアへ行ってしまったと聞いてがっかりした後、コンサートのチケット二枚を、このふたりにプレゼントしたのだ。

もうね、すごくよかった、とシルヴィアが言う。

エコー・ソプラノのアリアは本当によかったよ、とデトレフが言う。二人目の歌手が、聖歌隊席の横の小さなバルコニーで歌ったんだ。

それは素敵な演出だな、とリヒャルトは言う。

43

大晦日の前日、雪が降る。ラシドとアポロンとイテンバの誕生日がそろって一月一日であることを知っているリヒャルトは、誕生日プレゼントとして、三人にそれぞれ色違いの冬物のセーターを買った。大きな買い物袋を手に、ちょうど門を開け、中庭を通って彼らのいる建物の玄関へと向かおうとしたとき、寒さのなか、ベンチに座っている人影が見える。例の痩せた男だ。元気かい《ハウ・アー・ユー》？　元気《グッド》だよ。こんな吹きさらしのベンチに座ってて、寒くないかい？　あなたを待ってた、と痩せた男は言う。もう何週間も姿を見ていなかったこの男は、リヒャルトが今日に限って中庭を通ってやってくることを、どうして知っていたのだろう？　まあいい。

見せたいものがあるんだけど《キャン・アイ・ショウ・ユー・サムシング》、いい？

もちろん。

痩せた男が上着の胸ポケットから取り出したのは、警察からの呼び出し状だ。身元確認手続き。

なにがあった？　とリヒャルトは訊く。

一昨日、アレクサンダー広場で警察に身分証明書をチェックされた。それで、これは俺の写真じゃないって。

確かに、写真の男はまったく別人に見えるが、もしかしたら、この痩せた男は昔はいまほど痩せていなかったのかもしれない。リヒャルトは名前を読む。カロン・アヌボ。

本当にカロンっていう名前なんだね？

うん、と痩せた男は言う。

「ミッテ地区警察署、１０４号室、担当係官リュプケ。月曜から金曜、九時から十六時、事前予約不要」と呼び出し状にはある。

車で送っていくよ、とリヒャルトは言う。


街の中心部は渋滞している。その年初めての雪が降ると、ベルリンはいつもこうだ。路面電車はドアを開けたまま駅と駅のあいだで立ち往生し、自動車の運転手たちはそれぞれの車の窓から互いに怒鳴り合っている。あちこちで甲高いシューという音がしたと思うと、続いてロケット花火の爆発音が聞こえる。大晦日の夜まで待ちきれない人間が多いらしい（花火を打ち上げることが許されているのは大晦日の夜のみ）。リヒャルトはカロンとともに、シュパンダウ地区からミッテ地区警察署まで一時間半かけてベルリン市街を横切る。**ここを右に、ここを左に、ラウンドアバウトに入ってふたつめの出口です。**

送ってくれてありがとう、とカロンが言う。電車の切符を買わなきゃならないところだった。

交通パス、持ってないの？

いつもならおふくろと妹と弟たちに百五十ユーロ送る《ノーマリー・アイ・センド・ワンハンドレッド・アンド・フィフティ・ユーロ・トゥ・マイ・マム・マイ・シスター・アンド・マイ・ブラザーズ》。でも今月は五十ユーロ余分に送った。弟が畑仕事の最中にカットラスの刃で怪我をして、病院に行かなきゃならなかったから。

それはお気の毒に。でも、弟さんの力になってくれる人はほかにいなかったの？

それが文化《カルチャー》だ、と痩せた男は言う。

文化？

つまりそういうものだってこと。長男が家族の面倒を見なきゃならない。

リヒャルトはかつて妻のために、匿名アルコール依存症患者の会に家族として参加したことがあった。参加者たちが語っていたのも、始まりは常になんらかのごく単純な一点でありながら、常に悲惨な出来事で終わる物語だった。ケージから逃げ出して棚の後ろに隠れたまま出てこなくなったハムスターの話があった。ハムスターを助け出すには、棚ごと解体しなければならなかった。すると、もう何年も覗いてみることのなかった一番下の段に入っていた布巾の奥からなにが出てきたか？　依存症だったころに隠した無数の空き瓶だ。そしてたちまちアルコールへの渇望がふたたび湧き上がった。

作用とは間接的なものだ、直接的ではなく、とリヒャルトは、ここ最近、何度も考えてきたように考える。

弟さんはいくつ？

十三歳、と痩せた男が言う。

ミッテ地区警察署に着く。呼び出し状にはこう書いてある――「月曜から金曜、九時から十六時、事前予約不要」。ふたりが到着したのは火曜日の十五時二十五分だが、受付の女性はこう言う――リュプケは本日、席を外しております。どうして？　外回りに出ていますので。でも、ここには月曜から金曜、九時から十六時、事前予約不要って書いてあるんですよ。リヒャルトは怒りのあまり、じ、ぜ、ん、よ、や、く、ふ、よ、う、と一音ずつ区切りながら、ガラス張りの受付に開いた穴を通して怒鳴る。いま申し上げたとおり、リュプケは不在です。じゃあどうすればいいんです？　申し訳ありませんが、もう一度来ていただくしかありません。仮にこのアヌボ氏がここまでひとりで来ていたら、どうなっていたと思うんです？　シュパンダウからですよ？　ＡゾーンとＢゾーンを往復するんですよ？（ベルリン市とその周辺部の公共交通機関はＡ、Ｂ、Ｃの三つのゾーンに区切られている）それは大変申し訳ございません。警察署の受付の女性は、申し訳ないとは思っていない。ましてや大変申し訳ないなどとはつゆほども思っていない。リヒャルトにはそれがありありとわかるが、いずれにせよ、リュプケという担当者には会えずじまいだ。

シュパンダウに戻るころには、すでに日が暮れていて、リヒャルトはもう、誕生日を迎える三人と前祝いをしたい気分ではない。帰り道ですでに、セーターを渡すのは年が明けてからにしようと決めていた。カロンを施設で降ろす前に、ふたりは少しのあいだ、車のなかで話をする。

　面接の後、ドイツに残れなかったら、とカロンは言う。俺はどこへ行ったらいい？　イタリアのどこで仕事を見つけろっていうんだ？　おふくろと弟妹たちを、どうやって養ったらいい？　この世界のどこに、俺が安心して眠れる場所がある？　問題はすごく大きい、とカロンは言う。俺には女房も子供もいない、と言う。俺は小さい。でも問題はすごく大きい。女房と、子供がたくさん、たくさんいる、それくらい大きい。

　アフリカ人は自分たちの問題をアフリカで解決すべきである。リヒャルトはここ最近、人々がそう言うのを何度も耳にしてきた。こんな言葉も耳にした——そもそも、こんなにもたくさんの戦争難民を受け入れたドイツは、実に寛大だ。だがその舌の根も乾かぬうちに、彼らは言う——しかし、ドイツ一国でアフリカをまるごと養うことはできない。それに彼らはこうも言う——経済難民と偽装難民は、本物の戦争難民から、つまり直接ドイツへやってくる戦争難民から、庇護申請者用施設を奪う存在だ。

問題はアフリカで解決してほしい——リヒャルトは一瞬、この数か月のあいだに知り合った男たちが「やることリスト」を作るとしたら、どんなものになるだろうかと想像してみる。

たとえば、リヒャルト自身のリストであれば、こんなふうだろう。

・食器洗浄機の修理工を呼ぶ
・泌尿器科を予約
・電気メーターをチェック

一方、カロンの「やることリスト」は、きっとこんなふうだろう。

・ガーナにおける腐敗と縁故主義と児童労働を根絶する

アポロンのリストだったら、こんなふうだろう。

・アレヴァ・グループ（フランス）に対して訴訟を起こす
・外国の投資家に買収または脅迫されない新政府をニジェールに樹立する
・トゥアレグ人の独立国家アザワドを樹立する（ユースフと協議すること）

ラシドのリストはこんなふうだろう。

・ナイジェリアのキリスト教徒とムスリムを和解させる
・武器を捨てるよう、ボコ・ハラムを説得する

最後に、金色の靴を履いた読み書きのできないヘルメスと、未来の介護士アリが一緒に取り組むべき課題は、このふたつだろう。

・チャドへの武器輸出を禁止する（アメリカ合衆国および中国に対し）
・チャドで石油を採掘して外国へ輸送することを禁止する（アメリカ合衆国および中国に対し）

ねえ、とリヒャルトはカロンに尋ねる。君の家族が自給自足できるようになるためには、ガーナではどれくらいの広さの土地が必要なのかな？

カロンは一瞬考えてから答える。オラニエン広場の三分の一くらいかな。

で、それだけの土地を買うのにいくらかかる？

カロンはふたたび考えて答える。たぶん、二千ユーロから三千ユーロ。

昨年の夏、リヒャルトはもう少しでサーフボード（千四百九十五ユーロ）を買うところだった。だが、心を決める前に秋が来てしまった。そして今年の夏、湖で男が溺れ、浮かんでこなかったあの事故の後では、サーフボードを買おうとは、もちろん思いもしなくなった。逆に、掃除ロボット（七百九十九ユーロ）を買うのは、間違いなくいい考えだ。それに、もうすぐ保養から戻ってくる友人のアンドレアスと一緒に

晩に映画を見るためのホームプロジェクター（千百六十七ユーロ）を買ってもいい。もしクリステルがまだ生きていたら、クリスマスにふたりで新しいビデオカメラ（千五百四十五ユーロ）を買ったかもしれない。または、パソコンより軽くて、旅行に持っていくのにも便利な、メモリ容量の大きいタブレット端末（七百九ユーロ）——だがそれらはすべて、なくても特に困らないものばかりだ。一方、春になったらついに乗用草刈り機（九百九十九ユーロから二千九百九十九ユーロ）を買おうという計画は、もう固まっていると言ってよかった。

少なくとも五分前までは。

君の家族は何人だって言ったっけ？

おふくろと妹がひとり、弟がふたり。

つまり四人なんだね？

うん。

もし土地があったら、なにを植える？

プランテーンとかキャッサバとか。

そうすればご家族は自立できるの？

収穫の一部は、おふくろが売ったり、別の必要なものと交換したりできる。残りは家族が自分たちで食べる。

もし私が、ご家族のために土地を買ってあげると言ったら、どうする？

リヒャルトはいま、たとえば、最初は信じられないというまなざしで、その後感激のあまり言葉を失いながらも、最後には大喜びするアフリカ人の姿を期待している。歓喜のあまり飛び上がり、リヒャルトを抱擁するか、少なくとも感動のあまり涙を流すアフリカ人。

だが、そんなことはなにひとつ起こらない。

カロンはしごく穏やかなまま、実に真剣な顔で、まるでなにかを必死に考えているように見える。

そうすれば、少なくともご家族の心配はしなくてもよくなるだろ。

カロンは依然としてなにも言わない。

なにが問題なんだ？

最初の収穫まで、一年かかる。

カロンの言うとおりだ。

だがこの瞬間、リヒャルトが理解したもうひとつのことがある——カロンの心配は、もはや希望を持つことを恐れるほどに彼を侵食しているのだ。

44

そして新年がやってくる。ペーターの二十歳の恋人の、やはり二十歳の友人たちは、踊り、飲み、ヘアスタイルのこと、〈インターナツィオナール〉で上映している新しい映画のこと、女性ポップ歌手の口髭のこと、リヒャルトが名前を聞いたこともないバンドのことを語り合う。だが同時に、リヒャルト・ヴァーグナーのこと、ハリー・ポッターのこと、キルケゴールやヴァージニア・ウルフのことも語り合う。さらに、イケメンたちのこと、そしてアレクサンダー広場にできた新しいショッピングセンターのことも。舌を入れるキスをする者たちもいて、夜が更けるにつれて喧嘩も始まり、ひとりの娘が真夜中に泣き出し、親友に慰められ、抱きしめてもらう。若い男のひとりが飲みすぎて、バルコニーに出ようとして敷居につまずき、転んで血を流し、年が明ける直前に、鼻梁の上にべったりと絆創膏を貼る羽目になる。リヒャルトがこれほど若かったのは、いつのことだったろう？　友人のペーターは皆に好感を与える。そして、マリーという美しい名前の恋人とともに、クイーンの〈ウィー・アー・ザ・チャンピオンズ〉に合わせて踊っている。それを見ながらリヒャルトは、マリーがこの曲をかけたのは、四十歳年上の恋人が青春時代を思い出せるようにとの親切心からなのか、それとも本当にこの歌が好きだからなのかと自問する。

十二時きっかりにシャンパンのコルクが抜かれ、パーティーの招待客たちが互いに抱き合い、ロケット花火が打ち上げられ、手持ち花火が振り回されるなか、リヒャルトはぼんやりと突っ立ったまま、そもそも一年の始まりとはなんだろうと考えている。ある決定的な瞬間に――まだ見ぬなにかが突然身近に迫ってくるその瞬間に――人はなにを手放すのか、これまで一度もきちんと理解できたためしがなかった。昔は大晦日の真夜中になると、その瞬間まさにやってきたらしい未来に意識を集中させようとしたこともある。だが、まだ自分も知らないなにかに、いったいどうやって集中すればいいというのか？　誰が死ぬだろう？　誰が生まれるだろう？　歳を重ねるにつれて、リヒャルトは、ほかの誰もがそうであるように、未来になにが待ち受けているかを知る術を持たないことにむしろ感謝するようになった。

新年最初の日は水曜日だったので、ベルリンの外国人局で働く職員のほとんどは、年末年始に有給休暇を二日取るだけでほぼまる一週間休める機会を利用した。彼らが職場に戻り、年号のスタンプを回して数字をひとつ進めるのは、ファイルや書類をめくり、パソコンにあれこれ打ち込むのは、一月六日の月曜日になってからだ。そして、書いた手紙は翌日七日の火曜日に発送される。こうして一月八日水曜日、シュパンダウ地区の施設およびフリードリヒスハイン地区とヴェディング地区の施設に、十日金曜日の朝に現在の入居先である施設からの立ち退きを求められる最初の百八名の名前が書かれたリストが届く。彼らは約二年前、ヨーロッパおよびドイツの法令を知らなかったために、たとえばマクデブルクやハンブルク郊外のコンテナ施設やバイエルンの山村などで、多かれ少なかれ行き当たりばったりに庇護申請をした。そしていま、その場所に戻るよう要求されている。ドイツで自立した生活を築くことのみならず、庇護審査期間中はドイツ国内を移動することさえ禁じる法律に抗議するために、彼らは二年前、それぞれの申請場所からベルリンに向かった。だが法律は依然として法律であり、金曜日の朝八時、ついに最大の出番を迎える。リストに名前が載っている難民を、本来いるべきとされる人里離れた場所へと強制的に移送することは法的に認められていないものの、法律によれば、少なくとも警察には、現在彼らが暮らしているベルリンの施設の部屋から立ち退かせる権限がある。

ラシドがリストを写真に撮って、木曜日にリヒャルトにメールで送ってきた。シュパンダウの施設からは、十二人がリストに載っている。そのなかには、斜視の歌い手アブドゥッサラーム——ちょうど読み書きを習っているところだった——と、ラシドと同じボートに乗っていて、転覆中に手すりをつたってボートの底部によじ登ったおかげで事故を生き延びたザーイルの名前がある。さらに、リヒャルトが決してそこに見たくなかったもうひとつの名前も載っている。オサロボだ。いまになってようやくリヒャルトは、ベルリン州政府がなぜ、難民たちと合意を交わす際に、彼らの名前の登録を重要な条件のひとつに挙げたのかを理解する。当然だ。こういったリストを作成できるのは、名前を把握していてこそだからだ。名前が知られて初めて、こうしたリストが存在するのだ。木曜から金曜にかけての夜、リヒャルトはよく眠れず、五時前に目が覚めてしまう。オサロボはこれからどこへ行けばいいのだろう?

八時少し前にシュパンダウに着くと、すでに警察の輸送車両が二十台、施設の目の前と近くの駐車場とに配置されている。施設の入口は金属バリケードで封鎖されている。施設の入居者が数人、バリケードの前の歩道になすすべもなく立ち尽くしている。なかには女性と子供もいる。だめです、建物内に入ることはできません、と警備員が言う。そもそも誰に会いにいらしたんですか？　ラシドです、とリヒャルトは言うと、施設の中庭でほかの難民たちに囲まれ、身振り手振りを交えて話しているラシドを指す。だめです、今日は誰に会いに来たのであろうと、面会はできません、と警備員は言う。だがまさにその瞬間、ラシドがリヒャルトに気づき、自分を訪ねてきた客が立ち入りを妨害されているのを見て暴れ始める。俺は刑務所にいるんじゃないぞ！　俺は犯罪者じゃない！　友達が会いに来るのを禁止することなんてできないだろう！　そのとき前列の輸送車両から、戦闘服、目びさしを下ろしたヘルメット、警棒、ピストルで完全武装した警官たちが降りてくる。**兵士らが座を占めるにつれて足下の大地は呻き……**（ホメロス『イーリアス』より）。警官たちは四列になって、庇護申請者用施設の門の前に並ぶ。十二人のアフリカ難民をこの施設から移動させるために、四十人もの重武装した人員が本当に必要なのだろうか？　ましてや、ほかの車両のなかで出動命令を待っている、ゆうに百五十人を超える他の警官など、とリヒャルトは自問する。すでに目に見えるようだ――きっと明日には、この出動にどれだけの経費がかかったかが新聞に載るだろう。そして、市民全員が会計係のようなこの国は、その費用を移送対象者のせいだと見なすだろう。これまで別の時代にも、ドイツが誰かの移送命令を出したときには常にそうであったように。

境界というのは、とリヒャルトは考える。あるとき突然、可視化されることもあるのだ。これまでそんなものなど影も形もなかった場所に、突然出現することもある――この数年、リビアの国境やモロッコやニジェールの国境で起きていることがいま、ベルリンのシュパンダウ地区のただなかで起きているのだ。それまでは建物と歩道とベルリンの日常があるだけだった場所の地面から、突然のように国境が隆起し、まるで伝染病のように、予測もつかない速度で広がったのだ。

大晦日の夜、友人のペーターとふたりで、マリーの友人宅のバルコニーに立ち、まもなく新しい年の暗闇となる古い年の暗闇を眺めていたとき、インカの人々は、宇宙の中心をひとつの点ではなく、宇宙を二つに分かつ一本の線と捉えていたのだと、ペーターが語った。いまリヒャルトが庇護申請者用施設の入口で見ているものも、やはりそういった線なのだろうか？ ここで線を挟んで対峙している二つの集団もまた、二つに分かたれた宇宙と同様、本来ならひとつであるにもかかわらず、分断されたまま、どうしてもひとつになれずにいるのだろうか？ 両者のあいだの溝は、本当に底なしに深く、それゆえにこれほど激しい混乱を巻き起こすのだろうか？ そして、その溝が分かつのは、黒と白なのだろうか？ それとも、貧困と富？ よそ者と友人？ それとも、たとえば父親を亡くした者と、父親が存命の者？ 巻き毛の人間と直毛の人間？ フフと呼ばれる料理を食べる人間と、グラーシュと呼ばれる料理を食べる人間？ 黄色や赤や緑のTシャツを着るのが好きな人間と、ネクタイを締めるのを好む人間？ 水を飲むのが好きな人間と、ビールを好む人間？ それとも、ひとつの言語と別の言語？ たったひとつのこの宇宙に、いったいいくつの境界があるのだろう？ 別の言い方をするなら、なにが本物の、決定的な、唯一の境界なのだろう？ 生と死との境界だろうか？ 星空と、自分が毎日のように歩き回っているこの地面との境界だろうか？ ある一日と別の一日との境界だろうか？ それとも、蛙と鳥との？ 水と土との？ 音楽に満ちた空間と、音楽のない空間との？ 影の黒さと、グリル用の炭の黒さとの？ 三つ葉のクローバーと四つ葉のクローバーとの？ 毛皮と鱗との？ それとも、ひとりの人間か一頭の獣か一本の草をそれぞれひとつの宇宙だと見なすならば、それら個々の宇宙の内と外を分かつ無数の境界？ リヒャルトは自身の内臓とうまく折り合いをつけているし、ギリシア神話の女神ヘレネーについて、あるいはタマネギを切る最良の方法について思索するリヒャルトという人間を生につなぎとめている体内の肉とも、平和に共存している。

存在しうるこういったあらゆる境界について考えれば、ひとりの人間と別の人間の差異など、実際リヒャルトには馬鹿馬鹿しいほどささいなものに思われる。だから、ここベルリンの庇護申請者用施設の入口前に突如として現れたのは、そもそも溝などではないのかもしれない。そして、宇宙のなかの我々が暮らすこの次元には、そのような差異も分断もないのかもしれない。なんといっても、ここで問題になっているのは、あらゆる人間がそれぞれの言語で「肌」と呼ぶ物質に含まれるわずかな色素にすぎないのだから。だとすれば、いまここで起こりつつある暴力は、宇宙の中心で起こる嵐の前触れなどではなく、人類を二つに分かつ単に不条理な誤解に基づくものにすぎないのではないか。人間ひとりひとりの命の長さに比べれば、ひとつの惑星の命がいかに長いかということに、我々が目を向けることを妨げる誤解。慈善団体に寄付されたズボンと上着を身に着けていようと、ブランド物のセーターを着ていようと、高級な服だろうと安物の服だろうと、または制服にヘルメットと目びさしを身に着けていようと、その下はどうせ裸の体だ。そして生あるうちは、ときには日光や風や水や雪を浴びて楽しみ、おいしいものを食べたり飲んだりし、もしかしたら誰かを愛したり誰かに愛されたりし、そうしていつか死んでいく。この世界に育ち、流れるものは豊潤で、万人にじゅうぶんに行きわたる。それなのに今ここでは、二十台の輸送車両を見れば明らかなように、どうやら生き残りを懸けた闘いが起きているらしい。だが、こうして警察が配備されているのは、クリスマスのテーブルに盗んだガチョウ一羽しか載せられないほど貧しいドイツ人たちのためなのだろうか？　違うだろう、とリヒャルトは思う。なぜなら、もしそうであるなら、リヒャルトは二十台の輸送車両があちこちの銀行の支店の前に停まり、重武装した警官たちが何億ユーロも横領した支配人たちを引きずり出す光景をとうに見ているはずだからだ。そうだ、とリヒャルトは思う。目の前のこの光景は、まるで劇場のようだ。実際、劇場なのだ――現実に存在する別の場面を隠す人工の場面。観客は合図とともに犠牲を求めてわめき、剣闘士たちは合図とともに闘技場に出て、彼ら自身の真の生を懸ける。境界とは、敵の大きさによって決まるのみならず、そもそも敵を作り出すものだということを、ほかでもないここベルリンで、皆がもう忘れてしまったのだろうか？

　もうたくさんだ、とラシドが叫ぶ。全部燃やしてやる、この施設をぶっ壊してやる、爆破してやる、家具を全部叩き壊してやる、屋根をひっぺがして、ドアを蹴り破ってやる、といったことをラシドは施設の中庭から叫び、リヒャルトは施設の外で立ち尽くしたまま、施設の所長と助手が小声で、あの暴れている男をそろそろ追い出す頃合いじゃないかと相談するのを聞いている。そのとき、四十人の武装警官の隊列が動き出す。だが、歩調をそろえて彼らが向かう先はラシドではなく、隊列はラシドの手前で向きを変え、静かにかつ迅速に、手前の建物のなかに入っていく。そこには難民たちの寝泊まりする部屋などないことを、リヒャルトは知っている――事務室があるだけの建物だ。数分後、彼らはやはり歩調をそろえて出てくると、先ほどまで待機していた門の前にふたたび整列する。ラシドはどこへ行ったんでしょう？　と、先日施設で会った議員がリヒャルトに向かって言う。彼女が隣にいることに、リヒャルトはそれまで気づきもしなかった。議員と同じくリヒャルトも、怒れるラシドがどこへ行ったのか見当もつかない。警察の特殊部隊は、まるで巨大な消しゴムのようにそれまでの光景をきれいに消し去ってしまい、いまや雷神ラシドの姿はどこにも見えない。わかりません、とリヒャルトは答える。ラシドは重い心臓病なんですよ、と議員が言う。心配だわ。そのときリヒャルトは、かつて老人ホームで行われた集会の際に、ラシドが手首に「ベルリン大学付属病院《シャリテ》」と記された包帯を巻いていたのを思い出す。あのときはそれを不思議に思いながら、大学病院と同じく「シャリテ」すなわち「隣人愛」という名のボランティア組織があるのかもしれないと思い込んだのだった。ベルリンで治療を受けているんですか？　とリヒャルトは訊く。ええ、と議員が答える。本当は三か月前に手術を受けることになっていたんですけど、待合室から逃げ出したんですよ、仲間の面倒を見るために。それ以来、新しい手術日の予約が取れるのを待っているんです。電話してみましょうか？　とリヒャルトが言う。

今朝から回線が故障してるんです、と議員が言う。私もさっき試してみたんですけど。

回線って？

難民たちがみんな使っている回線です。

故障したのがよりによって今日とは、妙な話ですね、とリヒャルトは言う。

ええ、かなり妙な話です、と議員が言う。


そのとき突然、ユースフが施設の建物から走り出てくる。リヒャルトがかつて教えたドイツ語上級コースの生徒で、皿洗いをしていた彼とは、もうずいぶん会っていなかった。ユースフはアフリカのなんらかの言葉でなにかを叫び、それからフランス語、それからイタリア語、そして多少ドイツ語でも叫ぶ。「ちくしょう、ほっといてくれ！」そして、話をしようとする人間を、相手かまわず殴りつける。落ち着かせようと歩み寄ったリヒャルトのことも。「もうたくさんだ！」とユースフは叫び、グリム童話に出てくる小人ルンペルシュティルツヒェンのようにその場でくるりと回ると、怒りにまかせて警官たちを怒鳴りつけるが、警官たちは落ち着きを失うことなく、ただ盾の壁を向けるだけだ。「皿洗い」という言葉を覚えたときのユースフがどれほど誇らしげだったかを、リヒャルトは思い出す。そして、彼がエンジニアになりたいと言ったことも。いまのユースフはただの逆上した男で、このまま落ち着きを取り戻さなければ、すぐにでも拘束衣を着せられて連行されるだろう。

いつの間にか、ラシドも中庭に戻っている。もはや暴れても叫んでもいない。ただひたすら疲れ切っているようだ。施設から出るのはもちろんかまわない、と警備員がラシドに言い、こうしてラシドは、施設の前にいるリヒャルトたちのところへ出てくる。

最悪《イッツ・リアリー・バッド》だよ、とラシドは言う。今日は本当に、本当に最悪だ。にもかかわらず、議員とリヒャルトと握手しながら、ラシドはふたりに、元気かい？《ハウ・アー・ユー》　と訊くのを忘れない。

元気《グッド》だよ、とリヒャルトは律義に言う。

元気《グッド》よ、と議員も言う。

あいつら、俺たちを犯罪者みたいに扱ってる。俺たちがなにをしたっていうんだ？

リヒャルトは肩をすくめる。

ラシドはズボンのポケットから小型の携帯電話を取り出し、番号を押す。

電話、まだ通じない。

ああ、さっき気がついたよ。

ふたりとも、あとからデモに来てくれるか？　オラニエン広場から州政府まで行進する。

リヒャルトと議員はうなずく。

それからラシドはユースフのほうへ歩いていく。ユースフは武装した警官隊の壁に向かって、まるで目びさしの列の後ろにとりわけ扱いにくい生徒が隠れているとでもいうように、人差し指を彼らのほうに突き出しながらなおも怒鳴っている。ラシドは、友人同士でよくやるように何度かユースフの肩を叩き、もういいだろう《イッツ・オーケイ》、と言う。もういいだろう《イッツ・オーケイ》。ユースフはもう一度、今朝設置されたばかりの金属バリケードを蹴りつけると、武装警官たちに背を向け、何度か肩越しに罵り言葉を吐きつつ、ようやく施設のなかに戻っていく。

ユースフもリストに載ってるの？　と、リヒャルトは戻ってきたラシドに訊く。

いや、でもあれやこれや全部にストレスをためてるんだ。ルフもクリスマスのあいだ、精神科に入院してた。

えっ、なんてことだ、とリヒャルトは言う。

ああ。いまは退院したけど、具合は悪そうだ。

どうしたんだ？

もうなにも食べられないんだ。口を開けられないのか、開けたくないのか。

一瞬パニックに襲われるのに、リヒャルトは気づく。状況はいま、本当にもうどうしようもないところまで来ているのだろうか？

例の十二名はいまどこにいるの？　と議員が訊く。

何人かは昨日出ていった。ほかはもうすぐ出てくる。

自分からすすんでこの施設を出ていくのか？　とリヒャルトは訊く。

また闘うべきだっていうのか？　戦争から逃げてきた人間たちなんだぞ。

そのとき、数人の男たちが出てくる。リュックサックを背負い、手には旅行鞄やビニール袋を持って。

何台もの輸送車両の脇を通り抜けてバス停に向かう。その男たちのなかにオサロボの姿はなく、ザーイルもいない。歌い手のアブドゥッサラームは、リヒャルトと議員と別れの握手を交わし、ラシドと抱き合った後、ほかの男たちに続く。リストは目的を果たしたのだ。

45

ドイツでは、デモは原則として法的に認められている。とはいえ、重要な問いが三つある。

一　そもそも誰がデモを届け出るのか？
二　どのルートを行進するか？
三　スローガンはなにか？

届け出人はドイツの身分証明書を持つ人物でなければならない。リビアからの戦争難民に当てはまることは滅多にない条件だ。ひとりのドイツ人支持者――ずっと後方にいる、ひょろりと背の高い禿げ頭の男――が、届け出のために自分の身分証明書を渡す。どこを歩くつもりかい？　そう訊かれてラシドが答える――州政府庁舎まで。十分が経過し、数人がラシドに向かって、それじゃ意味がない、金曜の午後には州政府の職員はもう誰も職場にいない、と言う。先ほどの議員がラシドに歩み寄り、聞いた話では州政府庁舎に入ることはできない、せいぜい庁舎前広場までしか行けない、と言う。警官隊の隊長がやってきて、もしルートを変更してブランデンブルク門まで行進することにするなら、我々はまったく別の道路を封鎖しなくてはならない、と言う。どうしてブランデンブルク門なんだ？　とラシドが訊く。届け出をしたあの人がそう言ったんですよ、ほら、あそこにいる禿げ頭の。どの禿げ頭？　いままで一度も会ったことなんかないぞ。さらに十分が経過する。州政府庁舎まで歩けないなら、アメリカ大使館にしよう、とラシドが言う。で、どうするんです？　と隊長が訊く。だから、アメリカ大使館にする。なるほど。ラシドは後方に向かって歩いていくと、禿げ頭の男と口論し始める。さらに十分が経過する。禿げ頭の男が隊長のもとに来て、届け出を取り消します、と言う。身分証明書と住所を提出する人がいないなら、デモはできませんよ、と隊長が言う。そこでリヒャルトは言う——私の身分証明書を、ここにあります。そのとき別の警官がやってきて——あまりに背が低いので、ラシドの横に並ぶと小人のように見える——こう尋ねる。デモのスローガンは？　いい加減に出発するぞ、とラシドが皆の頭越しに呼びかける。スローガンはなにかと尋ねた小人警官のことは目にも耳にも入っていないらしい。スローガンはなんです？　と、小人警官がまた尋ねる。出発するぞ！　それがスローガン？　違います、とリヒャルトは言う。ラシドが怒鳴る——もうこれ以上待てない！　それがスローガン？　と小人警官が尋ねる。違います、とリヒャルトは言う。小人警官が言う——スローガンがないとデモの届け出ができませんし、届け出がないと道路の封鎖を始められないんですよ。リヒャルト——封鎖はまだ始まってもいないんですか？　小人——そうですよ、だって始められないでしょう、スローガンがないと。さらに十分が経過する。あまり深く考えずに、リヒャルトはとっさに言う——スローガンは「世界の仲間たちと」です。口に出して初めて、リヒャルトはそれが一九七三年の世界青年学生祭典（一九四七年から開催されている世界規模の祭典。冷戦終結前は社会主義国のみで開かれてきた）のスローガンだったことを思い出す。隊長がリヒャルトのところに来て言う——新しくデモを届け出た方ですね？　はい、とリヒャルトは言う。アメリカ大使館の目の前を行進することはできません、それはもうご存知ですか？　どうしてだめなんです？　とリヒャルトは訊く。緩衝地帯だからです、と隊長が言う。当たり前ですよ。それから隊長は小人に向かって訊く——で、スローガンはどうなった？　「世界の仲間たちと」です、と小人が言う。よし、と隊長が言う。じゃあ、道路の封鎖が終わるまで、少なくともあと三十分待ってください。ラシドが訊く——この人、なんて言ってる《ホワッツ・ヒー・セイング》？　リヒャルトは通訳する——あと五分で出発だ。よし《グッド》、とラシドが言い、仲間たちを呼び集める。彼らのなかには、警官と激しく口論している者もいる。隊長はすでに通りの反対側に停めた指揮官用車両の脇に立って、無線でなにか話している。行くぞ！《ウィー・スタート》　とラシドが叫ぶ。出発だ！　だめだ、そういうわけにはいかんぞ、まだ待つんだ、と隊長が叫んで駆け戻ってくる。ラシドを落ち着かせようとわざと間違った通訳をしたリヒャルトは、その奇策が自分の意図したのとは真逆の効果を生むのを目の当たりにする。隊長がもう一度、そういうわけにはいかんぞ！　と叫んで、ふたたびどこかに走っていく。デモ参加者があいだを通り抜けられないよう、警官たちが整然と一列に並ぶ。彼らの背後、百年前には橋だった道路には、なおも車が行き交っている。ラシドが隊長に向かって怒鳴る――神様の罰が当たるぞ！《ゴッド・ウィル・パニッシュ・ユー》　どうやら――幸いなことに――英語がわからないらしい隊長は独り言をぼやく――デモのルートは全部あらかじめ封鎖しなきゃならんと、ちゃんと言ったじゃないか。いまにもアフリカの男たちの誰かの堪忍袋の緒が切れないとしたら、まさに奇跡に近いな、とリヒャルトは思う。神様の罰が当たるぞ！　だが、警察のほうは奇跡など望んではいないのかもしれない。議員が言う――ラシドの心臓は本当にひどい状態なの、心配だわ。リヒャルトはラシドに歩み寄って言う――むやみに神様なんて言葉は使わないほうがいいよ、ラシド、このうえテロリストだと思われたりしたら困るだろう。だがラシドはリヒャルトの言葉に耳も貸さず、警官たちに向かって怒鳴る――俺たちは犯罪者じゃない！《ウィー・アー・ノー・クリミナルズ》　すぐに出発できるから、とリヒャルトは言うが、雷神ラシドは稲妻を投げるのに忙しく、なにひとつ聞いていない。法律を変えろ！《チェンジ・ザ・ロー》　この調子で暴れ続けたら倒れてしまう、と議員が言う。リヒャルトの目に、アフリカの男たちのひとりが、彼を少しばかり押し戻そうとする警官に対し、拒絶するように両手を上げて、触るな！《ドント・タッチ・ミー》　と言う光景が映る。警察の鎮圧部隊の隊員が、自分を罵るアフリカ人の言葉に、鎮静化の訓練で習ったとおりに優しくうなずきながら耳を傾ける光景が映る。若い支持者のひとりが自作のプラカードを掲げる光景が映る。そこにはこう書いてある――**ケニアの同性愛者万歳！**　この時点で、すでに出発予定時刻から一時間半が経過している。そのとき、議員とリヒャルトは、仲間のアフリカ人たち――たとえばアポロンやトリスタンやのっぽのイテンバなど、ずっとおとなしく待っていた男たち——が突然、続々とラシドの前に歩み出てきて、やはりこぶしを振り回し始めるのを目にする。彼らは叫ぶ——俺たちは残りたい《ウィー・ウォント・トゥ・スティ》！　または、俺たちは犯罪者じゃない《ウィー・アー・ノー・クリミナルズ》！　または、俺たちに居場所を《ギヴ・アス・ア・プレイス》！　しばらくしてようやく、リヒャルトと議員は理解する——ラシドの友人たちは、たとえ数分のあいだでもラシドの代わりを務めようと思ったのだと。誰かがリーダーを務めねばならない。誰かがこぶしを振り回し、怒鳴らねばならない。警察がデモの開始を遅らせ続けるなか、抗議が混沌として手がつけられない事態になるのを防ぐために。そのあいだ、ラシドは一線を退いて、数分間休憩することができる。**友達は、いい友達ってのは、世界一いいものだ。**予定時刻から二時間半遅れで、デモ隊はようやく動き出す。生まれて初めてデモの届け出人となり、スローガンまでひねり出した古典文献学の名誉教授リヒャルトは、男たちが穏やかに行進を始め、それまでデモ隊を長いあいだ足止めしていた警察が突然、道路の安全を確保するために、きっちりと列を固めて彼らを先導し始めたことにとても嬉しくなる。こんなふうに進む隊列を見かけた歩行者はきっと、警察と難民は最初から味方同士なのだと思うだろう。リヒャルトは、モーリッツ広場までの二百メートルだけをデモ隊に同行し、そこから地下鉄に乗って家に帰る。

46

その晩、リヒャルトはニュースで、オラニエン広場のグループのうちベルリンのフリードリヒスハイン地区に送られた難民たちが、ベルリンからの追放に抗議して、昨日の八時から施設の最上階を占拠していることを知る。なかには屋根に上って、そこから飛び降りると脅す者もいる。施設のその他の階はすべて撤収され、封鎖されているという。

翌日の朝、リヒャルトがシュパンダウ地区の施設に行ってみると、ラシドが自室にいるだけで、ほかは誰もいない。ラシドはベッドに横になっているが、リヒャルトを手招きして呼び寄せる。元気かい？《ハウ・アー・ユー》 ああ、ほかの奴らはフリードリヒスハインに行ったんだ。友達に協力するために。でも俺はもう無理だ。ラシドは、薬でぱんぱんに膨らんだ透明なビニール袋を持ち上げてみせる。

屋根に上ってるのは君の知ってる人たち？　とリヒャルトは訊く。

もちろん、とラシドは言う。俺たちみんな、オラニエン広場で一緒だったんだから。あいつら、もう失うものなんてないからな。

これからどうなるんだろう？

わからない。《アイ・ドント・ノウ》俺、この八週間で三回も、ベルリン州政府の内務大臣と個人的に話し合おうとしたんだ。一対一で。三回《スリー・タイムズ》だぞ。

それで？

毎回、ちょうど会議中か留守かだった。俺たち、書面で面会を頼んでもみた。でも、なんの返事もない。

雷神に嘆願させるとは、なんとも高等な外交術だ、とリヒャルトは考える。父親を殺され、子供ふたりが溺死しても、経済学と社会学の学位を持つ人間にはかなわない。難民グループは気にかけるべき国民ではないし、仲間のために活動するリーダーであろうと、国家元首ではないというわけだ。法律の便利なところは、誰かが個人的に作ったものではないことで、それゆえ、誰も個人的に責任を持つ必要がない。昨今の政治家が法律のあれやこれやを変えたいと望むなら、もちろんやってみることはできる。だが、なにも変えたいと思わない政治家もまた、同じように出世するのだ——ことによると、変えたいと望む政治家よりもずっと優雅に。

昨日、ここシュパンダウでもなにか抗議活動をすべきだったかもしれないね、とリヒャルトは言う。考えたよ、とラシドが言う。でもここには子供もいるから。

なるほど、とリヒャルトは答え、それから長いあいだ、それ以上なにも言わない。

訪れた沈黙のなかで、ラシドは目を閉じ、やがて眠り込む。

リヒャルトはしばらくのあいだ、ベッドの脇に座っている。何年も前、まだ息をしていた母のそばに座っていたように。

やがて立ち上がり、部屋を出て、静かにドアを閉める。

車で家に戻る途中、アンネが電話してきて言う。屋根に上って抗議してる人たちのこと、もう聞いた？ リヒャルトは、ああ、と答える。ひとり、屋根からおしっこした難民がいるんだって。それでみんな、ものすごく怒ってる。それも知ってた？ リヒャルトは、いや、と答える。

冬、雪の匂いがするのはいいものだ。朽ちた落ち葉に積もった新雪の匂いがするのは。庭の門を開けて、空気を深々と吸い込む――もう二十年間、家に帰ってくるたびにそうしてきた。二十年間、この庭には冬があり、この庭に積もる雪はこんな匂いで、リヒャルトはこんなふうに庭の門を開け、その後また閉めてきた。

自分が、関わる現実を選び取ることのできる、この世界で数少ない人間のひとりであることを、リヒャルトは自覚している。

翌日、施設の最上階を占拠する者たちに対して電気と水の供給が断たれたという記事が新聞に載る。リヒャルトは、腕を広げて屋根の上に立つ男の写真を見る。まるでかかしのように見える。屋根は雪と霜とで滑りやすくなっていて、危険な状況であるとキャプションに書かれている。ある国が人間をどんな速度で破滅させるかは、国の威信と関係があるのだろうかと、リヒャルトは考える。なぜ、ひとりの難民が屋根から飛び降りて死ぬほうが、同じ難民が惨めな生活のせいでゆっくりと死んでいくより、国の威信をはるかに大きく損なうことになるのだろう? おそらく、人が飛び降りる瞬間にはカメラマンがその場にいて、シャッターを押すからだろう。それとも、屋根の上の男たちが、自分たちの存在を望まない国からとうてい我慢できない生活を強制され、管理され続けるくらいなら、自分の死ぬときと死に方は自分で決めたいと望むことが問題なのだろうか?「自らの人生の決定権」とは、いまだに「決定権」の問題なのだろうか? 「人生」の問題ではなく? **どちらがりっぱな生き方か、このまま心のうちに暴虐な運命の矢弾をじっと耐えしのぶことか/それとも寄せくる怒溝の苦難に敢然と立ち向かい/闘ってそれに終止符を打つことか**(シェイクスピア『ハムレット』より)。

ドイツの大手新聞のひとつが、屋根の上の難民たちについての皮肉交じりの記事をインターネットに掲載する。**ベルリンでは常になにかが起きている**、とそこには書かれている。リヒャルトは読む——**抗議はどこまで行くと脅迫になるのか?** 一瞬、リヒャルトはこの問いの意味を誤解し、ここにある脅迫とは、電気と水の供給を断つことで屋根の上の難民たちに立ち退きを迫る警察の作戦のことだと受け取る。だがすぐに、ここで脅迫者と名指しされているのは、自身の命を危険に晒している者たちのほうなのだと気づく。新聞の読者はコメント欄でその記事を賞賛し、屋根に上って自殺すると脅す特権がなぜ難民だけに与えられているのかと嘆く。そしてもちろん、屋根から放尿する特権も、と。

ドイツに来るやいなや、最初にやることが屋根からションベンかよ!

「最初にやることが」だって? とリヒャルトは思う。亡命と待機を始めてからまもなく三年になるというのに。

「難民シーン」の紳士方とその支援者が、これまで一度でもどこかでちゃんとした仕事に就くか、なにかしら有意義なことをしてるところ、見たことある？　少なくとも私はないけど。

彼らに就労を禁じておきながら、その一方で働いていないと非難するとは、少し考えただけでも、かなり無理のある論理だ。

この主要紙、新生ドイツのいわば中央機関紙ともいえる新聞のその記事には、施設の前で連帯のしるしにキャンプを張る支持者たちの生活と活動についても書かれている。それによれば、彼らは歌い、踊り、難民たちへの支援を呼びかけている。真冬の屋根の上にいる難民たちは、つまるところこれら支持者たちの犠牲者にすぎず、彼らの政治的な目的のための道具にされているのだが、それを見抜くだけの知性と洞察力が足りないのだと同記事は主張する。リヒャルトは、デモの際にプラカードを持った若い男を見たのを思い出す――ケニアの同性愛者万歳！　確かに、とリヒャルトは思う。このドイツの主要紙のほかの読者と同様、暖かい家のなかで、トーストと紅茶とオレンジジュースと蜂蜜とチーズという朝食のテーブルについているリヒャルトの目には、ドイツの未来に暗雲が立ち込めつつあるのがまざまざと見える。仮に、若気の至りや政治的な無知のせいで屋根に上って放尿する難民たちの加勢を得て、あのプラカードを持った支援者がクーデターを起こし、首相の座につくようなことがあるとすれば。

47

記事に寄せられた読者のコメントで暗い気分になっていたリヒャルトにとって、カロンからのメッセージが割り込んできたのはもっけの幸いだ。

やあ《ハイ》、と痩せた男は書く。元気かい《ハウ・アー・ユー》？

リヒャルトは返信する。元気だよ《ファイン》、そちらは《ハウ・アー・ユー》？

メッセージから、カロンが区役所から呼び出しを受けたことが判明する。

リヒャルトは返信する——誰か付き添ってくれる人はいるの？

カロンが返信する——俺には体がない《アイ・ハヴ・ノー・ボディ》。

体がない《ノー・ボディ》——と彼は書く。誰も《ノーボディ》、ではなく。リヒャルトはまたしても、「休暇中の死者」という言葉を思い出さずにいられない。これまで何度も、ここで知り合ったアフリカ人たちの誰もが、いまごろ地中海の底に沈んでいたとしても不思議ではないのだと考えてきた。そして逆に、いわゆる第三帝国の時代にドイツで殺された人々は皆、亡霊となっていまだにドイツに住み着いているのだと。体のない者たちは、生まれることのなかった子供たちやそのまた子供たちとともに、リヒャルトと並んで通りを歩き、仕事に向かい、友人に会いに行き、姿は見えなくても、カフェに座ったり、散歩したり、買い物をしたり、公園や劇場を訪れたりするのだと、リヒャルトはよく考える。行く《ゲーエン》、行った《ギング》、行ってしまった《ゲガンゲン》。亡霊と人間とを分かつ線は、リヒャルトにとって、なぜだかわからないながら常にあやふやなものだった。もしかしたら、リヒャルト自身が昔、まだ赤ん坊だったころに、戦争の混乱に呑み込まれ、死者の国へ落ちていたとしても不思議ではなかったからかもしれない。

それからまもなく、カロンとともに区役所の長い廊下にぽつんと座り、3086号室に呼ばれるのを待ちながら、リヒャルトは訊く。ところで、ガーナではどうやったら土地を買えるのかな？

いくつもあるドアのひとつが開いて、ひとりの職員が出てくる。ヒールのある靴を履き、分厚い書類の束を小脇に抱えたその職員が廊下を遠ざかり、足音が聞こえなくなるまで、カロンは待つ。

村では、とカロンは言う。どの土地が誰のものか、みんな知ってる。それに、昔、誰のものだったか知ってることもある。村では、生まれたときからみんながみんなを知ってるから。土地を売るには王様《キング》の許可がいる。

王様？

そう、とカロンは言う。それから、契約書にサインするとき、証人を三人連れていく。この証人が、自分たちの子供が大きくなったら、その土地が誰のものかを話して聞かせる。だから両親が死んでも、その土地が誰のものかは、子供たちが知ってる。

つまり、証人の地位も引き継がれるってこと？

そう、とカロンは言う。

で、その土地の正確な広さは、どうやってわかるのかな？

ただ口に出して言う。あそこのあの木からこの石まで、とか、あの家まで、とか、あの川まで、とか。証人がそれを覚える。

じゃあ、君の村に、ご家族にちょうどいい土地があるかどうか訊いてごらんよ、とリヒャルトは言う。

するとそのとき、３０８６号室のドアが開いて、職員が顔を覗かせると、こう言う。アヌボ、カロン？

二日後、リヒャルトのもとに、カロンの友人だという男から土地の写真が送られてくる。緑が生い茂り、ところどころに粘土状の土が見え、背景には数本の木が生えている。手前には炭で「売　地《プロット・フォー・セール》」と書かれた看板が立ててある。そして一万二千ガーナセディという価格と、電話番号が二つ。やはりその友人が写真に撮って送信してきた以前の売買契約書は、一ページの四分の三にも満たない——州政府とオラニエン広場のグループとのあいだに交わされた合意書とだいたい同じ長さだ。「クワメ・ボアテン、アルハッサン・キングズリー、サルウォ・ムカンボの土地と境界線を共有する《シェアリング・コモン・バウンダリーズ・ウィズ・ザ・プロパティーズ》」とある。この写真の土地は実在するのだろうか？　そもそもこの村はどこにあるのだろう？　それに、一セディはいくらなのだろう？

以前の売買契約書にある四つのサインのうち三つは、指を紫のインクに浸して紙に押しつけたものだ。

ベルリンの壁崩壊から数年後、妻とともに、東ドイツ時代に政府から借りて住んでいた土地を買おうと決めたときのことを、リヒャルトはいまも鮮明に覚えている。そのころ、隣人たちのなかにはすでに、いわゆる旧所有者との訴訟に巻き込まれている者もちらほらいた。つまり、ロシアによる占領地区《ツォーネ》から逃げるまでその土地を所有していた人またはその家族との係争だ。やがて旧東ドイツ市民全員が知ることになるように、新たな統一ドイツの法律は、東側が資本主義社会だった最後の時点、すなわち一九四五年までの法律を直接引き継ぐ形で適用された。土地所有権の観点から見れば、納得のいく措置だ。なにしろ、ドイツの東側における一九四五年から九〇年までは、それまでとは異なる所有の概念と状況を作り出そうとする試みが行われた期間にすぎず、その試みは失敗に終わったのだから。こうして、一九四五年の土地所有台帳がふたたび引っ張り出され、終戦時の記録がそのまま引き継がれることになり、終戦時と現代とのあいだの、あいにく正当とは認められないわずかな期間の所有権に関しては、どうしても避けがたい場合は訴訟が起こされた。コンピューター言語に、似たような状況を表す言葉がある——Undo すなわち「なかったことにする」というその語は、初めてＩＴ講座を受講したときから、リヒャルトを魅了してやまなかった。まるで、すでに経過した時間を巻き戻し、実際に起きたことをなかったことにできるかのような言葉。あたかも、なにが忘れ去られるべきであり、なにが忘れ去られるべきでないかを決められるかのような言葉。あるいは、なにが結果を伴い、なにが伴わないかをプログラミングできるかのような言葉。いわゆる「転換」の年である一九八九年まで、リヒャルトも妻も、「土地台帳」などという言葉は一度たりとも耳にしたことがなかった。幸いなことに、ふたりが借りていた土地の旧所有者は、ベルリンの壁建設の前にも後にも西側へ逃げたことはなく、ずっと東側で暮らしていて、土地を長年の借り主に売ることができて、いつの間にか祖国ということになった見知らぬ国で過ごすことになる老後の資金が増えたことを喜んでくれた。リヒャルトと妻はローンを組むことになり、そのために給与証明書を準備しなくてはならなかった。振り込みのために第三者預託口座を開設せねばならず、契約に問題がないかどうかを確かめてもらうために公証人を探さねばならなかった。それらすべての手続きには何週間もかかり、いわゆる「所有権譲渡」の後でさえ、契約書が法的に有効になる前に支払わねばならない土地売買に関するなんらかの請求書がいくつも送られてきた。

いまリヒャルトは、人生で二度目に、今回はガーナで土地を買おうとしている。広さは一万平米、価格は三千ユーロ、アシャンティという雨の多い肥沃な地域にある村の土地だ。ベルリン郊外の土地の値段を考えれば、ただ同然といえる。だが、これほど遠いところにある土地が、実際に新しい所有者の手に渡るまでに、どれほどの時間がかかるのだろう？　何年も昔、銀行が希望金額のローンを認めてくれますようにと祈ったように、いまリヒャルトは、ガーナの「王様」が売買を認めてくれますようにと祈る。リヒャルトが想像する王様は、手に槍を持ち、足首にジャラジャラ鳴る足輪をつけた部族の首長だ。とはいえ、一方では理解してもいる——もし王様とやらが本当に権力を持つ男ならば、きっとFCバルセロナのユニフォームを着ているに違いない、と。

王様《キング》は土地売買を認めてくれる。そこでリヒャルトは、一月中旬のベルリンらしい曇天のある日、百ユーロ札で三千ユーロを冬のコートの内ポケットに入れてSバーンに乗り、中心街へ向かう。支払いは現金でなければならないとカロンが言ったのだ。街でカロンと待ち合わせて、ふたりは泥交じりの雪が積もった通りを歩く。横断歩道の信号は赤で、それから青になり、何台もの車がクラクションを鳴らす。雪が降っている。宝くじ売り場、携帯電話のディスカウントショップ、ケバブの屋台、それからさらに二度、角を曲がった先で、カロンがとある店のドアをノックする。店のブラインドは下りている。ドアが開き、それに合わせて鈴が鳴る。ここがかつて肉屋かパン屋だったころからある鈴に違いない。こうしてふたりは敷居をまたぐが、どちらが内で、どちらが外なのだろう？　店のなかには霧が立ち込めている。それとも煙だろうか？　そのせいで、そもそもなにかが見える状態になるまでしばらくかかる。部屋をぐるりと取り囲むように置かれた棚から何本もの棒が突き出ていて、三つ編みにした髪がくくりつけられ、木の器に奇妙な果物が山盛りになっている。棘のあるもの、皮が透明なもの、卵のように見えるものがあるかと思えば、肉のように見えるものもある。果物はまるで祭壇に供えられているかのように配置されていて、部屋の中央には、もじゃもじゃの髪のアフリカ人の女が三本脚のスツールに座っている。女の足元のリノリウムの床には隙間があり、そこから蒸気が立ち昇っている。地下に襲撃を受けた防空壕でもあるのだろうか？　若い男女が無言で、色鮮やかな布で覆われた壁にもたれて立ち、乾燥させたヤシの葉の大きな扇で、中央に座る女に風を送っている。それとも、なんとか視界を確保するために、床の隙間から立ち昇る蒸気を払っているだけなのだろうか？　カロンが男たちのひとりとなにか話している。そのあいだも、もじゃもじゃ髪の女は目を半開きにしたまま、体を前後に揺らしている。やがてカロンが、会話していた相手の男がいま言ったことをリヒャルトに通訳する——その女に金を渡せ。

　リヒャルトは言う——どうやって？

　こうやって《ジャスト・ライク・ディス》、とカロンが言う。膝に載せる。

リヒャルトは札束の入った封筒をコートの内ポケットから取り出すと、それを女の膝に載せる。すると女は、なおも目を半開きにしたまま封筒を手に取り、なかの札を数えもせずにそのまま腕を伸ばすと、床の隙間に落とす。

金が！　とリヒャルトは叫び、なんとか封筒を受け止めようとするが、カロンがリヒャルトを制して言う。

大丈夫《ノー・プロブレム》。

せめて領収証はもらえるんだろうね？

すると女が笑い出し、口のなかの、金の覆いをかぶせた尖った歯が何本も見える。だが、笑いながらも女は目を半開きにしたまま、リヒャルトのほうを見ようともしない。

若い男のひとりが、ズボンのポケットからガムを取り出して、包み紙をはがし、中身を口に放り込む。そして、くしゃくしゃの包み紙の裏に、長い番号と短い番号をひとつずつ書いて、カロンに手渡す。

なんの番号？　とリヒャルトは訊く。

これで終わった、とカロンは言う。行こう。

カロンはこの場所をよく知っている。ここではしばしのあいだ、彼はもはや難民ではなく、ほかの面々と同様、ひとりの人間になるのだ。こうしてまた鈴が鳴る。戦後のベルリンでドイツ人の主婦が買い物をして店を出るときに鳴ったであろう鈴が、リヒャルトがガーナの土地を買って立ち去るいまもまた鳴る。

で、これからどうなるのかな？　とリヒャルトは訊く。

これから、俺がおふくろに電話して、ここにある番号を伝える。

それから？

それから、おふくろが最初の番号にかける。テパの番号だ。そして、金を受け取りに行くと伝える。

それから？

それから、おふくろは一時間かけてミムまで行って、ミムから乗り合いタクシーで一時間かけてテパへ行く。タクシーの乗客の人数が集まるまで待たなきゃいけないかもしれない。だから、全部でだいたい三時間くらいかかるかな。それからおふくろはテパで二つ目の番号と引き換えに金を受け取る。

それから？

それからまた乗り合いタクシーでテパからミムへ戻る。そこから村に帰る。

お母さんは、鞄に三千ユーロ入れて、ガーナを横断するってこと？

そう。村の近くには銀行がないから。

なるほど。それから？

それからおふくろは証人を三人集めて、土地の売り主に連絡する。それから証人と一緒に、売り主の家に行って——金を渡す。

それから？

それからどちらも契約書に署名する。そうしたら土地は俺たちのものだ。


こうしてリヒャルトとカロンは、カフェに三時間座って、ガーナの村に住む年老いた女がミムまで乗せていってくれる誰かを見つけ、それからミムでテパ行きの乗り合いタクシーの席を確保し、テパで五桁の番号と引き換えに一万二千ガーナセディを受け取る店を見つけるのを待つ。どうやら、もじゃもじゃ髪のあの女は、リノリウムの床の隙間から地下の防空壕に金を落としたわけではなく、最短距離で、すなわちまるい地殻を突っ切って、直接ガーナへと投げ込んだらしい。リヒャルトは、いわゆる「虫食い穴《ワームホール》」という思考モデルについての記事を読んだことがあるのを思い出す。リンゴをかじる虫は、まるいリンゴの表面の任意の地点に、表面をぐるりと回って進む虫よりもずっと短い時間でたどり着くという考え方だ。

なにを注文する？

わからない、とカロンは言う。カフェに入ったことないから。

カフェに入ったことがない？

うん、とカロンは言う。一度、イタリアの駅のレストランに入ったことはある。電車の待ち時間があったから。メニューが運ばれてきたけど、そのときはまだ読めなくて、だから席を立って、店を出た。


カロンの母親がテパで最初に向かった店は閉まっていたが、金を受け取れる店はほかにもあった。そこにも最初は誰もいなかったが、そのうち誰かが来た。こうしてすべてがうまく運んだ後、カロンはリヒャルトに携帯電話を差し出し、リヒャルトは、もしもし《ハロー》、と言う。すると、ガーナにいる年老いた女が言う——元気ですか《ハウ・アー・ユー》！

おふくろが話せるたったひとつの英語の文章だ、とカロンが言う。すごく喜んでて、どうしても自分でお礼が言いたいって。


その晩のうちに、リヒャルトは新たな売買契約書の写真を受信する。契約書には、現在カロンがガーナの土地の所有者であると記されている。カロンの母親が長男の代理として、親指の指紋で所有権の譲渡を確認するサインを残している。今朝、リヒャルトが札束をコートの内ポケットに入れてSバーンに乗り込んだ時点から、友人のカロンが家族を養う土地の所有者になるまで、十四時間もかからなかった。

翌朝、カロンがメッセージを送ってくる。「やあ《ハイ》、リヒャルト、元気でいるかなと思って《アイ・ジャスト・ウォント・トゥ・シー・ハウ・アー・ユー・ドゥーイング》、リヒャルト。どうやってお礼を言ったらいいかわからない《アイ・ドント・ノー・ハウ・トゥ・サンクス・ユー》。俺の心は神様だけが知ってる《オンリー・ゴッド・ノー・マイ・ハート》、でもとにかく《バット・エニウェイ・》俺に言えるのは、神様があなたを守ってくれますように《ワット・アイ・キャン・セイ・イズ・メイ・ゴッド・プロテクト・ユー》。いつもいい朝を《オールウェイズ・グッド・モーニング》、カロンより」

いつもいい朝を、か、とリヒャルトは考える。友に対して、それ以上望むことなどあるだろうか？

48

そしてリヒャルトはついに、フリードリヒスハインがどうなっているかを確かめるために街へと向かう。一週間前から施設の最上階と屋根は難民たちに占拠されていて、どの支援組織も、占拠者たちに食事や水を届けに建物に足を踏み入れることを認められていない。支持者は大勢集まっている。白い肌の人間も、黒い肌の人間も、老いも若きも、女も男も。リヒャルトの見るかぎり、いまのところ、歌ったり踊ったり演説している者はひとりもいない。足踏みしている者はたくさんいるが、楽しんでやっているわけではなく、単に寒いからだ。トリスタン、ヤヤ、ムーサ、アポロン、それにハリール、モハメド、ザーイル、のっぽのイテンバが、立ち入り禁止ラインのすぐそばで、ドラム缶の焚き火を囲み、手を温めている。屋根の上には人の姿はない。警官たちが通りを封鎖するバリケードの前に立っている。歩道に残された狭い隙間を通行人が歩いていく。腹立たしげになにかつぶやきながら。そのつぶやきが、この騒ぎを引き起こした難民たちに向けられたものなのか、異次元レベルの大規模な警官隊に向けられたものなのかは判然としない。うん、とザーイルが言う。電話回線は元に戻ったけど、昨日から、ここを占拠してる奴らの携帯のバッテリーが全部切れてるんだ。電気がないから、充電できない。それじゃあ、もうあそこを占拠してる人たちと連絡が取れないの？　うん。それにもうすぐ飲む物もなくなる、水道が止められたから、とトリスタンが言う。実際、これでは男たちがリビアから乗ってきたボートの上とほとんど変わらないじゃないか、とリヒャルトは思う。だが、建物からは、せめて海水を飲もうとペットボトルを垂らすわけにもいかない。リヒャルトは、それからしばらく男たちと一緒にドラム缶の焚き火の前に立つ。そのとき、ルフの姿が目に入る。

ルフ、「ヴィスマールの月」は、湿った雪を払ってさえいないベンチに座っている。ルフ自身も雪に埋もれていて、髪とコートに雪が積もっている。そのせいで、しかも身じろぎもせず静かに座っているせいで、ルフは本当になにかの記念碑のように見える。

ルフ、元気かい《コメ・スタイ》？

ルフは顔を上げてリヒャルトを見ようとするが、うまくいかない。

リヒャルトはルフの前にかがんで、体のあちこちから雪を払ってやるが、ルフは凍りついたようにまっすぐ前を見つめたまま、リヒャルトにはわからないことを小声でつぶやくばかりだ。

なんだい？　なにが言いたい？

全部おしまいだ《トゥット・エ・フィニート》、とルフは言う。全部おしまいだ。

まさか、ルフ、そんなことないよ、とリヒャルトは言う。全部おしまいだなんて、そんなことはない。

いつかは全部うまくいくから。そのうちわかるよ。

ルフがなにか言うが、リヒャルトの理解できない外国語だ。

私と一緒に来ないか、ルフ？

ルフはまっすぐ前を見つめ、黙り込む。

ダンテを読まないか？　第二巻。

ルフはまっすぐ前を見つめ、黙り込む。

食事を用意するよ――一緒に食べよう！

うん《シ》、と、ついにルフが言う。

ほら、わかるだろう、全部うまくいくから。

リヒャルトは、ルフが立ち上がるのに手を貸そうとする。まるで老人のように、ルフは一歩一歩慎重に足を前に出しながら、脇を下から支えるリヒャルトにもたれかかったまま、その場を離れる。

ほら、あそこがもう地下鉄の駅だ！

ルフは懸命に前を見ようとするが、これからリヒャルトの車に乗れるわけではなく、地下鉄で移動しなくてはならないとわかるや、首を振って立ち止まる。

ちょっと無理かな？　ここにいるほうがいいかい？

うん《シ》。

リヒャルトはルフをベンチまで連れ戻す。まだ二十四歳の老人を。

ルフ、なにか飲んでる薬はある？

あまりにもゆっくりと、ルフはズボンのポケットに手を入れると、小さな紙包みを取り出す。なかには黄色い錠剤が一錠入っている。

これはなんの薬？

知らない《ノン・ロ・ソ》。

どうして知らないの？

ルフはまっすぐ前を見つめ、黙り込む。

ルフ、この薬はもう飲むのをやめるんだ。聞いてるか？

うん《シ》。
明日の朝、施設に行くから。そのときに箱を見せてくれ。わかったか？
ルフはうなずく。
友達は面倒を見てくれてる？
うん《シ》。
リヒャルトはもう一度ほかの男たちのもとへ戻り、ルフのことを尋ねる。
あいつをひとりで施設に残しておきたくなかった、すごく具合が悪いから。
連れて帰ってやってくれるかな？
もちろん《チェルト》。

ドクター・リヒャルトの指示をルフは守り、ズボンのポケットに入れてあった黄色い錠剤は飲まなかった。翌朝、すでにルフは少しばかりすっきりして見える。昨日よりも頭を動かせるし、リヒャルトをまっすぐ見て、「おはよう《ボン・ジョルノ》」と言うこともできる。リヒャルトは箱を見て、薬の名前を書き留める。服用説明書はなくなっている。

　家に帰って、リヒャルトはインターネットで薬の副作用を調べる。「発声障害、呼吸困難、発話困難、嚥下障害、咳と痰、食物が呼吸器官に入ることに起因する肺炎」。まさにいまこの瞬間、どうしてバッハのカンタータが頭に浮かぶのだろう？　もしかしたらユースフ——将来エンジニアになりたいと言っていたが、最近狂ってしまったユースフ——が、シュパンダウ地区の施設の前で、「もうたくさんだ！《イッヒ・ハーベ・ゲヌーク》」と叫んだからかもしれない。**ああ！　わが肉体の鎖より／解き放ちたまえ、主よ／ああ！　別れの時が来たら／世界よ、汝に向かって、我は喜びをもって言うだろう／我は満ち足れり《イッヒ・ハーベ・ゲヌーク》と。**「ウィルス感染、中耳炎、結膜炎、胃炎、副鼻腔炎、膀胱炎、皮膚内感染、刺激伝導異常」。まどろめ、力なきまなこよ／安らかに、穏やかに落ちよ！／世界よ、我はもはや留まらぬ／もはやこの世のどこにも／我が魂に益する場所はなし。「立ちくらみ、低血圧、姿勢を変える際のめまい、心拍数の増加または低下、見当識障害、気力低下、筋力低下、筋肉痛、耳の痛み、首の痛み、異常姿勢」。ここでは惨めな思いのみ／けれどあそこ、あそこに見えるは／甘い安らぎ、穏やかな静けさ。「胸の痛み、皮膚炎、歩行障害、食欲減退、平衡感覚の喪失、発話障害、悪寒、動作の異常、光に対する痛みを伴う感覚過敏」。神よ！　美しき瞬間はいつ来るのか——ああ！／安らぎに満ちて世を去り／冷ややかな土のなかで／汝の膝に憩える日は？／別れを告げよう／世界よ、眠れ！「顔面、腕、脚の麻痺、舌のもつれ、卒中、意思に反した顔面、腕、脚の動き、耳鳴り、失神、意識喪失」。我は死を待ち望む／ああ、死よ、すぐにでも訪れよ／されば我を世界に結びつける／あらゆる苦しみから逃れられる（バッハのカンタータBWV82番より）。

雪に埋もれたルフはなんと言っていた？

全部おしまいだ《トゥット・エ・フィニート》。

気がすすまなかったが、リヒャルトは結局、モニカの夫で口髭を生やしたヨルクに電話する。というのも、彼は精神科医なのだ。

これは普通、年寄りにしか処方しない薬だよ。それも、躁病か多動症で、老人ホームでほかの入居者たちを攻撃したり、夜中に人の安眠を妨げる人間相手に限るね。

でも、いつも実に穏やかな男なんだよ、とリヒャルトは言う。

急に発作を起こしたとか。

どっちにしても、この薬は毒以外のなにものでもないんだね。

でもまだ飲んでるんだろ？

いや、それが……

おい——君がやめさせたのか？　いきなり？　それはいい考えとは言えないな。

リヒャルトはあれこれ言い訳し、しかじかの事情で、と説明する。

ああ、なんだ、と、ヨルクは急に言う。黒んぼ《ネーガー》なのか、なるほど。

それがどうかしたのか？

いや、それならことは簡単だからさ。ああいう奴らは、まだ呪術師を信じてるんだよ！　病人の周りを踊りながらぐるぐる回って——はい、治りました！　ってわけだ。

そしてヨルクはけたたましく笑い始める。

ヨルクとモニカの夫妻とは、何度一緒に旅行に出かけただろう？　東ドイツ時代にはいつもハンガリーへ、そしてのちにはフランスやスペインにも。彼らと何度一緒にワインを飲み、あの政権やこの政権をこき下ろし、散歩し、博物館を訪れただろう？　医者とは、人類全体に奉仕することを目指す存在なのかもしれない。だが同時に、人類の特定の一部にしか奉仕する責任を感じないとしても、それはもちろん本人の自由だ。たとえば二百年前のウィーンでは、ドクター・ターラーという医者が、皇帝フランツ一世から直々に許可を得て、ナイジェリア生まれのソリマンという男の死後、その皮膚を剝いだ。ある戦いでロープコーヴィッツ侯爵の命を救ったこともあるソリマンという名の黒んぼ《ネーガー》の皮膚を。ツー・リヒテンシュタイン侯爵家の教育係だったソリマンという名の黒人の皮膚を。フリーメイソン「真の融和」支部の会員だったソリマンという名の黒人の皮膚を。同じフリーメイソン会員として、いわばモーツァルトやシカネーダーの兄弟ともいえる男、支部への入会を望む学者イグナツ・フォン・ボーンの保証人となったソリマンという名のアフリカ人の皮膚を。既婚のウィーン市民であり、六か国語を流暢に操り、娘はのちにツー・

フォイヒタースレーベン男爵と結婚することになり、孫のエドゥアルトは十九世紀初頭に詩人として名を成すことになる男の皮膚を。つまり、ウィーン社会で地位も名声もありながら、ただアフリカ出身だというだけのソリマンという名の男の皮膚を。人生の出発地点で、奴隷市場で馬一頭と交換され、のちにメッシーナに売られたソリマンという名の男の皮膚を。要するにこういうことだ——ドクター・ターラーという医者は、ソリマンという名の人種的に劣った元奴隷の皮膚を剝いだのだ。医者はその皮膚をなめし、木製のマネキンに貼りつけ、「父をきちんと埋葬するために皮膚を返してほしい」という娘の頼みに反して——娘として当然のこの頼みに反して——ウィーンの見物客を喜ばせるために、ソリマンの剝製をガラスケースに入れて帝国自然史博物館の五階に展示した。この黒人に着せた羽根の腰巻きは南米のインディオのものだったので、科学的な正確さに欠けてはいたが、おかげで標本のエキゾチックな面はよりいっそう効果的に強調されることになった。

リヒャルトは一瞬、カイロの国立博物館に、たとえば考古学者のハインリヒ・シュリーマンの剝製がケースに入れられて展示されているところを想像してみようとする。スペインの闘牛士の衣装か、羊の皮と絹でできたモンゴルの衣装を着せられて。もしそんなことがあれば、エジプト人に対して、なんという野蛮人どもだという声が当然沸き起こるだろう。ウィーンでは、「高貴な野獣」の剝製はやがて展示室から撤去されたが、埋葬されたわけではなく、保管室に運ばれて、そこに放置され、埃をかぶったまま、ほとんど忘れ去られていた——一八四八年革命の際、ついにその肉体の残骸が炎によって救済されるまで。

黒い鳥がいるのだから、黒い人間がいてなにがいけない？——以前から、オペラ〈魔笛〉のこの歌詞が、リヒャルトにとっては、肌の色の違いについて言うべきことを余すところなく表現していた。だから、ニジェール出身の病人についての会話を通して、自分が今日のドイツで誰を友人と呼ぶか——そして誰をそう呼ばないか——がおのずと明らかになったことに、リヒャルトは少しも驚かない。

ルフはイタリアの健康保険証を持っていない。滞在許可証《ペルメッソ》の期限が切れていて、更新するためにイタリアまで行こうにも、しばらく前から病気で無理なのだ。

ルフはドイツの健康保険証も持っていない。ドイツで庇護申請する資格を持たないからだ。急性の痛みなどの際の治療は、社会福祉局の認定があれば受けられるが、そのためにはまず患者が申請書を出して、痛みがあることを証明しなくてはならない。ルフが社会福祉局に行って申請書を出し、具合が悪いことを証明したのかどうか、リヒャルトは尋ねない。

診察代は私が払います、とリヒャルトは言う。

いいえ、ご心配なく、と、リヒャルトがかつて勤めていた大学のすぐ近くにある精神科クリニックの若い研修医は言う。

ありがとうございます、とリヒャルトは言う。

痛みはありますか？　と、医師は今度はルフに訊く。

リヒャルトは通訳する。

ルフがうなずく。

正確には、どこが痛むんですか？

ルフは頭を指し、それからこめかみを、そして耳を、それから顎を指す。

口を大きく開けられますか？

いいえ《ノー》。

どうして？

ルフは医師に、上下の歯の隙間から口のなかを指さす。

ちょっといいですか？　と医師が言い、小型の鏡を口のなかに差し入れる。上下の歯の隙間から、口の奥の暗がりにライトを当てた後、医師は言う。右側の歯に、ものすごく大きな穴が開いてますね。

歯に穴が？

はい、歯に穴が。

ルフは、ベルリンのある病院の精神科にある閉鎖病棟でクリスマスを過ごし、退院した後、例の薬をもらった。リヒャルトの見立てでは、あの薬でルフは危うく死ぬところだった。そしていま、判明したのがこれだ――すべての原因は、ひょっとすると、単に歯に開いた穴だったかもしれないのだ。

正しい質問をすることにすべてが懸かっている場合がどれほど多いか、この診察が改めて示している。


ルフはきっと、歯医者にかかったことなどないだろう。歯科医という職業が人類によってすでに発明されていることとさえ知らないかもしれないが、それでも、リヒャルトのかかりつけの歯科医院の診察室に置かれた椅子におとなしく座る。そして、歯科医がほんの数分仕事をするだけで、ルフの歯の穴は埋まる。

歯にこんなに大きな穴を開けてうちに来た患者さんはみんな、痛みで正気を失う寸前でしたよ、と歯科医が言う。すさまじい痛みでね、どこが痛いのかもわからなくなる。だから診断が難しい場合も多いんですよ。

治療費はおいくらでしょう？　とリヒャルトは訊く。

いや、結構ですよ、ご心配なく、と歯科医は言う。

49

オサロボはどこへ行ってしまったのだろう？

行く《ゲーエン》、行った《ギング》、行ってしまった《ゲガンゲン》。

リヒャルトはすでに一週間前から、オサロボに電話をかけ続けている。「現在、電話に出ることができません」。施設にいる男たちもオサロボの居場所を知らず、先週の金曜日以来、誰も姿を見ていない。だから、オサロボから「やあ《ハイ》」というメッセージが送られてきたとき、リヒャルトは即座に電話をかける。

どこにいるんだい？

友達《フレンド》のところ。

友達って？

象牙海岸出身の奴。

どこで知り合ったの？

オラニエン広場で話したことがある。

なるほど。

彼は書類を手に入れた《ヒーズ・ゴット・ペーパーズ》。

わかった。

僕にできる仕事ある？《ドゥー・ユー・ハヴ・ワーク・フォー・ミー》

いや、とリヒャルトは言う。冬にはオサロボに落ち葉を掃いてもらうこともできない。

仕事が必要だ《アイ・ニード・ワーク》、仕事《ワーク》、とオサロボは言う。

わかってる、とリヒャルトは言う。でもいまのところ、難しいんだ。

わかった《オーケイ》。

オサロボは、赤レンガの老人ホームからリヒャルトの家までの道順を覚えた。ところがその後、シュパンダウ地区へ引っ越しさせられた。そこで、Sバーンを使ってシュパンダウからリヒャルトの家まで行く方法を覚えた。なのに今度は、象牙海岸出身の友人が住むライニッケンドルフ地区にいるという。オサロボは数か月前に、ハ長調の音階をリヒャルトとふたりで練習し始めた。その後、簡単なブルースのベースラインを練習し始めたところで、シュパンダウ地区への引っ越しがあった。そこでふたりはハ長調の音階を初めからやり直し、簡単なブルースのベースラインをおさらいした。ところが一月初め、最初の立ち退き者リストにオサロボの名前が載った。だから、またしてもハ長調の音階と簡単なブルースのベースラインのおさらいから始めることになるだろう――そもそも始めるとすれば。

時は人に作用する。人間は機械のようにスイッチを入れたり切ったりできるわけではないからだ。どうしたら自分の人生が人生たりえるのかわからない時間は、なにもすることがない人間の頭から爪先までを埋め尽くす。


今朝、リヒャルトは、フランクフルト・アム・マインで催される学会への招待状を受け取った。「ストア派哲学者セネカの作品における火の性質を持つ物質としての理性」というテーマで発表してくれないかという。学会の日程がすでに再来週に迫っていることから、リヒャルトに依頼が来たのは、別の発表予定者が急にキャンセルしたからなのは明らかだ。セネカについては、大学にいたころに二冊の本を書いている――発表の原稿をまとめるのは、きっと難しくないだろう。それでも、リヒャルトはその手紙をいったん脇に置いて、湖を眺めるために桟橋に出たのだった。

湖はすでにすっかり凍っていた。最後に気温が氷点下に達してから、まだ一度も雪が降っていないため、氷面はまるで黒いガラスのように曇りなく広がっていた。氷に閉じ込められた葦や、落ち葉や水草が見えた。おまけに氷の下、水がまだ凍っていない深いところを、大きな魚がゆっくり泳いでいるところまで。別の年には、デトレフとシルヴィアとともに凍りついた湖面を歩いたものだが、今年はまだ誰も、湖上を散歩しようともちかけていない。もしかしたら、溺れた男が、湖底から呼びかけてくるかもしれないではないか。そして、足元にその男の姿を見ることになるかもしれない。口を開け、氷面のどこかに隙間がないかと下から手探りする男の姿を。だが、リヒャルトたちが斧を持ってきて氷をようやく割るころには、男はきっと、とうに湖底に沈んでいることだろう。


またピアノを弾きに来たいかい？　リヒャルトはいま、オサロボにそう尋ねる。

いい《オーケイ》よ、とオサロボが言う。

明日はどう?

大丈夫《ノー・プロブレム》。

電話を切ると、リヒャルトはフランクフルト・アム・マインの学会の主催者に宛てて出席の返事をしたため、少しのあいだ、二週間後にかつての同僚たちが広い会議場に集まり、発表し、互いの発表に耳を傾け、議論する様子を思い浮かべる。そして、リヒャルト自身もそこに座って、自分の発表をし、ほかの発表に耳を傾け、議論する様子を。一日に六人が発表する。リヒャルトは二番目に登壇する予定だ。休憩時間には、控え室に大きな保温ポットに入れたコーヒーが用意されるだろう。オレンジジュース、ミネラルウォーターにクッキーも。

それはまだ自分の人生なのだろうか？

それが自分の人生だったことなどあるのだろうか？

この四半世紀、いわゆる東西ドイツ再統一によって突然西側の人間に昇格して以来、リヒャルトは学界における優秀な専門家のひとりに数えられてきた。いまでも、少なくとも誰かが発表をキャンセルした際には、穴埋めに声がかかりさえする。学界からの別離は、仲間入りの際よりはるかに目立たず、ひっそりと進む。いずれかの招待が、いつかは学者人生最後のものになるだろう——だが、どれがその最後の招待になるかは、幸運にも、あとになってからでなければわからない。そのときには、リヒャルト自身はもはやなにも気づかないところにいる。

フランクフルトでの今度の学会に出席する同僚たちの何人かは、リヒャルトもまだ知っている。もしかしたら、あのタキトゥスの専門家も来るかもしれない。昨年の初め、ある学会で興味深い会話を交わした同僚だ。だが、ほかの出席者たち——知的な者、変わり者、野心家、内気な者、退屈な者、研究に憑りつかれた者、虚栄心の強い者——が学会の後そろって夕食に出かけるころには、リヒャルトはもう列車でベルリンへ戻る途中だろう。それを残念には思わないはずだ。さらに、ほかの出席者たちがフランクフルトのホテルのシングルルームで枕に頭をつけるころ、リヒャルトは木々のあいだの暗がりを抜けて、すでに家に向かって歩いているだろう。そして、ほかの出席者たちが学会の二日目に、アイロンのあたった二枚目のシャツを着て現れるころには、リヒャルトはすでに湖を眺めているだろう。


いまはどうやって暮らしてるの？　翌日、リヒャルトはオサロボに尋ねる。

オサロボは肩をすくめる。

ときどき荷物を詰めるのを手伝ってる、とオサロボは言う。

郵便局で？

いや、アフリカ行きの荷物。

支援団体の？

うん、そんな感じ。

お金はもらえるの？

一日二十ユーロ。

それで何時間働くの？

一日中。

で、週に何回？

先週は一回だった。来週か再来週、また行くかもしれない。

なるほど。

前はオラニエン広場にときどき誰かが来て、僕たちに仕事をくれた。でも、いまはもう誰も僕たちを見つけられない。

我々は目に見える存在になる、というあの言葉を、リヒャルトは思い出す。

三月になったらイタリアに行きたい。

イタリアのどこへ？

オサロボは肩をすくめる。

そこに仕事があるの？

オサロボは肩をすくめる。

ということは、オサロボがベルリンを去るまで、ピアノのレッスンにはせいぜいあと六週間から八週間しか残されていないということか、とリヒャルトは思い、ふたたびパニックに襲われるのを感じる。もしかしたらそれまでに、オサロボに簡単な曲をいくつか教えて、巻いて畳めるキーボードを使って通りで金を稼げるようにしてやることが、本当にできるかもしれない。

デトレフと前妻マリオンの息子のマークスが十五歳だったころ、マリオンの再婚相手、つまりマークスの義理の父は、夕食のときに元素周期表に載っている元素のクイズを出して、暗記を手伝ってやった。マークスが十六歳のとき、デトレフは職場体験実習先にエンジニアの事務所を見つけてやった。そしてマークスが大学入学資格試験《アビトゥーア》を受けたときには、集中力が増すようにと、マリオンが朝食にリンゴのすり下ろしを入れたミューズリを作ってやった。いまマークスは、中国で橋を建設している。

オサロボは十五歳のとき、父親と友人たちが殴り殺されるのを目にした。

そして三年前から今日までずっと、自分が世界から必要とされない現実を目の当たりにしている。

ハ長調の音階、まだ憶えてる？　とリヒャルトは訊く。

50

当初リヒャルトは、セネカについての二冊の自著にすでに書いた事柄に手を入れるだけのつもりだった。ところが、セネカの「心の平静について」をめくり始めるやいなや、次々に新しいアイディアが湧いてきて、自分が専門とする仕事をするのがいまもどれほど楽しいかに気づいたのだった。同僚たちは思い知るがいい——自分たちが、まだなんの問題もなく働く頭を持つ人間を隠居に追いやったことを。最初にディオゲネスが主張したとおり、理性が本当に火の性質を持つ物質であるなら、そのことはまさに、何世紀もの時を隔てて思想家が別の思想家の思想を吸収し、そこに自身の思想を付け加え、そうすることで元の思想を生かし続けようとする試みにこそ、最もよく見出せるはずだ。リヒャルトはセネカの文章を読む――君が自分の奴隷と呼んでいる男も、同じ種子から生まれ、同じ空を享受し、等しく息をし、等しく生き、等しく死ぬ。君が彼を生まれながらの自由人として見ることができるのと同じように、彼も君を奴隷として見ることができる。このことを、どうか君に考えてもらいたい。こう書いたセネカもまた、プラトンの文章を読んだのだ――奴隷から家系が始まらぬ王はなく、王から家系が始まらぬ奴隷もない。すべては、かの長いあいだの変転が混ぜ合わせ、運命が上から下へとかき回した。そして、オウィディウスの『変身物語』の最後には、エンペドクレスと同じ思想が見られないだろうか。どんなものも、固有の姿を持ち続けるということはない。万物の更新者である自然が、ひとつの形を別の形につくり変えていく。私の言葉を信じてもらいたいのだが、この全世界に、なにひとつ滅びるものはない。さまざまに変化し、新しい姿をとっていくというだけのことなのだ。生まれるとは、前とは違ったものになることの始まりをいい、死とは、前と同じ状態をやめることをいう。リヒャルト自身にとっても、友人のデトレフやシルヴィア、ヘルダーリン愛読者のアンドレアスにとっても、万物は流転するという思想、人間のあらゆる規律や規則ははかないものであるという思想、あらゆる既存の秩序は覆されうるものであるという思想は、常にしごく当然のものだった。戦後に子供時代を送ったせいかもしれないし、社会主義体制の脆弱さを目の当たりにしたせいもあるかもしれない。彼らは人生の大部分をその体制下で過ごしたが、それがほんの数週間で崩壊したのだ。

現在、新しい政治家たちがどうやら、人間は歴史の終わりにたどり着いたと信じ、変化しようとするあらゆるものを力づくで押さえつけることができると信じているらしいのは、平和な時代がこれほど長く続いているせいなのだろうか？　それとも、他者の戦争が地理的に遠いところで起こっているせいで、わずらわされずに暮らしている者たちは、貧血ならぬ貧体験を患っているのだろうか？　人類はあらゆる時代に平和を熱望し、目指してきた。にもかかわらず、平和は世界のごくわずかな場所でしか実現していない。そしてその平和も結局のところ、逃げ場を探している人々と分け合うものではなく、ほとんどそれ自体が戦争のように見えるほど、あまりにも攻撃的に、彼らから守るべきものになってしまうのだろうか？

もしかしたら、理性の道というものは、この男たちがくぐり抜けてきた道に喩えることができるのではないだろうか。どうやってリビアまで行ったの？　並んでドラム缶の焚き火に手をかざしながら、リヒャルトはのっぽのイテンバに訊く。アルジェリアの国境を越えて、三日間、石ころだらけの砂漠を歩いて。倒れ込んで、そのまま動けなくなる奴も大勢いた。そういう奴らは置いていく。とにかく歩き続ける。ほかにどうすればいい？　倒れた奴らは、どうしたってもう助けられない。それに、なにもかも重く感じる、とイテンバは言う。シャツを脱ぎ捨てる――こんなふうに！　と言って、イテンバは腕を大きく動かしてみせる。靴も捨てる――こんなふうに！　そして当時、アルジェリアとリビアの国境地帯の石ころだらけの灼熱の砂漠で、たった一足の靴を脱ぎ捨てる様子を再現する。なにもかも重すぎる。三日間、歩き続ける。どうしても必要なものはただひとつ、水の入ったタンク。リヒャルトは施設の屋根を見上げる。そこにはいま、男がひとり見えるだけだ。男は煙突にもたれて、ただ立っている。あの男もやはり、石ころだらけの砂漠を歩いたのだろうか？　男たちはすでに十三日間、屋根と最上階に立てこもっている。「合意」の際に彼らに与えられた、難民たちの就労の可能性を広げるための助力と支援という約束にこだわるために。リヒャルトは、屋根の上、街の高みに立つ男を見つめ、湖底に沈む死者のことを考える。すると突然、待つという行為が、地上で起こるすべてを囲む一組の括弧であるように思われる。

もしかしたら、記憶というものもまた、この男たちがくぐり抜けてきた道に喩えることができるのではないだろうか、とリヒャルトは考える。砂漠では死者をどうやって埋葬するの？　とリヒャルトはアポロンに訊く。以前訊いたときには、突然サイレンが鳴り出したせいで、答えをもらえずじまいだった。砂丘の真ん中で砂を掻き出して、溝を作る。そこに死んだ人を寝かせる。それから祈る。なにを祈るの？　アポロンはリヒャルトを脇に連れていき、身を切るような風から守ってくれる門のある入口に移動すると、両手を重ねて地面に目を落とし、死者のための祈りを唱え始める。アポロンの足元には格子があり、そこにはいまもドイツの戦時中から残る「マンネスマン防空壕」の文字がある。それから？　それから砂を死んだ人の上にかける。その場所になにか墓標のようなものを作ったりするの？　いや、でも場所がどこかはずっと忘れない。

もしかしたら、この男たちがくぐり抜けてきた道はまた、権力と無力についてなにかを語ってもいるのかもしれない。リヒャルトは、棒で火をつついているハリールに、ヨーロッパまでの道のりはどんなだったかと尋ねる。ハリールは言う。俺はただひたすら水が怖くて甲板の下にいた。上にいた友達は死んだ。太陽がぎらぎら照りつけたせいで、喉が渇いて死んだ。逆にラシドが乗っていたボートでは、甲板の下にいた者たちのほうが、転覆した際に助かる見込みがなかったことを、リヒャルトは憶えている。あっという間に水が入ってきて、とクリスマスイブにラシドが話してくれた。いま、警官たちが施設の前で勤務を交代するのをリヒャルトは見ている。数分のあいだ、出動中の警官の数は百人ではなく、二百人になる。

翌朝、リヒャルトは――ちょうど、占拠された施設の前に立っているあいだに取ったメモを講演の内容に組み込む作業を始めるところだった――州政府が難民たちとの合意を、いまになって無効であると宣言したことを知る。ボーデン湖沿いの街コンスタンツの、ある法律家の助言によるものらしく、重要な署名が――なんとも、なんとも残念なことに！――合意書には欠けているというのだ。いまでは多くの国際的な人権団体が、施設の最上階に立てこもっている難民たちに対するベルリン州政府の対応を批判していることをリヒャルトは知っている。遠く離れたコンスタンツの法律家の判断が、そういった批判と無関係でないことは想像に難くない。そもそも契約が無効なら、一方が契約に違反したからといって、それはもう一方による抗議の正当な理由とはなりえないというわけだ。コンスタンツからの手紙に書かれたほんの数語が、難民たちが何か月も前から待ち望んでいた約束を、それが叶いそうになったまさにその瞬間に、無効と宣言したのだ。

その後リヒャルトはテレビで、ラシドとその他数人の男たちが、オラニエン広場から警察に排除される場面を見る。合意は無効であるとの知らせを受けた彼らは、それならば自分たちの側も合意を守る必要はないと示すために、オラニエン広場の雪のなかにイグルーを造ろうとしたのだ。排除の際に警察が行使する暴力は、法律とその解釈との近親相関的な関係に基づいている、とリヒャルトは考える。ということは、つまるところ、ほんの数枚の紙の上のわずかなインクに基づいているにほかならない。明日、リヒャルトはイテンバに同伴して初めて弁護士を訪ねることを約束した。この状況で弁護士との面会がどんなものになるか、リヒャルトは格別の好奇心をもって、明日を待つ。

51

ローマ教皇ベネディクト十六世は退位に際し、ヨーロッパは三つの柱を持つと述べた。ギリシア哲学、ローマ法、そしてユダヤ＝キリスト教。のっぽのイテンバの弁護士は、自らが依って立つローマ法を大変誇らしく思っている。イテンバの書類を取るために立ち上がると、なんとフロックコートを着ているのがわかる。博物館に展示されていてもおかしくない衣服の裾は、すでに灰色に色褪せつつあるとはいえ、この空気のこもった暗い事務所のどこからともなく吹いてくる謎めいた風に颯爽と揺れている。ドイツでは人は紙を食べるんですよ、と弁護士は言うと、くくく、と笑いながらまた腰を下ろし、袖カバーのずれを引っ張って直す。紙を食べるんです、ともう一度言うと、もう笑いを押し殺せなくなる。紙を食べる――ドイツでは紙を食べるんです！　弁護士は興奮したように言うと、目に涙を浮かべて大笑いする。そして、リヒャルトとイテンバを期待に満ちた目で見つめる。だがイテンバは笑い返さない。弁護士がなにを言っているのかわからないからだ。そしてリヒャルトは考える――この弁護士は、ついさっき待合室でイテンバが、ベトナム人やルーマニア人やほかのアフリカ人とともに折り畳み椅子に座って、秘書のデスクの棚に並んだ無数のファイルを眺めながらリヒャルトに、紙は食べられない、と言ったことを引き合いに出しているのだろうか、と。だが、事務所に続く二重ドアを隔てたこの部屋で、イテンバのあの言葉が聞こえるだろうか？　私はもう七十二歳でね、と弁護士は言う。その顔が突然、ワシミミズクそっくりに見える。七十二歳ですよ！　と言うと、弁護士はまるで、これは自分が役所を相手に仕掛けている途方もないいたずらなのだと言わんばかりに、またしても、くくく、と笑い始める。本来ならとうに年金生活に入っていていいはずなのに、そうはせず、社会福祉局がこれこれしかじかの庇護申請者に対して、通常の三百五十七ユーロではなく二百八十ユーロしか支払わないことや、外国人局がアフリカからの難民を強制的にドイツから出国させるために、彼らが所持するイタリア発行の身分証明書を押収することに異議を唱えている。難民はドイツを出るための交通機関の乗車券を提示して初めて、国境で書類を返却してもらえることになっているのだ。役所にそんな権限はないんですよ！　イタリアの書類なんですからね！　ちなみに、私が実に問題だと思うのはですね、首都であるベルリンでは、ほかの州とは違って、セルビアから来たロマやシンティの家族が、小さい子供もいるっていうのに、氷点下の寒さのなか、ベオグラードのスラムへ追い返されていて、冬のあいだの猶予期間さえもらえないってことなんですよ。ほかの州では、送還猶予期間は慣例だというのに。まあ、これはまた別の話ですけどね。そう言いつつ、弁護士は、子供を追い返すなんて！　と、もう一度叫ぶ。子供ですよ！　この広い世界で慰めを与えてくれるのは新しい教皇だけです。フランシスコっていう名前なのもうなずけますね。**慈悲と賢明さのあるところには、無駄も欺瞞もない！**（アッシジの聖フランチェスコの言葉）そして、教皇フランシスコの話から、弁護士はいきなり古代ローマへと話を移す。**隣家の塀が燃えていたら、**《トゥンク・トゥア・レース・アギトゥル》**そのときは君の家も危ない**《パリエース・クム・プロクシームス・アールデト》（ホラティウス『書簡詩』より）。リヒャルトが賛意を示すようにうなずき、即座にドイツ語訳をつぶやいたので、弁護士はこのうえなく満足げだ。

のっぽのイテンバは、そのあいだじゅうずっとリヒャルトの横で静かに座っている。ふたりの年寄りがなにを話しているのか、一言も理解できず、なぜふたりが笑っているのかもわからない。だからそこにじっと座って、自分の案件でなにかしてくれることがあるのか、なにか憂慮すべき点があるのか、教えてもらえるまでひたすら待つしかない。棚や机の上にある無数の書類を見て、イテンバは恐れをなし、それでこんなに静かに座っているのだと、リヒャルトは見て取る。書類からは何百もの色とりどりの付箋が舌のように垂れ下がり、これは何百人もの運命を決する重要な案件なのだと訴えかけている。これまでイテンバはときどき、「社会《ソーシャル》」に面会の予約がある、という言い方をすることがあった。この場合は社会福祉局のことを言っている。または、イテンバが「家国人《ハウスレンダー》」と言うときは、外国人局《アウスレンダー》のことを指していた。だが、こういった面会の予約について口にすることがすでに、イテンバにとっては非常に大きな恐怖の表明なのだとリヒャルトが理解したのは、ずいぶん経ってからのことだった。リビアとの国境をパトロールする兵士さえもが尋問するのに臆したほどのイテンバが、焼けつくような暑さのなか、三日間、石ころだらけの砂漠を歩き通したイテンバが、ランペドゥーザ島へ着いた翌日、すぐにリビアへ送り返してくれと要求した――だが、あいにくイタリア人に却下された――イテンバが、片目にガラスの義眼をはめた身長一メートル九十センチのイテンバが、役所の書類に書かれたいくつかの文字に――右上にはベルリン市の公式文書に使われるブランデンブルク門の模様、左下には鷲の印章――恐怖を覚えるのだ。

だが実際のところ、書類がなにを通告しているかを理解できずにいることを、イテンバはむしろ喜ぶべきなのかもしれない。

記載に誤りがあった場合、申請された滞在許可の無効化あるいは送還猶予（滞在許容）の取り消し、または強制送還につながる恐れがある。

合意事項の根拠となる法的決定により、甲は援助の根拠となる事実関係に変更があった際には速やかに通知する義務を有する。

なお、上記の証明書は国外退去期限の延長を認めるものではないことをここに明記する。すなわち、国外退去の前提を満たすことが認められた場合、甲はいついかなるときでも――上記の面会日時より前であっても――国外退去処分となりうる。国外退去命令に違反した場合、滞在法第八十二条第四項第一号に則り、外国人局への出頭が要請される場合がある。正当な理由なくこの要請に従わなかった場合、強制的に出頭させられる場合がある。

弁護士が書類をめくり、あちこちに線を引き、さらなる黄色や緑やピンクの付箋を貼り、すさまじい早口であちこちの役所への手紙の文面を音声レコーダーに吹き込むあいだ、リヒャルトとイテンバは並んで座り、ただじっと待っている。ドイツ人との子供ですよ、と、作業の途中で弁護士が唐突にふたりに向かって大声で言う。本当に役に立つのは、ドイツ人との子供だけです！　ドイツ人との子供！　目の前にいるのが男ふたりであること、おまけにそのうちひとりはかなり年配であることが、この弁護士には見えないのだろうか？　それから弁護士はさらに書類をめくり、口述録音を続ける。親愛なる同僚殿、どうか以下の点を考慮されたし、同僚より親愛の念を込めて、云々。

でも、たとえば「滞在許容」だって、じゅうぶん役に立つのでは？　と、弁護士が一瞬レコーダーから離れた隙にリヒャルトは訊く。「滞在許容」をもらえれば、少なくとも九か月後には仕事を探すことができると聞いたんですが、違うんでしょうか？

九か月後！　と弁護士はおうむ返しに言うと、また大笑いし始める。

いや、そうではなくて、とリヒャルトは言う。私が言っているのは「滞在許容」という資格のことです。

わかってます、わかってます、と弁護士は言い、あちこち書類をめくるが、それ以上答えない。

それがあれば仕事を探せるということが言いたかったのですが、とリヒャルトは繰り返す。

探すことはできますよ、もちろん、と弁護士は言い、あちこち書類をめくる。

つまり？　とリヒャルトは訊く。

「優先順位規則」というのを聞いたことはありますか？　と弁護士は言うと、今度は唐突に書類をめくるのをやめて目を上げ、分厚い眼鏡のレンズの奥から一瞬、リヒャルトに鋭いまなざしを向ける。本当にワシミミズクに似ている。

いいえ、とリヒャルトは言う。

要するにですね、「優先順位規則」が定めるのは、ドイツ人もヨーロッパ人もその職を希望しない場合に限り、たとえばこちらの——ここでワシミミズクは書類に目をやる——アワド氏にもチャンスが巡ってくるかもしれないということです。

なるほど、とリヒャルトは言う。でも、チャンスがまったくないよりはましではないですか。

確かに。でも、アワド氏がその職に応募するには、その前に外国人局からその職に就く許可を得ないといけないんですよ。

そういう場合には外国人局も許可を出すでしょう、とリヒャルトは言う。

それがですね、と弁護士が言う。

どういうことです？ とリヒャルトは訊く。

外国人局は、応募書類をまず職業斡旋所に送って、優先順位を確認するようにと頼むわけです。この確認には時間がかかる。どうしてかは誰も知らないんですがね。職業斡旋所からついに回答が来ると、外国人局は今度は自分たちで調査を始める。この手続きすべてに三か月も四か月もかかることがある。おまけに、最終的な決定が常に肯定的なものとは限らない。

どうしてです？

それは外国人局の紳士淑女の皆様方に訊いていただかないと。

のっぽのイテンバは、ふたりの老紳士が彼の将来の展望について相談しているあいだ、まっすぐ前を見つめたまま、じっと黙って座っている。片目の義眼のせいで、おそらくイテンバは、ここにある書類の山を二次元で見ているのだろう、とリヒャルトは思う。

それに、たとえ外国人局から許可が下りたとしても、と弁護士が続ける。この手続き全部が終わるまで、その就職先がまだ空いている必要がある。それにはよっぽど気の長い雇い主でないと。

なるほど、とリヒャルトは言う。

弁護士事務所の窓枠が、過去百年の熱気と湿気で明らかに朽ちているのが、リヒャルトの目に映る。壁のペンキは、四・二メートルの高さの天井まですっかり黄ばみ、床はただのリノリウム張りだ。最近リヒャルトが電話して、イテンバの相談料を二か月分先に払うべきかと尋ねたとき、秘書はこう言った。あら、お気遣いなく、まずは一か月分だけお支払いいただければ。一か月分の料金は五十ユーロ。九か月で総額四百五十ユーロになる。弁護士報酬法が定める庇護申請関係の仕事の最低報酬額だ。この弁護士の職業哲学は、この事務所の状態からも明らかなように、費用回収という概念とは無縁のようだ。ましてや収益性という概念とは。

でも、とリヒャルトは言う。人員不足の職種というカテゴリーはないんですか？　弁護士にこの質問をしてくると、金属工のラシドに約束してきたのだ。リヒャルトがインターネットで読んだところでは、ドイツで至急必要とされる専門職の有資格者は、「滞在許容」の資格さえあれば即座に就職可能だという。

ありますよ、と弁護士が言う。ただ、その場合も外国人局から、身元確認のために祖国のパスポートを提出するようにと求められるんです。少なくとも出生証明書を、と。

それで？　とリヒャルトは訊く。

そうすると、祖国からパスポートが発行されるかもしれない。

いいことではないですか。なにか問題でも？　とリヒャルトは訊く。

確かに、二国間ポーカーがないかぎりはね。

二国間ポーカーとは？　とリヒャルトは訊く。のっぽのイテンバが机の下で指を引っ張り、関節をぽきぽき鳴らす。

ああいう国の政府は、ドイツに便宜を図ってもらおうとすることがあるんですよ。通商条約だとか、ときには武器なんかのね。その見返りとして、ドイツで滞在許容の資格しかない、でも自国のパスポートを有している国民を引き取ることに同意する。

つまり、そういう方法で、難民のなかから専門職の者たちだけでも追い返すことができて、ドイツは嬉しいと？　私の理解で合っていますか？　とリヒャルトは訊く。

まあ、そういうことですね、と弁護士が言う。

この人、なんて言ってる？　ついにイテンバも質問する。

あとで説明するよ、とリヒャルトは言う。

それから忘れてはならないのは、と弁護士が言う。オラニエン広場にいたこちらの紳士のような方々は、「滞在許容」資格さえ持っていないということです。それに、たとえ持っていたとしても、滞在許容は滞在許可資格とは違います。

じゃあどんな資格なんです？

滞在許容というのは、単に国外退去の一時的な停止にすぎないんですよ。この言葉を、弁護士は、以前ユースフが「皿洗い」という言葉を覚えたときに口にしたのと同じように、楽しそうに味わって口にする。リヒャルトは頭痛がしてくるのに気づく。痛みは額からこめかみを経て、徐々に後頭部を侵食していく。

だが、リストにはもうひとつ質問が残っている。

では、第二十三条は？　とリヒャルトは訊く。インターネットで読んだんですが、国または政府または政府の長が希望しさえすれば、ＥＵ内での規制は無効となり、庇護申請者は、法律上はその者を受け入れる責任のない国にも、単にひとりの人間として受け入れられるそうじゃないですか。

この質問への弁護士の答えはただ一言だが、リヒャルトは特に驚きはしない。

希望しさえすれば、ね。

なるほど、とリヒャルトは言い、突然、弁護士とのこの面会は自分の手に余ると感じる。

ベルリン州政府の宣言はまだお読みではありませんか？　と、弁護士がまるで苦い薬を飲ませなくてはならない病人に語りかけるように、突然穏やかな口調で尋ねる。

宣言とは？

昨日、どの新聞にも載ってましたよ、と弁護士は言うと、引用し始める。

オラニエン広場における抗議活動の参加者に対する滞在法第二十三条第一項に則った滞在許可証発行は、ドイツ連邦共和国の政治的利益の維持に資するものではないことを、正確を期すため付記する。

いや、それは読んでいませんでした、とリヒャルトは言う。

よろしいですか、とワシミミズクが言う。社会が高度に発展すればするほど、いわゆる「常識《コモン・センス》」に、明文化された法律が取って代わるんですよ。私が考えるに、ドイツでは、まあこういう言い方をしていいかどうかわかりませんが、いわば大衆の感情的側面ですね、それに基づいているのは、もはや全法律の三分の二にすぎません。残りの三分の一は、すでに高度に発達した純然たる法律で、あまりに精巧に作られているものだから、その基礎にあったはずの人間の感情は余計なものになってしまって、言ってみればもう存在しないも同然なんです。二千年前、ゲルマン民族は、客人をもてなすことにかけては他の追随を許さない人々だった。タキトゥスの『ゲルマニア』にある、我々の祖先のもてなし好きについて書かれた美しい一節、きっとご存知でしょう?

ええ、とリヒャルトはうなずいて言う。

思い出していただくために、ちょっとだけ披露してもよろしいですかな?

どうぞ。

弁護士は立ち上がると、本棚へと歩いていき、フロックコートの裾が、どこからともなく吹いてくる事務所の風に揺れる。本棚からタキトゥスの文庫本を取ると、弁護士は一枚の紙が挟まれたページを開く。弁護士との面会が終わりに近づいていることに気づいたイテンバが、慎重に書類を集め始め、きちんと重ねて、このためにわざわざ持ってきたファイルに戻す。リヒャルトはそんなイテンバにうなずいてみせる。そのとき、弁護士が朗読を始める。**ゲルマン人にとっては、そのなんぴとたるを問わず、これに対し**

て宿を拒むことは瀆神の行為とされ、誰もその資産に応じ、卓を設けて客を迎えるのである。食糧の蓄えが尽きたとすれば、つい今まで主人であった者は、招待への案内者となり同伴者となって、招きを待たずにともに近隣の家に赴く。そこでもなんらの差異はない。同等の懇切な態度をもって彼らは遇される。賓客の礼に関するかぎり、家の己知と未知の区別を設けるものはない。弁護士は本を閉じると、リヒャルトに訊く——さて、いまは？

さて、いまは？　とかすかな希望の兆しを感じながら、リヒャルトは訊き返す。

二千年後のいま、代わりにあるのが、滞在法第二十三条第一項というわけです。

弁護士は、まるで寸劇を披露したかのように、手を胸に当ててお辞儀をする。それから両開きのドアを開けると、よろしいですかな？　と言い、面会時間が終わったことをほのめかす。どれほど大勢のルーマニア人、ベトナム人、ほかのアフリカ人がまだ部屋の外で待っているか、リヒャルトも重々承知している。イテンバとともにコート掛け——帽子用の棚には、なんとシルクハットが置かれている——の横を通り過ぎながら、リヒャルトは、どことなくワシミミズクを思わせるあの弁護士が、二つ前の世紀からこの二十一世紀に飛んできたに違いないと、ほとんど信じて疑わない。本物の海を生きて渡り切りながら、いまや書類の川や海で溺れている人々の流れがいつ果てるとも知れないこの世紀——新しく、同時にあまりにも古い二十一世紀に。

52

やがて、リヒャルトがフランクフルト・アム・マインへ向かう日が来る。午前中、オサロボがピアノを練習しているあいだに、リヒャルトは講演の原稿を印刷し、手を入れ、それをオサロボに見せた。もちろん、ドイツ語で書かれた原稿をオサロボは読めないのだが。

これは新聞用の記事《ディス・イズ・フォー・ア・ニュースペーパー》？

いや、発表だよ。人前で読むんだ。

ここに人が来るの？

いや、私が今晩、列車でフランクフルト・アム・マインまで行くんだよ。招待されて、みんなの前でこの原稿を読むんだ。

それから？

それから、内容についてみんなで話し合う。

へえ。

フランクフルト・アム・マインに行ったことは？

ない。ヴュルツブルクしか。

二年前、ヴュルツブルクから最初の難民たちがオラニエン広場にやってきたことを、リヒャルトは思い出す。彼らは、出発前からすでに新聞の見出しを飾っていた。自分たちの困難な状況に注目を集めるために、自らの唇を縫った男たちがいたからだ。リヒャルトは思わず、オサロボの顔に傷跡はないかと目を走らせるが、オサロボの口は問題なく見える。

明後日には帰ってくるよ、とリヒャルトは言う。

わかった、とオサロボは言う。

お茶をもう一杯飲もうか？

いいよ《オーケイ》。

こうしてふたりは初めて、台所でお茶を前に向かい合って座る。

翌日、リヒャルトはフランクフルト・アム・マインの会議場で演壇に立ち、古典文献学者たちの前で、「ストア派哲学者セネカの作品における火の性質を持つ物質としての理性」について発表する。理性についてのみならず、記憶についても、権力と無力についても話す。これが大学にいたころにしていた学会発表と同じ類のものなのかどうか、リヒャルトにはよくわからない。休憩時間には、控え室に大きな保温ポットに入れたコーヒーが用意される。オレンジジュース、ミネラルウォーターにクッキーも。

タキトゥスの専門家は、あいにく今回は来ていないが、ほかにもリヒャルトの知っている研究者が数人いる。彼らはリヒャルトのところに挨拶しにやってきて、肩を叩く。やあ、最近どうしてるんだい——年金生活者になって。え、先生、もう大学にいらっしゃらないんですか？　どれくらい会ってなかったのかな？　そうそう、私、来週ボストンへ行くんですよ。あの誰それは本当に面白い男だな。もうご覧になりましたか？　何々の新しい翻訳が出たんですよ。リヒャルトの発表に一言なりと触れる者は、ひとりもいない。それがいいしるしなのか、悪いしるしなのか、リヒャルトにはわからない。研究者たちのなかには女性が三人いて、そのひとりはとてつもなく高いヒールの靴を履いているが、その女性とは言葉を交わす機会がない。ちなみに、ここにいる全員がこの種の学会に出る人々の典型だ——知的で、愚かで、変わり者で、野心家で、内気で、自分の専門分野の研究に取り憑かれ、虚栄心が強い。あとで夕食に集まる時間までしばし休憩するために皆がホテルに戻るころ、リヒャルトはすでに小さな鞄を持って駅に戻り、列車に乗り込む。そして、ほかの出席者たちがフランクフルトのホテルのシングルルームで枕に頭をつけるころ、リヒャルトはとうにベルリン中央駅の駐車場に停めた自分の車を見つけて、郊外の町に帰り着き、木々のあいだの暗がりを抜けて、家に向かって歩いていくところだ。家のなかに入ると、ひどく寒い。どこかの窓が開けっぱなしだったのだろうか——真冬のこの時期に？

書き物机の引き出しが抜き取られ、床のあちこちにでたらめに積み上げられている。書類や写真が散らばり、古いオルゴール時計はむりやりこじ開けられて、木製の覆いが壊されている。部屋から部屋へと、リヒャルトは見て歩く。ある部屋では、絨毯の上に英国の貨幣が散らばり、隣に財布が転がっている。別の部屋では、戸棚の扉が大きく開いている。二階の寝室では、妻の装身具が床にばら撒かれ、浴室では、箱にしまってあった薬が洗面台にぶちまけられている。そして最後に、ふたたび階下に降りて、いったいどこからこんなに冷たい隙間風が吹いてくるのだろうといぶかっていると、音楽室の窓ガラスが窓枠から外されているのが目に入る。リヒャルトは音楽室のドアを閉めて、地下室に降り、家のなかにいるのが本当に自分ひとりなのかどうか、もう一度地下をくまなく調べる。簡単に持ち去ることができたはずのパソコンは手つかずだ。テレビも残っている。不幸中の幸いか。リヒャルトはすべてをそのままにして、二階に行く。ベッドに入り、明かりを消した後、家のなかを懐中電灯ひとつで照らしたら、それぞれの部屋がどんなふうに見えるかを、しばらく想像してみようとする。おそらく見通しのきかない景色が広がり、暗闇のなかにあるものはすべて敵意に満ちているように見えるだろう。たとえそれが二脚の椅子や、本の山や、観葉植物や、ハンガーにかかった上着にすぎなくても。そういえば、このあいだ自分も、夜中に暗い家のなかをうろうろしなかっただろうか？

翌朝、警察の鑑識課からふたりの捜査官が証拠を集めにやってきて、泥棒が触ったに違いないと思われるものすべてに黒い粉をはたいていく。犯人に心当たりはありますか？　いいえ。いやあ、もっとひどくやられても不思議じゃなかったな、これは運がいいですよ。そうですか？　そうですよ、棚の中身をごっそり盗っていく奴だっていますしね、服やら本やら全部。どうやら英国ポンドはいらなかったらしいですね。それに、パソコンが残ってるとはね。確かに、ともうひとりの捜査官が言う。これは敬意ある盗みですね、見ればわかりますよ。敬意？　とリヒャルトは訊く。いやまあ、言ってみればね。これから何日かかけて、ゆっくり家のなかを見てまわって、なにがなくなっているか確かめてください。こちらが書類です、保険会社に提出してください。

しばらくたつと、今度は窓の修理会社から人が来て、外されただけで割れてはいなかった窓ガラスを窓枠にはめ直してくれる。これでとりあえずはもう誰も入ってこられませんからね、心配いりませんよ。心配なんてしてませんよ、とリヒャルトは言う。

午後になってようやく、リヒャルトはデトレフとシルヴィアに電話をかけて、なにがあったかを話す。ええっ、とデトレフが言う。それはとんだ目に遭ったなあ、でもちょうどその日の夜に家にいなくてよかったじゃないか。で、なにが盗まれたんだい？　先ほど、残されていた安物の装身具を床から拾い集めていたとき、なにが欠けているかは一目でわかった。母の指輪。シュレジエン地方からベルリンに逃げてきたとき、母が唯一持ち出すことができた装身具だ。子供のころ、リヒャルトはときどき、指輪の黒いオパールを光にかざして、石のなかに閉じ込められた赤と緑の線をきらめかせてみたものだった。リヒャルトが結婚するとき、母はその指輪を息子の妻となるクリステルに家宝として贈ったが、クリステルは一度も身につけることがなかった。実用向きじゃないのよ、あちこちに引っかかるんだから、と言って。なくなった装身具のなかには、リヒャルトがかつてウズベキスタンから妻への土産に買ってきた金の腕輪もあった。それに、クリステルがリヒャルトの前に付き合っていた歯科医のクラウゼから贈られた指輪も——中央のサファイアの周囲に小さなダイヤモンドがちりばめられているものだ。

歯科医のクラウゼは、去年の終わりごろに亡くなった。しょっちゅう銀行に走らずに済むように、常に数百ユーロを入れてある封筒は、犯人に見つからなかったのだろう、まだ洋服箪笥の靴下のあいだにある。

うちに来いよ、とデトレフが言う。

その夜に限って君が家にいないことを知ってた人間はいるのか？　ああ、とリヒャルトは言う。あなたと付き合いのあるアフリカ人の誰か？　とシルヴィアが訊く。ああ、とリヒャルトは言う。誰だい？　ピアノを弾きに来る子だよ。もしその子だったなら残念ね、とシルヴィアが言う。でも、その子が犯人だと決まったわけじゃないよ、とデトレフが言う。このへんはよく泥棒に入られるからね。ほら、少し先の家、憶えてるか？　去年、納屋からいろんな道具を一式盗まれただろ――ええと、あれは誰だっけ？　ラルフの甥っ子。ラルフというのは釣り同好会の会長だ。そうそう、とシルヴィアが言う。それに薬剤師のクラウディアのところにも空き巣が入ったじゃない、クリスマスに留守にしていたとき。彼女から最近聞いたばっかりよ。リヒャルトはときどきうなずき、ときどき、うん、とか、いや、とか言いながら、ウィスキーを二杯飲んで、家へ帰る。

翌日の朝、リヒャルトは、年が明けてから連絡を取っていなかったアンネに電話する。

シルヴィアから聞いたわよ、なにがあったか、とアンネは言う。考えてみてよ、アリだって、うちに住んでたあいだは、なんだって盗むことができたわけよ。私かうちの母を殴り殺すことだってできたでしょ。でもアリはそんなことしなかった。それどころか、最後に約束よりも多めに支払おうとしたら、受け取ろうとしなかったんだから。

まさかアリとなにかあったとか？

アンネが笑い出す。あの子、二十三歳なんだけど！

実のところ、リヒャルトは一瞬、アンネが自分と同い歳であることを忘れていた。それどころか、一瞬、自分の歳も忘れていた。全裸のアンネと並んでどこかの田舎家の床に横たわっていたのは、本当にもう半世紀も前のことなのだろうか？　髪がひどくぼさぼさになったアンネが、頭に鳥の巣ができちゃった、と言ったのは。

ピアノを弾きに来る子が犯人なのかどうか、突き止めるべきよ。

彼はいつも仕事がないかって尋ねてきた、とリヒャルトは言う。たぶん、ほかに生活していく手段が思いつかなかったんだろう。

要するに、その子だと思ってるわけね。本人に弁明する機会も与えずに罪を着せてる。そんなのフェアじゃない。

どうすればフェアだって言うんだ？

やったのかって本人に訊くのよ。

で、もしそうだって答えたら？

犯人はお母さんの指輪を盗んだって言ったわよね。

ああ。

ひどいじゃない。

まあね。でも僕だってあの指輪を後々どうすればいいかわからなかったんだし。

リヒャルト、そういう言い訳はやめなさい。

リヒャルトは、アンネがいつものように、電話をしながら皿を洗っている音を聞く。きっと受話器は耳と肩のあいだに挟んでいるのだろう。それに、ときどきプッと息を吐く。手が濡れているので、話しているあいだ髪が口元にかからないように、顔に落ちてくる髪を吹き払うからだ。そのプッという息の音と、水の流れる音が、受話器から聞こえてくる。

指輪を盗んだのがほんとにその子なら、怒鳴りつけてやりなさい！　この馬鹿野郎、指輪を返せ！　って言うの。大騒ぎしなさい！

どうしてそんなことしなきゃならないんだ？

その子のことを真剣に受け止めるべきだから。その子が友情を裏切ったのをそのまま許したりしたら、あなたはいまもこれからも、気取り屋の鼻持ちならないヨーロッパ人よ。

半世紀前、なぜアンネも自分も、この人と一緒になろうと思わなかったのだろう？

ということは、もしオサロボが犯人だったら、訴えなきゃならないってことか？

そうじゃないってば、とアンネは、極端に頭の悪い子供に語りかけるように、辛抱強く言う。これは警察とはなんの関係もない話でしょ。大事なのは、その子のすることをあなたが気にかけてるってこと。

なるほど。

それから、少しのあいだ沈黙が訪れる。

リヒャルト、まだそこにいる？

なあ、とリヒャルトは言う。どうして僕たち、一度も付き合わなかったんだと思う？

ちょっと、酔っぱらってんの？

電話を切ると、リヒャルトはオサロボに、これまでにもときどきしてきたようにメッセージを送る。

明日《トゥモロー》？

いいよ《オーケイ》、とオサロボが返信してくる。

午後二時？

いいよ《オーケイ》。

警察がはたいていった黒い粉を、ゴム手袋をはめてすべて拭い去り、あらゆる家具を元の場所に戻す。引き出しを枠に戻して、窓枠につけられた傷が見えないように、音楽室のブラインドを下ろす。

その日の残りはパソコンの前で過ごし、検索ボックスに、頭に浮かんだ言葉を入れていく。

蓋然性

蓋然性（可能性）とは、発言や判断の確実性（信頼度）の度合い。予言の確実性を指す場合は別の意味を持つ。

確実性

確実性とは、日常言語においてはほとんどの場合、たとえば自然状況または道徳的状況などを根拠として正当性があると考えられるなんらかの信念に関する主観的な確信を指す。さらに、主観的な確実性が成立するにはどういった要素がどのような役割を果たすのかという点にはさまざまな議論がある。たとえば「証拠」、「専門家の意見」の信頼度、持ち出される論点の頻度などの外的状況、情動の安定性などの内的様相といった要素が含まれる。

シュレーディンガーの猫

一匹の猫が鋼鉄の箱に閉じ込められる。箱のなかには猫が直接妨害しないように保護されたガイガー計数管があり、管のなかには微量の放射性物質がある。あくまで微量なので、一時間以内に原子崩壊する可能性もあるが、しない可能性も同程度ある。仮に原子崩壊が起きた場合、ガイガー計数管が反応し、中継装置を経由してハンマーが作動する。このハンマーが青酸ガスの入ったフラスコを叩き壊す。この箱を一時間放置しておいた場合、その間に原子崩壊が起きなければ、猫はまだ生きているといえる。原子崩壊が起きた時点で、猫は死ぬ。

猫の状態

量子力学において、互いに異なるマクロな事象に類似するふたつのコヒーレント状態が重なり合うことを、より一般的に、猫の状態と呼ぶ。こういった状態を作り出すには、システムを周囲の環境から切り離す必要がある。

量子自殺

ひとりの実験者が大砲の前に座っている。その大砲は特定の放射性物質が原子崩壊すると発射されるようプログラムされている。その場合、この実験者は死ぬ。

量子不死

多世界解釈によれば、それぞれ異なるパラレルワールドにおいて、大砲はそれぞれ異なる時間に発射される。その結果、実験者が生き延びる可能性は、死ぬ可能性よりも頻繁に実現することになる。それゆえ、このシステムの総体のなかで考えれば、実験者はこの実験によって死ぬことはない。なぜなら生き延びる可能性がゼロに等しくなることは決してなく、実験者はいずれかのパラレルワールドにおいて常に生き延びるからである。このように考えた場合、実験者は不死であるといえる。

翌日の午前中、窓の修理会社から技術者が来て、新しい窓の寸法を測る。

午後二時、リヒャルトは呼び鈴が鳴るのを待つが、鳴らない。

午後二時半、携帯電話を見ると、新しいメッセージが届いているのに気づく。

今日は無理です《アイ・キャント・メイク・イット・トゥデイ》。

ほかにも気づいたことがある。オサロボはプロフィール写真を変えていた。それまでのオサロボ本人の写真が、祝福を与えるイエス・キリストと、その隣に跪き、罪の赦しを得るために頭を垂れる罪びとを描いた水色とピンクと薄緑の水彩画に替わっている。それとも、跪いている人間は、単に祈っているだけだろうか？

今日は無理です《アイ・キャント・メイク・イット・トゥデイ》。


夜七時、ようやく保養旅行から戻ってきたヘルダーリン愛読者のアンドレアスが、リヒャルトの家を訪ねてくる。本当は一緒に映画を観るつもりだったが、結局、ふたりは台所に座ってビールを飲む。

問題は、オサロボがやったのかどうか、知りようがないことなんだ、とリヒャルトは言う。

森のオークの木はかくして育つ／樹齢を重ねた木々でさえ、互いを知らぬ（ヘルダーリン『エンペドクレスの死』より）、とアンドレアスは答える。

シュレーディンガーの猫って知ってるかい？

煉獄に閉じ込められる猫のことだっけ？

そう、まさにそれだよ。その猫が死ぬ確率は二分の一なんだ。なあ、あのピアノ弾きがやったんだと思うかい？

僕にはなんとも言えないよ。

ほんの二日前、ここに彼と座ってたんだよ、ちょうどいま君と座ってるみたいに。ふたりで初めて一緒にお茶を飲んだんだ。

アンドレアスはうなずく。リヒャルトは自分の瓶から一口飲む。アンドレアスも一口飲む。

一緒にお茶を飲みながら、初めてだなあって、僕は思ってた。でも彼はもしかして、これが最後だなあと思っていたのかもしれない。

アンドレアスはうなずく。

もしかして、とリヒャルトは言う。でも、もしかして、そうは思っていなかったかもしれない。

昨日やっとまた自転車に乗ったんだ、とアンドレアスが言う。もう一度自転車に乗れるとは思わなかった。

リヒャルトはうなずく。行ったり来たりなんだよな、行ったり来たり、行ったり来たり、で、いつか行ったきりになる。でもそれがいつになるかはわからない。どうしてそれを「波動関数」と呼ぶのか、いまでは僕にもわかるよ。そして、死のことは単に「波動関数崩壊」と呼ぶんだ。

「波動関数崩壊」か、とアンドレアスは言う。ヘルダーリンの言葉でもおかしくないな。

でも猫には、自分が死んでるのか、それとも生きてるのか、わかるはずだ、とリヒャルトは言う。

そうだろうな、とアンドレアスは言う。

でもシュレーディンガーは、箱を開けるまでは猫は両方の状態だと言うんだ。生きていると同時に死んでいる。理解できるかい?

アンドレアスはビールをもう一口飲む。

リヒャルトはオルゴール時計のことを思い出す。犯人が——それが誰であれ——現金を探して壊した時計だ。なかにブリキの板と歯車しかないのを見て、犯人はがっかりしただろうか? ハンドルを回すと〈リゴレット〉の公爵のアリア「女心の歌」が流れてくる、あのオルゴール時計を壊した犯人は。

物事は、人が箱を開けるかどうかとは無関係に存在するはずだ、とリヒャルトは言う。

まあ、そうかもしれないけど、とアンドレアスは言う。どうして君にわかる?

リヒャルトはいま、とても不満げな顔をしている。

そうだな、と言って、ビールを一口飲む。妻は晩年、いつもシャントレ（ドイツのブランデーの銘柄）ばかり飲んでいた。安かったからだ。

保養先では海辺を散歩してたんだ、とアンドレアスが言う。あそこには、波動関数崩壊なんてなかったよ。

それからさらに二度、リヒャルトはオサロボに会おうとする。

一度は、初めてふたりが会ったとき、会話を試みた例のパン屋に併設されたカフェに行こうと誘う。オサロボは承諾の返事を送ってくるが、結局リヒャルトはペパーミントティーを前にひとりで座り、またしてもメッセージを読むことになる——すみません《ソーリー》、今日は無理です《アイ・キャント・メイク・イット・トゥディ》。店員がリヒャルトを上から見下ろして言う。二ユーロ八十セントです。

その夜、リヒャルトは、オサロボのプロフィール写真がまた更新されているのに気づく。ライオンの穴のなかの預言者ダニエルを描いた絵だ。ダニエルは両手を縛られ、ライオンの前に立っている。ライオンのほうは、ダニエルに襲いかかるのを怖がっている。**もし神が我々の味方であるならば**《イフ・ゴッド・イズ・フォー・アス》、**誰が我々に**《フー・キャン・》**敵対することができますか**《ビー・アゲインスト・アス》？（新約聖書「ローマの信徒への手紙」より）

最後の試みとして、リヒャルトはメッセージを送る。

なにか私に話したいことがあれば——明日、アレクサンダー広場の世界時計の下で午後三時に待っている。

わかった《オーケイ》——じゃあ明日《シー・ユー・トゥモロー》。

リヒャルトはSバーンで中心街まで行き、オサロボにアレクサンダー広場で会おうとする自分の努力がなんらかの実を結ぶことを祈る。だが、三時五分過ぎにオサロボからメッセージが届く。

いま家にいます《ビン・イッピ・ホーム・ナウ》、雪が降ってる《イズ・スノウィング》ので。

そう、本当に雪が降っている。リヒャルトは断りのメッセージが書かれた携帯電話を手に、十代のころからよく待ち合わせ場所に使ってきた世界時計の下に立ち尽くす。マガダン、ドバイ、ホノルル。ニジェールの首都ニアメは、いま何時だろう？

家に帰り着くまで、リヒャルトはなんとか自制を保つ。だが家に入ると、机の前に座り込んで、パソコンの真っ黒な画面をぼんやりと見つめる。オサロボの魂は、いまや宇宙の彼方に飛んでいってしまった——リヒャルトにはそれがわかる。宇宙のどこか、もはや法則もなにもない、誰にも気を遣う必要のない、その代わり、永久に、決定的かつ不可避的に孤独な場所へと。一方、リヒャルトのほうは、モニカやその夫で口ひげを生やしたヨルクのような人々とともに地球に取り残されている。彼らがオサロボのプロフィール写真の絵にあったライオンのように歯をむき出す様子が、すでに目に見えるようだ——だから言わんこっちゃない！　リヒャルトは泣く。妻が死んだとき以来の激しさで、泣きじゃくる。

それとも、やはりオサロボではなかったのだろうか？

53

幽霊たちは、とカロンは言う。イタリア沿岸までしか来なかった。ヨーロッパには上陸しなかった。ランペドゥーザ島に着いてすぐ、三回夢を見た。それ以来、一度も夢は見ていない。幽霊たちは、海を渡るのにも貢ぎ物を要求する、とカロンは言う。だから、航海の途中で正気を失った人間が海に飛び込むのを止めようとしても無意味だ。でもたった一度だけ、奇跡が起こった、とカロンは言う。ひとりの男がボートから海へ落ちた。船長は時間を無駄にしたくなかったから、引き返すのを嫌がったが、少なくともちょっとのあいだ、エンジンを止めた。何人かが男の名前を呼び、もしかしたらまだ海面のどこかに浮かんでいるんじゃないかと探したが、男の姿はもうどこにも見えなかった。そのとき、一瞬、すべてが静まり返った。海が穏やかになり、鏡のように凪いだかと思うと、突然、二頭のイルカが泳いできた。体をぴったり寄せ合い、あいだに気を失った男を挟んでて、イルカがボートまで連れてきたその男をほかのみんなが引っ張り上げた。そこで男は意識を取り戻した。奇跡だ。それからまもなく、エンジンが急に壊れたとき、ボートに乗っていた奴らのなかで、船に関する知識があってエンジンを修理できたのは、その男ひとりだった。

でなきゃ俺たちは全員死んでた、とカロンは言う。

先ほど、カロンは突然、激しい吹雪のなか、どこからともなくリヒャルトの家の書斎の窓の前に現れ、その直後にテラスのドアをノックした。いまふたりは、それぞれホットレモネードのグラスを手に、居間に座っている。

リヒャルトは言う。そういえば、忘れるところだったけど——君の友達がご家族の写真を送ってくれたよ。

以前、土地とその売買契約書の写真が送られてきたのと同じ道のりをたどって、ちょうど昨日、カロンの母親とふたりの弟、思春期の妹の写真が、リヒャルトの携帯電話にたどり着いたのだった。女性ふたりは色鮮やかな服を着ている。母親は濃い紫色の、床まで届く丈のワンピース姿で、痩せた真面目そうな女性だ。妹はカメラを見ていない——恥ずかしいのだろうか？　それとも誇り高いがゆえに？　こんな妹がいるとは、とリヒャルトは思う。

妹さんの名前は？　と尋ね、写真の若い娘を指す。

サラ・マトゥ、とカロンが言う。

ふたりの女性に比べると、中央に立っているカロンの弟たちの身なりはみすぼらしい。Tシャツに穴の開いたズボン。上の弟の左肩の位置が、右肩より高い。障害があるのだろうか？　下の弟のTシャツには「カラハリ」と書いてある。だが、カラハリ砂漠とカロンの家族の暮らす場所は、バルセロナとミンスクほど離れているので、このTシャツがアフリカ大陸を突っ切ってこの弟のもとにやってきたとは考えにくい。むしろ、慈善団体に寄付されたTシャツが、たとえばハノーファーやフライブルクやベルリン・シャルロッテンブルク地区などを迂回してカロンの弟のもとにたどり着いたと考えるほうが筋が通る。カロンの母親と三人の弟妹は、一軒の家の軒下、灰色の外壁の前に立っている。家には蝶番から斜めにぶら下がったドアがふたつあるが、窓はない。

カロンは居間のソファに座り、リヒャルトの携帯電話を手に、長々と写真を見つめる。その間にも、外では雪が降り続ける。上下に振って吹雪を起こすスノードームは真逆だな、とリヒャルトは思う。あれはガラス球のなかが冬なのだから。

この柱、と言って、カロンは家の軒を支える柱のひとつを指す。俺が自分で修理した。いまでも覚えてる。

確かにリヒャルトにも見える。柱には一か所、折れた痕があり、そこに添え木が当てられている。お粗末な修理ではあるが、それはカロンの家族にとってはいまだに現実でありながら、カロン本人にだけは、もはや手の届かなくなった世界で行われたものなのだ。

カロンは軒先へと続く敷居を指す。雨季には水の量がものすごいから、家は高く作ってある。部屋は三つあるけど、雨季にはひとつしか使えない。ほかの二つの部屋には屋根がないから、水浸しになる。親父は、死ぬまでに家を完成させられなかった。

昔はどうやって家を建てたの？

泥で。でも泥にひびが入ると、そこから蛇が入ってくるから危ない。それに、ひびをさらに泥でふさいでも、長くはもたない。昔は、屋根は葦かヤシの葉で作られてたけど、誰かがマッチを近づけただけで、家全部が燃えちまう。

でも、どうしてマッチを近づけたりする？

なにがあるかはわからない。

で、いまは家の屋根は瓦なの？

ううん、ブリキ。でもブリキは軽いから、雨季に大嵐が来ると、よくみんなで部屋のなかからロープで引っ張って屋根が飛んでいかないようにした。五人全員が全体重をかけて引っ張らないといけなかった。嵐が来ると、そのあいだじゅうずっと俺たちみんな怖かった。外にいればいろんなものが飛んでくるし、なかにいれば屋根が浮き上がって、俺たちも一緒に吹き飛ばされそうになる。

54

二月初旬、ドイツで庇護申請していないにもかかわらず国内に滞在し続けているオラニエン広場のグループの男たち全員に、外国人局から手紙が届く。個々の案件がひとつひとつ審査され、決定されたのだ。昨年の秋、オラニエン広場から立ち退く際にすでに明白だったことが、改めて通告される――イタリアに到着した者たちの法的責任は、イタリアのみが負う。


アンネの母親の在宅介護士として働いたチャド出身のアリに、退去が命じられる。

両親がどこにいるのか、まだ生きているかもわからないハリールに、退去が命じられる。

故郷の町での虐殺事件の記事を集めた、片目の潰れたザニに、退去が命じられる。

エンジニアになりたいマリ出身の皿洗いユースフに、退去が命じられる。

金色の靴を履いたヘルメスに、退去が命じられる。

斜視の歌い手アブドゥッサラームに、退去が命じられる。

お洒落のつもりでズボンを尻までずり下ろして穿いているモハメドに、退去が命じられる。

消防訓練を終わらせるために警報装置のケーブルを切断したヤヤに、退去が命じられる。

そして歯に詰め物をしたルフにも。

それに、フランスがウランを採掘しているニジェールの砂漠出身のアポロンにも、退去が命じられる。

トリスタンにも退去が命じられる。

そして、痩せた男カロンにも、退去が命じられる。

料理上手なのっぽのイテンバにも、退去が命じられる。

部屋を立ち退くよう命じられたイテンバは、警官たちの目の前で手首を切り、精神科に搬送される。

退去命令を受けたのは、ラシドも同様だ。

手紙を受け取った月曜日、ラシドはオラニエン広場で頭からガソリンをかぶり、焼身自殺を図る。

どこへ行けばいいかわからないとき、人はどこへ行くのだろう?

どこへ行けばいいかわからないとき、人はどこへ行くのだろう?

七人の男たちに、教会がベルリン市北部にある一部屋半のアパートを提供する。教区信徒のひとりが慈善目的で遺贈した部屋だ。大きいほうの部屋の床にはマットレスが七つ敷かれ、小さい部屋は、リュックサックや鞄や買い物袋などを置くのに使われる。部屋は一階にあるので、ブラインドは上げないほうがいいと教会関係者は男たちに言う。誰が住んでいるか、外から見えないように。用心に越したことはない。

十五人の男たちが、教会の仲立ちにより船で暮らすことになる。夏には遊覧船として使われるが、冬期はトレプトウ地区の先のシュプレー川岸に停泊している。十五人のうち何人かは二人用船室を使い、そのほかは、寄付された二段ベッドを共用部屋に置いて、そこで寝起きする。料理したり食べたりするのもこの共用部屋だ。ただし、夏場の遊覧船なので、暖房を焚くのは難しい。

十一人の男たちが、ベルリン・ミッテ地区のある財団が運営する緊急避難施設に入ることを認められる。台所付きの大きな部屋で、中央にダイニングテーブルがあり、その周りにマットレスを並べて敷く。

十二人が、ベルリン・クロイツベルク地区の教会の集会室に寝場所を見つける。

十六人が、ベルリン・アドラースホーフ地区の教会の集会室に寝場所を見つける。ただし長くても三月まで。

十四人が、牧師や教区信徒の自宅に受け入れられる。牧師と協力者たちは、インターネット上で「ならず者」「密入国斡旋者」と罵られる。

二十七人が、合法的にベルリンに暮らしているアフリカ出身の友人のところに転がり込む。

ひとりは、ベルリン・ノイケルン地区にあるナイジェリア料理レストランの床に寝泊まりできることになる。

ひとりは、ある保険代理店の女性の家のソファに。

ひとりは、半学期間ケンブリッジ大学に留学中の学生がシェアしているアパートの部屋に。

ひとりは、ちょうど巡業公演中の舞台監督のアパートに。
協力を求められると、こう言う者たちがいる――ああいう連中って、トラウマを抱えてるって言うだろう。家のなかのものを壊したりしないって保証があるのかな？
こう言う者たちもいる――我々が助けの手を差し伸べたからって、問題が全体として解決するわけじゃないよ。
こう言う者たちもいる――彼らをうちに受け入れても、きっと本人たちにとってよくないよ。だって、この近所はナチスばっかりだからね。
こう言う者たちもいる――うちに泊まることができたとして、どうやって生活していくつもりなんだ？
こう言う者たちもいる――少しのあいだなら受け入れてもいいけど、いまのこの状態には終わりが見えないじゃないか。
こう言う者たちもいる――ひとりなら、うちに住まわせてやることもできなくはないけど、それじゃ意味ないよね。だって同じ境遇の人はたくさんいるんだから。
ベルリン州政府内務大臣の口を借りて、ベルリン市民全体は、すでに二年前、男たちがイタリアからドイツにやってきて、オラニエン広場のテントで暮らし始めたときに述べたことを、そして半年前に男たちがオラニエン広場から退去したときにも述べたことを繰り返す――管轄を定めるダブリンⅡ規約はなんのためにある？　彼らはこう繰り返す――我々の裁量で第二十三条を適用することが認められている。だが、まさにその裁量権があるがゆえに適用しないのだ。
全部で四百七十六人の案件のうち、十二人のみ例外が認められる。そのうち三人はリヒャルトの友人たちだ。

トリスタンは精神分析医の診断書に基づき、六か月の「滞在許容」資格を与えられ、おかげで施設を割り当ててもらえることになる。そして、こうした施設には滅多に空きが出ないため、ベルリン・リヒテンベルク地区にあるホームレス用宿泊施設に寝場所を得たことを、幸運だと思わねばならない。かつては学校だったその施設で、ただひとりの黒い肌の人間として、トリスタンはアルコール依存症のドイツ人ふたりと相部屋になり、三十人とトイレを共同で使うことになる。楽じゃないよ《イッツ・ノット・イージー》、とトリスタンは言う。楽じゃない《イッツ・ノット・イージー》。三人部屋にベッドが三台、テーブルと棚とテレビがある。リヒャルトは、トリスタンのふたりのルームメイトの陣地に当たるテーブルの三分の二のスペースを見る。食べ残し、瓶、パン屑で溢れかえっている。それから、トリスタンの陣地に当たる残りの三分の一を見る。空っぽで、埃ひとつなく拭き清められている。こいつは俺のダチだ、とルームメイトのひとりが言い、トリスタンの肩を叩く。そう《イエス》、そう《イエス》、とトリスタンが言う。彼は友達だ《ヒーズ・マイ・フレンド》。ただ、夜だけはきつい。怒鳴り声がしょっちゅう聞こえてきて、喧嘩したり殴り合ったりする奴らがいる。施設を出るとき、リヒャルトは、守衛室の横にベルリン風パンケーキ（ジャム入りの揚げパン）の入った籠があるのを目にする。ホームレスだって、謝肉祭の始まりに少しは楽しい時間を過ごすべきだという心遣いだ。だがトリスタンは、ベルリン風パンケーキがなにかを知らない。砂糖がこんなに！　と言って、上にかかった砂糖衣を指す。別れ際、元気で《テイク・ケア》、とリヒャルトにお決まりの挨拶をすると、重度の精神的外傷を患っているおかげで割り当ててもらえた宿泊施設に戻っていく。絶望した者、依存症患者、精神病患者、極貧のドイツ人とともに暮らす施設に。

のっぽのイテンバは、数日にわたり精神科に入院する。そこでは何度も繰り返し、いますぐアフリカへ送り返してくれと言う。担当の精神科医の診断書に基づき、イテンバは四週間の「滞在許容」資格を与えられる。もしかしたら数回延長することができるかもしれないが、事前に確約することはできないとのことだ。退院後、イテンバは遊覧船に寝場所を割り当てられる。いい奴らじゃない《ノー・グッド・ピープル》、とイテンバは同居人たちのことを言う。それにトイレが故障してる、とも言う。臭いんだ。

雷神ラシドは、心臓病と不安定な精神状態を理由に、六か月の「滞在許容」資格を与えられ、労働者福祉事業の寮の部屋を割り当てられる。

シルヴィアとデトレフの手を借りて、リヒャルトは書斎の大きな丸テーブルを壁際に寄せる。こうして、四人の男がこの部屋のワイン色のペルシア絨毯の上で寝起きできるようになる。音楽室では、ピアノの下にひとり、その隣にひとり寝られる。もうふたつ場所ができる。ちょうど納屋にエアマットレスをふたつ見つけた。ほかの男たちのためには、床に毛布を何枚も重ねて敷いた。さらにふたり、居間のソファに。肘掛け椅子を二脚くっつけて、さらにもうひとり。寝室から、アポロンとイテンバの手を借りて妻のベッドを運び出し、客間に運ぶ――これで寝場所が三人分。

デトレフとシルヴィアは言う――うちの庭のゲストハウスには小さな薪ストーブがある。だから、もし火を絶やさないよう番をするのが苦にならないなら、どうぞ使って。ビリヤードをしていた三人は、少しもそれをいとわない。

ポツダムでお茶の専門店を営むデトレフの元妻は言う――夜は店が閉まっているから、奥の部屋に誰かが寝てても、ちっとも構わないわよ。ただ、昼間はあんまり頻繁に出入りしてもらっては困るけど。彼女の現在の夫が言う――でもそうしたら店を失うかもしれないよ。するとデトレフの元妻は言う――昔、人を匿うと死刑になった時代だってあったのよ。夫が言う――確かに君の言うとおりだ。そういうわけで、金色の靴を履いたヘルメスが、ポツダムのお茶専門店に寝起きすることになる。

アリがアンネの家へ行くことになるのは、ほとんど当然の成り行きだ。あの子、うちを我が家みたいに思ってくれてるのよ、とアンネは言う。そして、アリが友人のユースフを連れていきたがったとしても、大して違いはない。

さらに、ヘルダーリン愛読者のアンドレアスまでもが言う――ええと、僕のうちには場所はないんだけど、昼間に誰かが来て、僕のパソコンを使うのは構わないよ。

経済学教授のトーマスは言う――プレンツラウアーベルク地区にあるうちのワンルームのアパートに三人住めるよ。どっちにしてもほとんど使ってないんだ。かみさんにはあとで言っておくよ。

考古学者のペーターは、二月から客員教授としてエジプトにいて、五月まで滞在する予定だ。ペーターはリヒャルトに言う――鍵は隣の家の人に預けてあるから。

ペーターの二十歳の恋人マリーが言う――あら、うちのシェアアパートの台所のソファに、そういう人がひとり寝てたら楽しそうね。

ただ――モニカと口ひげを生やした夫ヨルクに尋ねてみようとは、どういうわけか誰も思わない。


こんなふうにして、四百七十六人のうち百四十七人が寝場所を得た。

残りの三百二十九人がどうなったか、リヒャルトには知る術がない。

教会は、自前の施設に受け入れた男たちに、寄付金から一人一日五ユーロを支給する。だがそれでは、たとえば許可証《ペルメッツ》の期限が切れたときにイタリアへ行くには足りない。もしリヒャルトが、自宅に暮らすようになった男たちに一日五ユーロの生活費を渡そうと思ったら、ひと月に千八百ユーロになる。

男たちのひとりは、リヒャルトの女友達の家を掃除する。ほかのひとりは、あちこちの建築現場で壁にペンキを塗る。三人目は、近所の年配の女性宅の私道を雪かきし、四人目は薪割りを手伝う。だが、リヒャルトが仕事はないかと尋ねると、たいてい誰もがこう答える。滞在許可証がない？　残念だけど、それじゃ無理だ。市民から自主的な寄付を募るために、リヒャルトはデトレフの元妻とアンドレアスとともに、ポツダムのお茶専門店で週に一度、アフリカ料理の食事会付き映画上映会を催す。だが訪れる人の多くは、映画を見て、食事をし、さらにコーラやビールやワインを飲んで、滅多に五ユーロ以上は払わない。客が十五人なら、七十五ユーロ。そこから、飲み物と米、クスクス、野菜、牛肉や羊肉などを買った代金を差し引くと、コックのイテンバとその時々の助手の手に渡るのは、ひとりせいぜい十ユーロか十五ユーロだ。

ついにトーマスが、寄付金用の口座を開くのを手伝ってくれる。知ってのとおり、マネーロンダリング法が問題になる、とトーマスは言う。金の行き先を証明できないとなるとね。うんうん、とリヒャルトは言う。わかってるよ。それ以来、リヒャルトはあの人この人にこう言うようになる。寄付金用の口座を開いたんですよ。たいていの人がこう答える。へえ、それは興味深い。こう尋ねる者もいる。寄付したら、領収書はもらえるのかな？　リヒャルトは、いや、と答える。税金から控除されないと知りながら口座に金を振り込んでくれる者は滅多にいないが、例外もある。塵も積もれば、無よりははるかにましだ。

たったいまから本来ここにいてはならないことになった男たちのために、ベルリン州政府がなおも支払い続けるのはドイツ語講座の授業料だけだ。男たちはほぼ五か月前、老人ホームに受け入れられたときにドイツ語を学び始めた。

行く《ゲーエン》、行った《ギング》、行ってしまった《ゲガンゲン》。

四か月前、彼らはシュパンダウ地区に引っ越し、その後、個々の申請の審査や面会などで何度も授業に出そびれ、そのたびにまた最初からやり直した。行く《ゲーエン》、行った《ギング》、行ってしまった《ゲガンゲン》。

一か月ほど前、彼らの友人たちが施設の屋根に上ったとき、彼らはドイツ語の授業に出る代わりに、ドラム缶の焚き火を囲んで立ち、屋根に目を向け続けた。その後、またしてもほぼすべてを忘れてしまったために、もう一度最初からやり直した。行く《ゲーエン》、行った《ギング》、行ってしまった《ゲガンゲン》。

いまや、さまざまな寝場所から、いまも週に二回、語学学校に行ってドイツ語を学び直している者はごくわずかだ。**行く**《ゲーエン》、**行った**《ギング》、**行ってしまった**《ゲガンゲン》。

ルフが、リヒャルトのビーダーマイヤー様式の書き物机にノートを広げて言う。**私**《イッヒ》、**行く**《ゲーエン》。

リヒャルトは肩越しに覗き込んで訂正する。いや、**私は行く**《イッヒ・ゲーエ》、というんだ。

ルフが言う。**私**《イッヒ》、**行く**《ゲーエン》。

リヒャルトが言う。違う、**私は行く**《イッヒ・ゲーエ》！

ルフが言う。僕はドイツ語の動詞を砕きたい。

砕く、とは、とリヒャルトは言う。とても美しい動詞だね。


リヒャルトはルフを自宅の書斎に受け入れた。それに、すでに最初の退去者リストに載っていた歌い手アブドゥッサラームも。ナイジェリア料理レストランからリヒャルトの家に移ることができて、アブドゥッサラームは喜んでいる。さらに、ヤヤもリヒャルトの家で寝起きしている。ここならサイレンが鳴り始める心配はない。そして、ヤヤの友人で、顔に青い刺青のあるムーサも。

いまだに両親の生死を知らないハリールと、その友人でズボンをずり下ろして穿くのが好きなモハメド、それに、リヒャルトが悪臭漂う船から連れてきて、全員分の食事を作ってくれるよう頼んだのっぽのイテンバが、客間に寝起きしている。

音楽室にはアポロンとカロンが、居間のソファでは、かつてラシドと同じボートでヨーロッパに渡ってきたザーイルが寝起きしている。ザーイルは、リヒャルトの家に引っ越してくるにあたって、またしても一番上等のシャツを着てきた。ソファにはもうひとり、トリスタンも寝起きしている。リヒャルトは、社会福祉局と二十五回ほど電話で話した末にようやく、自宅をトリスタンの宿泊施設として認定してもらうのに成功した。こうしてトリスタンはホームレス用宿泊施設を出て、リヒャルトの家に移ってくることができたのだった。最後に、二脚の肘掛け椅子をくっつけたところはザニの寝床になっていて、故郷の町での虐殺事件を報じた記事のコピーをまとめたファイルをよくめくっている。

半端仕事もなく、話し合いのための集まりもない日には、アフリカ人たちは遅くまで寝ていて、起きてからも、昼間からマットレスに寝転んだまま、うとうとしたり、携帯電話をいじったり、リヒャルトがプレゼントした二台の古いパソコンでネット動画を見たりしている。ときどき祈り、ときどき友人たちに会いに街中に出かける。イテンバは、調子はどうかと訊かれると、こう答える。ちょっとだけ元気《ア・リトル・ビット・グッド》。一度、ハリールとモハメドが、リヒャルトをクラブに連れていく。六十代の女たちがショートパンツ姿で、二十代の黒人の男たちと踊っている。あるとき、カロンがリヒャルトをベルリン在住のガーナ人の葬式に連れていく。難民であり、さらに家族の一員でもないカロンは、最後列に座らねばならない。

ここで育つ人たちは、そのうち文化《カルチャー》っていうのがなにか、わからなくなってしまうかもしれない、とカロンは言う。文化？

ちゃんとした振る舞いのこと。

それ以外の時間は？　夜、イテンバが料理した食事がテーブルに並ぶと、全員がリヒャルトの家の台所に集まる。五十ユーロあれば一週間分の食料をまかなえる、とイテンバは言い、リヒャルトが渡す食費に礼を言った。最初のうち、リヒャルトだけが取り皿とナイフとフォークを渡され、ほかの皆は台所のテーブルを囲んで、立ったまま天板から直接食べていた。いまやリヒャルトも皆と同じように食べる。イテンバが天板で作った米粉かヤムイモのパンを一切れちぎり、それを「スープ」に浸す。「スープ」というのはさらりとした野菜のシチューで、ときには肉が、ときには魚が入っている。味は、昔リヒャルトの母親が作ったグラーシュとそれほど違わない。いや、それよりおいしいかもしれない。最後に残ったら、手ですくってもいい。これまで手でスープを飲んだことなどあっただろうか？

食事が済むと、ときどきアブドゥッサラームとほかの何人かが外の冷たいテラスに出て、歌い始める。ブランデンブルクの夜空に、たとえば、故郷を出て異国に暮らす人々の歌が響く。「アブロキイェ・アブラボ」というその歌は、こんなふうだ。

母よ、ああ、母よ、あなたの息子は
恐ろしい旅をした。
異国の岸へ流れ着いた。
あたりは暗闇。
孤独のなかで私がなにを耐え忍ぶか
誰も知らない。

使命を果たせないのは恥。
どうしてこのまま帰れよう？
敗残者の名を受け継ぐ子などなし。
それならいっそ死んだほうがまし、
永遠に恥をさらすより。

我らが先祖の霊よ、
我らが先祖の神々よ、
異郷にいる我らが兄弟を見守り給え。
彼らに幸せな帰郷を恵み給え。
ヨーロッパに暮らす者なら皆、彼らの嘆きを知っている。

55

やがて、今年最初の暖かい日々が訪れ、去年の秋と冬の嵐で折れた枝で焚き火をする季節がやってくる。妻が死んで以来、リヒャルトは自分の誕生日を祝ってこなかった。だが今年は、ヴェディング地区にあるアフリカ食材のスーパーマーケットで子牛肉と羊肉のグリル用ソーセージを買い、ポテトサラダを手作りした。タマネギの一番いい切り方はしばらく前に覚えた。イテンバもトリスタンとヤヤとともに台所に立っている。ほかの皆は、すでに前日にクスクスと平たいパンと米の大袋をひとつ買ってきた。ラシドはもちろん招待されている。それにヘルダーリン愛読者のアンドレアス、経済学教授のトーマス、ペーターの恋人マリー。ペーター自身は、あいにくまだカイロにいる。それにもちろん、デトレフの元妻マリオンも、店に暮らしているヘルメスとともに招待されている。アンネと彼女の家に暮らすアリとユースフも、デトレフとシルヴィアと彼らの家に暮らすビリヤード室にいた三人も。誰か、あのエチオピア人のドイツ語教師の電話番号を知らないだろうか？　だが、男たちにそれを尋ねるのは恥ずかしい。数日前、オサロボから唐突に、「やあ《ハイ》！　元気かい？《ハウ・アー・ユー》」というメッセージが届いた。オサロボの現在のプロフィール写真は、台所のテーブルとそれを囲む四脚の空っぽの椅子だ。実のところなにがあったのか、リヒャルトには話さないまま、オサロボはイタリアへ旅立つつもりなのだろうか？「元気だよ《ファイン》――君は元気？《ハウ・アー・ユー》」だからリヒャルトは急いでそう返信したが、こんな返事が来ただけだった――「僕はいい《イッヒ・ビン・グート》」。なにを意味していてもおかしくない文章だ。

消えてしまってそれきりになる足跡もあるのだろうか？

いまになって初めて、リヒャルトは、自分にとって目の前の湖の眺めが、昨年の夏この湖でひとりの男が溺れ死んだという事実の記憶と分かちがたく結びついていることに気づく。湖はこれからもずっと、誰かが死んだ湖であり続けるだろうが、それでもこれからもずっと、実に美しい湖であり続ける。朝は霧がたちこめ、春になると鴨のつがいがひなたちを連れて水面に軌跡を描き、毎年のように新たな葦が古い葦の茶色くなった茎を押しのけて生えてくる湖。岸ではトンボが羽化し、湖底の砂には貝が眠る湖。藻のあいだを、まるで森のなかを散歩するように魚が悠々と泳ぐ湖。日の光に輝き、雷雨に黒ずみ、冬が来るたびに凍りつき、ときには雪が積もって一枚の紙のように真っ白になる湖。もしかしたら、次の夏にはまた、この湖で泳ぐかもしれない。いずれにせよリヒャルトは、この二十年間と同じように、次の夏もまた岸辺に座って湖面を眺め、幸せな気持ちになるだろう。ラシドは一度、リヒャルトと話しているときに、家族との幸せな暮らしの思い出さえ慰めにはならないと言った。なぜならそれらの思い出は、どうしても喪失の痛みと結びついていて、おまけに現実には存在しないものだから、と。できれば自分から思い出を切り離してしまいたい、とラシドは言った。切り離す《カット》。切り離す《カット》。空虚な現在が、耐えがたい思い出で満たされている人生、そして未来の見えない人生は、どんなにつらいものだろう、とリヒャルトは思う。なぜなら、言ってみれば、そんな人生にはどこにも岸辺がないのだから。

リヒャルトはポテトサラダにラップをかけ、戸外に運ぶ。

招待客が到着する前にやらねばならないことは、まだたくさんある。ムーサが芝生を刈り、モハメドとハリールが熊手で落ち葉を掃き集め、カロンがテラスを掃き、ルフがアブドゥッサラームとともに、重いベンチを桟橋へ運ぶ。リヒャルトは、ポテトサラダを外で冷やしているあいだに、アポロンとともにガレージから庭用のテーブルと椅子を運び出す。蜘蛛の巣と昨年の夏の名残の落ち葉をテーブルやベンチから取り除き、覆いを振って埃を払ってから畳む。納屋の一番奥で見つけたたいまつを何本か地面に刺す。まだ妻が生きていたころに一緒に買ったものだが、彼女の死後、結局一度も使う機会がなかった。もしものときには焚き火を消せるように、庭用の水道の栓を、今年初めて開く。ホースの口金具はどこにある？　それにホース台のキャスターのネジがひとつ取れているし、グリル用の網の錆びも金属ブラシで落とさねばならない。食器、ナイフとフォーク、ゴミ袋を焚き火の場所に持っていかねばならないし、つい数日前に最後の氷が溶けたばかりの湖で、飲み物を冷やしておかねばならない。ナプキンは足りるだろうか？　ケチャップと蠟燭は？　パンとポテトチップスとプレッツェルと果物は？　カロンがテラスの後で桟橋も掃く。リヒャルトはランタンにエチルアルコールを入れて、テーブルの上に置く。そうこうするうちに、最初の客たちがもう庭を抜けて歩いてくる。

こうして、ついに火が熾され、グリルの火蓋が切って落とされる――郊外の住民が使うバーベキュー用語だ。うん、とリヒャルトは誰彼に向かって説明する。肉はハラールだよ。いまではリヒャルトも知っているからだ――**汝らが食べてはならぬものは、死獣の肉、血、豚肉、絞め殺されたもの、打ち殺されたもの、墜落死したもの、角で突き殺されたもの、また他の猛獣の啖《くら》ったもの**（『コーラン』より）。

皆が食べ、飲み、ナプキンやグラスが配られ、バドミントンをする者がふたり、ボッチャをやる者が数人、こちらでは、アフリカ人たちの誰ひとり酒を飲まないことについての会話、あちらでは、泳ぐのが怖いという会話、さらに、実のところイースターとはなにを祝う祭りなのか、聖霊降臨祭とはなにを祝う祭りなのかといった会話。夕闇が迫ってきて、リヒャルトがランタンに火をともすと、ラシドが叫ぶ――アフリカみたいだ！　ラシドはランタンをひとつ手に取ると、嬉しそうに振る。みんなで写真を撮りましょう！　と写真家のアンネが呼びかける。暗くなる前に！　こうして、ラシドはランタンを手に持ったまま、大きなイチイの木の前にしゃがみ、ほかの皆がラシドを取り囲む。雷神ラシドは、ドイツのホームセンターで売られているボート用ランタンを掲げて、周りの黒い顔と白い顔を照らしながら、すっかり故郷にいるかのような気分でいる――遠いナイジェリアのカドゥナに。皆が写真にうまく収まるかどうかを確かめようと一瞬振り返ったリヒャルトは、そのとき初めて、デトレフの隣に妻のシルヴィアがいないことに気づく。シルヴィアはどこだろう？　そういえば、このパーティーで彼女を一度も見かけていないことに、リヒャルトはようやく思い当たる。では、デトレフの様子は？　たとえ写真を撮るためにさえ微笑むことができずにいるデトレフの姿が見える。

写真を撮った後、皆でもう一度、すでに燃え尽きかけた焚き火のそばに座る。誰かが言う――夜はやっぱりまだ寒いね。ほかの誰かが言う――僕の上着を貸すよ。三人目が言う――まだワインある？　四人目が言う――少し薪を足すよ。集合写真の後、リヒャルトはデトレフの隣に座る。そして周囲のぼそぼそとした話し声が聞こえるなか、小声で尋ねる――シルヴィアはどうした？　デトレフは、ちょうど薪を足して残り火のなかに押し込んでいる誰かのほうを見ている。そして、炎がふたたび大きく燃え上がったとき、ようやく答える――今日、検査があったんだ。それで？　そのまま入院させられたよ、とデトレフは言う。

かなり悪いみたいだ。デトレフは小声で、しかもドイツ語で話したにもかかわらず、突然あたりがしんと静まり返る。まるで、たったいま、ひとりの人間の人生で最も痛切な言葉のひとつが語られたことを、誰もがわかっているかのように。

なんてことだ、とリヒャルトは言う。
どうした？　とラシドが訊く。
奥さんが重い病気なんだ、とリヒャルトは言う。
とてもお気の毒です《アイム・ヴェリー・ソーリー・フォー・ユー》、とラシドがデトレフに言う。
ありがとう、とデトレフは言って、焚き火をつつく。

男はいま、女が自分の目元にいつもどんなふうに口づけたかを思い出す。
男は、抱きしめる自分の腕に女がどんなふうにすっぽり収まったかを思い出す。
男は、手で自分の髪をなでつける女の姿を思い出す。
男は、自分にぴったりと身を寄せた女の息がどれほど芳しく香ったかを思い出す。
男は、自分の耳に女がどんなふうに舌を差し入れたかを思い出す。
男は、隣に横たわった女の体がどんなふうに輝いていたかを思い出す。
男は、女の唇の感触を思い出す。
男は、眠っている女の姿を思い出す。
男は、女が自分の手をどんなふうに握ったかを思い出す。
男は、女がときどきどんなふうに微笑んだかを思い出す。

一瞬、誰もが、これまで愛した女のこと、かつて愛された女のことを思い出す。

ガーナで結婚を許してもらえなかった子に、イタリアからもう二回電話した、とカロンが言う。でもそのあと、その電話番号を捨てた。

死ぬ前にもう一度、子供を持てたらなあ、とラシドが言う。

一度、とトリスタンが言う。地下鉄でドイツの女の人と知り合った。会う約束をして、散歩しながら話をした。二度目に会う約束をして、散歩しながら話をした。三度目に会ったとき、あんたは私と寝たくないのって訊かれた。俺は、いまはまだ、もしかしたらもっとあとで、って言った。頭がついていかなくて《マイ・マインド・ワズ・ノット・ゼア》。そうしたら、次の待ち合わせには、向こうはもう来なかった。楽じゃないよ《イッツ・ノット・イージー》、とトリスタンは言う。楽じゃない《ノット・イージー》。

真剣な交際ってなると、ここでは俺たちにチャンスはない、とハリールが言う。そういう友達が何人もいる。遅かれ早かれ、必ず振られる。親が反対してるとか、やっぱりドイツ人の彼氏ができたとか。

イテンバが言う。そう、そうなんだよ。難民を愛してくれる人なんていない《ノーボディ・ラヴズ・ア・レフュジー》。

難民を愛してくれる人がいない？　そんなことないと思うけど、とマリーが言う。

いや、本当だ。難民を愛してくれる人なんていない。

デトレフはワイングラスを手に前かがみになり、ほかの皆が愛について話すのを聞いている。

アポロンが言う。俺、彼女がいるんだ。でも結婚はしない。

マリオンが訊く。どうして？

いまドイツ人と結婚したら、滞在許可を手に入れるためだけに結婚したって思われる。

その人はあなたのことが好きで、あなたもその人のことが好きなのに、滞在許可を手に入れるためだけに結婚したように見えるかもしれないっていう理由で、結婚しないわけ？

うん、とアポロンが言う。

境界では、物事が真逆に転じるものだ。リヒャルトは、初めてオラニエン広場を訪れたときに考えたことを思い出す。本来なら単純であるはずの物事というのは、ごくわずかだ。だがそのわずかな物事に、困窮のせいでずれと歪みが生じる。己の尊厳を守ることは、難民たちが毎日のように直面する難題で、彼らの夢のなかまで追ってくるほどなのだ。

でも、滞在許可のために結婚したとして、それがそんなに悪いことかな？　とリヒャルトは訊く。

先日、あの弁護士が口にした言葉がまだ耳に残っている。ドイツ人との子供ですよ！　本当に役に立つのは、ドイツ人との子供だけです！

ちょっと待って、とアポロンが言う。順番ってものがある。まずは仕事を見つけないといけない。それから住むところ。結婚して子供を持てるのは、そのあとだ。

それに、と今度はトリスタンが言う。女なら、どこかの男の子供を妊娠すればいい。もしその男がろくでなしでも、子供は手元に残るから。でも男は、ちゃんとした女を見つけないと。自分の子供ができたらずっと一緒にいられる女を。でも、ちゃんとした女なんて、どこに行けば見つかる？

踊りに行くとか、とリヒャルトは言ってみるが、ショートパンツを穿いた六十代の女たちがいるクラブに行ったときのことを思い出して、自分でも半信半疑だ。

俺はクラブには行かない、とトリスタンが言う。

絶対に？

絶対に。

穏やかな会話が続いているあいだ、一瞬居眠りしていたラシドは、ふたたび話に耳を傾けると、こう言う——ナイジェリアでは、母親が息子の嫁を探す。いい妻の見分け方を、母親なら知ってるから。でもここじゃどうすればいい？　女にどうやって話しかけたらいいかもわからない。話しかけるなんて、永遠にできっこない。

クリステルのこと、いまでもよく考えるかい？　出し抜けにデトレフが、妻クリステルの死から五年たったいまになって、友人リヒャルトに訊く。ふたりでこの話をしたことは、これまで一度もなかった。

もちろん、とリヒャルトは答える。

たとえば、具体的にどんなことを？

クリステルが立って煙草を吸っているところとか。暑い日に、髪をバレッタで高いところで留める仕草とか。それに、クリステルの足のことを考える。

彼女がいなくて寂しい？

昔は、もし彼女がいなくなったとしても全然寂しくないんじゃないかと思うこともあったけどね。

リヒャルトは、クリステルがいなくても寂しくなどないだろうと思っていた時代のことを思い出そうとする。

知ってるだろう、クリステルは夜になると、よく喧嘩をふっかけてきた。なんの理由もなしに。

どうして喧嘩をふっかけた？　とトリスタンが訊く。

妻は酒を飲んでいたんだ。アルコールのせいで、特に夜が近づくと、いつもすっかり別人になった。

でも、どうして酒を飲んだ？　今度はイテンバが訊く。

たぶん、うーん、そうだな、とリヒャルトは言う。たぶん、不幸だったからだろう。

でも、どうして不幸だった？　とイテンバが訊く。

彼女のいたオーケストラが解散してね、とトーマスが言って、煙草を吸う。

それに、リヒャルトには愛人がいた、とアンネが言う。

クリステルは子供が欲しかったの、とマリオンが言う。

彼女がそう言ったのか？　とリヒャルトは訊く。

そうよ、とマリオンが答える。

でも、言ってたよ、子供を持たないことは夫婦で決めたって、とザーイルが言う。ずいぶん前にシュパンダウで交わした会話のことを、まだ覚えているらしい。

クリステルは一度、妊娠したんだ、とリヒャルトは言う。でも、あのころの僕にはまだ早すぎた。まだ大学を卒業してもいなかった。だから子供を堕ろしてほしいと説得した。

なるほど、とザーイルが言う。

とにかくあのときは、子供は欲しくなかった。

なるほど。

でも、堕胎は当時まだ合法じゃなかった。クリステルは闇で引き受ける女のところに行った。その女が、台所のテーブルの上で手術した。僕は、その女のアパートの中庭で待っていた。

クリステルを待っていたその中庭を、リヒャルトはいまでも鮮明に覚えている。三十度の暑さのなか、自分が立っていた建物の陰、隣には歪んだ蓋のついたブリキのゴミ用コンテナ。

クリステルは建物から出てきたとき、いまにも倒れそうだった、とリヒャルトは続ける。僕が支えてやらないといけなかった。突然、彼女の体がずっしりと重く感じられた。Ｓバーンの駅に着くまで、ずいぶん時間がかかった。電車に乗って初めて、彼女の脚を血がつたっているのに気づいた。あのとき僕は、彼女のことが恥ずかしかった。僕が気遣ってやらないといけないのに、どうしようもなく恥ずかしかったんだ。

リヒャルトは、自分の話していることが自分でも信じられないというかのように、首を振る。

どうして奥さんのことが恥ずかしかったの？　とアリが訊く。

たぶん、本当は怖かったんだと思う。

怖かったって、なにが？

クリステルが死ぬのが。そうなんだ、とリヒャルトは言う。彼女が死んでしまうかもしれないと思った瞬間、彼女が憎かった。

わかるよ、とデトレフが言う。

たぶんあのとき、とリヒャルトは言う。あのときわかったんだと思う。自分が耐えているのは、耐えられないかもしれないいろんな物事の、ほんの表面にすぎないってことが。

海の上みたいなもの？　とハリールが訊く。

そう、考えてみれば、まさに海の上みたいなものだね。

謝辞

数々の有意義な会話をしてくださった以下の方々に、心からの深い感謝を。

ハッサン・アブバカル
ハッサン・アダム
スティーヴン・アマクワ
マル・アウステン
イブラヒム・イドリース・ババンギダ
サレー・バチャ
ヤヤ・ファッティ
ウドゥ・ハルナ
ナシル・ハーリド
アダム・コネ
サニ・アシル・モハメド
ファタオ・アウドゥ・ヤヤ

バシル・ザッチャルヤ

さまざまな形で支え、助け、協力してくださった以下の方々にも心からの感謝を。
カタリナ・ベーリング
イングリート・アンナ・カーデ
コルネリア・ラウファー
マルヴェ・リップマンとカン・スング
マリオン・ヴィクトール
ヴォルフガング・ウェンゲンロート

執筆のための時間と場所を与えてくださったパウル＝ミヒャエル・リュッツェラー教授にも多大な感謝を。そして、ケルスティン、ニールス、パスカル・ヘルビヒにも。

さまざまな洞察、助言、情報を与えてくださった社団法人ＡＫＩＮＤＡ、タイナ・ゲルトナー、リヤ・シルタン＝グリューナー、ハンス・ゲオルク・オーデンタール、ベルンヴァルト・オストロプにも感謝を。

以下の方々の多大な協力にも感謝を。ヴィオラ・フェルスター・フォン・デア・リューエ、フラウケ・グートベアレト＝ケーニヒ、ベドリエとフェリックス・ハンゼン、ミリアム・カイザー、エーファ・クラウゼ博士、ザンドラ・ミッサル、リーゼンベルク博士、ライナー・ズブルツェスニー、タベア・シュメルツァー、ユーレ・ザイデル、レネ・ティートケ、ルイ・ヴィガント。

助言とインスピレーションを与えてくれた父ジョン・エルペンベックに感謝を。

そして、好奇心と批評と率直さ、それに彼自身の行動を通して、本書の執筆を常に応援し、励ましてくれた、夫であり最初の読者であるヴォルフガング・ボツィチに感謝を。

ベルリンの難民への寄付は、たとえば以下で受け付けています。

Kirchenkreis Berlin Stadtmitte
ＩＢＡＮ　DE98520604101003995577
送金目的　Flüchtlingsunterbringung（Roman）

詳しい情報は以下で得られます。
http://www.kkbs.de/fluechtlingshilfe

訳者あとがき

国とは誰のものか、難民とは誰のことか——読後には、静謐な湖の情景と、湖底に沈む男のイメージとともに、そんな問いが脳裏をよぎる。

古典文献学の教授リヒャルトは大学を定年退官したばかり。子供はおらず、妻を五年前に亡くした後は、ベルリン郊外の庭付きの家で一人暮らしをしている。

あるときリヒャルトは、アフリカから来た難民たちが、一年前からベルリン・クロイツベルク地区のオラニエン広場を占拠していることを知る。ドイツでの難民認定を求める彼らは、アフリカ北岸からボートでたどり着いた最初の国がイタリアだったため、「ダブリンⅡ規約」に基づき、ドイツでは庇護を申請する資格すら与えられないのだという。

オラニエン広場の難民たちはその後、ベルリン州政府と合意を結び、住む場所の提供と庇護申請資格審査の約束を取りつけて立ち退く。彼らの一部は、リヒャルトの自宅からほど近い、長らく空き家になっていた元高齢者施設を割り当てられる。

アフリカから逃げてきたこれらの男たちがどのような人生を送ってきたかに関心を持ち始めたリヒャルトは、施設を飛び込みで訪ね、彼らにインタヴューを開始する。難民たちの多くは、アフリカ諸国から当時カダフィ政権下で豊富な石油資源を背景に経済的に繁栄していたリビアへと移住し、仕事や家庭を持ち、ごく普通の生活をしてきた男たちだった。ところが、二〇一一年に勃発した内戦によって家族を失い、軍に捕らえられ、強制的にボートで地中海へと追いやられ、命からがらたどり着いたイタリアではわけもわからず難民登録させられ、収容施設に入れられたもののその後追い出され、仕事も金もなくドイツへと流れ着いた。そして、ドイツで働きたくとも有効な滞在許可証を持たず、政府から支給されるわずかな金を祖国に仕送りしながら、一日数ユーロで暮らすぎりぎりの生活をしていた。彼らは皆、オラニエン広場で暮らしていたときから苦楽をともにし、固い絆で結ばれた友人同士でもあった。

当初、アフリカの地理もよく知らなかったリヒャルトは、彼らそれぞれの母語、祖国の風習、料理といった未知の世界と、ひとりひとりの人生の物語とに惹かれ、頻繁に施設を訪ねるようになる。彼らのために施設内で行われるドイツ語の授業を見学するうちに、やがて上級クラスの教師役を引き受ける。また、ピアノを弾いてみたいという難民の若者に自宅のピアノを開放したりと、彼らとの交流は日常生活の一部となっていくが……

本書は、現代ドイツで最も重要な作家のひとりであるジェニー・エルペンベックが二〇一五年に発表した小説で、ドイツ国内で当時社会を二分していたアフリカ難民を主なテーマにしている。ドイツでは難民というと一般的には中東からやってきた人々のイメージが強く、議論の対象となるのも主に彼らなのだが、実は本書の登場人物たちのようにアフリカ出身の難民も数多い。

中東や北アフリカでの戦争を背景に二〇一四年ごろから急増したヨーロッパへの難民流入は、合わせて二百五十万人以上の庇護申請があった二〇一五年から一六年にかけてピークを迎え、社会に甚大な影響を及ぼした。特にドイツは、メルケル首相の「私たちにはできる」の言葉とともに、最も多い時期には百万人以上の難民を受け入れ、世界から賞賛される一方で、社会には深刻な亀裂が生じた。

難民問題は、善悪や道徳で簡単に語ることのできない複雑で多面的な問題だ。ベルリン在住の私の身近でも、ボランティアでドイツ語を教えたり、難民たちの住居探しを手助けしたりする善意の市民がいる一方で、軋轢が起こる事態も数知れない。ムスリムが大半である難民たちの世界観や価値観は、キリスト教を基盤とするドイツのそれと齟齬をきたすこともあるし、生活習慣の違いも決して侮れない。ゴミの出し方から騒音、集合住宅の共有スペースの使い方にいたるまで、日常生活上のトラブルは頻繁に耳にする。難民に対するヘイトクライムが見過ごせない規模になる一方で、難民を受け入れるのは道徳的義務だと言いながら自身は難民のいない高級住宅街に暮らす富裕層が、低賃金の単純労働を難民に奪われることを恐れる低所得層を人種差別主義者だと批判するといった欺瞞への反発も大きく、それがポピュリズム政党の台頭を促す結果ともなり、社会に走る幾重もの亀裂は、本書の刊行から五年ほどたつ現在まで深まるばかりだ。

また、本文にもあるとおり、難民は最初に入ったシェンゲン協定適用圏内の国で庇護申請せねばならないというダブリン規約には、イタリアやギリシアなど、地理的な要因から必然的に難民たちの最初の到着地となる国々から、不公平だとの不満の声が上がっている。ちなみに、本書に出てくるダブリンⅡ規約は二〇一三年に改訂され、現在はダブリンⅢ規約となっているが、各国の受け持ちについての変更はない。

難民の急増にドイツの行政による受け入れ態勢の整備はまったく追いつかず、善意のボランティア頼みの混乱した状態が続いた後、ドイツ政府は結局、トルコなどヨーロッパ手前の国に、やってくる難民を通さないよう依頼、その結果、二〇一七年以降、難民の流入は減少した。一方、ドイツで職を得て地域に溶け込んで暮らすようになった難民たちが、収入やドイツ語能力など永住許可取得の条件を満たしていないと見なされ、出身国に送還される事例も少なくない。

本書は、現在では「難民危機」と呼ばれる二〇一五年から一六年の少し前、ドイツに流入する難民が増え始めたころの物語だ。とはいえ、決して難民問題を論じた本ではなく、あくまで小説である。作中でリヒャルトの思索を通じていくつも問題を提起しながらも（そして著者の立ち位置と意見は明確にしながらも）、決して読者に「正論」を押し付けることなく、物語は静かに紡がれていく。ドイツにおける法律の矛盾、社会制度の欠陥などが淡々と語られることで、ドイツ政府と社会の欺瞞がおのずと浮かび上がってくる。なによりも、リヒャルトによるインタヴューを通して、さまざまな経緯でドイツにたどり着いた難民たちが、それぞれの半生をリヒャルトに語って聞かせるという形で、難民ひとりひとりの生き様が描かれ、彼らが「難民」とひとくくりにされていい存在ではなく、それぞれの人生を歩むひとりの人間であることが自然と読者に伝わってくる。

ドイツ語で「難民」は Flüchtling という。字義通りに訳すなら「逃げる人」だ。実は、ドイツは歴史上さまざまな「難民」を受け入れてきた。二十世紀以降だけを見ても、第二次世界大戦後に東欧やロシアから追放されたドイツ系住民、一九八九年のベルリンの壁崩壊前にハンガリーやチェコとの国境からオーストリアを経て西ドイツに流れ込んだ東ドイツ市民、そして一九九〇年代初頭にユーゴ紛争を逃れてドイツに移住した元ユーゴスラヴィア市民――皆が「難民」と呼ばれた。本書の主人公リヒャルトの母親もまた、赤ん坊だったリヒャルトを抱えてシュレジエン地方から引き揚げてきた難民だった。そのためリヒャルトは東ドイツで育つことになり、壁崩壊によりある日突然、それまでの「祖国」を失い、「他国」の市民になるという体験をし、国家、国民という概念をどこか突き放した目で見ている。そんなリヒャルトがアフリカ難民たちとの交流を通して、国とはなにか、国とは誰のものかと問いかける姿には、東ドイツ出身者の「ドイツ」という国に対する複雑な思いが垣間見える。本書は「難民」をめぐる小説であるとともに、ドイツという国を描いた小説でもある。

現代ドイツに対するリヒャルトの姿勢は、著者エルペンベックの生い立ちとも決して無関係ではない。というのも、彼女自身が東ベルリンで生まれ育ったからだ。一九六七年、祖父母と父は作家、母はアラビア語翻訳者という文学一家に生まれたエルペンベックは、東ドイツで成人し、東西ドイツ統一後に活動を始めた一群の作家たちのひとりだ。一九九九年、『年老いた子どもの話』（松永美穂訳、河出書房新社）で小説家としてデビューして以来、数々の小説や戯曲を発表してきた。特に *Heimsuchung*（『厄災』二〇〇八年）、*Aller Tage Abend*（『世界の終わり』二〇一二年）は高い評価を得て、数々の文学賞を受賞した。世界を新鮮かつ繊細な視線でとらえ、やや訥々とした独特の文章で表現するエルペンベックはいまや現代ドイツを代表する作家のひとりであり、作品は三十の言語に翻訳されている。

二〇一五年に刊行された本書『行く、行った、行ってしまった』は、難民という政治的に難しいテーマを取り上げたことで、文学界の枠を超えて大きな話題になり、長期にわたってベストセラーリストに載り続けた。この作品がきっかけで、エルペンベックは二〇一六年度トーマス・マン賞を受賞したほか、二〇一七年にはドイツ連邦共和国功労十字小勲章を受章している。

「徹底的なリサーチを経た、事実に基づくこの小説は、難民問題を物語へと広げることと、難民問題を政治的に扱うこととのちょうど狭間に位置しているように見える。それゆえ誤解を招くこともあるかもしれない。しかし本書は世界をよりよくしようという熱い呼びかけではなく、個々人の物語から成るひとつの小説なのだ」――「フランクフルター・アルゲマイネ」紙がこう評するとおり、本書はアフリカから流れ着いた男たちひとりひとりの物語であると同時に、リヒャルトというひとりの人間の物語でもある。退職後に突然持て余すようになった時間を埋めるかのように、当初は単なる興味から難民たちを訪ねたリヒャルトが、学者らしい好奇心と探求心に突き動かされ、手探りで、言葉に苦労しながら、見知らぬ男たちと徐々に関係を結んでいく過程が面白い。象牙の塔の住人だった年配のドイツ人男性が新たな世界にぐんぐん引きずり込まれて右往左往する様子はどこか滑稽で、ときにくすりとさせられる。

リヒャルトという人は、決して聖人君子ではない。アフリカ人たちの名前が憶えられないからと、ギリシア神話の神々や騎士道物語の主人公の名前を勝手に当てたりと、いかにもヨーロッパの知識人らしい無邪気とさえいえる傲慢さをさらけ出したりもする。また、夫としてかなりの問題を抱えていたことも、物語を読み進むにつれて明らかになる。なにしろ妻以外の女性と関係を持ち、それに気づいていた妻はアルコールに溺れて不幸な晩年を送ったらしいのだ。難民たちとの交流で見せる「変わり者だが親切で礼儀正しい老紳士」とはまったく違う一面がリヒャルトにはある。まるで、彼の家から見える凪いだ湖の底に死体が沈んでいるように。物語は、登場人物をほぼ一堂に集めたリヒャルトの誕生日パーティーにおいて、リヒャルトの過去の暗い秘密が明らかになる場面で幕を下ろす。リヒャルトの告白を前に、難民たちも、ドイツ人たちも、その場にいた皆がひとりの個人として平等な存在となるこの静かなクライマックスに、この小説の核があるのではなかろうか。

本書の翻訳に際しては、*Gehen, ging, gegangen.* Penguin Verlag. 2. Auflage 2018 を使用した。なお、古典作品をはじめとする引用に関しては、既訳があるものは適宜参照し、文脈に応じて表記等を多少変更して使用させていただいた。この場を借りてそれぞれの翻訳者の皆様にお礼申し上げたい。

刊行にいたる道のりでは、今回も多くの方のお力をお借りした。特に解釈上の数々の疑問点に丁寧にお答えくださった著者のジェニー・エルペンベックさんに感謝したい。そして、丁寧な編集作業と緻密な調べもので支えてくださった白水社の金子ちひろさんにも厚くお礼申し上げたい。書き込みで真っ黒になった初校ゲラを見たときには一瞬眩暈がしたが、的確な指摘に大いに助けられた。訳稿が完成したのは彼女の抜群の日本語センスのおかげにほかならない。

二〇二一年五月

浅井晶子

訳者略歴
一九七三年大阪府生まれ
京都大学大学院人間・環境学研究科博士後期課程単位認定退学
訳書にS・スタニシチ『兵士はどうやってグラモフォンを修理するか』、S・ナドルニー『緩慢の発見』（以上、白水社）、P・メルシエ『リスボンへの夜行列車』、I・トロヤノフ『世界収集家』（以上、早川書房）、T・マン『トニオ・クレーガー』（光文社古典新訳文庫）、C・エムケ『憎しみに抗って』『なぜならそれは言葉にできるから』『イエスの意味はイエス、それから…』（以上、みすず書房）、E・ベルクマン『トリック』、R・ゼーターラー『ある一生』（以上、新潮社）、J・タシュラー『国語教師』『誕生日パーティー』（以上、集英社）など多数
二〇〇三年マックス・ダウテンダイ翻訳賞を受賞

〈エクス・リブリス〉
行く、行った、行ってしまった

二〇二一年七月二五日　第一刷発行
二〇二一年九月三〇日　第二刷発行

著者　ジェニー・エルペンベック
訳者　©浅《あさ》井《い》晶《しょう》子《こ》
発行者　及川直志
印刷所　株式会社三陽社
発行所　株式会社白水社

東京都千代田区神田小川町三の二四
電話　営業部〇三（三二九一）七八一一
　　　編集部〇三（三二九一）七八二一
振替　〇〇一九〇-五-三三二二八
郵便番号　一〇一-〇〇五二
www.hakusuisha.co.jp

乱丁・落丁本は、送料小社負担にてお取り替えいたします。

誠製本株式会社

ISBN978-4-560-09068-8

Printed in Japan

▷本書のスキャン、デジタル化等の無断複製は著作権法上での例外を除き禁じられています。本書を代行業者等の第三者に依頼してスキャンやデジタル化することはたとえ個人や家庭内での利用であっても著作権法上認められていません。

エクス・リブリス
EXLIBRIS

緩慢の発見
◆シュテン・ナドルニー　浅井晶子 訳

「遅い者のほうが多くを見る」——十九世紀イギリスの探検家ジョン・フランクリンの知られざる人生。ドイツ文学の新たな古典といえる名作。

そんな日の雨傘に
◆ヴィルヘルム・ゲナツィーノ　鈴木仁子 訳

靴の試し履きの仕事で、街を歩いて観察する中年男の独り言。関係した女性たち、子ども時代の光景……居心地の悪さと恥ずかしさ、滑稽で哀切に満ちた人生を描く。

よそ者たちの愛
◆テレツィア・モーラ　鈴木仁子 訳

この世界になじめずに都市の片隅で不器用に生きる人びと。どこにでも、誰のなかにも存在する〈よそ者〉たちの様々な思いを描く短篇集。